ACHADOS
E PERDIDOS

STEPHEN KING

ACHADOS E PERDIDOS

Tradução
Regiane Winarski

10ª reimpressão

Copyright © 2015 by Stephen King
Publicado mediante acordo com o autor através da The Lotts Agency.

Grafia atualizada segundo o Acordo Ortográfico da Língua Portuguesa de 1990, que entrou em vigor no Brasil em 2009.

Título original
Finders Keepers

Imagem de capa
Sam Weber

Preparação
Ana Carolina Vaz

Revisão
Carmen T. S. Costa
Marise Leal

Dados Internacionais de Catalogação na Publicação (CIP)
(Câmara Brasileira do Livro, SP, Brasil)

King, Stephen
    Achados e perdidos / Stephen King ; tradução Regiane Winarski. – 1ª ed. – Rio de Janeiro : Suma de Letras, 2016.

    Título original: Finders Keepers.
    ISBN 978-85-5651-007-5

    1. Ficção de suspense 2. Ficção norte-americana. I. Título.

16-02594   CDD-813

Índice para catálogo sistemático:
1. Ficção de suspense : Literatura norte-americana   813

Todos os direitos desta edição reservados à
EDITORA SCHWARCZ S.A.
Praça Floriano, 19, sala 3001 – Cinelândia
20031-050 – Rio de Janeiro – RJ
Telefone: (21) 3993-7510
www.companhiadasletras.com.br
www.blogdacompanhia.com.br
facebook.com/editorasuma
instagram.com/editorasuma
twitter.com/Suma_BR

Pensando em John D. MacDonald

"É mergulhando no abismo que recuperamos
os tesouros da vida."
Joseph Campbell

"Essa merda não quer dizer merda nenhuma."
Jimmy Gold

PARTE 1: TESOURO ENTERRADO

1978

— Acorde, gênio.

Rothstein não queria acordar. O sonho estava bom demais. Mostrava sua esposa meses antes de se tornar sua primeira esposa, com dezessete anos e perfeita dos pés à cabeça. Nua e cintilando. Os dois nus. Ele, com dezenove anos, tinha graxa debaixo das unhas, mas ela não ligava, ao menos não na época, porque a cabeça dele estava cheia de sonhos, e era com isso que ela se importava. Ela acreditava nos sonhos ainda mais do que ele, e estava certa em acreditar. Naquele sonho, ela estava rindo e esticando a mão para a parte dele que era mais fácil de pegar. Ele tentou se aprofundar no sonho, mas alguém começou a sacudir seu ombro, e o sonho estourou como uma bolha de sabão.

Ele não tinha mais dezenove anos nem morava no apartamento de dois cômodos em Nova Jersey. Estava a seis meses do octogésimo aniversário e morava em uma fazenda em New Hampshire, na qual seu testamento especificava que devia ser enterrado. Havia homens no quarto dele. Usavam máscaras de esqui, uma vermelha, uma azul e uma amarelo-canário. Ele notou isso e tentou acreditar que era apenas mais um sonho, que o que antes era agradável havia se transformado em pesadelo, como acontecia às vezes, mas a pessoa soltou seu braço, segurou seu ombro e o jogou no chão. Ele bateu a cabeça e deu um grito.

— Pare com isso — disse o homem de máscara amarela. — Quer que ele desmaie?

— Olha só. — O de máscara vermelha apontou. — O velhote está duro. Devia estar tendo um sonho e tanto.

Máscara Azul, o responsável por sacudi-lo, disse:

— É só vontade de mijar. Nessa idade, nada mais faz levantar. Meu avô...

— Cala a boca — disse Máscara Amarela. — Ninguém liga para o seu avô.

Apesar de atordoado e ainda envolto em um leve véu de sono, Rothstein sabia que estava encrencado. Duas palavras surgiram em sua mente: *invasão domiciliar*. Ele olhou para o trio que se materializara em seu quarto, com a cabeça velha doendo (ele ficaria com um hematoma enorme na lateral direita, graças aos anticoagulantes que tomava) e o coração com as paredes perigosamente finas batendo no lado esquerdo do peito. Os homens ficaram de pé junto a ele, os três usando luvas, jaquetas xadrez e balaclavas horríveis. Invasores de domicílio, e ali estava ele, a oito quilômetros da cidade.

Rothstein organizou os pensamentos da melhor forma possível, afastou o sono e disse para si mesmo que havia pelo menos uma coisa boa naquela situação: se eles não queriam que visse seus rostos era porque pretendiam deixá-lo vivo.

Talvez.

— Cavalheiros — disse ele.

O sr. Amarelo riu e fez sinal de positivo para ele.

— Bom começo, gênio.

Rothstein assentiu, como se tivesse recebido um elogio. Olhou para o relógio na mesa de cabeceira, viu que eram duas e quinze da manhã e encarou novamente o sr. Amarelo, que talvez fosse o líder.

— Tenho pouco dinheiro, mas podem ficar à vontade. Só peço que vão embora sem me machucar.

O vento soprou e empurrou as folhas secas de outono pela lateral oeste da casa. Rothstein estava ciente do aquecedor ligado pela primeira vez no ano. O verão não tinha sido ontem?

— De acordo com nossas fontes, você tem bem mais do que um pouco — disse o sr. Vermelho.

— Shh. — O sr. Amarelo ofereceu a mão para Rothstein. — Levanta, gênio.

Rothstein aceitou a mão, se levantou lentamente e se sentou na cama. Ele respirava com dificuldade, mas estava bem ciente (a autopercepção fora uma maldição e uma bênção durante toda a sua vida) da imagem que devia oferecer: um velho com pijama azul frouxo, o cabelo se restringindo a tufos acima das orelhas. Isso foi o que sobrou do escritor que, no ano em que JFK se tornou presidente, apareceu na capa da revista *Time*: JOHN ROTHSTEIN, O GÊNIO RECLUSO DOS EUA.

Acorde, gênio.

— Recupere o fôlego — disse o sr. Amarelo. Ele pareceu solícito, mas Rothstein não lhe deu confiança. — Depois, vamos para a sala, onde as pessoas normais conversam. Demore o tempo que precisar. Fique calmo.

Rothstein respirou lenta e profundamente, e seu coração se acalmou um pouco. Ele tentou pensar em Peggy, com os seios pequenos (mas perfeitos) e as pernas longas e macias, mas o sonho estava tão distante quanto a própria Peggy, agora uma velha que morava em Paris. Com o dinheiro dele. Pelo menos Yolande, seu segundo esforço em prol da alegria marital, estava morta, o que botara um fim à pensão.

Máscara Vermelha saiu do quarto, e Rothstein ouviu barulhos vindos do escritório. Alguma coisa caiu. Gavetas foram abertas e fechadas.

— Está melhor? — perguntou o sr. Amarelo, e quando Rothstein assentiu: — Então venha.

Rothstein se deixou levar para a pequena sala de estar, acompanhado pelo sr. Azul à esquerda e o sr. Amarelo à direita. No escritório, a busca prosseguia. Em pouco tempo, o sr. Vermelho abriria o armário, afastaria os dois casacos e três suéteres e deixaria o cofre à mostra. Era inevitável.

Tudo bem. Desde que deixem os cadernos. E por que eles os levariam? Bandidos assim só estão interessados em dinheiro. Não devem nem ler nada mais complicado do que a seção de cartas de revistas masculinas.

Mas ele não tinha certeza quanto ao homem da máscara amarela. Ele parecia estudado.

Todas as lâmpadas da sala estavam acesas, e as persianas não estavam fechadas. Vizinhos acordados talvez se perguntassem o que estava acontecendo na casa daquele velho escritor... se ele tivesse vizinhos. Os mais próximos ficavam a três quilômetros de distância, na estrada principal. Ele não tinha amigos nem recebia visitas. Qualquer vendedor ocasional era expulso na mesma hora. Rothstein era um sujeito velho e peculiar. O escritor aposentado. O ermitão. Pagava seus impostos e era deixado em paz.

Azul e Amarelo o levaram até a poltrona virada para a TV que mal assistia e, como ele não se sentou imediatamente, o sr. Azul o empurrou para baixo.

— Calma! — disse Amarelo com rispidez, e Azul deu um passo para trás, resmungando. O sr. Amarelo era o líder. O sr. Amarelo era o mandachuva.

Ele se inclinou na direção de Rothstein, as mãos apoiadas nos joelhos da calça de veludo.

— Quer uma dose de alguma coisa para se acalmar?

— Se você está falando de álcool, parei vinte anos atrás. Ordens médicas.

— Que bom. Vai a reuniões?

— Eu não era *alcoólatra* — disse Rothstein com irritação.

Era loucura ficar irritado em uma situação daquelas... ou não? Quem saberia como agir depois de ser arrancado da cama no meio da noite por homens usando máscaras de esqui coloridas? Ele se perguntou como escreveria uma cena daquelas e não teve ideia; ele não escrevia sobre situações assim.

— As pessoas acham que todo escritor homem e branco do século xx só pode ser *alcoólatra*.

— Tudo bem, tudo bem — disse o sr. Amarelo. Era como se ele estivesse acalmando uma criança rabugenta. — Quer água?

— Não, obrigado. O que quero é que vocês três vão embora, então vou ser bem sincero. — Ele se perguntou se o sr. Amarelo sabia a regra mais básica do discurso humano: sempre que alguém dizia que ia ser sincero, na maioria dos casos a pessoa estava se preparando para mentir mais rápido do que um cavalo a galope. — Minha carteira está na cômoda do quarto. Tem pouco mais de oitenta dólares nela. Tem um bule de cerâmica em cima da lareira...

Ele apontou. O sr. Azul se virou para olhar, mas o sr. Amarelo, não. O sr. Amarelo continuou observando Rothstein, e os olhos por trás da máscara pareciam estar se divertindo. *Não está dando certo*, pensou Rothstein, mas ele persistiu. Agora que estava acordado, estava puto da vida, além de com medo, embora soubesse que era melhor não demonstrar nada disso.

— É onde guardo o dinheiro da faxineira. Cinquenta ou sessenta dólares. É tudo que tem na casa. Peguem e vão embora.

— Mentiroso de merda — disse o sr. Azul. — Você tem bem mais do que isso, cara. Nós sabemos. Pode acreditar.

E como se eles estivessem em uma peça e aquela fala fosse a deixa, o sr. Vermelho gritou do escritório:

— Bingo! Achei um cofre! E dos grandes!

Rothstein sabia que o homem de vermelho o encontraria, mas seu coração despencou mesmo assim. Era burrice guardar dinheiro vivo, não havia nenhum motivo para isso além de ele não gostar de cartões de crédito e cheques e ações e transferências, todos correntes tentadoras que prendiam as pessoas à máquina sufocante e destruidora do débito e crédito dos Estados Unidos. Mas o dinheiro talvez fosse sua salvação. O dinheiro podia ser substituído. Os cadernos, mais de cento e cinquenta, não.

— Agora, a combinação — disse o sr. Azul. Ele estalou os dedos enluvados. — Fale logo.

Rothstein estava quase com raiva suficiente para recusar. De acordo com Yolande, a raiva fora seu estado natural durante toda a vida ("Devia sentir raiva desde o berço", dizia ela), mas também estava cansado e com medo. Se negasse, eles arrancariam a combinação por meio de violência. Talvez até tivesse outro ataque cardíaco, e era quase certo que mais um acabaria com ele.

— Se eu der a combinação do cofre, vocês pegam o dinheiro e vão embora?

— Sr. Rothstein — disse o sr. Amarelo, com uma gentileza que pareceu genuína (e, portanto, grotesca) —, você não está em posição de barganhar. Freddy, vá buscar as bolsas.

Rothstein sentiu um sopro de ar frio quando o sr. Azul, também conhecido como Freddy, saiu pela porta da cozinha. O sr. Amarelo, enquanto isso, voltou a sorrir. Rothstein já detestava aquele sorriso. Aqueles lábios vermelhos.

— Vamos lá, gênio... entregue a combinação. Quanto mais cedo fizer isso, mais rápido tudo vai terminar.

Rothstein suspirou e recitou a combinação do cofre no armário do escritório.

— Trinta e um para a direita com duas voltas, três para a esquerda com duas voltas, dezoito para a esquerda com uma volta, noventa e nove para a direita com uma volta e de volta ao zero.

Por trás da máscara, os lábios vermelhos se esticaram mais, agora mostrando dentes.

— Eu podia ter adivinhado. É sua data de nascimento.

Enquanto Amarelo repetia a combinação para o homem no armário, Rothstein fez algumas deduções desagradáveis. O sr. Azul e o sr. Vermelho estavam ali pelo dinheiro, e o sr. Amarelo talvez pegasse uma parte, mas não acreditava que dinheiro fosse o objetivo principal do homem que insistia em chamá-lo de *gênio*. Como se para comprovar isso, o sr. Azul reapareceu, acompanhado de outro sopro de ar frio vindo de fora. Segurava quatro bolsas vazias, duas em cada ombro.

— Olhe — disse Rothstein para o sr. Amarelo, chamando a atenção do homem e sustentando o olhar dele. — Não faça isso. Não há nada no cofre que valha ser levado além do dinheiro. O resto é só um monte de rabiscos aleatórios, mas que são importantes para mim.

No escritório, o sr. Vermelho gritou:

— Jesus, Morrie! Nos demos bem! Caramba, tem um *monte* de dinheiro! Ainda nos envelopes do banco! Dezenas de envelopes!

Pelo menos sessenta, Rothstein poderia ter dito, *talvez até oitenta. Com quatrocentos dólares cada. De Arnold Abel, meu contador em Nova York. Jeannie paga as contas e traz o restante do dinheiro para casa nos envelopes, e eu os guardo* no cofre. Mas tenho poucas despesas, porque Arnold também paga as contas maiores em Nova York. Dou gorjeta para Jeannie de tempos em tempos, e para o carteiro no Natal, mas, fora isso, quase não gasto o dinheiro. Tem sido assim por anos, e por quê? Arnold nunca pergunta o que eu faço com o dinheiro. Talvez ache que tenho um acordo com uma prostituta ou duas. Talvez pense que aposto nos cavalos em Rockingham.

E o mais engraçado, ele poderia ter dito para o sr. Amarelo (também conhecido como Morrie), *é que eu nunca me questionei. Tanto quanto não me perguntei por que vou enchendo caderno atrás de caderno. Algumas coisas apenas são como são.*

Ele *poderia* ter dito essas coisas, mas ficou em silêncio. Não porque o sr. Amarelo não fosse compreender, mas porque aquele sorriso sabichão de lábios vermelhos dizia que talvez compreendesse.

E que não se importaria.

— O que mais tem aí? — gritou o sr. Amarelo. Os olhos ainda estavam grudados nos de Rothstein. — Caixas? Caixas de manuscritos? Do tamanho que falei?

— Caixas não, cadernos — relatou o sr. Vermelho. — A porra do cofre está cheia de cadernos.

O sr. Amarelo sorriu, ainda olhando nos olhos de Rothstein.

— Escritos à mão? É assim que você trabalha, gênio?

— Por favor — pediu Rothstein. — Deixe os cadernos. O material não foi feito para ser visto. Não tem nada pronto.

— E nunca vai ter, é o que eu acho. Você não passa de um acumulador. — O brilho nos olhos dele, o que Rothstein pensava ser um brilho irlandês, tinha sumido. — E você nem *precisa* publicar mais nada, não é? Não há nenhum *imperativo financeiro*. Você tem os royalties de *O corredor*. E de *O corredor procura ação*. E de *O corredor reduz a marcha*. A famosa trilogia de Jimmy Gold. Nunca fora de catálogo. É trabalhada nas faculdades de toda a nossa grande nação. Graças a uma conspiração de professores de literatura que acham que existe Deus no céu e você e Saul Bellow na terra, você tem um público cativo de compradores universitários. Está tudo perfeito para você, não está? Por que correr o risco ao publicar uma coisa que pode manchar sua reputação brilhante? Você pode se esconder aqui e fingir que o resto do mundo não existe. — O sr. Amarelo balançou a cabeça. — Meu amigo, você dá um novo significado a ser exigente.

O sr. Azul ainda estava parado na porta.

— O que você quer que eu faça, Morrie?

— Vá ajudar Curtis. Coloque tudo nas bolsas. Se não houver espaço nas bolsas para todos os cadernos, olhe em volta. Até um bicho do mato que nem ele deve ter pelo menos uma mala. E não perca tempo contando o dinheiro. Quero sair logo daqui.

— Tudo bem.

O sr. Azul, Freddy, saiu.

— Não faça isso — pediu Rothstein, e ficou perplexo com o tremor na própria voz. Às vezes, ele esquecia a idade que tinha, mas não naquela noite.

O homem que se chamava Morrie se inclinou na direção dele, os olhos cinza-esverdeados espreitando pelos buracos na máscara amarela.

— Quero saber uma coisa. Se você for sincero, talvez a gente deixe os cadernos. Você vai ser sincero comigo, gênio?

— Vou tentar — disse Rothstein. — E eu nunca me chamei disso. Foi a revista *Time* que me chamou de gênio.

— Mas aposto que você nunca protestou.

Rothstein não disse nada. *Filho da puta*, estava pensando. *Filho da puta espertinho. Você não vai deixar nada, não é? Não importa o que eu diga.*

— O que quero saber é: por que você não deixou Jimmy Gold em paz? Por que esfregou a cara dele na lama daquele jeito?

A pergunta foi tão inesperada que, a princípio, Rothstein não fez ideia do que Morrie estava falando, apesar de Jimmy Gold ser seu personagem mais famoso, pelo qual ele seria lembrado (supondo que fosse lembrado por alguma coisa). A mesma história da matéria de capa da *Time* que se referira a Rothstein como gênio e chamara Jimmy Gold de "ícone americano de desespero em uma terra de fartura". Pura bosta, mas fez seus livros serem vendidos.

— Se você quer dizer que eu devia ter parado em *O corredor*, você não está sozinho.

Mas quase, ele poderia ter acrescentado. *O corredor procura ação* solidificou sua reputação como um escritor americano de peso, e *O corredor reduz a marcha* foi o ponto alto de sua carreira: elogiado aos montes, permaneceu na lista de mais vendidos do *The New York Times* por sessenta e duas semanas. Ganhou também o National Book Award, mas ele nem apareceu à cerimônia. "A *Ilíada* dos Estados Unidos pós-guerra", dissera a citação, se referindo não só ao último, mas à trilogia como um todo.

— Não estou dizendo que você devia ter parado em *O corredor* — disse Morrie. — *O corredor procura ação* é tão bom quanto o primeiro livro, talvez até melhor. Eles eram *verdadeiros*. Foi aquele último. Caramba, que grande bosta. Propaganda? Falando sério, *propaganda*?

O sr. Amarelo fez algo que deu um nó na garganta de Rothstein e transformou seu estômago em chumbo. Lentamente, de forma quase contemplativa, ele tirou a balaclava amarela, revelando um jovem com a aparência clássica de um irlandês de Boston: cabelo ruivo, olhos esverdeados, pele branca leitosa que sempre ficaria queimada, nunca bronzeada. E os lábios vermelhos esquisitos.

— Casa no *subúrbio*? *Ford sedã* na garagem? Mulher e dois *filhinhos*? Todo mundo se vende, era isso que você estava tentando dizer? Todo mundo toma o veneno?

— Nos cadernos...

Havia mais dois livros de Jimmy Gold nos cadernos, era isso que ele queria dizer, e os dois fechavam a história. No primeiro, Jimmy enxergava o vazio da vida no subúrbio e abandonava a família, o emprego e a casa confortável em Connecticut. Ele ia embora a pé, só com uma mochila e as roupas do corpo. Tornava-se uma versão mais velha do garoto que largara a escola, rejeitara a família materialista e decidira entrar para o exército depois de um fim de semana regado a bebida em Nova York.

— O que tem nos cadernos? — perguntou Morrie. — Vamos lá, gênio, fale. Me conte por que você derrubou e pisou na cabeça do Jimmy.

Em O corredor vai para o oeste, *ele volta a ser ele mesmo*, Rothstein teve vontade de dizer. *A ser seu eu essencial*. Só que agora o sr. Amarelo tinha mostrado seu rosto e estava tirando a pistola do bolso direito da jaqueta xadrez. Ele parecia pesaroso.

— Você criou um dos personagens mais importantes da literatura americana, depois o destruiu — disse Morrie. — Um homem capaz de fazer isso não merece viver.

A raiva surgiu como uma doce surpresa.

— Se você acha isso — disse John Rothstein —, não entendeu uma palavra do que escrevi.

Morrie apontou a pistola. O cano parecia um olho negro.

Rothstein apontou um dedo torto de artrite para Morrie como se fosse sua própria arma e sentiu satisfação quando viu o homem piscar e se remexer, desconfortável.

— Não me venha com sua crítica literária imbecil. Eu já encarei uma tonelada delas antes mesmo de você nascer. Quantos anos você tem, afinal? Vinte e dois? Vinte e três? O que sabe da vida, o que sabe de literatura?

— O bastante para saber que nem todo mundo vende. — Rothstein ficou estupefato de ver lágrimas nos olhos irlandeses. — Não venha me dar um sermão sobre a vida, não depois de ter passado os últimos vinte anos escondido do mundo como um rato.

Aquela velha crítica, "Como você ousa abandonar a fama?", transformou a raiva de Rothstein em fúria, o tipo de fúria que destruía coisas de vidro e quebrava mobília, o tipo que Peggy e Yolande teriam reconhecido. E ele ficou feliz. Era melhor morrer em fúria do que se acovardando e suplicando.

— Como você vai transformar meu trabalho em dinheiro? Já pensou nisso? Suponho que sim. Suponho que você saiba que daria no mesmo tentar vender um caderno roubado de Hemingway ou um quadro de Picasso. Mas seus amigos não são tão estudados quanto você, não é? Vejo pelo jeito que falam. Eles sabem o que você sabe? Tenho certeza de que não. Mas você fez promessas falsas a eles. Inventou uma pizza imaginária enorme e disse que cada um podia ficar com uma fatia. Acho que você é capaz disso. Acho que você tem um mar de palavras à disposição. Mas acredito que esse mar seja raso.

— Cala a boca. Você parece a minha mãe.

— Você não passa de um ladrãozinho comum, meu amigo. E que burrice é roubar o que nunca vai poder vender.

— Cala a boca, gênio, estou avisando.

Rothstein pensou: *E se ele puxar o gatilho?* Seria o fim dos comprimidos. O fim dos arrependimentos e dos montes de relacionamentos desfeitos, que ficaram pelo caminho como carros quebrados. O fim da escrita obsessiva, de acumular caderno atrás de caderno como pilhas de cocô de coelho espalhadas por uma trilha no bosque. Uma bala na cabeça não devia ser tão ruim. Melhor do que câncer ou Alzheimer, o grande horror de qualquer um que passou a vida usando o cérebro como ganha-pão. Claro que haveria manchetes, e já tivera muitas antes mesmo da porcaria da história da *Time*... *Mas, se ele puxar o gatilho, eu não vou ter que lê-las.*

— Você é *burro*. — De repente, ele estava em um tipo de êxtase. — Se acha mais inteligente do que aqueles dois, mas não é. Pelo menos, eles entendem que dinheiro pode ser gasto. — Ele se inclinou para a frente e olhou para o rosto pálido e cheio de sardas. — Quer saber, garoto? São caras como você que fazem a má fama dos leitores.

— Último aviso — disse Morrie.

— Foda-se o seu aviso. E foda-se a sua mãe. Ou você atira em mim, ou sai da minha casa.

Morris Bellamy atirou nele.

2009

A primeira discussão sobre dinheiro no lar dos Saubers, ao menos a primeira de que os filhos tiveram conhecimento, aconteceu em uma noite de abril. Não foi uma discussão grande, mas até a pior das tempestades começa como uma brisa leve. Peter e Tina Saubers estavam na sala, ele fazendo o dever de casa e ela vendo o DVD do *Bob Esponja*. Era um que ela já tinha visto muitas vezes, mas parecia nunca se cansar. E isso era bom, porque atualmente não havia acesso ao Cartoon Network no lar dos Saubers. Tom Saubers havia cancelado o serviço de TV a cabo dois meses antes.

Tom e Linda Saubers estavam na cozinha, onde Tom fechava a velha mochila depois de enchê-la com barrinhas de cereal, uma vasilha cheia de legumes cortados, duas garrafas de água e uma lata de Coca-Cola.

— Você está louco — disse Linda. — Eu sempre soube que você era competitivo, mas isso já é exagero. Se quiser botar o alarme para as cinco da manhã, tudo bem. Você pode buscar o Todd, estar no City Center às seis e vai ser o primeiro da fila.

— Quem me dera — respondeu Tom. — Todd disse que teve uma feira de empregos dessa em Brook Park mês passado e que as pessoas começaram a formar fila na véspera. *Na véspera*, Lin!

— Todd diz muitas coisas. E você sempre escuta. Lembra quando Todd disse que Peter e Tina iam *adorar* aquele troço de Monster Truck Jam...

— Isso não é um Monster Truck Jam, nem um show no parque, nem um show de fogos de artifício. São nossas *vidas*.

Peter ergueu o rosto do dever de casa e olhou rapidamente nos olhos da irmã. O dar de ombros de Tina foi eloquente: *coisa de pai e mãe*. Ele voltou para os exercícios de álgebra. Mais quatro problemas e ele poderia ir para a casa de Howie. Queria ver se Howie tinha alguma HQ nova. Peter não tinha nenhuma para trocar; sua mesada tivera o mesmo fim da TV a cabo.

Na cozinha, Tom começou a andar de um lado para outro. Linda se aproximou e segurou o braço dele com delicadeza.

— Sei que são nossas vidas.

Ela falou baixinho, em parte para as crianças não ouvirem e ficarem nervosas (ela sabia que Peter já estava), mas também para acalmar os ânimos. Ela sabia como Tom se sentia e era solidária. Ter medo era ruim; se sentir humilhado por não poder mais desempenhar o que ele via como sua responsabilidade principal, a de sustentar a família, era pior. E humilhação nem era a palavra certa. O que ele sentia era vergonha. Durante os dez anos em que ficou na Imobiliária Lakefront, ele foi um dos melhores agentes, e muitas vezes sua foto sorridente ficou estampada na vitrine do escritório. O dinheiro que ela levava para casa dando aulas para o terceiro ano era só a cobertura do bolo. E então, no outono de 2008, a economia entrou em colapso, e os Saubers se tornaram uma família de renda única.

A situação era tal que Tom fora demitido e não seria chamado de volta quando as coisas melhorassem; a Imobiliária Lakefront era agora uma loja vazia com pichação nas paredes e uma placa de VENDE-SE OU ALUGA-SE na frente. Os irmãos Reardon, que herdaram o negócio do pai (e o pai do pai dele), tinham investido muito em ações e perderam quase tudo na crise. Não era muito consolo para Linda que o melhor amigo de Tom, Todd Paine, estivesse no mesmo barco. Ela achava Todd um idiota.

— Você viu a previsão do tempo? Eu vi. Vai estar frio. Vai ter névoa vinda do lago pela manhã, talvez até um pouco de geada. *Geada*, Tom.

— Que bom. Espero que tenha mesmo. Vai diminuir os números e aumentar nossas chances. — Ele segurou os antebraços dela suavemente. Não a sacudiu nem gritou. Isso veio depois. — Eu *tenho* que conseguir alguma coisa, Lin, e a feira de empregos é minha melhor chance esta primavera. Ando gastando sola de sapato...

— Eu sei...

— E não tem *nada*. *Nadinha*. Ah, alguns empregos no porto e nas construções do shopping perto do aeroporto, mas você me vê fazendo esse tipo de trabalho? Estou quinze quilos acima do peso e vinte anos fora de forma. Pode ser que eu consiga alguma coisa no Centro no verão, talvez como vendedor, *se* as coisas melhorarem um pouco... mas pagaria mal e provavelmente seria temporário. Por isso, Todd e eu vamos à meia-noite e vamos ficar na fila até as portas se abrirem amanhã de manhã, e prometo que vou voltar com um emprego que pague dinheiro de verdade.

— E provavelmente algum vírus que todos nós vamos pegar. Aí, podemos tirar dinheiro da cota de alimentos para pagar a conta do médico.

Foi nessa hora que ele ficou irritado.

— Eu queria um pouco mais de apoio.

— Tom, pelo amor de Deus, estou *tentan...*

— Talvez até um incentivo. "Legal você mostrar iniciativa, Tom. Estamos felizes de você estar se esforçando pela família, Tom." Esse tipo de coisa. Se não for pedir demais.

— Só estou dizendo...

Mas a porta da cozinha se abriu e se fechou antes que ela pudesse terminar. Ele foi para o quintal fumar um cigarro. Quando Peter ergueu o olhar dessa vez, viu inquietação e preocupação no rosto de Tina. Ela só tinha oito anos, afinal. Peter sorriu e deu uma piscadela. Tina retribuiu com um sorriso hesitante, e voltou para os acontecimentos no reino submarino chamado Fenda do Biquíni, onde pais não perdiam o emprego nem levantavam a voz e crianças não perdiam as mesadas. A não ser que não se comportassem, claro.

Antes de sair naquela noite, Tom pôs a filha na cama e lhe deu um beijo de boa noite. Deu um também na sra. Beasley, a boneca favorita de Tina. *Para dar sorte*, ele disse.

— Papai, vai ficar tudo bem?

— Pode apostar, gatinha — respondeu ele. Ela se lembrava disso. Da confiança na voz dele. — Tudo vai ficar ótimo. Agora, durma.

Ele saiu, andando normalmente. Ela também se lembrava disso, porque nunca mais o viu andar assim.

No cume do caminho íngreme que levava da Marlborough Street até o estacionamento do City Center, Tom disse:

— Opa, espere, pare!

— Cara, tem um monte de carros atrás de mim — falou Todd.

— Só vai levar um segundo.

Tom pegou o celular e tirou uma foto das pessoas na fila. Já devia haver umas cem. No mínimo. Acima das portas do auditório havia uma faixa que dizia: 1000 EMPREGOS GARANTIDOS! E: *"Apoiamos o povo da nossa cidade!"*. — PREFEITO RALPH KINSLER.

Atrás do Subaru 2004 enferrujado de Todd Paine, alguém meteu a mão na buzina.

— Tommy, odeio ser estraga-prazeres na hora que você está eternizando essa ocasião maravilhosa, mas...

— Pode ir, pode ir. Já tirei a foto. — Enquanto Todd entrava no estacionamento, onde as vagas perto do auditório já estavam ocupadas, disse: — Mal posso esperar para mostrar a foto para Linda. Sabe o que ela disse? Que se chegássemos às seis seríamos os primeiros da fila.

— Eu falei, cara. O SuperTodd não mente. — O SuperTodd estacionou. Ao desligar o Subaru, o cano de descarga soltou um estouro e um chiado. — Quando o sol nascer, vai ter umas duas mil pessoas aqui. Repórteres também. De todos os canais. *City at Six, Morning Report, MetroScan.* A gente talvez seja entrevistado.

— Eu prefiro um emprego.

Linda estava certa sobre uma coisa: estava úmido mesmo. Dava para sentir o cheiro do lago no ar, um leve odor de esgoto. E estava quase frio o bastante para Tom ver o próprio hálito. Pedestais com fitas amarelas onde se lia NÃO ULTRAPASSE haviam sido montados, fazendo os candidatos a emprego formarem uma fila cheia de curvas como pregas em um acordeão humano. Tom e Todd ficaram entre os últimos pedestais. Outros entraram atrás deles na mesma hora, a maioria homens, alguns de jaqueta pesada, outros usando sobretudos de executivo e cortes de cabelo de executivo que estavam começando a perder a forma. Tom achou que a fila chegaria ao final do estacionamento até o nascer do sol, e isso ainda seria quatro horas antes de as portas se abrirem.

Uma mulher com um bebê chamou sua atenção. Estava algumas curvas à frente. Tom se perguntou quanto uma pessoa tinha que estar desesperada para levar um bebê para um lugar como aquele em uma noite fria e úmida como aquela. A menina estava em um sling. A mulher conversava com um homem corpulento com um saco de dormir pendurado no ombro, e o bebê estava olhando de um para o outro, como a menor fã de tênis do mundo. Era meio cômico.

— Quer dar um gole para esquentar, Tommy?

Todd tinha tirado uma garrafa de uísque da mochila e a oferecia para ele.

Tom quase disse não, lembrando-se do que Linda dissera ao se despedir (*Não chegue em casa com bafo de bebida*), mas pegou a garrafa. Estava frio, e um gole não faria mal. Ele sentiu o uísque descer e aquecer sua garganta e barriga.

Enxague a boca antes de ir a qualquer um dos stands de emprego, ele lembrou a si mesmo. *Homens com bafo de uísque não são contratados para nada.*

Quando Todd lhe ofereceu outro gole, isso por volta das duas da manhã, Tom recusou. Mas, quando ofereceu novamente às três, Tom aceitou a garrafa. Ele olhou para a quantidade e calculou que Todd estava se fortificando contra o frio de forma bem liberal.

Ah, que se dane, pensou Tom, e tomou bem mais que um gole; dessa vez, ele encheu a boca.

— Isso aí — disse Todd, a voz um pouquinho arrastada. — Siga pelo mau caminho.

Candidatos a emprego continuaram chegando, os carros surgindo no alto da Marlborough Street em meio à névoa cada vez mais densa. A fila passava dos pedestais agora e não fazia mais curvas. Tom pensava entender as dificuldades econômicas que assolavam o país (ele mesmo não tinha perdido um emprego, um emprego muito bom?), mas, conforme os carros continuaram aparecendo e a fila continuou crescendo (ele não conseguia mais ver onde terminava), ele começou a ter uma nova e assustadora perspectiva. Talvez *dificuldades* não fosse a palavra certa. Talvez a palavra certa fosse *calamidade*.

À sua direita, no labirinto de pedestais e fitas que levava às portas do auditório escuro, o bebê começou a chorar. Tom olhou ao redor e viu o homem com o saco de dormir segurando as laterais do sling para que a mulher (*Meu Deus*, pensou Tom, *ela mal parece ter saído da adolescência*) pudesse tirar o bebê.

— Que porra é exa? — perguntou Todd, com a voz mais arrastada do que nunca.

— Um bebê — respondeu Tom. — Uma mulher com um bebê. Uma *garota* com um bebê.

Todd olhou.

— Cacete. Isso que eu chamo de irra... irri... Você sabe, falta de responsabilidade.

— Você está bêbado?

Linda não gostava de Todd, não via o lado bom dele, e, no momento, Tom também não sabia se via.

— Um pouquinho. Vou estar sóbrio quando as portas se abrirem. E trouxe umas balinhas de menta.

Tom pensou em perguntar a Todd se ele também levara colírio, pois seus olhos estavam ficando bem vermelhos, mas decidiu que não queria entrar naquela discussão. Voltou a atenção para onde estava a mulher e o bebê chorando. Primeiro, achou que elas tinham ido embora. Depois, olhou para baixo e a viu entrando no saco de dormir do homem com o bebê contra o peito. O homem estava segurando a abertura do saco de dormir para ela. O bebê ainda chorava desesperadamente.

— Não dá pra calar a boca dessa criança? — gritou um homem.

— Alguém devia chamar um assistente social — acrescentou uma mulher.

Tom pensou em Tina naquela idade, imaginou-a naquela madrugada fria e enevoada e sufocou a vontade de mandar o homem e a mulher calarem a boca... ou melhor ainda, de oferecer ajuda. Afinal, todos eles estavam naquilo juntos, não estavam? Todo aquele bando de gente ferrada e azarada.

O choro diminuiu e então parou.

— Ela deve estar amamentando — disse Todd. Ele apertou o peito para demonstrar.

— É.

— Tommy.

— O quê?

— Você sabe que Ellen perdeu o emprego, não sabe?

— Caramba, não. Eu *não* sabia. — Fingindo não ver o medo no rosto de Todd. Nem o brilho de lágrimas nos olhos dele. Possivelmente, da bebida ou do frio. Ou talvez não.

— Disseram que vão chamá-la de volta quando as coisas melhorarem, mas disseram a mesma coisa para mim, e estou desempregado há quase seis meses. Já gastei todo o meu seguro. Não tem mais nada. E sabe o que tenho no banco agora? Quinhentos dólares. Sabe quanto tempo duram quinhentos dólares quando um pão no Kroger custa um dólar?

— Não muito.

— Isso mesmo. Eu *tenho* que conseguir alguma coisa aqui. *Preciso*.

— Você vai conseguir. Nós dois vamos.

Todd ergueu o queixo para o homem corpulento, que agora parecia estar montando guarda acima do saco de dormir para que ninguém pisasse sem querer na mulher com o bebê lá dentro.

— Você acha que eles são casados?

Tom não tinha pensado no assunto. Parou para refletir.

— Acho que sim.

— Então os dois devem estar desempregados. Se não, um deles teria ficado em casa com a criança.

— Talvez pensem que aparecer com o bebê possa melhorar as chances deles — sugeriu Tom.

Todd se animou.

— O apelo à pena! Não é má ideia! — Ele levantou a garrafa. — Quer um gole?

Ele tomou um gole pequeno e pensou: *Se eu não beber, Todd vai.*

Tom foi despertado do cochilo induzido pelo uísque por um grito exuberante:

— Vida é descoberta em outros planetas!

Essa piadinha foi seguida de gargalhadas e aplausos.

Ele olhou ao redor e viu que já era dia. A luz do sol estava fraca e enevoada, mas era dia mesmo assim. Atrás das portas que levavam ao auditório, um sujeito de macacão cinza (um sujeito sortudo com emprego) empurrava um balde com esfregão pelo saguão.

— Que foi? — perguntou Todd.

— Nada — disse Tom. — Só um zelador.

Todd espiou na direção da Marlborough Street.

— Caramba, e eles continuam chegando.

— É — respondeu Tom. Pensando: *E se eu tivesse ouvido Linda, estaríamos no fim de uma fila que vai quase até Cleveland.* Foi um bom pensamento, um pouco de vingança era sempre bom, mas ele desejava ter dito não para a bebida de Todd. Sua boca estava com gosto de caixa de areia de gato. Não que ele já tivesse *comido* aquilo, mas...

Alguém algumas curvas depois na fila, não muito longe do saco de dormir, perguntou:

— É um Mercedes? Parece um Mercedes.

Tom viu uma silhueta comprida no alto do caminho que descia pela Marlborough Street, com os faróis de neblina amarelos acesos. Não estava se movendo.

— O que ele pensa que está fazendo? — perguntou Todd.

O motorista do carro de trás devia ter se perguntado a mesma coisa, porque afundou a mão na buzina em um toque longo e irritado que fez as pessoas se remexerem, resmungarem e olharem em volta. Por um momento, o carro com os faróis de neblina amarelos ficou onde estava. Em seguida, disparou. Não para a esquerda, na direção do estacionamento lotado, mas diretamente para as pessoas presas no labirinto de pedestais e fitas.

— Ei! — gritou alguém.

A multidão oscilou para trás em um movimento de maré. Tom foi empurrado em cima de Todd, que caiu de bunda no chão. Ele lutou para manter o equilíbrio, quase conseguiu, mas o homem na frente dele, gritando — não, *berrando* —, enfiou a bunda na virilha de Tom e um cotovelo em seu peito. Tom caiu em cima do amigo, ouviu a garrafa de uísque se quebrar entre os dois e sentiu o odor pungente do restante da bebida se espalhando pelo chão.

Que ótimo, agora vou ficar com cheiro de bar em noite de sábado.

Ele ficou de pé a tempo de ver o carro (era mesmo um Mercedes, um grande sedã tão cinza quanto aquela manhã enevoada) se chocar contra a multidão, jogando corpos longe enquanto seguia em frente, desferindo um arco impreciso. Sangue escorria da grade. Uma mulher saiu deslizando pelo capô com os braços esticados e sem os sapatos. Bateu no vidro, tentou segurar um dos limpadores de para-brisa, errou e caiu para o lado. A fita amarela de NÃO ULTRAPASSE se partiu. Um pedestal bateu na lateral do grande sedã, mas isso não diminuiu nem um pouco sua velocidade. Tom viu as rodas da frente passarem por cima do saco de dormir e do homem corpulento, que estava agachado de forma protetora sobre ele, com uma das mãos esticadas.

Agora, estava indo direto para Tom.

— Todd! — gritou ele. — Todd, *levanta*!

Ele procurou as mãos de Todd, encontrou uma e puxou com força. Alguém se chocou nele, e Tom caiu no chão de joelhos. Ouvia o som do motor do carro, aceleradíssimo. Bem perto agora. Ele tentou engatinhar, mas um pé o acertou na têmpora. Ele viu estrelas.

— Tom. — Todd estava atrás dele agora. Como isso tinha acontecido? — Tom, que *porra* é essa?

Um corpo caiu sobre ele, e de repente havia outra coisa em cima dele, um peso enorme que o empurrava para baixo e ameaçava transformá-lo em geleia. Sua bacia se partiu como ossos secos de galinha. O peso sumiu. Uma dor com peso próprio se adiantou para tomar o lugar.

Tom tentou levantar a cabeça e conseguiu tirá-la do chão por tempo suficiente para ver os faróis traseiros piscando na névoa. Viu estilhaços cintilantes do vidro da garrafa quebrada. Viu Todd deitado de costas com sangue escorrendo da cabeça e criando uma poça no asfalto. Marcas vermelhas de pneus sumiam na meia-luz da névoa.

Ele pensou: *Linda estava certa. Eu devia ter ficado em casa.*

Ele pensou: *Vou morrer, e talvez isso seja bom. Porque, ao contrário de Todd Payne, eu não peguei o dinheiro do seguro.*

Ele pensou: *Mas acabaria tendo que fazer isso alguma hora.*

E então, escuridão.

Quando Tom Saubers acordou no hospital quarenta e oito horas depois, Linda estava sentada ao seu lado. Ela segurava sua mão. Ele perguntou a ela se sobreviveria. Ela sorriu, apertou a mão dele e disse que ele podia apostar sua bundinha nisso.

— Estou paralítico? Fale a verdade.

— Não, querido, mas está com muitos ossos quebrados.

— E o Todd?

Ela desviou o olhar e mordeu o lábio.

— Ele está em coma, mas acham que vai acabar acordando alguma hora. Eles conseguem saber pelas ondas cerebrais, eu acho.

— Um carro veio. Não consegui sair da frente.

— Eu sei. Você não foi o único. Foi algum maluco. Ele escapou, ao menos por enquanto.

Tom não podia estar menos preocupado com o homem dirigindo o Mercedes-Benz. Não estar paralítico era bom, mas...

— Quão ruim é minha condição? Nada de mentiras, seja sincera.

Ela o encarou, mas logo desviou o olhar. Mais uma vez observando os cartões de melhoras na mesa de cabeceira, ela disse:

— Você... Bem, vai demorar um tempo até conseguir andar de novo.

— Quanto tempo?

Ela levantou a mão dele, que estava bem arranhada, e deu um beijo.

— Os médicos não sabem.

Tom Saubers fechou os olhos e começou a chorar. Linda escutou por um tempo e, quando não conseguiu mais suportar, se inclinou para a frente e começou a apertar o botão do injetor de morfina. Só parou quando a máquina não liberou mais doses. Nesse ponto, ele já estava dormindo.

1978

Morris pegou um cobertor na prateleira mais alta do armário do quarto e o usou para cobrir Rothstein, que jazia caído na poltrona, sem o alto da cabeça. O cérebro que concebera Jimmy Gold, a irmã de Jimmy, Emma, e os pais egoístas e à beira do alcoolismo, tão parecidos com os de Morris, estava agora secando no papel de parede. Morris não estava exatamente chocado, mas sim impressionado. Ele esperara algum sangue e um buraco entre os olhos, não essa explosão exagerada de cartilagem e osso. Era sua falta de imaginação, ele achava, o motivo pelo qual conseguia *ler* os gigantes da literatura moderna americana, ler e apreciar, mas não *ser* um.

Freddy Dow saiu do escritório com uma bolsa cheia em cada ombro. Curtis apareceu em seguida, com a cabeça baixa e sem carregar nada. Ele saiu correndo, esbarrou em Freddy e disparou para a cozinha. A porta dos fundos bateu na lateral da casa devido ao vento. Em seguida, ouviram o barulho de vômito.

— Ele está passando mal — disse Freddy. Ele tinha talento para declarar o óbvio.

— Você está bem? — perguntou Morris.

— Estou.

Freddy saiu pela porta da frente sem olhar para trás, parando apenas para pegar o pé de cabra encostado no banco da varanda. Eles tinham ido preparados para arrombar a casa, mas a porta da frente estava destrancada. A porta da cozinha também. Rothstein colocara toda a sua confiança no cofre Gardall, ao que parecia. Falando em falta de imaginação.

Morris foi até o escritório e observou a mesa organizada de Rothstein e a máquina de escrever coberta. Olhou para as fotos nas paredes. As duas ex-esposas estavam lá, rindo, sendo jovens e lindas com roupas e penteados dos anos 1950. Era interessante que Rothstein deixasse aquelas mulheres descartadas em um lugar onde podiam observá-lo enquanto ele escrevia, mas Morris não tinha tempo para pensar sobre isso, coisa que adoraria. Mas uma investigação dessas era necessária? Ele tinha os cadernos, afinal. Tinha a *mente* do escritor. Tudo que ele escrevera desde que parara de publicar, dezoito anos antes.

Freddy pegara as pilhas de envelopes cheios de dinheiro na primeira leva (é claro; dinheiro era do que Freddy e Curtis entendiam), mas ainda havia muitos cadernos nas prateleiras do cofre. Eram Moleskines, do tipo que Hemingway usava, do tipo com que Morris sonhava quando estava no reformatório, quando também desejava se tornar escritor. Mas, no Centro de Detenção Juvenil Riverview, ele só tinha direito a cinco folhas de papel grosso por semana, longe de ser o bastante para começar a escrever o próximo grande romance americano. Implorar por mais não lhe serviria de nada. Na única vez em que oferecera a Elkins, o administrador de suprimentos, um boquete para receber uma dezena de folhas adicionais, Elkins lhe dera um soco na cara. Era quase engraçado, considerando todo o sexo não consensual que fora obrigado a fazer durante sua pena de nove meses, normalmente de joelhos e em mais de uma ocasião com a própria cueca suja enfiada na boca.

Ele não considerava a mãe *totalmente* responsável por esses estupros, mas ela merecia parte da culpa. Anita Bellamy, a famosa professora de história cujo livro sobre Henry Clay Frick fora indicado ao Pulitzer. Tão famosa que achava que sabia tudo sobre literatura americana moderna. Fora uma discussão sobre a trilogia Jimmy Gold que o fizera sair uma noite, furioso e determinado a ficar bêbado. E foi isso mesmo que ele fez, apesar de ser menor de idade, e sua aparência demonstrar o fato.

Bebida não caía bem para Morris. Ele fazia coisas quando bebia que não conseguia lembrar depois, e nunca eram coisas boas. Naquela noite, ele invadira uma propriedade, cometera atos de vandalismo e entrara em uma briga com um segurança que tentara retê-lo até a polícia chegar.

Isso foi quase seis anos antes, mas a lembrança ainda era recente. Foi tudo tão idiota. Roubar um carro, passear pela cidade e abandoná-lo (talvez depois de mijar em todo o painel) era uma coisa. Não era inteligente, mas, com um pouco de sorte, dava para escapar desse tipo de coisa. Mas invadir uma casa em Sugar Heights? Era muita burrice. Ele não queria *nada* daquela casa (pelo menos nada que pudesse lembrar). E o que aconteceu quando ele *quis* alguma coisa? Quando ofereceu a boca por algumas malditas folhas de papel? Um soco na cara. Então, ele riu, porque era o que Jimmy Gold teria feito (pelo menos, antes de Jimmy crescer e se vender pelo que ele chamava de Dólar de Ouro), e o que aconteceu depois? Ganhou outro soco na cara, ainda mais forte. Foi o ruído abafado do seu nariz quebrando que o fez começar a chorar.

Jimmy nunca teria chorado.

Morris ainda estava olhando com ganância para os Moleskines quando Freddy Dow voltou com outras duas sacolas. Também estava com uma maleta de couro surrada.

— Isso estava na despensa. Junto com um bilhão de latas de feijão e atum. Vai entender, hein? Cara estranho. Talvez estivesse se preparando para o apocalipse. Vamos lá, Morrie, precisamos ser rápidos. Alguém pode ter ouvido o tiro.

— Não tem nenhum vizinho. A fazenda mais próxima fica a três quilômetros. Relaxe.

— A cadeia está cheia de gente relaxada. Temos que sair daqui.

Morris começou a pegar os cadernos, mas não conseguiu resistir a olhar um, só para ter certeza. Rothstein *era* um cara estranho, e não era de todo impossível que tivesse enchido o cofre com cadernos em branco, achando que poderia acabar escrevendo alguma coisa neles um dia.

Mas não.

Aquele, pelo menos, estava preenchido pela caligrafia pequena e caprichada de Rothstein, com todas as páginas escritas, de cima a baixo e de um lado a outro, com as margens finas como linha.

> *... não sabia por que aquilo importava tanto para ele e por que não conseguia dormir enquanto o vagão vazio do trem noturno o levava pelo esquecimento rural, na direção de Kansas City e do campo adormecido além dela, a barriga cheia dos Estados Unidos descansando sob o edredom prosaico da noite, mas os pensamentos de Jimmy insistiam em se voltar para...*

Freddy o cutucou no ombro, e não com delicadeza.

— Tire seu nariz dessa coisa e pegue as bolsas. Um de nós já está vomitando as tripas e praticamente inútil.

Morris colocou os cadernos em uma das bolsas e pegou outra pilha sem dizer nada, os pensamentos vibrando com as possibilidades. Esqueceu a desgraça debaixo do cobertor na sala de estar, esqueceu Curtis Rogers vomitando as tripas nas rosas, ou nas zínias, ou nas petúnias, ou no que quer que crescesse nos fundos da casa. Jimmy Gold! Indo para o oeste em um vagão de trem! Rothstein não tinha terminado a história, afinal.

— Estas estão cheias — disse ele para Freddy. — Leve lá para fora. Vou colocar o resto na valise.

— É assim que se chama esse tipo de mala?

— Acho que é. — Ele sabia que era. — Vá logo. Estou quase acabando aqui.

Freddy colocou as alças das bolsas nos ombros, mas ficou ali mais um momento.

— Tem certeza sobre isso? Porque Rothstein disse...

— Ele era um acumulador tentando proteger suas posses. Teria dito qualquer coisa. Vá.

Freddy foi. Morris colocou a última leva de Moleskines na valise e saiu do armário. Curtis estava de pé ao lado da mesa de Rothstein. Tinha tirado a balaclava; todos tinham. O rosto estava pálido como papel, e havia círculos escuros de choque ao redor dos olhos.

— Você não precisava matá-lo. Não *devia* ter matado. Não estava no plano. Por que você fez isso?

Porque ele me fez sentir burro. Porque xingou minha mãe, e só eu posso fazer isso. Porque me chamou de garoto. Porque precisava ser punido por transformar Jimmy Gold em um *deles*. E, principalmente, porque ninguém com esse tipo de talento tem o direito de escondê-lo do mundo. Só que Curtis não entenderia isso.

— Porque vai fazer os cadernos valerem mais quando formos vendê-los. — Mas isso só aconteceria depois de ele ter lido cada palavra, só que Curtis não entenderia a necessidade de fazer isso, e nem precisava entender. Nem Freddy. Ele tentou parecer paciente e calmo. — Agora, temos toda a produção de John Rothstein que vai existir. Isso torna os originais não publicados ainda mais valiosos. Você entende, não é?

Curtis coçou uma bochecha pálida.

— Bem... acho que... sim.

— Além do mais, ele nunca vai poder alegar que os originais são falsos, quando eles aparecerem. Rothstein poderia fazer isso só de raiva. Já li muito sobre ele, Curtis, praticamente tudo, e ele era um filho da puta bem raivoso.

— Bem...

Morris se controlou para não dizer: "É um assunto extremamente complicado para uma mente fraca como a sua". Apenas estendeu a valise.

— Pegue. E fique de luvas até estarmos no carro.

— Você devia ter conversado com a gente, Morrie. Somos seus *parceiros*.

Curtis começou a se afastar, mas se virou.

— Tenho uma pergunta.

— Qual é?

— Você sabe se New Hampshire tem pena de morte?

Eles pegaram estradas secundárias pelo caminho estreito entre New Hampshire e Vermont. Freddy dirigiu o Chevy Biscayne, que era velho e comum. Morris foi no banco do passageiro com um guia aberto no colo, acendendo a luz no teto do carro de tempos em tempos para ter certeza de que eles não tinham saído da rota predeterminada. Ele não precisava lembrar Freddy de ficar dentro do limite de velocidade. Aquele não era o primeiro roubo de Freddy Dow.

Curtis estava no banco de trás, e logo eles ouviram o som de seus roncos. Morris o considerava um cara de sorte; ele parecia ter vomitado todo o horror que sentia. Achou que talvez demorasse um tempo para ter uma boa noite de sono. Ficava vendo a massa cinzenta escorrendo pelo papel de parede. Não foi o assassinato que o incomodou, foi o talento desperdiçado. Uma vida inteira de aperfeiçoamento e formação destruída em menos de um segundo. Todas aquelas histórias, todas aquelas imagens, e o que saiu parecia mingau de aveia. Qual era o sentido?

— Então você acha mesmo que vamos conseguir vender os caderninhos dele? — perguntou Freddy. Ele voltou ao assunto. — Por dinheiro de verdade?

— Acho.

— E sairmos ilesos disso?

— Sim, Freddy, tenho certeza.

Freddy Dow ficou tanto tempo em silêncio que Morris achou que o assunto estava encerrado. Mas ele retomou a conversa. Três palavras. Secas e sem emoção.

— Tenho minhas dúvidas.

Mais tarde, novamente encarcerado (não na detenção juvenil dessa vez), Morris pensaria: *Foi nessa hora que decidi matá-los.*

Mas, às vezes, à noite, quando não conseguia dormir, com a bunda grudenta e ardendo de uma de várias penetrações no banheiro auxiliadas por sabonete, ele admitiria que não era verdade. Sempre soubera. Eles eram burros e criminosos reincidentes. Mais cedo ou mais tarde (provavelmente mais cedo), um deles seria pego por outra coisa, e haveria a tentação de trocar o que sabiam sobre aquela noite por uma sentença mais leve ou sentença nenhuma.

Eu só sabia que eles tinham que sumir, pensaria Morris naquelas noites na cela, quando a barriga cheia dos Estados Unidos estivesse descansando sob o edredom prosaico da noite. *Era inevitável.*

No norte do estado de Nova York, com o amanhecer ainda um pouco longe, mas já começando a despontar no horizonte escuro atrás deles, os três viraram para o oeste na Route 92, uma rodovia que seguia mais ou menos paralela à I-90 até Illinois, quando guinava para o sul, para a cidade industrial de Rockford. A estrada ainda estava deserta àquela hora, apesar de ouvirem (e às vezes verem) tráfego pesado de caminhões na interestadual à esquerda.

Eles passaram por uma placa dizendo ÁREA DE DESCANSO 3 KM, e Morris pensou em *Macbeth*. Se era para ser feito, seria bom fazermo-lo de pronto. Não era uma citação exata, talvez, mas bem próxima.

— Pare ali — disse ele para Freddy. — Preciso tirar água do joelho.

— Deve ter máquinas de salgadinhos e refrigerante também — disse o vomitador no banco de trás. Curtis estava sentado agora, com o cabelo todo bagunçado. — Uns biscoitos com creme de amendoim cairiam bem.

Morris sabia que teria que deixar para lá se houvesse outros carros na área de descanso. A I-90 tinha absorvido a maior parte do tráfego que seguia por aquela estrada, mas, quando o sol nascesse, haveria bastante tráfego local, seguindo de uma Caipirópolis para a seguinte.

Agora, a área de descanso estava deserta, pelo menos em parte por causa da placa PROIBIDO O PERNOITE DE TRAILERS. Eles estacionaram e saíram. Pássaros gorjeavam nas árvores, discutindo a noite que passara e os planos para o dia. Algumas folhas, que naquela parte do mundo estavam começando a mudar de cor, caíam e se espalhavam pelo estacionamento.

Curtis foi inspecionar as máquinas enquanto Morris e Freddy caminharam lado a lado até o banheiro masculino. Morris não estava particularmente nervoso. Talvez o que diziam fosse verdade: depois do primeiro ficava mais fácil.

Ele segurou a porta para Freddy com uma das mãos e tirou a pistola do bolso da jaqueta com a outra. Freddy disse obrigado sem nem olhar. Morris deixou a porta se fechar antes de levantar a arma. Posicionou o cano a menos de dois centímetros da nuca de Freddy Dow e puxou o gatilho. O disparo foi um estrondo alto e seco no aposento azulejado, mas qualquer um que tivesse ouvido ao longe pensaria que era um escapamento de moto na I-90. Sua única preocupação era Curtis.

Mas não precisava ter se afligido. Curtis ainda estava perto das máquinas de salgadinhos, embaixo de uma calha de madeira e de uma placa rústica que dizia OÁSIS DA ESTRADA. Segurava um pacote de biscoitos com creme de amendoim.

— Você ouviu aquilo? — perguntou a Morris. E então, ao ver a arma, parecendo intrigado de verdade: — Para que isso?

— Para você — respondeu Morris, e atirou no peito dele.

Curtis caiu, mas (e isso foi um choque) não morreu. Não parecia nem *perto* de morrer. Ele se contorceu no asfalto. Uma folha caída girou na frente do nariz dele. Sangue começou a se acumular em uma poça sob o homem. Ele ainda estava segurando os biscoitos. Olhou para cima, com o cabelo preto oleoso caindo nos olhos. Atrás das árvores, um caminhão passou na Route 92, seguindo para o leste.

Morris não queria atirar em Curtis de novo. Ali fora, um disparo não teria aquele som seco de escapamento, e alguém poderia chegar a qualquer segundo.

— Se era para ser feito, seria bom fazermo-lo de pronto — disse ele, e se apoiou em um joelho.

— Você atirou em mim — falou Curtis, parecendo sem fôlego e impressionado. — Porra, você *atirou* em mim, Morrie!

Pensando no quanto odiava aquele apelido, no quanto o odiara a vida toda, e que até os professores, que deviam ser mais cuidadosos, o usavam para falar com ele, Morris virou a arma e começou a bater no crânio de Curtis com a coronha. Três golpes fortes levaram a muito pouco. Era apenas um .38, afinal, e não era pesado o bastante para fazer mais do que alguns poucos danos. Sangue começou a escorrer pelo cabelo de Curtis e pelas bochechas gorduchas. Ele estava gemendo, olhando para Morris com os olhos azuis desesperados. Balançou fracamente uma das mãos.

— Pare, Morrie! Pare, isso *dói*!

Merda. Merda, merda, merda.

Morris colocou a arma de volta no bolso. A coronha estava agora grudenta com sangue e cabelo. Ele foi até o Biscayne, limpando a mão na jaqueta. Abriu a porta do motorista, viu a ignição vazia e disse *porra* baixinho. Sussurrando, como uma oração.

Na Route 92, dois carros passaram, depois um caminhão marrom dos correios.

Ele correu até o banheiro masculino, abriu a porta, se ajoelhou e começou a revirar os bolsos de Freddy. Encontrou as chaves do carro no bolso frontal esquerdo. Levantou-se e foi rapidamente para a área das máquinas, com a certeza de que um carro ou caminhão já teria aparecido agora que o trânsito estava ficando mais intenso, pois *alguém* teria que mijar o café matinal, e Morris teria que matar *essa* pessoa também, e possivelmente a que viesse depois. Uma imagem de bonecos de papel unidos veio à sua mente.

Mas ainda não havia ninguém.

Ele entrou no Biscayne, comprado legalmente, mas agora com placas roubadas do Maine. Curtis Rogers estava se arrastando aos poucos pelo chão de cimento na direção dos banheiros, se locomovendo com as mãos e os pés e deixando uma trilha de sangue atrás de si. Era impossível ter certeza, mas Morris achou que ele talvez estivesse tentando chegar ao telefone público na parede entre o banheiro masculino e o feminino.

Não era para ser assim, pensou ele, ligando o carro. Foi burrice impulsiva, e ele provavelmente seria pego. Isso o fez pensar no que Rothstein lhe disse. *Quantos anos você tem, afinal? Vinte e dois? Vinte e três? O que sabe da vida, o que sabe de literatura?*

— Sei que não sou um vendido. Disso eu sei.

Ele engatou a marcha e dirigiu lentamente na direção do homem se arrastando pelo chão de cimento. Queria sair dali, seu cérebro estava *berrando* para ele sair dali, mas isso tinha que ser feito com cuidado e sem mais sujeira do que o absolutamente necessário.

Curtis olhou ao redor, os olhos arregalados e horrorizados por trás da floresta de cabelo sujo. Ergueu uma das mãos em um gesto débil de *pare*, depois Morris não conseguiu mais vê-lo porque o capô ficou na frente. Ele guiou com cuidado e seguiu em frente. O para-choque dianteiro do carro tocou no meio-fio. O odorizador com formato de pinheiro pendurado no espelho retrovisor balançou e tremeu.

Não aconteceu nada... e nada... e de repente o carro deu outro solavanco. Houve um *pop* abafado, o som de uma abóbora pequena explodindo em um forno de micro-ondas.

Morris virou o volante para a esquerda, e houve um terceiro solavanco quando o Biscayne voltou para a área do estacionamento. Ele olhou pelo espelho e viu que a cabeça de Curtis tinha sumido.

Bem, não. Não exatamente. Estava ali, mas toda espalhada. Esmagada. *Não tem talento desperdiçado* nessa *sujeira*, pensou Morris.

Ele dirigiu para a saída e, quando teve certeza de que a estrada estava vazia, partiu em disparada. Precisaria parar para examinar o para-choque do carro, principalmente o pneu que esmagara a cabeça de Curtis, mas queria percorrer uns trinta quilômetros de estrada primeiro. Trinta, no mínimo.

— Vejo um lava-jato no meu futuro.

Ele achou isso engraçado (*imoderadamente* engraçado, e ali estava uma palavra que nem Freddy nem Curtis teriam entendido) e riu muito e alto. Morris respeitou cuidadosamente o limite de velocidade. Viu o odômetro indicar a passagem dos quilômetros e, mesmo a noventa quilômetros por hora, parecia avançar muito devagar. Ele tinha certeza de que o pneu havia deixado uma trilha de sangue, mas já teria sumido. Havia muito tempo. Mesmo assim, era hora de voltar a percorrer estradas secundárias, talvez até terciárias. A coisa inteligente a se fazer seria parar e jogar todos os cadernos, além do dinheiro, no bosque. Mas ele não faria isso. Nunca faria isso.

As chances são de cinquenta por cento, ele garantiu a si mesmo. *Talvez melhores do que isso. Afinal, ninguém viu o carro. Nem em New Hampshire nem na área de descanso.*

Ele chegou a um restaurante abandonado, parou em uma vaga afastada e examinou o para-choque frontal e o pneu dianteiro direito do Biscayne. Achou que estava tudo o.k., de modo geral, mas havia um pouco de sangue no para-choque. Morris pegou um pouco de grama e limpou. Voltou para o carro e dirigiu para o oeste. Estava preparado para bloqueios nas estradas, mas não encontrou nenhum.

Na fronteira com a Pensilvânia, em Gowanda, ele encontrou um lava-jato automático. As escovas escovaram, os jatos d'água enxaguaram e o carro saiu brilhando, tanto embaixo quanto em cima.

Morris seguiu para o oeste, em direção à cidadezinha imunda que os residentes chamavam de Joia dos Grandes Lagos. Precisava ficar escondido por um tempo e tinha que visitar um velho amigo. Além do mais, lar é o lugar onde as pessoas têm que te receber quando se faz uma visita (o evangelho segundo Robert Frost), e isso era especialmente verdadeiro quando não havia ninguém para reclamar da volta do filho pródigo. Com o querido papai desaparecido havia anos e a querida mamãe passando o semestre de outono dando aulas sobre os empresários ladrões como palestrante convidada em Princeton, a casa na Sycamore Street estaria vazia. Não era uma casa digna de uma professora famosa, muito menos de uma escritora indicada ao Pulitzer, mas a culpa disso era do querido papai. Além do mais, Morris nunca se importara de morar lá; esse ressentimento era da mãe.

Morris escutou o noticiário, mas não havia nada sobre o assassinato do escritor que, de acordo com aquela matéria de capa da *Times*, fora "um grito para as crianças dos silenciosos anos cinquenta acordarem e erguerem suas vozes". Esse silêncio era uma coisa boa, mas não inesperado; de acordo com o informante de Morris no reformatório, a empregada de Rothstein só aparecia por lá uma vez por semana. Também havia um faz-tudo, mas o cara só ia quando era chamado. Morris e os falecidos parceiros tinham escolhido o momento correto, o que queria dizer que ele podia ter muitas esperanças de que o corpo só fosse encontrado dali a seis dias.

Naquela tarde, na parte rural de Ohio, ele passou por um celeiro cheio de antiguidades à venda e deu meia-volta. Depois de olhar um pouco, comprou um baú usado por vinte dólares. Era velho, mas parecia firme. Morris considerou uma pechincha.

2010

Os pais de Peter Saubers discutiam muito agora. Tina chamava essas discussões de late-late. Peter achava que fazia sentido, porque era isso que eles pareciam estar fazendo quando começavam: au-au-au, au-au-au. Às vezes, Peter tinha vontade de ir até o alto da escada e gritar para eles pararem, pararem logo com aquilo. *Vocês estão assustando as crianças*, ele tinha vontade de gritar. *Tem crianças nesta casa,* crianças, *os dois burros por acaso esqueceram?*

Peter estava em casa porque os melhores alunos da escola, que não tinham nada além de horário de estudos e um período de atividades depois do almoço, tinham permissão para sair mais cedo. A porta do quarto estava aberta, e ele ouviu o pai andar depressa de muleta pela cozinha assim que o carro da mãe parou em frente à garagem. Peter tinha certeza de que as festividades do dia começariam com o pai dizendo "Nossa, ela chegou cedo". Mamãe diria que ele parecia nunca se lembrar de que as quartas-feiras eram o dia que ela saía cedo do trabalho. Papai responderia que ainda não estava acostumado a morar naquela parte da cidade, falando como se eles tivessem sido obrigados a se mudar para a área mais sombria de Lowtown, em vez de apenas para a seção de ruas com nomes de árvore em Northfield. Após as preliminares, eles podiam começar a verdadeira latição.

O próprio Peter não adorava North Side, mas o lugar não era *terrível*, e mesmo aos treze anos parecia entender a realidade econômica deles melhor do que o pai. Talvez porque não tomasse comprimidos de OxyContin quatro vezes por dia como ele. Eles estavam ali porque a Grace Johnson Middle School, onde a mãe dava aulas, fechara como parte da iniciativa de corte de custos do

41

conselho da cidade. Muitos dos professores agora estavam desempregados. Linda pelo menos fora contratada como uma mistura de bibliotecária e monitora de estudos na Northfield Elementary. Ela saía cedo às quartas-feiras porque a biblioteca fechava ao meio-dia nesse dia. Todas as bibliotecas escolares fechavam cedo às quartas. Era outra iniciativa de corte de custos. O pai de Peter reclamara disso, observara que os integrantes do conselho não cortaram os *próprios* salários e os chamara de um bando de filhos da puta hipócritas.

Peter não sabia nada sobre isso. Só sabia que atualmente Tom Saubers reclamava de tudo.

O Ford Focus, o único carro deles agora, parou na entrada de garagem e a mãe saiu, arrastando a velha pasta surrada. Desviou de um trecho que sempre formava gelo, pois ficava na parte sombreada debaixo da calha da varanda. Era a vez de Tina de jogar sal, mas ela esquecera, como sempre. A mãe subiu a escada devagar, com os ombros caídos. Peter odiava vê-la andar assim, como se tivesse um saco de tijolos nas costas. Enquanto isso, as muletas do pai estalavam em ritmo redobrado na sala.

A porta da frente se abriu. Peter esperou. Torceu por alguma coisa legal como "Oi, querida, como foi seu dia?".

Quem dera.

Ele não *queria* exatamente escutar os latidos, mas a casa era pequena e era quase impossível não ouvir... a não ser que ele saísse, claro, uma retirada estratégica que fazia com mais e mais frequência naquele inverno. Mas Peter às vezes sentia que, como filho mais velho, tinha a *responsabilidade* de ouvir. O sr. Jacoby gostava de dizer na aula de história que conhecimento era poder, e Peter achava que era por isso que se sentia compelido a monitorar a guerra crescente de palavras entre os pais. Porque cada latição esticava mais o tecido do casamento, e um dia desses o tecido se rasgaria. Era melhor estar preparado.

Mas preparado para quê? Divórcio? Esse parecia o resultado mais provável. De alguma forma, as coisas podiam melhorar se eles se separassem (Peter acreditava nisso cada vez mais, embora ainda não tivesse articulado como pensamento consciente), mas o que exatamente um divórcio seria em (outra expressão favorita do sr. Jacoby) *termos reais*? Quem ficaria e quem sairia? Se o pai saísse, como viveria sem o carro se mal podia andar? Na verdade, como qualquer um dos dois teria *dinheiro* para sair? Eles já estavam falidos.

Pelo menos, Tina não estava presente para ouvir a animada troca de opiniões entre os pais; ela ainda estava na escola, e provavelmente não iria para casa logo depois. Talvez só aparecesse na hora do jantar. Ela tinha finalmente feito uma amiga, uma garota dentuça chamada Ellen Briggs, que morava na esquina da Sycamore com a Elm. Peter achava que Ellen tinha o cérebro de um hamster, mas pelo menos Tina não ficava o tempo todo deprimida em casa, sentindo falta das amigas do bairro antigo e às vezes chorando. Peter odiava quando Tina chorava.

Enquanto isso, desliguem os celulares, pessoal. As luzes vão se apagar, e o episódio de hoje de *Estamos Todos na Merda* está para começar.

TOM: "Ei, você chegou cedo."

LINDA (com cautela): "Tom, é..."

TOM: "Quarta-feira, certo. O dia que a biblioteca fecha cedo."

LINDA: "Você andou fumando dentro de casa de novo. Estou sentindo o cheiro."

TOM (ficando mal-humorado): "Só um. Na cozinha. Com a janela aberta. Tem gelo nos degraus de trás, e eu não quis correr o risco de cair. Peter se esqueceu de botar o sal de novo."

PETER (à parte, para a plateia): "Ele já deveria saber, pois foi papai que fez o calendário de tarefas, mas é a semana de Tina botar sal. Aqueles OxyContins que ele toma não são só comprimidos para a dor, são comprimidos de burrice."

LINDA: "Ainda estou sentindo o cheiro, e você sabe que o proprietário proíbe especificamente..."

TOM: "Tá, tudo bem, entendi. Da próxima vez, vou lá para fora e vou correr o risco de cair das muletas."

LINDA: "Não é *só* por causa do aluguel, Tommy. Ser fumante passivo é ruim para as crianças. Já falamos sobre isso."

TOM: "E falamos, e falamos..."

LINDA (agora remexendo a lama): "Além disso, quanto custa um maço de cigarros hoje em dia? Quatro e cinquenta? Cinco dólares?"

TOM: "Eu fumo um maço *por semana*. Pelo amor de Deus!"

LINDA (atropelando as defesas dele com um ataque aritmético blindado): "Se um maço custa cinco dólares, isso dá vinte dólares por mês. E sai do meu salário, porque é o único..."

TOM: "Ah, lá vamos nós..."

LINDA: "... que temos agora."

TOM: "Você nunca se cansa de esfregar isso na minha cara, não é? Deve achar que fui atropelado de propósito. Para poder ficar à toa em casa."

LINDA (depois de uma longa pausa): "Sobrou vinho? Uma taça me cairia bem."

PETER (à parte): "Diga que tem, pai. Diga que tem."

TOM: "Acabou. Talvez você queira que eu vá de muletas até o Zoney's comprar outra garrafa. Mas você teria que me dar um adiantamento na minha *mesada*."

LINDA (à beira das lágrimas): "Você age como se o que aconteceu com você fosse minha culpa."

TOM (gritando): "Não é culpa de *ninguém*, e é isso que me deixa louco! Você não entende? Nunca nem pegaram o cara que fez aquilo!"

Nesse ponto, Peter já ouviu o suficiente. Era uma peça idiota. Talvez eles não percebessem, mas ele percebia. Ele fechou o livro de literatura. Leria o livro, de um cara chamado John Rothstein, naquela noite. No momento, precisava sair e respirar ares tranquilos.

LINDA (baixinho): "Pelo menos você não morreu."

TOM (ficando melodramático agora): "Às vezes eu acho que teria sido melhor se tivesse morrido. Olhe para mim, totalmente dependente do Oxy e ainda sentindo dor porque o remédio não faz mais efeito se eu não tomar uma quantidade suficiente para quase me matar. Vivendo com o salário da minha esposa, que é de mil dólares a menos do que era, graças aos filhos da puta do conselho…"

LINDA: "Olhe a boc…"

TOM: "A casa? Já era. Cadeira de rodas motorizada? Já era. Economias? Quase no fim. E agora, não posso nem fumar um maldito cigarro!"

LINDA: "Se você acha que choramingar vai resolver alguma coisa, fique à vontade, mas…"

TOM (berrando): "Você chama isso de choramingar? Eu chamo de realidade. Quer que eu baixe a calça para você dar uma boa olhada no que sobrou das minhas pernas?"

Peter desceu a escada de meias. A sala estava logo ali, mas eles não o viram; estavam cara a cara e ocupados atuando em uma peça de merda que ninguém pagaria para ver. O pai estava apoiado nas muletas, com os olhos vermelhos e as bochechas ásperas de barba por fazer, a mãe segurando a bolsa na frente do peito como um escudo e mordendo o lábio. Era horrível, e a pior parte? Peter os amava.

O pai se esqueceu de mencionar o Fundo de Emergência, começado um mês depois do Massacre do City Center pelo único jornal que restava da cidade, em colaboração com as três estações de TV locais. Brian Williams até fez uma matéria sobre o fundo no *NBC Nightly News*, que aquela cidadezinha corajosa cuidava dos seus quando um desastre se abatia, tantos corações preocupados, tantas mãos caridosas, tanto blá-blá-blá, e agora uma palavra dos patrocinadores. O Fundo de Emergência deixou todo mundo se sentindo bem por uns seis dias. O que a imprensa não mencionou foi como o fundo arrecadou pouco, apesar das caminhadas de caridade, dos passeios de bicicleta beneficentes e de um show de um segundo colocado no *American Idol*. O Fundo de Emergência não cresceu porque era uma época difícil para todo mundo. E, claro, o que *foi* arrecadado precisou ser dividido entre muitas pessoas. A família Saubers recebeu um cheque de mil e duzentos dólares, depois um de quinhentos, depois um de duzentos. O cheque do mês anterior, com o carimbo de ÚLTIMA PARCELA, fora de cinquenta dólares.

Palmas.

Peter entrou na cozinha, pegou as botas e o casaco e saiu. A primeira coisa que reparou foi que não tinha gelo nos degraus dos fundos; o pai mentira sobre aquilo. O dia estava quente demais para haver gelo, pelo menos no sol. Ainda faltavam seis semanas para a primavera, mas o degelo já tinha começado havia quase uma semana, e a única neve que tinha sobrado no quintal eram alguns pedaços debaixo das árvores. Peter andou até a cerca e passou pelo portão.

Uma vantagem de morar nas ruas com nomes de árvore de North Side era o terreno baldio atrás da Sycamore. Devia ter o tamanho de um quarteirão do Centro, cinco acres de vegetação e árvores baixas seguindo ladeira abaixo até um riacho congelado. O pai de Peter disse que o terreno estava assim havia muito tempo e que devia ficar assim ainda mais tempo por causa de uma briga judicial sem fim sobre quem era o dono das terras e o que podia ser construído ali.

— No final, ninguém vence nessas brigas, só os advogados — dissera ele para o filho. — Lembre-se disso.

Na opinião de Peter, crianças que queriam férias dos pais em prol da saúde mental também venciam.

Havia uma trilha em meio às árvores nuas em uma diagonal irregular, terminando no Rec da Birch Street, um antigo centro de recreação da juventude de Northfield cujos dias estavam contados. Garotos mais velhos andavam pela trilha quando o tempo estava quente, fumando cigarros, fumando erva, bebendo cerveja, provavelmente transando com as namoradas, mas não naquela época do ano. Nenhum garoto mais velho significava nenhum incômodo.

Às vezes, Peter levava a irmã pela trilha, se a mãe e o pai estivessem brigando seriamente, como acontecia com mais e mais frequência. Quando chegavam ao Rec, eles jogavam basquete, assistiam a vídeos ou jogavam damas. Ele não sabia para onde a levaria quando o Rec fechasse. Não havia nenhum outro lugar além da Zoney's, a loja de conveniência. Sozinho, ele geralmente só ia até o riacho e jogava pedras lá, se a água estivesse correndo, fazendo-as quicar no gelo quando o riacho congelava. Tentando fazer um buraco e apreciando o silêncio.

Os late-lates eram ruins, mas seu pior medo era que o pai, agora sempre meio doidão por causa dos comprimidos de Oxy, um dia acabasse batendo na mãe. Isso quase certamente rasgaria o tecido esticado e fino do casamento. E se não rasgasse? E se ela aceitasse apanhar? Isso seria ainda pior.

Nunca vai acontecer, Peter disse para si mesmo. *Papai não faria isso.*
Mas e se fizesse?

Gelo ainda cobria o riacho naquela tarde, mas parecia podre, e havia manchas grandes e amarelas, como se um gigante tivesse parado para mijar ali. Peter não ousaria andar ali em cima. Não se afogaria nem nada, se o gelo cedesse, a água só ia até o tornozelo, mas ele não queria voltar para casa e ter que explicar por que a calça e as meias estavam molhadas. Ele se sentou em um tronco caído, jogou algumas pedras (as pequenas quicaram e rolaram, as grandes quebraram os pontos amarelos), depois ficou olhando para o céu por um tempo. Nuvens grandes e fofas flutuavam lá em cima, do tipo que parecia mais de primavera do que de inverno, se movendo do oeste para o leste. Uma delas parecia uma velha corcunda (ou talvez com uma mochila nas costas); havia um coelho; havia um dragão; havia uma que parecia um...

Um baque baixo à sua esquerda o distraiu. Ele se virou e viu que uma parte do barranco, frágil devido a uma semana de neve derretendo, tinha cedido e exposto as raízes de uma árvore que já estava precariamente inclinada. O buraco criado pela queda parecia uma caverna, e, a não ser que estivesse enganado (ele achava que podia ser só uma sombra), havia alguma coisa ali.

Peter foi até a árvore, segurou um dos galhos sem folhas e se inclinou para olhar melhor. Havia mesmo alguma coisa ali, e parecia bem grande. A ponta de uma caixa, talvez?

Ele desceu pelo barranco, criando degraus improvisados ao enfiar os calcanhares das botas na terra lamacenta. Quando estava sob o local do pequeno deslizamento, se agachou. Viu couro preto rachado e tiras de metal com rebites. Havia uma alça do tamanho de um estribo na ponta. Era um baú. Alguém escondera um baú ali.

Empolgado, além de curioso, Peter segurou a alça e puxou. O baú nem se mexeu. Estava bem enfiado. Peter deu outro puxão, mas só por desencargo de consciência. Não conseguiria tirá-lo dali. Não sem ferramentas.

Ele ficou agachado com as mãos pendendo entre as coxas, como o pai fazia antes que seus dias de homem ativo chegassem ao fim. Peter observou o baú preso na terra escura e cheia de raízes. Devia ser loucura estar pensando em *A ilha do tesouro* (e também em "O escaravelho de ouro", um conto que eles leram na aula de literatura no ano anterior), mas ele *estava* pensando nisso. E era loucura? Era mesmo? Além de dizer que conhecimento era poder, o sr. Jacoby enfatizava a importância do pensamento lógico. Não era lógico pensar que uma pessoa não enterraria um baú no bosque a não ser que houvesse alguma coisa valiosa dentro?

E estava ali havia um tempo. Dava para perceber só de olhar. O couro estava rachado e cinzento em alguns lugares, em vez de preto. Peter achava que, se puxasse a alça com toda a força que tinha e não parasse de puxar, talvez a quebrasse. As tiras de metal estavam sem brilho e cheias de ferrugem.

Ele tomou uma decisão e subiu a trilha na direção de casa. Entrou pelo portão, foi até a porta da cozinha e prestou atenção. Não havia vozes e a TV estava desligada. O pai deveria ter ido para o quarto (o do térreo, mamãe e papai tinham que dormir lá apesar de ser pequeno, porque papai não conseguia subir as escadas direito agora) para tirar um cochilo. A mãe talvez tivesse ido com ele, eles às vezes faziam as pazes assim, mas talvez estivesse na lavanderia, que também lhe servia de escritório, trabalhando no currículo ou se candidatando a empregos on-line. O pai podia ter desistido (e Peter tinha que admitir que ele tinha seus motivos), mas a mãe, não. Ela queria voltar a dar aulas em tempo integral, e não só pelo dinheiro.

Havia uma garagem ao lado da casa, mas a mãe nunca colocava o Focus lá dentro a não ser que fosse haver uma tempestade de neve. Ela estava cheia de coisas da casa antiga para as quais não havia espaço na casa alugada, menor. A caixa de ferramentas do pai estava lá (Tom listou as ferramentas nos classificados, mas não conseguiu ninguém que quisesse comprá-las pelo que ele considerava um preço justo), além de alguns brinquedos velhos dele e de Tina, o saco de sal com a colher e algumas ferramentas de jardinagem apoiadas na parede dos fundos. Peter escolheu uma pá e voltou correndo pela trilha, segurando-a na frente do corpo como um soldado com o rifle.

Ele desceu até quase o riacho, usando os degraus que tinha feito na lama, e começou a trabalhar no pequeno deslizamento que revelara o baú. Tirou boa parte da terra caída e a colocou de volta no buraco debaixo da árvore. Não

47

conseguiu preencher até as raízes retorcidas, mas conseguiu cobrir a ponta do baú, que era seu objetivo.

Por enquanto.

Houve um pouco de latidos no jantar, não muito, e Tina não pareceu se importar, mas foi para o quarto de Peter quando ele estava terminando o dever de casa. Ela usava o pijama fechado nos pés e estava arrastando a sra. Beasley, a última e mais importante boneca. Era como se tivesse voltado a ter cinco anos.

— Posso ficar um pouco com você, Pete? Tive um pesadelo.

Ele pensou em mandá-la embora, mas decidiu (ainda pensando no baú enterrado) que fazer uma coisa dessas poderia dar azar. Também seria crueldade, considerando as olheiras escuras sob os olhos bonitos da irmã.

— Tá, tudo bem, só um pouco. Mas não vamos transformar isso em um hábito. — Era uma das frases favoritas da mãe deles.

Tina se deitou na cama e rolou até estar encostada na parede, sua posição favorita para dormir, como se planejasse passar a noite lá. Peter fechou o livro de ciências, se sentou ao lado dela e fez uma careta.

— Aviso de boneca, Tina. A cabeça da sra. Beasley está enfiada na minha bunda.

— Vou colocar nos meus pés. Pronto. Assim está melhor?

— E se ela sufocar?

— Ela não respira, seu burro. É só uma boneca, e Ellen diz que logo vou me cansar dela.

— Ellen é uma idiota.

— Ela é minha amiga. — Peter percebeu, achando graça, que ela não discordou exatamente. — Mas acho que ela está certa. As pessoas crescem.

— Você, não. Você vai ser sempre minha irmãzinha. E não durma. Você vai voltar para o seu quarto em uns cinco minutos.

— Dez.

— Seis.

Ela pensou.

— Fechado.

Do andar de baixo, ouviram um grunhido abafado, seguido do baque de muletas. Peter acompanhou o barulho até a cozinha, onde o pai se sentaria, acenderia um cigarro e sopraria a fumaça pela porta dos fundos. Isso faria a fornalha funcionar, e o que a fornalha queimava, de acordo com a mãe deles, não era óleo, mas dinheiro.

— Você acha que eles vão se separar?

Peter ficou chocado: primeiro pela pergunta, e depois pela segurança quase adulta dela. Ele fez menção de dizer "Não, claro que não", mas pensou no quanto detestava filmes em que os adultos mentiam para as crianças, o que queria dizer *todos* os filmes.

— Não sei. Não hoje, pelo menos. Os tribunais estão fechados.

Ela riu. Isso era um bom sinal. Ele esperou que a irmã dissesse mais alguma coisa. Ela não disse. Os pensamentos de Peter se voltaram para o baú enterrado na margem do riacho, debaixo de uma árvore. Ele conseguira manter esse pensamento distante enquanto fazia o dever, mas...

Não, não conseguira. Os pensamentos estavam presentes o tempo todo.

— Tina, é melhor você não dormir.

— Eu não estou... — Mas estava bem perto, pelo tom de voz.

— O que você faria se encontrasse um tesouro? Um baú de tesouro enterrado, cheio de pedras preciosas e dobrões de ouro?

— O que são dobrões?

— Moedas de antigamente.

— Eu daria para papai e mamãe. Para eles não brigarem mais. Você não?

— Sim — respondeu Peter. — Agora volte para sua cama, antes que eu tenha que carregar você.

Pelo plano de saúde, Tom Saubers só se qualificava para fisioterapia duas vezes por semana agora. Uma van especial ia buscá-lo todas as segundas e sextas às nove horas e o levava de volta às quatro da tarde, depois da hidroterapia e de uma reunião em que as pessoas com ferimentos de longa recuperação e dores crônicas se sentavam em círculo e conversavam sobre seus problemas. O que queria dizer que a casa ficava vazia por sete horas nesses dias.

Na noite de quinta, Peter foi para a cama reclamando de dor de garganta. Na manhã seguinte, acordou dizendo que ainda se sentia doente e que agora achava que também estava com febre.

— Você está mesmo quente — disse Linda depois de tocar a testa dele. Peter esperava que sim, depois de ficar com o rosto a cinco centímetros do abajur do quarto antes de descer a escada. — Se não estiver melhor amanhã, talvez seja bom ir ao médico.

— Boa ideia! — exclamou Tom de seu lado da mesa, empurrando ovos mexidos de um lado para outro do prato. Ele parecia não ter dormido nada.

— Um especialista, talvez! Só me deixe ligar para Shorty, o motorista. O Rolls-

-Royce está reservado para levar Tina à aula de tênis no country clube, mas acho que o outro carro está disponível.

Tina riu. Linda olhou para Tom de cara feia, mas, antes que pudesse responder, Peter disse que não estava se sentindo *tão* mal, um dia em casa deveria bastar para ele melhorar. Se isso não funcionasse, o fim de semana funcionaria.

— É bem provável. — Ela suspirou. — Quer comer alguma coisa?

Peter queria, mas achou que não seria inteligente dizer que sim, pois teoricamente estava com a garganta inflamada. Ele colocou a mão na frente da boca e simulou uma tosse.

— Só um pouco de suco. Depois, acho que vou subir para tentar dormir mais um pouco.

Tina saiu de casa primeiro e foi saltitando até a esquina, onde ela e Ellen discutiriam as coisas esquisitas que garotas de nove anos discutiam enquanto esperavam o ônibus. Depois, mamãe saiu para o trabalho no Focus. Por fim, papai, que seguiu pela calçada com as muletas até a van que o aguardava. Peter o observou pela janela do quarto, percebendo que o pai parecia menor agora. O cabelo aparecendo sob o boné do Groundhogs tinha começado a ficar grisalho.

Quando a van foi embora, ele trocou de roupa, pegou uma ecobag de compras que a mãe guardava na despensa e foi até a garagem. Na caixa de ferramentas do pai, pegou um martelo e um cinzel, que colocou dentro da bolsa. Ele pegou a pá e foi em direção à porta, mas decidiu voltar para pegar o pé de cabra. Nunca tinha sido escoteiro, mas acreditava estar preparado.

A manhã estava fria o suficiente para Peter ver o próprio hálito no ar, mas, quando já tinha cavado ao redor do baú o suficiente para conseguir puxá-lo, o ar estava bem mais quente e ele estava suando dentro do casaco. Pendurou-o em um galho baixo e olhou ao redor para ter certeza de que ainda estava sozinho no riacho (ele fez isso várias vezes). Tranquilizado, pegou um pouco de terra e esfregou nas mãos, como um batedor se preparando para rebater a bola. Segurou a alça na extremidade do baú, lembrando a si mesmo para estar preparado para o caso de ela arrebentar. A última coisa que queria era rolar margem abaixo. Se ele caísse no riacho, talvez ficasse mesmo doente.

Não deveria haver nada ali além de um bando de roupas mofadas mesmo... mas por que alguém enterraria um baú cheio de roupas velhas? Por que não queimá-las ou doá-las para a caridade?

Só havia um jeito de descobrir.

Peter respirou fundo, prendeu o ar e puxou. O baú nem se mexeu e a alça velha estalou de forma ameaçadora, mas ele se sentiu encorajado. Sentiu que podia mover o baú um pouco de um lado para outro. Isso o fez pensar no pai amarrando um fio em um dos dentes de leite de Tina e dando um puxão forte quando o dente não caiu sozinho.

Ele ficou de joelhos (lembrando a si mesmo de lavar a calça jeans depois ou enfiá-la no fundo do armário) e espiou dentro do buraco. Viu que uma raiz tinha crescido ao redor da parte de trás do baú como um braço. Ele pegou a pá, segurou o cabo e bateu na raiz. Era grossa, e ele precisou descansar várias vezes, mas finalmente conseguiu tirá-la do caminho. Ele colocou a pá de lado e pegou a alça de novo. O baú estava mais solto agora, quase pronto para sair. Ele olhou para o relógio. Dez e quinze. Pensou na mãe ligando para casa no intervalo para ver como ele estava. Não era um grande problema; se ele não atendesse, ela pensaria que ele estava dormindo, mas Peter lembrou a si mesmo de verificar a secretária eletrônica quando chegasse em casa. Ele pegou a pá e começou a cavar ao redor do baú, soltando terra e cortando algumas raízes menores. Em seguida, segurou a alça de novo.

— Agora, seu maldito — disse ele. — Desta vez, vou conseguir.

Ele puxou. O baú deslizou tão de repente e com tanta facilidade que ele teria caído se os pés não estivessem bem afastados um do outro. Agora, o baú estava quase todo para fora do buraco, com a tampa coberta de terra. Ele viu as fivelas na frente, do tipo antiquado, como as da lancheira de um trabalhador. Tinha também um cadeado grande. Ele segurou a alça de novo, e, dessa vez, ela se quebrou.

— Puta que pariu — disse Peter, olhando para as mãos. Estavam vermelhas e latejando.

Bem, quem está na chuva é para se molhar (outra das frases favoritas da mãe). Ele segurou as laterais do baú em um desajeitado abraço de urso e se jogou para trás. Dessa vez, o baú saiu todo do esconderijo e viu a luz do sol pela primeira vez no que pareciam ser anos, uma relíquia úmida e suja com detalhes enferrujados. Parecia ter uns setenta e cinco centímetros de comprimento e quarenta e cinco de largura. Talvez mais. Peter ergueu uma ponta e calculou que devia pesar até uns trinta quilos, metade do peso dele, mas era impossível dizer o quanto era do que havia dentro e o quanto era do baú. De qualquer modo, não eram dobrões; se o baú estivesse cheio de ouro, ele não teria conseguido puxá-lo, muito menos levantá-lo.

Ele abriu as fivelas, criando pequenas cachoeiras de terra, depois se inclinou para mais perto do cadeado, preparado para arrebentá-lo com o martelo e o cinzel. Se ainda não desse para abrir, o que provavelmente aconteceria, ele usaria o pé de cabra. Mas primeiro... não custava nada tentar...

Peter empurrou a tampa, que se abriu com um chiado de dobradiças sujas. Mais tarde, ele concluiria que alguém comprara aquele baú de segunda mão, provavelmente por um bom preço, já que a chave estava perdida, mas naquele momento só ficou olhando. Ele não notou a bolha em uma das mãos, nem a dor nas costas e nas coxas, nem o suor escorrendo pelo rosto sujo. Não estava pensando na mãe, no pai nem na irmã. Também não estava pensando nos late-lates, pelo menos não naquele momento.

O baú fora forrado com plástico transparente para oferecer proteção contra a umidade. No fundo, ele viu pilhas do que pareciam ser cadernos. Usou as palmas das mãos para tirar as gotas do plástico. Eram cadernos mesmo, caderninhos bonitos com o que pareciam ser capas de couro de verdade. Parecia haver pelo menos cem. Mas aquilo não era tudo. Também havia envelopes como os que mamãe levava para casa quando descontava um cheque no banco. Peter puxou o plástico e olhou para o baú quase cheio. Os envelopes tinham GRANITE STATE BANK e "O amigo da sua cidade!" impressos. Mais tarde, ele repararia em certas diferenças entre aqueles envelopes e os que a mãe pegava no Corn Bank and Trust (não havia endereço de e-mail e nada sobre usar o cartão do banco para saques), mas, naquele momento, só ficou olhando. O coração estava batendo com tanta força que ele começou a ver pontos pretos e se perguntou se desmaiaria.

Claro que não, só garotas desmaiam.

Talvez, mas ele estava mesmo meio tonto, e percebeu que parte do problema era porque, desde que abrira o baú, havia se esquecido de respirar. Peter inspirou fundo, expirou e inspirou de novo. Até os dedos dos pés, ao que pareceu. A cabeça estava lúcida, mas o coração estava batendo mais forte do que nunca e as mãos tremiam.

Os envelopes do banco vão estar vazios. Você sabe disso, não sabe? As pessoas só encontram dinheiro escondido em livros e filmes, não na vida real.

Só que não *pareciam* vazios. Pareciam *cheios*.

Peter esticou a mão para um, mas ofegou quando ouviu movimento do outro lado do riacho. Virou-se e viu dois esquilos brincando entre as folhas mortas, provavelmente pensando que o degelo da semana queria dizer que a primavera tinha chegado. Eles correram para uma árvore com os rabos tremendo.

Peter se virou para o baú e pegou um dos envelopes. Puxou a aba com um dedo que parecia dormente, apesar de a temperatura agora dever estar perto dos cinco graus. Abriu e olhou dentro.

Dinheiro.

Notas de vinte e de cinquenta.

— Meu Jesus Cristinho — sussurrou Peter Saubers.

Ele pegou as notas e tentou contá-las, mas suas mãos estavam tremendo muito e deixou algumas caírem. Elas caíram na grama, e, antes que ele as pegasse, seu cérebro superaquecido lhe garantiu que Ulysses Grant tinha piscado em uma das notas.

Ele contou. Quatrocentos dólares. Quatrocentos naquele envelope, e havia *dezenas* deles.

Peter enfiou as notas de volta no envelope, o que não foi uma tarefa fácil, porque suas mãos estavam tremendo mais do que as do vovô Fred nos últimos dois anos de vida. Ele jogou o envelope no baú e olhou ao redor, com os olhos arregalados e esbugalhados. Os sons de tráfego que sempre pareceram baixos, distantes e desimportantes naquele terreno abandonado agora pareciam próximos e ameaçadores. Ali não era a Ilha do Tesouro; era uma cidade com mais de um milhão de pessoas, muitas delas desempregadas, que adorariam pôr as mãos no que havia naquele baú.

Pense, Peter Saubers disse para si mesmo. *Pense, pelo amor de Deus. Essa é a coisa mais importante que já aconteceu com você, talvez a mais importante que vai acontecer na sua vida, então pense bem e pense direito.*

A primeira coisa que veio à sua mente foi Tina, aninhada entre a cama dele e a parede. *O que você faria se encontrasse um tesouro?*, perguntara.

Eu daria para papai e mamãe, respondera ela.

Mas e se a mãe quisesse devolver?

Era uma pergunta importante. Papai jamais faria isso, Peter sabia, mas mamãe era diferente. Ela tinha ideias bem definidas sobre o que era certo e errado. Se ele lhe mostrasse o baú e o que havia dentro, poderia dar início ao pior late-late sobre dinheiro de todos.

— Além do mais, devolver para *quem*? — sussurrou Peter. — Para o banco?

Era ridículo.

Será que era mesmo? E se o dinheiro *fosse* um tesouro de piratas, só que de ladrões de banco em vez de bucaneiros? Mas então, por que estava em envelopes de saque? E o que eram todos aqueles caderninhos pretos?

Ele poderia pensar nessas coisas depois, mas não agora; ele precisava *agir*. Peter olhou para o relógio e viu que já eram quase onze. Ainda tinha tempo, mas tinha que usá-lo bem.

— É agora ou nunca — sussurrou ele, e começou a jogar os envelopes de dinheiro do Granite State Bank na ecobag com o martelo e o cinzel.

Ele colocou a sacola no barranco e a cobriu com o casaco. Enfiou o plástico de volta no baú, fechou a tampa e pôs o baú de volta no buraco. Parou para secar a testa, que estava oleosa de sujeira e suor, pegou a pá e começou a jogar terra como um louco. Ele conseguiu cobrir o baú quase por completo, pegou a sacola e o casaco e saiu correndo pela trilha até sua casa. Ele esconderia a sacola no fundo do armário, a princípio, e veria se havia algum recado da mãe na secretária eletrônica. Se estivesse tudo bem com a mãe (e se o pai não tivesse voltado mais cedo da fisioterapia, o que seria horrível), ele poderia voltar até o riacho e tentar esconder melhor o baú. Mais tarde, poderia olhar os cadernos, mas, enquanto voltava para casa naquela manhã ensolarada de fevereiro, seu único pensamento sobre eles era que podia haver mais envelopes de dinheiro misturados ali. Ou embaixo.

Ele pensou: *Preciso tomar um banho. E limpar a terra da banheira depois, para mamãe não perguntar o que eu estava fazendo lá fora se estou teoricamente doente. Tenho que tomar cuidado e não posso contar para ninguém. Ninguém mesmo.*

No chuveiro, ele teve uma ideia.

1978

Lar é o lugar onde as pessoas têm que te receber quando se faz uma visita, mas, quando Morris chegou na casa da Sycamore Street, não havia luzes para iluminar a escuridão da noite e ninguém para recebê-lo à porta. Por que haveria? A mãe estava em Nova Jersey, dando aulas sobre como um bando de empresários do século xix tentara roubar os Estados Unidos. Dando aula para estudantes de graduação que provavelmente roubariam tudo em que conseguissem pôr as mãos quando estivessem atrás do Dólar de Ouro. Algumas pessoas diriam que Morris foi atrás do seu Dólar de Ouro em New Hampshire, mas não era verdade. Ele não fora motivado pelo dinheiro.

Ele queria o Biscayne na garagem e fora das vistas. Droga, Morris queria que o Biscayne *sumisse*, mas isso teria que esperar. Sua prioridade era Pauline Muller. A maioria dos moradores da Sycamore Street ficava tão grudada na televisão quando começava o horário nobre que não teria reparado se um óvni pousasse no gramado, mas não era o caso da sra. Muller; a vizinha da casa ao lado levava a xeretice ao nível de arte. Então ele foi lá primeiro.

— Ah, olhe só quem voltou! — gritou ela quando abriu a porta… como se não estivesse espiando pela janela da cozinha quando Morris parou na entrada da garagem. — Morrie Bellamy! Todo crescido e bonitão!

Morris deu seu melhor sorriso sem graça.

— Como a senhora está, sra. Muller?

Ela lhe deu um abraço que Morris dispensaria, mas retribuiu como de praxe. Em seguida, ela virou a cabeça, movendo as pelancas, e gritou:

— Bert! *Bertie!* É Morrie Bellamy!

Da sala veio um grunhido triplo que podia ter sido "Como você está?".

— Entre, Morrie! Entre! Vou passar um café! E adivinhe só? — Ela ergueu as sobrancelhas pretas demais de um jeito horrivelmente paquerador. — Tem bolo Sara Lee!

— Parece ótimo, mas acabei de chegar de Boston. Dirigi direto para cá. Estou exausto. Eu só não queria que a senhora visse as luzes acesas e chamasse a polícia.

Ela deu uma gargalhada que parecia um urro de macaco.

— Você é tão *inteligente*! Mas sempre foi mesmo. Como está sua mãe, Morrie?

— Bem.

Ele não fazia ideia. Desde o período que passara no reformatório aos dezessete anos e a tentativa fracassada de entrar na universidade City College aos vinte e um, o relacionamento entre Morris e Anita Bellamy se resumia a telefonemas ocasionais. Eram frios, mas civilizados. Depois de uma última discussão na noite da prisão dele por invasão de domicílio e outros delitos leves, eles basicamente desistiram um do outro.

— Você está musculoso — disse a sra. Muller. — As garotas devem *adorar*. Você era tão *magrelo*.

— Andei construindo casas...

— Construindo *casas*! *Você*! Caramba! Bertie! *Morris andou construindo casas!*

Isso resultou em mais alguns grunhidos na sala.

— Mas o trabalho ficou escasso, então voltei para cá. Minha mãe disse que eu podia usar a casa, se ela não conseguisse alugar, mas não devo ficar por muito tempo.

Isso acabou sendo verdade.

— Venha até a sala, Morrie, para dar oi para Bert.

— É melhor deixar para outra hora. — Para impedir mais importunação, ele gritou: — *Oi, Bert!*

Outro grunhido, ininteligível em meio às gargalhadas que acompanhavam o programa *Welcome Back, Kotter*.

— Amanhã, então — disse a sra. Muller, movendo mais uma vez as sobrancelhas. Ela parecia estar fazendo uma imitação de Groucho Marx. — Vou guardar um pedaço de bolo. Talvez até bata chantilly.

— Que ótimo — respondeu Morris.

Não era provável que a sra. Muller fosse morrer de ataque cardíaco antes do dia seguinte, mas era possível; como outro grande poeta tinha dito, *a esperança é a última que morre*.

* * *

As chaves de casa e da garagem estavam no lugar de sempre: penduradas debaixo da calha, à direita da escadinha. Morris estacionou o Biscayne na garagem e colocou no chão o baú que comprara no celeiro de antiguidades. Estava morrendo de vontade de começar a ler aquele quarto livro de Jimmy Gold imediatamente, mas os cadernos estavam todos misturados, e seus olhos se fechariam antes mesmo de ele conseguir ler uma única letra da caligrafia pequenininha de Rothstein; estava exausto.

Amanhã, ele prometeu a si mesmo. *Depois que eu falar com Andy, tiver alguma ideia de como ele quer lidar com isso, vou colocá-los em ordem e começar a ler.*

Ele empurrou o baú para debaixo da velha mesa do pai e o cobriu com um pedaço de plástico que encontrou no canto. Depois, entrou em casa e fez um passeio pelo velho lar. Parecia o mesmo, o que era ridículo. Não havia nada na geladeira além de um vidro de picles e uma caixinha de fermento químico, mas havia alguns lanches congelados no freezer. Ele enfiou um no forno, colocou o mostrador em cento e oitenta graus e subiu a escada até seu antigo quarto.

Eu consegui, pensou. *Eu consegui. Estou com dezoito anos de manuscritos não publicados de John Rothstein.*

Estava cansado demais para sentir animação ou mesmo satisfação. Quase pegou no sono no chuveiro, e novamente quando estava comendo um bolo de carne horrível com batatas instantâneas. Mas enfiou a comida na boca e voltou a subir as escadas. Adormeceu quarenta segundos depois de a cabeça bater no travesseiro e só acordou às nove e vinte da manhã seguinte.

Descansado e com a luz do sol iluminando sua cama da infância, Morris *sentiu* animação, e mal podia esperar para compartilhá-la. O que queria dizer que precisava falar com Andy Halliday.

Ele encontrou uma calça cáqui e uma camisa xadrez no armário, passou gel no cabelo e deu uma espiada rápida na garagem para ver se estava tudo bem por lá. Deu o que ele esperava ser um aceno contente para a sra. Muller (novamente olhando pelas cortinas) ao descer a rua até o ponto de ônibus. Ele chegou ao Centro antes das dez, andou um quarteirão e espiou pela Ellis Avenue o Happy Cup, onde havia mesas debaixo de guarda-sóis cor-de-rosa na calçada. Como esperado, Andy estava no intervalo. Melhor ainda, estava sentado em uma das mesas e de costas, e Morris pôde se aproximar de fininho.

— *Buga-buga!* — gritou ele, segurando o ombro do velho casaco de veludo de Andy.

Seu velho amigo, seu único amigo naquela cidade ignorante que mais parecia uma piada, pulou de susto e se virou. O café virou e derramou. Morris deu um passo para trás. Ele queria assustar Andy, mas nem *tanto*.

— Ei, desc...

— O que você *fez*? — perguntou Andy em um sussurro baixo e rouco. Os olhos estavam sérios por trás dos óculos com armação de chifre que Morris sempre achara meio presunçosos. — Que porra você *fez*?

Não eram as boas-vindas que Morris previa. Ele se sentou.

— O que nós conversamos.

Ele observou o rosto de Andy e não viu nem um pingo da divertida superioridade intelectual que o amigo costumava incorporar. Andy parecia com medo. De Morris? Talvez. Medo pela própria vida? Com certeza.

— Eu não devia ser visto com v...

Morris estava carregando um saco de papel pardo que encontrara na cozinha. De dentro, tirou um dos cadernos de Rothstein e o colocou na mesa, tomando o cuidado de evitar a poça de café derramado.

— Uma amostra. Um de muitos. Pelo menos cento e cinquenta. Ainda não tive chance de contar, mas tiramos a sorte grande.

— Guarde isso! — Andy ainda estava sussurrando, como um personagem em um filme ruim de espionagem. Os olhos se moveram de um lado para outro antes de voltar para o caderno. — O assassinato de Rothstein está na primeira página do *The New York Times* e em todos os canais de TV, seu idiota!

Essa notícia foi um choque. Deveria demorar pelo menos três dias para alguém encontrar o corpo do escritor, talvez até seis. A reação de Andy foi um choque ainda maior. Ele agia como um rato encurralado.

Morris exibiu o que esperava ser uma boa imitação do sorriso de Andy que dizia "sou tão inteligente que até eu mesmo fico entediado".

— Calma. Nessa parte da cidade, tem jovens carregando cadernos para todo lado. — Ele apontou para o outro lado da rua, para a Government Square. — Ali vai um.

— Mas não Moleskines! Jesus! A empregada sabia o tipo de caderno que Rothstein usava para escrever, e o jornal diz que o cofre no quarto dele estava aberto e vazio! Guarde... *isso*!

Morris empurrou o caderno na direção de Andy, ainda tomando o cuidado de evitar a mancha de café. Estava ficando cada vez mais irritado com o amigo (P da vida, como Jimmy Gold diria), mas também sentia uma espécie perversa de prazer ao ver o homem se encolher na cadeira, como se o caderno fosse um frasco cheio de bactérias da peste.

— Vamos lá, dê uma olhada. Este praticamente só tem poesia. Vim folheando no ônibus...

— No *ônibus*? Você está *louco*?

— ... e não é muito bom — prosseguiu Morris, como se não tivesse ouvido —, mas é dele, sim. Um manuscrito à mão. Extremamente valioso. Nós conversamos sobre isso. Várias vezes. Conversamos sobre como...

— Guarde *isso*!

Morris não gostava de admitir que a paranoia de Andy estava começando a contagiá-lo, mas estava. Ele guardou o caderno no saco e olhou para o velho amigo (seu *único* amigo) com a testa franzida.

— Eu não estava sugerindo montarmos uma barraquinha na rua nem nada disso.

— Onde está o resto? — E, antes que Morris pudesse responder: — Não importa. Eu não quero saber. Você não entende o quanto essas coisas são uma merda? O quanto *você* está na merda?

— Eu não estou na merda — disse Morris, mas, pelo menos fisicamente, era assim que começava a se sentir. De repente, suas bochechas e a nuca estavam queimando. Andy agia como se ele tivesse cagado na calça em vez de cometido o crime do século. — Ninguém pode me ligar ao assassinato de Rothstein, e eu *sei* que vai demorar um tempo para podermos vender os cadernos para algum colecionador particular. Não sou burro.

— Vender para um colec... Morrie, você *ouve* o que está dizendo?

Morris cruzou os braços e encarou o amigo. Ou o homem que antes era seu amigo, pelo menos.

— Você age como se nunca tivéssemos conversado sobre isso. Como se nunca tivéssemos planejado nada.

— Nós *não* planejamos *nada*! Era tudo uma brincadeira, achei que você tivesse entendido!

O que Morris entendia era que Andy Halliday contaria à polícia exatamente isso, se ele, Morris, fosse pego. E Andy *esperava* que ele fosse pego. Pela primeira vez, percebeu que Andy não era um gênio intelectual ansioso para se juntar a ele em um ato existencial de transgressão à lei, mas apenas outro fraco. Um livreiro poucos anos mais velho do que o próprio Morris.

Não me venha com sua crítica literária imbecil, dissera Rothstein para Morris nos últimos dois minutos de vida. *Você não passa de um ladrãozinho comum, meu amigo.*

As têmporas dele começaram a latejar.

— Eu devia ter percebido. Todo aquele papo sobre colecionadores particulares, estrelas de cinema e príncipes sauditas e sei lá mais quem. Era pura falação. Você não passa de garganta.

Aquilo foi um golpe, um golpe palpável. Morris percebeu e ficou feliz, assim como ficara quando conseguira superar a mãe uma ou duas vezes na última discussão que tiveram.

Andy se inclinou para a frente com as bochechas vermelhas, mas, antes que pudesse falar qualquer coisa, uma garçonete apareceu com um punhado de guardanapos.

— Vou limpar o café derramado — disse ela, e secou tudo.

Ela era jovem, tinha cabelo louro-acinzentado natural, era bonitinha apesar de meio pálida, talvez até linda. Ela sorriu para Andy. Ele retribuiu com uma careta tensa, se afastando dela como fizera com o Moleskine.

Ele é bicha, pensou Morris, impressionado. *É um maldito bicha. Como eu não sabia? Como foi que não percebi? Daria no mesmo se ele usasse uma placa.*

Bem, havia muitas coisas sobre Andy que ele nunca tinha notado, não havia? Morris pensou em uma coisa que um dos caras do serviço de construção gostava de dizer: *Ladra, mas não morde.*

Quando a garçonete se afastou, levando com ela sua atmosfera feminina tóxica, Andy voltou a se inclinar para a frente.

— Os colecionadores estão por aí — disse ele. — Eles acumulam quadros, esculturas, primeiras edições... Tem um executivo de petróleo no Texas que tem uma coleção de gravações antigas de fonógrafo que vale um milhão de dólares, e outro que tem uma coleção completa de revistas de faroeste, ficção científica e terror publicadas entre 1910 e 1955. Você acha que tudo isso foi comprado e vendido legitimamente? Porra nenhuma. Colecionadores são loucos, os piores não ligam se as coisas que eles compram são roubadas ou não, e com certeza não querem compartilhá-las com o resto do mundo.

Morris já tinha ouvido esse discurso antes, e seu rosto devia ter demonstrado isso, porque Andy se inclinou ainda mais. Agora, os narizes dos dois estavam quase se tocando. Morris sentiu cheiro de English Leather e se perguntou se era a loção pós-barba preferida das bichas. Uma espécie de sinal secreto, talvez.

— Mas você acha que algum desses caras *me* ouviria?

Morris Bellamy, que agora estava vendo Andy Halliday com novos olhos, disse que achava que não.

Andy fez um biquinho.

— Mas um dia vão. Vão, sim. Quando eu tiver minha própria loja e conquistar uma clientela. Mas isso pode levar *anos*.

— Falamos em esperar cinco anos.

— *Cinco?* — Andy soltou uma gargalhada e voltou para o lado dele da mesa. — Eu talvez consiga *abrir* minha loja em cinco anos, estou de olho em um lugarzinho na Lacemaker Lane, tem uma loja de tecidos por lá que não tem muito movimento, mas demora mais do que isso para encontrar clientes com dinheiro e estabelecer confiança.

Tem muitos "mas" agora, pensou Morris, *mas não havia "mas" antes.*

— Quanto tempo?

— Por que você não me entrega esses cadernos por volta da virada do século XXI, se ainda estiverem com você? Mesmo que eu *tivesse* uma lista de colecionadores particulares agora, hoje, nem mesmo o mais maluco deles tocaria em uma coisa tão recente.

Morris encarou Andy como se estivesse sem fala. Por fim, disse:

— Você nunca comentou nada disso quando estávamos planejando...

Andy bateu com as mãos nas laterais da cabeça e a segurou.

— Nós não planejamos *nada*! E não ouse colocar a culpa em mim! Não faça isso! Eu conheço você, Morrie. Você não roubou os cadernos para vendê-los, não antes de ler tudo. Depois, imagino que talvez estivesse disposto a dar alguns ao mundo, pelo preço certo. Mas, basicamente, você fica doido quando o assunto é John Rothstein.

— Não diga isso.

As têmporas dele estavam latejando mais do que nunca.

— Eu digo se for verdade, e é verdade. Você fica doido quando o assunto é Jimmy Gold também. Foi por causa dele que você foi preso.

— Eu fui preso por causa da minha mãe. Ela praticamente me atirou na cela e jogou a chave fora.

— Não importa. São águas passadas. Estamos falando do agora. A não ser que você tenha sorte, a polícia vai te fazer uma visita muito em breve, e deve chegar com um mandado de busca. Se você estiver com esses cadernos quando baterem na sua porta, você está frito.

— Por que a polícia viria atrás de mim? Ninguém nos viu, e meus parceiros... — Ele piscou. — Vamos dizer que os mortos não falam.

— Você... o quê? Os *matou*? Os matou *também*? — O rosto de Andy era a imagem do horror.

Morris sabia que não devia ter dito isso, mas (era engraçado como os *mas* ficavam aparecendo) Andy estava sendo muito babaca.

— Qual é o nome da cidade onde Rothstein morava? — Os olhos de Andy estavam indo de um lado para outro de novo, como se ele esperasse que a polícia fosse chegar com armas em punho. — Talbot Corners, certo?

— É, mas lá só tem fazendas. A cidade mesmo não passa de uma lanchonete, um mercadinho e um posto de gasolina no cruzamento de duas estradas estaduais.

— Quantas vezes você foi lá?

— Umas cinco.

Na verdade, foram quase doze, entre 1976 e 1978. Sozinho no começo, depois com Freddy ou Curtis ou os dois.

— E você fez perguntas sobre o residente mais famoso da cidade quando estava lá?

— Claro, uma ou duas vezes. E daí? Provavelmente todo mundo que para naquela lanchonete pergunta sobre...

— Não, é aí que você se engana. A maioria das pessoas está cagando para John Rothstein. Se elas fazem perguntas, é sobre quando começa a temporada de caça aos cervos ou que tipo de peixe dá para pescar no lago mais próximo. Você acha que os residentes não vão lembrar quando a polícia perguntar se viram algum estranho curioso sobre o cara que escreveu *O corredor*? Algum estranho curioso que fez visitas repetidas? Caramba, você tem *ficha criminal*, Morrie!

— Delito juvenil. É protegido.

— Para uma coisa grande assim, a proteção não se sustenta. E seus parceiros? Algum *deles* tinha ficha?

Morris não disse nada.

— Você não sabe quem viu você e não sabe para quem seus parceiros podem ter se gabado sobre o grande roubo que fariam. A polícia pode te pegar *hoje*, seu idiota. Se pegarem você e meu nome surgir na conversa, vou negar tudo. Mas vou te dar um conselho. Livre-se *disso*. — Ele estava apontando para o saco de papel pardo. — Disso e dos outros cadernos também. Esconda em algum lugar. Enterre! Se você fizer isso, talvez consiga escapar no fim das contas. Supondo que você não tenha deixado digitais nem nada.

Nós não deixamos, pensou Morris. *Eu não sou burro. E também não sou uma bicha mentirosa e covarde.*

— Talvez possamos voltar a isso — disse Andy —, mas vai ser bem mais para a frente, e só se não pegarem você. — Ele se levantou. — Enquanto isso, fique longe de mim, senão eu mesmo chamo a polícia.

Ele se afastou depressa e de cabeça baixa, sem olhar para trás.

Morris ficou lá sentado. A garçonete bonita voltou para perguntar se ele queria alguma coisa. Morris balançou a cabeça. Quando ela saiu, ele pegou o saco com o caderno dentro e partiu. Na direção oposta.

Ele sabia que era uma falácia patética, claro, a natureza ecoar os sentimentos dos seres humanos, e entendia que era um truque barato de escritores de segunda linha para dar certo clima à história, mas naquele dia parecia ser verdade. A luz intensa da manhã espelhara e amplificara seu sentimento de exultação, mas ao meio-dia o sol era apenas um círculo difuso por trás de um amontoado de nuvens, e às três horas da tarde, conforme suas preocupações se multiplicavam, o dia foi ficando escuro e começou a chuviscar.

Ele dirigiu o Biscayne para o shopping perto do aeroporto, observando constantemente para ver se aparecia algum carro de polícia. Quando um surgiu atrás dele na Airline Boulevard, com a sirene ligada, a luz azul piscando, o estômago de Morris congelou e o coração pareceu subir à boca. Quando a viatura passou por ele sem parar, Morris não se sentiu aliviado.

Ele encontrou um programa de notícias na rádio BAM-100. A história principal era sobre uma conferência de paz entre Sadat e Begin em Camp David (*Até parece que* isso *vai acontecer*, pensou Morris, distraído), mas a segunda era sobre o assassinato do famoso escritor americano John Rothstein. A polícia dizia que era trabalho de "uma quadrilha de ladrões" e que estavam investigando algumas pistas. Isso devia ser baboseira inventada para a mídia.

Ou talvez não.

Morris não achava que as entrevistas com os frequentadores velhos, excêntricos e meio surdos da lanchonete Yummy Diner em Talbot Corners pudessem levar a ele, independentemente do que Andy pensasse, mas havia outra coisa que o incomodava mais. Ele, Freddy e Curtis haviam trabalhado para a Donahue Construction, que estava construindo casas em Danvers e North Beverly. Havia duas equipes de trabalho, e durante a maioria dos dezesseis meses de Morris na empresa, passados carregando tábuas e martelando pregos, ele ficara em Danvers, enquanto Freddy e Curtis trabalhavam em outro local, a oito quilômetros de distância. Mas, por um tempo, eles *trabalharam* na mesma equipe, e, mesmo depois de terem se separado, costumavam almoçar juntos.

Muita gente sabia disso.

Ele estacionou o Biscayne junto a uns mil outros, no lado do shopping em que ficava uma grande loja de roupas, limpou todas as superfícies em que tocou e deixou a chave na ignição. Saiu andando rápido, levantando a gola e puxando o boné dos Indians. Na entrada principal do shopping, esperou até um ônibus para Northfield aparecer e pagou os cinquenta centavos da passagem. A chuva foi ficando mais forte e a volta foi lenta, mas Morris não se importou. Teve tempo para pensar.

Andy era covarde e cheio de si, mas estava certo sobre uma coisa. Morris tinha que esconder os cadernos, e tinha que fazer isso agora, por mais que quisesse lê-los, principalmente o próximo livro da série de Jimmy Gold. Se a polícia aparecesse *mesmo* e ele não estivesse com os cadernos, eles não poderiam fazer nada... Certo? Eles só teriam suspeitas.

Certo?

Não havia ninguém espiando pela cortina na casa ao lado, o que o poupou de outra conversa com a sra. Muller e talvez de ter que explicar por que tinha vendido o carro. A chuva ficou mais forte, e isso era bom. Não haveria ninguém andando pelo terreno baldio entre a Sycamore e a Birch Street. Ainda mais depois que escurecesse.

Ele tirou tudo do baú de segunda mão, resistindo a uma vontade quase louca de olhar os cadernos. Não podia fazer isso, por mais que quisesse, porque, quando começasse, não conseguiria parar. *Mais tarde*, pensou ele. *Devemos adiar as recompensas, Morris.* Bom conselho, mas soou em sua mente na voz de sua mãe, e isso fez sua cabeça começar a latejar de novo. Pelo menos ele não teria que adiar a recompensa por muito tempo; se três semanas se passassem sem visita da polícia, um mês, no máximo, ele poderia relaxar e começar as leituras.

Morris forrou o baú com plástico para ter certeza de que o conteúdo ficaria seco e guardou os cadernos, incluindo o que levara para mostrar a Andy. Colocou os envelopes cheios de dinheiro por cima. Ele fechou o baú, pensou um pouco e o abriu de novo. Empurrou o plástico e pegou duzentos dólares em um dos envelopes. Nenhum policial acharia isso uma quantia excessiva, mesmo que ele fosse revistado. Morris poderia dizer que era do seguro-desemprego ou qualquer coisa assim.

O som da chuva no telhado da garagem não era tranquilizador. A Morris, pareciam dedos esqueléticos batendo, e isso fez com que sua cabeça doesse mais. Ele congelava cada vez que passava um carro, esperando faróis e luzes azuis piscantes na entrada de casa. *Maldito Andy Halliday por colocar todas essas preocupações sem sentido na minha cabeça*, pensou ele. *Foda-se ele e a sua veadice.*

Só que as preocupações talvez não fossem sem sentido. Conforme a tarde ia se transformando em crepúsculo, a ideia de que a polícia podia ligar Curtis e Freddy a Morris Bellamy parecia cada vez mais provável. Aquela porra de parada na estrada! Por que não arrastara os corpos para o bosque, pelo menos? Não que isso fosse atrasar muito o trabalho da polícia depois que alguém tivesse parado, visto todo aquele sangue e ligado para a emergência. A polícia levaria cachorros...

— Além do mais — disse ele para o baú —, eu estava com pressa. Não estava?

O carrinho de mão do pai ainda estava no canto, junto com uma picareta e duas pás enferrujadas. Morris colocou o baú no carrinho, prendeu as tiras e espiou pela janela da garagem. Ainda estava muito claro lá fora. Agora que estava tão perto de se livrar dos cadernos e do dinheiro (*Por pouco tempo*, ele disse a si mesmo para se tranquilizar, *é só uma medida temporária*), tinha mais e mais certeza de que a polícia chegaria em breve. E se a sra. Muller o tivesse denunciado por comportamento suspeito? Não parecia provável, ela era mais burra do que uma tábua, mas não dava para ter certeza.

Ele se obrigou a comer outro lanche congelado, pensando que poderia aliviar sua dor de cabeça. Mas só a piorou. Ele olhou o armário de remédios da mãe em busca de aspirina ou outro analgésico, e não encontrou nada. *Vá à merda, mãe*, pensou ele. *De verdade. Sinceramente. Vá à merda.*

Ele a viu sorrir. Era afiado como um gancho, aquele sorriso.

Ainda estava claro às sete da noite, culpa do maldito horário de verão. Que gênio tinha inventado *aquilo*? Mas as janelas da casa ao lado ainda estavam escuras. Isso era bom, mas Morris sabia que os Muller poderiam voltar a qualquer minuto. Além do quê, ele estava nervoso demais para continuar esperando. Remexeu no armário do saguão até encontrar uma capa de chuva.

Usou a porta dos fundos da garagem e empurrou o carrinho pelo gramado do quintal. A grama estava molhada, e a terra embaixo, esponjosa, e foi difícil avançar. A trilha que usara tantas vezes quando criança, normalmente para ir ao Rec da Birch Street, estava coberta por árvores altas, e ele conseguiu se deslocar melhor ali. Quando alcançou o pequeno riacho que cortava a área quadrada do tamanho de um quarteirão que era o terreno baldio, a escuridão havia chegado.

Morris levara uma lanterna e usou-a em piscadelas breves para escolher um local bom no barranco do riacho, a uma distância segura da trilha. A terra estava macia, e foi fácil cavar até chegar ao emaranhado de raízes de uma árvore. Ele pensou em tentar um local diferente, mas o buraco já estava quase do tamanho perfeito para o baú, e ele não ia começar tudo de novo, principalmente por se tratar apenas de uma precaução temporária. Colocou a lanterna no buraco, apoiada em uma pedra para iluminar as raízes, e as cortou com a picareta.

Morris acomodou o baú no buraco e jogou terra de volta com a pá, depressa. Terminou dando uma batida com a pá para compactar a terra. Achou que ficaria tudo bem. O barranco não tinha muita grama, então o pedaço remexido não chamaria atenção. O importante era estar fora da casa, certo?

Certo?

Ele não sentiu alívio ao empurrar o carrinho de volta pela trilha. Nada estava saindo conforme o planejado, nada. Parecia que um destino maligno tinha se colocado entre ele e os cadernos, assim como o destino ficara entre Romeu e Julieta. Essa comparação parecia ao mesmo tempo ridícula e perfeitamente adequada. Ele *era* um amante. O maldito Rothstein o tinha rejeitado com *O corredor reduz a marcha*, mas isso não mudava o fato.

Seu amor era verdadeiro.

Quando ele voltou para casa, foi direto para o chuveiro, assim como um garoto chamado Peter Saubers faria muitos anos depois, naquele mesmo banheiro, depois de visitar aquele mesmo barranco e sua árvore. Morris ficou no chuveiro até os dedos enrugarem e a água quente acabar, depois se secou e colocou roupas limpas que encontrou no armário do quarto. Pareciam infantis e fora de moda, mas ainda cabiam (mais ou menos). Ele colocou a calça jeans e o suéter sujos de terra na máquina de lavar, um ato que também seria repetido por Peter Saubers anos depois.

Morris ligou a TV, se sentou na antiga poltrona do pai (a mãe dizia que a guardava como lembrete, caso se sentisse tentada a cometer aquela burrice de novo) e viu a maratona insana de sempre de propagandas comerciais. Pensou que qualquer um daqueles comerciais (vidros de laxante que pulavam, mães bem-arrumadas, hambúrgueres que cantavam) podia ter sido escrito por Jimmy Gold, e isso deixou sua dor de cabeça pior do que nunca. Ele decidiu ir até a Zoney's comprar analgésicos. Talvez até uma ou duas cervejas. Cerveja não faria mal. Eram as coisas mais pesadas que traziam problemas, e ele já havia aprendido sua lição a respeito.

Morris comprou o remédio, mas a ideia de beber cerveja em uma casa cheia de livros que ele não queria ler e com uma TV que não queria assistir o fez se sentir ainda pior. Principalmente porque as coisas que *queria* ler estavam tão próximas, de forma quase enlouquecedora. Morris quase nunca bebia em bares, mas de repente sentiu que, se não saísse e arrumasse companhia e não ouvisse música rápida, ficaria completamente maluco. Em algum lugar naquela noite chuvosa, ele tinha certeza de que haveria uma moça a fim de dançar.

Ele pagou pelo remédio e perguntou de forma quase desinteressada ao jovem atrás do balcão se havia algum bar com música ao vivo ao qual ele pudesse chegar de ônibus.

O jovem disse que havia.

2010

Quando Linda Saubers chegou em casa naquela sexta-feira, às três e meia da tarde, Peter estava sentado na cozinha tomando uma xícara de chocolate quente. O cabelo ainda estava úmido do banho. Ela pendurou o casaco em um dos ganchos ao lado da porta dos fundos e tocou a testa dele de novo.

— Frio como um pepino — anunciou ela. — Está se sentindo melhor?

— Estou. Quando Tina chegou, preparei biscoitos com creme de amendoim para ela.

— Você é um bom irmão. Onde ela está agora?

— Na casa da Ellen, onde mais?

Linda revirou os olhos e Peter riu.

— Meu Deus, é a secadora que estou ouvindo?

— É. Tinha umas roupas no cesto, então lavei tudo. Não se preocupe, segui as instruções na porta, e saíram todas inteiras.

Ela se inclinou e beijou a têmpora dele.

— Você é um rapazinho muito colaborativo.

— Eu tento ser — disse Peter.

Ele fechou a mão direita para esconder a bolha na palma.

O primeiro envelope chegou em uma quinta-feira, em meio a uma tempestade de neve, menos de uma semana depois. O endereço e o destinatário, sr. Thomas Saubers, Sycamore Street nº 23, fora impresso. No canto superior direito, havia um selo de quarenta e quatro centavos com uma imagem do Ano do

Tigre. Não havia remetente. Tom, o único integrante da família Saubers em casa ao meio-dia, abriu-o no corredor, esperando algum tipo de panfleto de propaganda ou mais um aviso de conta vencida. Deus sabia que muitos deles vinham chegando por aqueles dias. Mas não era um panfleto nem um aviso.

Era dinheiro.

O resto da correspondência (catálogos de coisas caras que eles não podiam pagar e circulares endereçadas ao MORADOR) caiu das mãos dele e se espalhou a seus pés, sem que notasse.

— *Que porra é essa?* — disse Tom Saubers com voz baixa, quase um grunhido.

Quando Linda chegou em casa, o dinheiro estava no centro da mesa da cozinha. Tom estava sentado em frente à pequena pilha com o queixo apoiado nas mãos cruzadas. Parecia um general avaliando um plano de batalha.

— O que é isso? — perguntou Linda.

— Quinhentos dólares. — Ele continuou olhando para as cédulas, oito notas de cinquenta e cinco de vinte. — Chegaram pelo correio.

— De quem?

— Não sei.

Ela largou a pasta, foi até a mesa e pegou as notas. Contou todas e olhou para ele com os olhos arregalados.

— Meu Deus, Tommy! O que dizia a carta?

— Não tinha carta. Só o dinheiro.

— Mas quem...

— Não sei, Lin. Mas sei de uma coisa.

— O quê?

— Precisamos dele.

— Puta merda — disse Peter quando os pais contaram a ele.

Tinha ficado até tarde na escola para o campeonato de vôlei e só chegara quase na hora do jantar.

— Olhe a boca — falou Linda, com voz distraída.

O dinheiro ainda estava na mesa da cozinha.

— Quanto tem aí? — E, quando o pai contou: — Quem mandou?

— É uma boa pergunta — disse Tom. — Agora, valendo o dobro dos pontos. É sua grande chance de virar o placar.

Era a primeira piada que Peter o ouvia fazer em muito tempo.

Tina entrou na cozinha.

— Papai tem uma fada madrinha, é o que eu acho. Ei, pai! Olhe as minhas unhas! Ellen tem esmalte com purpurina e me emprestou.

— Ficou lindo, florzinha — respondeu Tom.

Primeiro, uma piada, depois, um elogio. Essas coisas bastaram para convencer Peter de que tinha feito a coisa certa. *Totalmente* certa. Eles não podiam devolver, podiam? Não sem o endereço do remetente. *E, aliás, quando foi a última vez que papai chamou Tina de florzinha?*

Linda lançou um olhar sério para o filho.

— *Você* não sabe nada sobre isso, sabe?

— Não, mas posso ficar com uma parte?

— Vai sonhando — disse ela, e se virou para o marido com as mãos na cintura. — Tom, está na cara que isso é um engano.

Tom pensou um pouco e, quando falou, não houve late-late. A voz estava calma.

— Acho improvável.

Ele empurrou o envelope para ela e mostrou seu nome e o endereço.

— Sim, mas...

— Nada de "mas", Lin. Estamos cheios de dívidas com a empresa de combustível e temos que pagar o cartão de crédito. Senão, vamos perdê-lo.

— Sim, mas...

— Se perdermos o cartão, perdemos nosso crédito na praça.

Ainda nada de late-late. Calmo e lógico. Persuasivo. Para Peter, era como se o pai viesse sofrendo de uma febre alta que só agora tinha passado. Ele até sorriu. Sorriu e tocou a mão dela.

— Acontece que agora nosso crédito na praça é a única coisa que temos, então precisamos protegê-lo. Além do mais, Tina pode estar certa. Talvez eu tenha mesmo uma fada madrinha.

Não, pensou Pete. *Você tem um fado padrinho.*

— Ah, espere! Já sei de onde o dinheiro veio *de verdade* — disse Tina.

Os dois se viraram para ela. Peter sentiu o corpo todo esquentar, de repente. Ela não podia saber, podia? *Como* saberia? Mas ele falou aquela coisa idiota sobre um tesouro enterrado, e...

— De onde, querida? — perguntou Linda.

— Daquele tal Fundo de Emergência. Deve ter entrado mais dinheiro, e agora eles estão distribuindo.

Peter soltou o ar e só então percebeu que não estava respirando.

Tom bagunçou o cabelo dela.

— Eles não mandariam dinheiro, florzinha. Mandariam um cheque. E um bando de formulários para assinar.

Peter foi até o fogão.

— Vou fazer mais chocolate quente. Alguém quer?

Todos quiseram.

Os envelopes continuaram chegando.

O preço do selo aumentou, mas a quantidade no envelope não mudou. Era um adicional de seis mil dólares por ano, mais ou menos. Não era uma soma enorme, mas era livre de impostos e bastava para impedir que a família Saubers se afogasse em dívidas.

As crianças foram proibidas de contar sobre o dinheiro.

— Tina nunca vai conseguir guardar segredo — disse Linda para Tom certa noite. — Você sabe disso, não sabe? Ela vai contar para aquela garota idiota, e Ellen Briggs vai espalhar para todo mundo que conhece.

Mas Tina guardou segredo, em parte porque o irmão, que idolatrava, disse que ela nunca mais poderia entrar no quarto dele se batesse com a língua nos dentes, mas principalmente porque ela se lembrava dos late-lates.

Peter guardou os envelopes em um buraco cheio de teias de aranha atrás de uma tábua solta do armário. De quatro em quatro semanas, tirava quinhentos dólares e colocava na mochila junto com um envelope endereçado, um de várias dezenas que ele preparara na escola, usando um computador na sala de informática. Ele fez os envelopes depois do vôlei, no fim da tarde, quando a sala estava vazia.

Usou uma variedade de caixas de correio a fim de enviar os envelopes para o sr. Thomas Saubers, na Sycamore Street nº 23, executando essa "caridade" que ajudava a sustentar sua família com a habilidade de um mestre do crime. Tinha muito medo de que a mãe descobrisse o que o filho estava tramando, protestasse (provavelmente de forma energética) e as coisas voltassem a ser como antes. Elas não estavam perfeitas agora, ainda havia um late-late ocasional, mas Peter achava que família nenhuma era perfeita fora dos seriados da Nickelodeon.

Eles viam Nickelodeon, Cartoon Network, MTV e todo o resto porque, senhoras e senhores, a TV a cabo estava *de volta*.

Em maio, outra coisa boa aconteceu: o pai conseguiu um emprego de meio período em uma nova imobiliária como "investigador de pré-vendas".

Peter não sabia o que isso era e não estava nem aí. O pai podia trabalhar pelo telefone e usando o computador, e levava um pouco de dinheiro para casa. Era isso que importava.

Mais duas coisas importantes aconteceram nos meses seguintes ao início das correspondências. Uma delas foi que as pernas do pai começaram a melhorar. Em junho de 2010 (quando o criminoso do Massacre do City Center finalmente foi pego), Tom passou a andar sem as muletas por um período curto, e também diminuiu a quantidade de comprimidos cor-de-rosa. A segunda coisa era mais difícil de explicar, mas Peter sabia que existia. Tina também. Papai e mamãe se sentiam... bem... *abençoados*, e agora, quando discutiam, pareciam culpados, além de irritados, como se estivessem amaldiçoando a misteriosa boa sorte que havia recaído sobre a família. Muitas vezes, eles paravam e falavam sobre outras coisas, antes que a discussão piorasse. Muitas vezes, eles conversavam sobre o dinheiro e sobre quem poderia ser o misterioso remetente. Essas discussões não levavam a nada, e isso era bom.

Eu não vou ser pego, Peter disse a si mesmo. *Não posso ser e não vou.*

Um dia, em agosto daquele mesmo ano, o pai e a mãe levaram Tina e Ellen a um zoológico chamado Happydale Farm. Era a oportunidade pela qual Peter esperara pacientemente, e, assim que eles saíram, o menino voltou para o riacho com duas malas.

Após ter certeza de que a barra estava limpa, ele desenterrou o baú mais uma vez e colocou os cadernos nas malas. Depois o enterrou de volta e retornou para casa com os despojos. No corredor do andar de cima, puxou a escada que dava para o sótão e subiu com as malas. Era um espaço pequeno e de teto baixo, frio no inverno e sufocante no verão. A família raramente o usava; as coisas deles ficavam guardadas na garagem. As poucas relíquias lá em cima deviam ter sido deixadas por uma das famílias que havia morado na Sycamore Street nº 23 anteriormente. Tinha um carrinho de bebê sujo com uma roda torta, um abajur com pássaros tropicais na cúpula, edições antigas de revistas amarradas com barbante e uma pilha de cobertores mofados e fedorentos.

Peter empilhou os cadernos no canto mais distante do sótão e os cobriu com os cobertores, mas primeiro pegou um aleatório, sentou-se debaixo de uma das duas lâmpadas penduradas no teto e o abriu. A letra era cursiva e pequena, mas feita com esmero e fácil de ler. Não havia rasuras, o que Peter achou incrível. Apesar de estar olhando para a primeira página do caderno, o pequeno número circulado no alto era 482, o que o levou a crer que era a continuação não só de um dos cadernos, mas de uns seis. Pelo menos de uns seis.

Capítulo 27

A sala dos fundos do Drover estava igual a cinco anos antes; tinha o mesmo cheiro de cerveja velha misturado com o fedor de estrume e o odor de diesel dos depósitos de caminhões que ocupavam aquela metade do grande vazio do Nebraska. Stew Logan também não havia mudado nada. Usava o mesmo avental branco, com o mesmo cabelo estranhamente preto e até a mesma gravata de papagaios e araras apertando o pescoço vermelho.

— Nossa, se não é Jimmy Gold bem aqui na minha frente — disse ele, e deu o costumeiro sorriso desagradável que dizia "nós não nos gostamos, mas vamos fingir que sim". — Veio pagar o que me deve?

— Vim — respondeu Jimmy, e tocou o bolso de trás da calça, onde estava a pistola. Parecia pequena e decisiva, uma coisa capaz (se usada de forma correta e com coragem) de pagar todas as suas dívidas.

— Então entre — disse Logan. — Beba alguma coisa. Você está sujo.

— Estou — falou Jimmy. — E junto com a bebida, eu queria

Uma buzina soou na rua. Peter tomou um susto e olhou ao redor cheio de culpa, como se estivesse batendo punheta em vez de lendo. E se os pais voltassem mais cedo porque a idiota da Ellen ficara enjoada na viagem de carro ou alguma coisa do tipo? E se o encontrassem lá em cima com os cadernos? Tudo podia ir ladeira abaixo.

Ele enfiou o caderno que estava lendo debaixo dos cobertores velhos (*eca, que fedor*) e desceu pela portinhola, lançando um olhar para as malas. Não havia tempo para elas. Quando chegou ao corredor, a mudança na temperatura — de fervente para o frescor habitual de agosto — o fez estremecer. Peter dobrou a escada e a empurrou para cima, fazendo uma careta pelo barulhão que a portinhola fez devido às dobradiças enferrujadas.

Ele foi para o quarto e espiou a rua.

Ninguém lá fora. Alarme falso.

Graças a Deus.

Ele voltou para o sótão e pegou as malas. Colocou-as de volta no armário do andar de baixo, tomou um banho (mais uma vez se lembrando de limpar a banheira depois), colocou um pijama limpo e se deitou na cama.

Peter pensou: *É um livro. Com tantas páginas, tem que ser. E deve haver mais de um, porque nenhum livro é longo o bastante para encher tantos cadernos. Nem mesmo a Bíblia encheria todos aqueles cadernos.*

E também... era interessante. Ele não se importaria de procurar nos cadernos para encontrar o começo da história. Para ver se era boa mesmo. Porque não dava para saber se um livro era bom só por uma página, dava?

Peter fechou os olhos e começou a resvalar para o sono. Ele não tinha o costume de dormir de dia, mas a manhã fora agitada, a casa estava vazia e silenciosa e ele decidiu que precisava de um cochilo. Por que não? Tudo estava certo, ao menos por ora, e era por causa dele. Merecia uma soneca.

Mas aquele nome... Jimmy Gold.

Peter podia jurar que já o tinha ouvido antes. Na aula, talvez? A sra. Swidrowski falando sobre um dos autores que eles estavam lendo? Talvez. Ela gostava de fazer isso.

Talvez eu procure no Google depois, pensou Peter. *Vou fazer isso. Eu vou...*

E dormiu.

1978

Morris estava sentado em um beliche de aço com a cabeça latejante abaixada e as mãos caídas entre as coxas vestidas de laranja, respirando uma atmosfera venenosa de mijo, vômito e desinfetante. O estômago era uma bola de chumbo que parecia ter se expandido até enchê-lo da virilha ao pomo de adão. Os olhos pulsavam nas órbitas. A boca estava com gosto de lixão. A barriga doía, e o rosto também. O nariz estava entupido. Em algum lugar, uma voz rouca e cheia de desesperança cantarolava:

— Preciso de uma amante que não me deixe *lou-cooo*, preciso de uma amante que não me deixe *lou-cooo*, preciso de uma amante que não me deixe *lou-cooo*...

— Cala a boca! — gritou alguém. — Você está *me* deixando louco, babaca!

Uma pausa. Então:

— Preciso de uma amante que não me deixe *lou-cooo*!

O chumbo na barriga de Morris se liquefez e borbulhou. Ele se levantou da cama, se jogou de joelhos (gerando uma nova pontada de dor na cabeça) e se posicionou de frente para o vaso sanitário de aço. Nada aconteceu. Então tudo se contraiu, e ele ejetou o que parecia ser um galão de pasta de dente amarela. Por um momento, a dor de cabeça ficou tão forte que ele achou que explodiria, e Morris torceu para que isso acontecesse. Qualquer coisa para fazer a dor parar.

Em vez de morrer, ele vomitou de novo. Um jarro, em vez de um galão, dessa vez, mas *ardeu*. O espasmo seguinte foi seco. Não, não completamente;

filetes grossos de muco surgiram pendurados nos lábios como teias, balançando para a frente e para trás. Ele teve que limpá-los.

— A ressaca está boa! — gritou uma voz.

Gritos e gargalhadas se sucederam ao comentário espirituoso. A Morris, parecia que estava trancado em um zoológico, e achava que estava mesmo, só que neste havia humanos nas jaulas. O macacão laranja que ele usava era a prova.

Como ele foi parar lá?

Morris não conseguia lembrar, tanto quanto não conseguia lembrar como entrara na casa que invadira em Sugar Heights. O que *conseguia* lembrar era a própria casa, na Sycamore Street. E o baú, claro. De enterrar o baú. Havia dinheiro no bolso dele, duzentos dólares do dinheiro de John Rothstein, e ele foi até o Zoney's comprar umas cervejas, porque sua cabeça estava doendo e ele estava se sentindo solitário. Morris falou com o funcionário, tinha certeza disso, mas não conseguia lembrar sobre o que tinham conversado. Beisebol? Provavelmente não. Morris tinha um boné do Groundhogs, mas seu interesse não passava daquilo. Depois disso, branco total. Ele só tinha certeza de que alguma coisa dera muito errado. Quando se acordava usando um macacão laranja, era uma dedução fácil de se fazer.

Ele voltou para o beliche, subiu na cama, puxou os joelhos até o peito e abraçou as pernas. Estava frio na cela. Começou a tremer.

Talvez eu tenha perguntado ao funcionário qual era o bar favorito dele. Um para onde desse para ir de ônibus. E fui para lá, não fui? Fui para lá e fiquei bêbado. Apesar de saber o que a bebida faz comigo. E não bebi pouco, bebi até cair.

Ah, sim, sem dúvida, apesar de saber o que iria acontecer. Morris não conseguia se lembrar das coisas malucas que fazia depois de beber, e isso era a pior parte. Depois da terceira cerveja (às vezes, depois da segunda), ele caía em um buraco negro e só saía quando acordasse de ressaca, mas sóbrio. Amnésia alcoólica, era como chamavam. E, nesses períodos de amnésia, ele quase sempre ficava... bem, podia-se chamar de traquinas. Foi por uma traquinagem que ele foi parar no Centro de Detenção Juvenil Riverview, e sem dúvida foi como ele acabou ali. Onde quer que *ali* fosse.

Traquinagem.

Maldita traquinagem.

Morris torcia para que tivesse sido apenas uma briga de bar, e não outra invasão de domicílio. Para que não fosse uma repetição das aventuras de Sugar Heights, em outras palavras. Porque ele não era mais um adolescente há tempos e não iria para o reformatório dessa vez, não, senhor. Mesmo assim, ele cumpriria a sentença, se tivesse cometido o crime. Desde que o crime não tivesse nada a ver com o assassinato de certo escritor americano. *Deus, por favor.* Se tivesse, ele não respiraria ar puro por um longo tempo. Talvez nunca. Porque não era só Rothstein, era? Então uma lembrança surgiu em sua mente: Curtis Rogers perguntando se New Hampshire tinha pena de morte.

Morris ficou deitado na cama tremendo e pensando: *Não pode ser por isso que estou aqui. Não pode.*

Ou será que pode?

Ele tinha que admitir que era possível, e não só porque a polícia podia ter feito a ligação entre ele e os homens mortos na estrada. Se via em algum bar ou em uma casa de strip-tease, Morris Bellamy, que abandonara a faculdade e se autoproclamava especialista em literatura americana, enchendo a cara de uísque e tendo uma experiência extracorpórea. Alguém começou a falar do assassinato de John Rothstein, o grande escritor, o *gênio* americano recluso, e Morris Bellamy, caindo de bêbado e cheio daquela raiva toda que deixava sempre presa em uma jaula, aquela fera negra de olhos amarelos, se virando para a pessoa e dizendo: "Ele não parecia tão esperto quando explodi os miolos dele".

— Eu *nunca* faria isso — sussurrou ele. A cabeça atingira o ápice de dor, e havia alguma coisa errada com sua bochecha esquerda. Estava *queimando*.

— Eu *nunca* faria isso.

Mas como podia saber? Quando bebia, qualquer dia era O Dia Em Que Qualquer Coisa Pode Acontecer. A fera negra escapava. Quando adolescente, a fera destruíra a casa em Sugar Heights, deixando aquela merda em pedacinhos, e, quando a polícia atendeu ao alarme silencioso, ele lutou até que um policial o deixou inconsciente com golpes de cassetete. Ao ser revistado, eles encontraram um monte de joias nos bolsos, boa parte bijuterias, mas algumas, distraidamente deixadas do lado de fora do cofre da madame, eram muito valiosas. E pronto, lá foi ele para Riverview, onde teve a bundinha macia massacrada e fez novos e incríveis amigos.

Ele pensou: *Alguém que dá um espetáculo de merda daqueles é perfeitamente capaz de se gabar do assassinato do criador de Jimmy Gold, se estiver bêbado, e você sabe bem disso.*

Mas também podia ter sido a polícia. Se o identificaram e começaram a espalhar sua foto por aí. Aquilo também era uma possibilidade.

— Preciso de uma amante que não me deixe *lou-cooo*!

— Cala a boca!

Dessa vez, foi o próprio Morris; ele tentou gritar, mas o que saiu foi um gemido úmido de vômito. Ah, como sua cabeça doía. E o *rosto*, uau. Ele passou a mão pela bochecha esquerda e olhou estupidamente para os flocos de sangue seco na palma da mão. Explorou de novo e sentiu arranhões ali, pelo menos três. Arranhões de unha, e fundos. E o que isso nos diz, crianças? Bem, normalmente, embora houvesse exceções para toda regra, os homens socavam e as mulheres arranhavam. As moças faziam isso porque era mais comum que tivessem unhas compridas e bem-cuidadas com as quais arranhar.

Será que tentei agarrar uma mulherzinha e ela me recusou com as unhas?

Morris tentou recordar e não conseguiu. Ele se lembrava da chuva, da capa e da lanterna iluminando as raízes. Lembrava-se da pá. *Meio* que se lembrava de querer ouvir música alta e rápida e de falar com o funcionário da Zoney's. Depois disso? Só escuridão.

Ele pensou: *Talvez tenha sido o carro. A porcaria do Biscayne. Talvez alguém tenha visto o carro saindo da parada na Route 92 com o para-choque dianteiro cheio de sangue, ou talvez eu tenha deixado alguma coisa no porta-luvas. Alguma coisa com meu nome.*

Mas era improvável. Freddy comprara o Chevy de uma mulher meio bêbada em uma cervejaria de Lynn, e pagara com dinheiro que os três juntaram. Morris assinou o recibo em nome de Harold Fineman, que por acaso era o melhor amigo de Jimmy Gold em *O corredor*. A mulher não viu Morris Bellamy, que sabia que devia ficar longe enquanto aquela compra acontecia. Além do mais, só faltou Morris escrever ME ROUBE com sabão no para-brisa quando largou o carro no estacionamento do shopping. Não, o Biscayne estava agora em algum terreno baldio, em Lowtown ou perto do lago, todo depenado.

Então como vim parar aqui? Ele voltou a pensar nisso, como um rato correndo em uma rodinha. *Se uma mulher marcou meu rosto com as unhas, será que eu reagi e bati nela? Será que quebrei seu maxilar?*

Isso despertou uma leve lembrança por trás da cortina da amnésia. Se tivesse sido isso, ele seria acusado de agressão e talvez fosse parar em Waynesville; seria um passeio no ônibus verde com grades nas janelas. Waynesville seria ruim, mas podia cumprir alguns anos por agressão, se precisasse. Agressão não era assassinato.

Por favor, que não seja por causa de Rothstein, pensou ele. *Tenho muita coisa para ler, tudo está guardado em segurança me esperando. A melhor parte é que tenho dinheiro para me sustentar enquanto faço isso, mais de vinte mil dólares em notas de vinte e cinquenta. Vai durar por um bom tempo se eu viver com modéstia. Por favor, que não seja assassinato.*

— Preciso de uma amante que não me deixe *lou-cooo!*

— Mais uma vez, filho da puta! — gritou alguém. — Mais uma vez e vou arrancar seu cu pela boca!

Morris fechou os olhos.

Apesar de estar se sentindo melhor por volta do meio-dia, ele se recusou a comer a gororoba que lhe foi servida como almoço: macarrão boiando no que parecia ser molho de sangue. Por volta das duas da tarde, um quarteto de guardas surgiu no corredor entre as celas. Um estava com uma prancheta e gritava nomes.

— Bellamy! Holloway! McGiver! Riley! Roosevelt! Titgarden! Um passo à frente!

— É *Tea*garden, senhor — disse o homem negro e grande na cela ao lado da de Morris.

— Estou cagando se é John Q. Filhodaputa. Se quiserem falar com o advogado indicado pelo tribunal, deem um passo à frente. Se não quiserem, sentem-se e aguardem.

Todos os seis prisioneiros deram um passo à frente. Eram os últimos, ao menos naquele corredor. Os outros presos na noite anterior (o que felizmente incluía o cara que estava assassinando a música de John Mellencamp) tinham sido soltos ou levados para o tribunal pela manhã. Eles eram peixe pequeno. O grupo da tarde, Morris sabia, era o das merdas mais sérias. Ele fora levado ao tribunal de tarde, depois da pequena aventura em Sugar Heights. Aquela puta da juíza Bukowski.

Morris rezou para um Deus em que não acreditava quando a porta da cela foi aberta. *Agressão, Deus, está bem? Simples, sem agravantes. Mas não assassinato. Deus, que eles não saibam nada do que aconteceu em New Hampshire, nem em certa parada de descanso no norte de Nova York, está bem? Pode ser assim?*

— Saiam, rapazes — disse o guarda com a prancheta. — Saiam e virem para a direita. À distância de um braço do homem na sua frente. Nada de puxar a cueca ou esticar a mão para trás. Não façam nenhuma merda com a gente e retornaremos o favor.

Eles desceram em um elevador grande o bastante para caber um pequeno rebanho de gado, depois foram levados por outro corredor e então (só Deus sabia por quê, eles estavam de sandálias e os macacões não tinham bolsos) passaram por um detector de metais. Depois disso, havia uma sala de visitas com oito cabines separadas, como cabines de estudo em uma biblioteca. O guarda com a prancheta mandou Morris ir para a número três. Morris se sentou e encarou o advogado indicado pelo tribunal através do vidro, que ficava sujo com frequência e raramente era limpo. O cara do lado da liberdade era um nerd com um corte de cabelo ruim e caspa. Tinha uma ferida debaixo de uma narina e uma pasta velha no colo. Parecia ter uns dezenove anos.

É isso que me dão, pensou Morris. *Ah, Jesus, é isso que me dão.*

O advogado apontou para o telefone na parede da cabine de Morris e abriu a pasta. De dentro, tirou uma folha de papel e o inevitável bloquinho amarelo. Depois de espalhar essas coisas na bancada à sua frente, ele colocou a pasta no chão e pegou o telefone. Sua voz não tinha o tom tenor oscilante de um típico adolescente, mas o barítono confiante e rouco que soava grandioso demais para o peito magro sob o trapo roxo que era sua gravata.

— Você está na merda, senhor... — ele olhou para a folha em cima do bloco amarelo — Bellamy. Tem que se preparar para uma permanência bem longa na penitenciária estadual, eu acho. A não ser que tenha alguma coisa para trocar.

Morris pensou: *Ele está falando dos cadernos.*

Um calafrio subiu por seu braço como passos de fadas malignas. Se estava preso por causa de Rothstein, também seria acusado pelas mortes de Curtis e Freddy. Isso queria dizer prisão perpétua sem possibilidade de condicional. Ele jamais poderia pegar o baú, jamais saberia o destino final de Jimmy Gold.

— Fale logo — disse o advogado, como se estivesse falando com um cachorro.

— Então me diga com quem estou falando.

— Elmer Cafferty, temporariamente ao seu serviço. Você vai ser levado ao tribunal em... — Ele olhou para o relógio, um Timex ainda mais barato do que o terno. — Meia hora. A juíza Bukowski é muito pontual.

Uma pontada de dor que não tinha nada a ver com a ressaca atravessou a cabeça de Morris.

— Não! Ela, não! Não pode ser! Aquela puta veio na arca de Noé!

Cafferty sorriu.

— Presumo que você já passou pelas mãos da Grande Bukowski.

— Olhe minha ficha — disse Morris, secamente.

Se bem que provavelmente não estaria lá. A coisa toda de Sugar Heights era confidencial, como Morris dissera para Andy.

O filho da puta do Andy Halliday. Isso é mais culpa dele do que minha.

— Bicha.

Cafferty franziu a testa.

— Como é?

— Nada. Continue.

— Sua *ficha* consiste na prisão de ontem à noite. A boa notícia é que seu destino vai ficar nas mãos de outro juiz quando você for a julgamento. Outra boa notícia, ao menos para mim, é que, a essa altura, outra pessoa vai representar você. Minha esposa e eu vamos nos mudar para Denver, e você, sr. Bellamy, vai ser só uma lembrança.

Ele podia ir para Denver ou para o inferno, não fazia diferença para Morris.

— Me diga do que fui acusado.

— Você não lembra?

— Eu tive amnésia.

— Ah, é?

— É, sim — disse Morris.

Talvez ele *pudesse* trocar os cadernos, apesar de sentir dor só de pensar no assunto. Mas, mesmo que fizesse a proposta, ou se Cafferty fizesse, o advogado de acusação perceberia a importância deles? Improvável. Advogados não eram acadêmicos. Para um promotor, romances policiais deviam ser o auge da alta literatura. Mesmo se os cadernos, todos aqueles lindos Moleskines, importassem para o representante legal do estado, o que ele, Morris, ganharia ao entregá-los? Uma prisão perpétua em vez de três? Que maravilha.

Não posso, e não importam as circunstâncias. Não vou.

Andy Halliday podia ser uma bicha que usava colônia English Leather, mas estava certo sobre a motivação de Morris. Curtis e Freddy queriam o dinheiro; quando Morris garantiu que o velho podia ter até cem mil guardados, eles acreditaram. Os textos de Rothstein? Para aqueles dois imbeciloides, o valor da produção acumulada de Rothstein desde 1960 era apenas uma enevoada possibilidade, como uma mina de ouro perdida. Era Morris que se preocupava com os textos. Se as coisas tivessem sido diferentes, ele teria oferecido trocar sua parte do dinheiro pelos cadernos, e tinha certeza de que Curtis e Freddy aceitariam. Se ele abrisse mão disso agora, principalmente com os cadernos contendo a continuação da saga de Jimmy Gold, tudo teria sido em vão.

Cafferty bateu com o telefone no vidro, depois o colocou no ouvido.

— Cafferty para Bellamy, Cafferty para Bellamy, responda, Bellamy.

— Desculpe. Eu estava pensando.

— É um pouco tarde para isso, não acha? Tente me acompanhar, por favor. Você está sendo acusado de três coisas. Sua missão, se você decidir aceitá-

-la, é se declarar inocente de cada uma delas. Mais tarde, quando você for a julgamento, pode mudar para culpado se ficar provado que isso é vantajoso para você. Nem pense em pedir fiança, porque Bukowski não vai só rir, vai gargalhar como uma bruxa.

Morris pensou: *É meu pior pesadelo se tornando realidade. Rothstein, Dow e Rogers. Três acusações de assassinato em primeiro grau.*

— Sr. Bellamy, nosso tempo está acabando e estou perdendo a paciência.

O fone caiu do ouvido, e Morris o ergueu de volta com dificuldade. Nada importava agora, mas mesmo assim o advogado com aquela expressão sincera e a incomum voz de barítono de meia-idade continuava tagarelando no ouvido dele, e, em determinado ponto, as palavras começaram a fazer sentido.

— Eles vão começar do melhor para o pior. A primeira acusação, resistir à prisão. Você vai alegar que é inocente. A segunda, agressão com agravantes, e não só contra a mulher, mas você também acertou em cheio o primeiro policial a aparecer no local antes de ele te algemar. A terceira, estupro com agravantes. Podem tentar acrescentar tentativa de assassinato depois, mas agora é só estupro... se é que se pode dizer "só" para estupro. Você vai alegar...

— Espere um minuto — disse Morris. Ele tocou os arranhões na bochecha e o que sentiu foi... esperança. — Eu *estuprei* alguém?

— Estuprou — disse Cafferty, com voz satisfeita. Provavelmente porque seu cliente finalmente parecia estar acompanhando. — Depois de a srta. Cora Ann Hooper... — Ele pegou uma folha de papel na pasta e leu. — Isso foi logo depois que ela saiu da lanchonete onde trabalha como garçonete. Ela estava indo para um ponto de ônibus na Lower Marlborough. Diz que você a agarrou e a puxou para um beco ao lado da Shooter's Tavern, onde tinha passado várias horas ingerindo uísque antes de chutar a jukebox e ser convidado a se retirar. A srta. Hooper tinha um alarme policial na bolsa e conseguiu dispará-lo. Ela também arranhou seu rosto. Você quebrou o nariz dela, a segurou, apertou seu pescoço e inseriu seu João na Maria dela. Quando o policial Philip Ellenton chegou à cena, você ainda estava no meio do ato.

— Estupro. Por que eu...

Pergunta idiota. Por que ele passara três longas horas quebrando aquela casa em Sugar Heights, tendo tempo até de fazer uma pausa para mijar no tapete Aubusson?

— Não faço ideia — disse Cafferty. — Estupro não faz parte do meu estilo de vida.

E nem do meu, pensou Morris. *Normalmente. Mas eu estava bebendo uísque e me meti em traquinagem.*

— Quanto tempo vão me dar?
— A acusação vai pedir prisão perpétua. Se você se declarar culpado no julgamento e se apelar para a piedade do tribunal, talvez pegue vinte e cinco anos.

Morris se declarou culpado no julgamento. Disse que se arrependia do que tinha feito. Botou a culpa na bebida. Apelou para a piedade do tribunal.
E pegou prisão perpétua.

2013-2014

Quando estava no primeiro ano do ensino médio, Peter Saubers já havia decidido o passo seguinte: uma boa faculdade na Nova Inglaterra, onde a literatura era o mais próximo que existia do divino em vez de a pureza. Ele começou a investigar na internet e a colecionar panfletos. Emerson ou Columbia pareciam as candidatas mais prováveis, mas Brown talvez não estivesse fora do alcance. A mãe e o pai disseram para ele não se encher de esperança, mas Peter não caiu nessa. Ele achava que, se não tivesse esperança e ambições quando era adolescente, estaria fodido mais para a frente.

Quanto a se formar em literatura americana, não havia dúvida. Parte da certeza teve a ver com John Rothstein e os livros de Jimmy Gold; até onde Peter sabia, ele era a única pessoa no mundo que lera os últimos dois, e eles mudaram sua vida.

Howard Ricker, seu professor de literatura do primeiro ano, também mudou sua vida, apesar de muitos alunos tirarem sarro dele, chamando-o de Ricky Hippie por causa das camisetas floridas e das calças boca de sino que ele gostava de usar. (A namorada de Peter, Gloria Moore, o chamava de Pastor Ricky, porque ele tinha o costume de balançar as mãos acima da cabeça quando se empolgava.) Mas quase ninguém matava as aulas do sr. Ricker. Ele era divertido, entusiasmado e, diferentemente da maioria dos professores, parecia gostar de verdade dos alunos, que chamava de "meus jovens senhoras e senhores". Eles reviravam os olhos para as roupas retrô e para a gargalhada aguda do professor... mas as roupas tinham um toque original, e a gargalhada dava vontade de rir junto.

No primeiro dia de aula do primeiro ano, ele entrou como uma brisa fresca, deu boas-vindas a todos e escreveu uma coisa no quadro que Peter Saubers nunca esqueceu:

Que coisa idiota!

— O que vocês acham disso, senhoras e senhores? — perguntou ele. — Que diabos isso *significa*?

A turma ficou em silêncio.

— Vou dizer, então. É a crítica mais comum feita por jovens como vocês, condenados a um curso em que começamos com trechos de *Beowulf* e terminamos com Raymond Carver. Dentre os professores, esses cursos básicos são às vezes chamados de GPG: Galopando Pelas Glórias.

Ele riu, divertido, balançando as mãos na altura dos ombros. A maioria dos alunos riu junto, inclusive Peter.

— O veredito da turma sobre "Modesta proposta", de Jonathan Swift? Que coisa idiota! Sobre "Young Goodman Brown", de Nathaniel Hawthorne? Que coisa idiota! *Mending Wall*, de Robert Frost? Que coisa mais ou menos idiota! Sobre o trecho exigido de *Moby Dick*? Que coisa *extremamente* idiota!

Mais gargalhadas. Nenhum deles tinha lido *Moby Dick*, mas todos sabiam que era difícil e chato. Idiotice, em outras palavras.

— E às vezes! — exclamou o sr. Ricker, levantando um dedo e apontando de forma dramática para as palavras no quadro-negro. — Às vezes, jovens senhoras e senhores, *a crítica é precisa*. Estou aqui, dando minha cara a tapa para vocês, admitindo isso. Tenho que dar aula sobre certas antiguidades que preferia deixar de lado. Vejo a perda de entusiasmo nos olhos de vocês e minha alma sofre. Sim! *Sofre!* Mas sigo em frente, porque sei que boa parte do que ensino *não* é idiota. Mesmo algumas das antiguidades, com as quais vocês não se identificam nem agora nem nunca, têm alguma ressonância que vai acabar se revelando no futuro. Devo mostrar a vocês como separar uma história que *não é idiota* de uma que *é idiota*? Devo compartilhar esse grande segredo? Como ainda temos quarenta minutos de aula e não temos grãos a moer no moinho de nossos intelectos reunidos, acredito que devo.

Ele se inclinou para a frente e apoiou as mãos na mesa, com a gravata balançando como um pêndulo. Peter sentia que o sr. Ricker estava olhando diretamente para ele, como se soubesse, ou ao menos intuísse, o tremendo segredo que o garoto guardava debaixo de uma pilha de cobertores no sótão de casa. Uma coisa bem mais importante do que dinheiro.

— Em algum momento do semestre, quem sabe até hoje à noite, vocês vão ler alguma coisa difícil, alguma coisa que só vão entender parcialmente, e seu veredito vai ser *que coisa idiota*. Eu vou discutir quando vocês compartilharem essa opinião para a turma no dia seguinte? Por que eu faria uma coisa tão inútil? Meu tempo com vocês é curto, só temos trinta e quatro semanas de aula, e não vou desperdiçar nenhum minuto discutindo os méritos desse conto ou daquele poema. Por que eu faria isso, quando todas as opiniões são subjetivas e nenhuma resolução absoluta pode ser alcançada?

Alguns dos alunos, Gloria entre eles, agora pareciam confusos, mas Peter entendeu exatamente o que o sr. Ricker, também conhecido como Ricky Hippie, estava tentando dizer, porque, desde que começara a ler os cadernos, ele lera dezenas de ensaios críticos sobre John Rothstein. Muitos consideravam Rothstein um dos grandes escritores americanos do século xx, ao lado de Fitzgerald, Hemingway, Faulkner e Roth. Outros, uma minoria, mas uma minoria bem barulhenta, afirmavam que o trabalho dele era de segunda linha e sem conteúdo. Peter leu um texto no site *Salon* em que o autor do artigo chamava Rothstein de "rei das piadinhas sem graça e santo padroeiro dos tolos".

— O tempo é a resposta — afirmou o sr. Ricker no primeiro dia de aula do primeiro ano do ensino médio. Ele andou de um lado para outro da sala, com a antiquada calça boca de sino balançando, sacudindo os braços ocasionalmente. — Sim! O tempo separa impiedosamente o que *é idiota* do que *não é idiota*. É um processo natural, darwiniano. É por isso que os livros de Graham Greene estão disponíveis em qualquer boa livraria, e os livros de Somerset Maugham não. Esses livros ainda existem, é claro, mas você precisa encomendá-los, e só faria isso se já tivesse ouvido falar deles. A maioria dos leitores de hoje em dia não ouviu. Levante a mão quem já ouviu falar de Somerset Maugham. Vou soletrar para vocês.

Ninguém levantou a mão.

O sr. Ricker assentiu. Com certa tristeza, pareceu a Peter.

— O tempo decretou que o sr. Greene *não é idiota* enquanto o sr. Maugham é... bem, não exatamente *idiota*, mas esquecível. Ele escreveu bons livros, na minha opinião. *A lua e cinco tostões* é incrível, jovens senhoras e senhores, *incrível*, e também escreveu um número razoável de contos excelentes, mas nada disso está incluído no livro de vocês.

"Devo chorar por isso? Devo me enfurecer, sacudir os punhos e proclamar injustiça? Não vou fazer isso. Essa seleção é um processo natural. Vai acontecer com vocês, jovens senhoras e senhores, apesar de que eu serei apenas uma memória quando chegar a hora. Devo dizer *como* isso acontece? Vocês vão ler alguma coisa, talvez 'Dulce et Decorum Est', de Wilfred Owen... Devemos usar isso como exemplo? Por que não?"

E então, com uma voz grave que provocou arrepios na espinha de Peter e apertou sua garganta, o sr. Ricker exclamou:

— "Encolhidos, como mendigos velhos debaixo de sacos, cambaleando de bêbados, tossindo como velhas, andamos oscilantes em meio ao lamaçal..." E assim por diante. Et cetera. Alguns de vocês vão dizer: *que coisa idiota*. Por acaso vou romper minha promessa de não discutir sobre isso, apesar de considerar os poemas do sr. Owen os melhores a serem produzidos durante a Primeira Guerra Mundial? Não! É só minha opinião, e opinião é que nem cu: todo mundo tem o seu.

Todos riram, tanto as jovens senhoras quanto os jovens senhores.

O sr. Ricker se empertigou.

— Posso mandar alguns alunos para a detenção se atrapalharem minha aula, não tenho problema em impor disciplina, mas *nunca* vou desrespeitar a opinião de vocês. Porém! Porém!

Ele levantou o dedo.

— O tempo vai passar! *Tempus* vai *fugit*! O poema de Owen pode sumir da sua mente, e nesse caso seu veredito de "*que coisa idiota*" vai acabar se mostrando correto. Ao menos para você. Mas, para alguns de vocês, ele vai voltar. E voltar. E voltar. E cada vez que fizer isso a marcha regular da sua maturidade vai aprofundar a ressonância dele. Cada vez que o poema voltar à sua mente, vai parecer um pouco menos idiota e um pouco mais vital. Um pouco mais importante. Até *brilhar*, jovens senhoras e senhores. Até *brilhar*. Termino assim meu discurso de abertura, e peço que abram esse belíssimo livro de *Língua e Literatura* na página dezesseis.

Uma das histórias que o professor passou naquele ano foi "O vencedor do cavalinho de balanço", de D. H. Lawrence, e claro que muitos dos jovens senhoras e senhores do sr. Ricker (inclusive Gloria Moore, de quem Peter estava se cansando, apesar de seus seios perfeitos) acharam que era uma coisa idiota. Peter não achou, em boa parte porque eventos em sua vida já o tinham feito amadurecer precocemente. Quando 2013 deu lugar a 2014 — o ano do famoso vórtice polar, quando as fornalhas por todo o norte do Meio-Oeste dos Estados Unidos funcionaram em potência máxima, queimando dinheiro aos fardos —, a história lhe voltava à mente com frequência, e sua ressonância foi se aprofundando. E retornando.

A família na história parecia ter tudo, mas não tinha; parecia que nunca bastava, e o herói da história, um garoto chamado Paul, sempre ouvia a casa sussurrando: "Precisamos de mais dinheiro! Precisamos de mais dinheiro!". Peter Saubers sabia que alguns adolescentes achavam aquilo uma coisa idiota. Eram os sortudos, que nunca tinham sido obrigados a ouvir late-lates à noite sobre que contas pagar esse mês. E sobre o preço de cigarros.

O jovem protagonista na história de Lawrence descobriu um jeito sobrenatural de ganhar dinheiro. Ao cavalgar no cavalinho de balanço de brinquedo para a terra de faz de conta, Paul conseguia descobrir os vencedores de corridas de cavalo no mundo real. Ele ganhou milhares de dólares, mas a casa continuava sussurrando: "Precisamos de mais dinheiro!".

Depois de uma cavalgada épica no cavalinho de balanço (e de ganhar um monte de dinheiro), Paul morre de hemorragia cerebral ou alguma coisa assim. Peter não tivera nem uma dor de cabeça desde que desenterrara o baú, mas era o cavalinho de balanço dele, não era? Era. Seu próprio cavalinho de balanço. Mas, em 2013, o ano em que ele conheceu o sr. Ricker, o cavalinho de balanço estava diminuindo a velocidade. O dinheiro do baú estava quase acabando.

Tinha ajudado os pais dele a passarem por um período difícil e sombrio, quando o casamento podia ter ruído; Peter sabia disso, e nem uma vez se arrependeu de bancar o anjo da guarda. Nas palavras de uma velha canção, o dinheiro do baú formara uma ponte sobre águas revoltas, e as coisas estavam (bem) melhores do outro lado. O pior da recessão tinha passado. Mamãe estava dando aula em período integral de novo, ganhando três mil dólares por ano a mais do que antes. Papai agora tinha um pequeno negócio, não exatamente uma imobiliária, mas uma coisa chamada pesquisa imobiliária. E tinha várias agências da cidade como clientes. Peter não entendia muito bem como o negócio funcionava, mas sabia que o pai estava ganhando dinheiro e podia ganhar ainda mais no futuro se o mercado imobiliário continuasse a lucrar. Ele também agenciava algumas propriedades. Melhor de tudo, estava livre dos remédios e andando bem. As muletas tinham sido guardadas no armário havia quase um ano, e ele só usava a bengala em dias de chuva ou neve, quando os ossos e as juntas doíam. Tudo estava bem. Ótimo, na verdade.

Porém, como dizia o sr. Ricker pelo menos uma vez por aula. Porém!

Precisava pensar em Tina, e esse era um *porém* bem grande. Muitas das amigas dela do antigo bairro no West Side, inclusive Barbara Robinson, a quem Tina idolatrava, iriam estudar na Chapel Ridge, uma escola particular com histórico excelente quando o assunto era enviar alunos para boas faculdades. Mamãe tinha dito a Tina que ela e papai não tinham como pagar as mensalidades daquela escola agora. Talvez ela pudesse tentar no ano seguinte, se as coisas continuassem a melhorar.

— Mas aí vou entrar no segundo ano e não vou conhecer *ninguém* — dissera Tina, começando a chorar.

— Você vai conhecer Barbara Robinson — argumentou mamãe, e Peter (ouvindo do quarto ao lado) percebeu pelo tom da voz dela que mamãe também estava à beira das lágrimas. — Hilda e Betsy também.

Mas Tina era um pouco mais nova do que essas garotas, e Peter sabia que só Barbs era amiga de verdade dos tempos do West Side. Hilda Carver e Betsy DeWitt não deviam nem se lembrar dela. E Barbara também não lembraria em um ano ou dois. A mãe não parecia se lembrar de como o ensino médio era complicado e de como os amigos de infância eram esquecidos bem rápido quando se chegava lá.

A resposta de Tina resumiu esses pensamentos com concisão impressionante.

— É, mas elas não vão *me* conhecer.

— Tina…

— Vocês têm aquele *dinheiro*! — exclamou Tina. — Aquele dinheiro misterioso que chega todo mês! Por que não posso usar um pouco para Chapel Ridge?

— Porque ainda estamos nos recuperando da época ruim, querida.

Tina não tinha resposta para isso porque era verdade.

Os planos dele para a faculdade eram outro *porém*. Peter sabia que, para alguns de seus amigos, talvez para a maioria, a faculdade parecia mais distante do que o planeta mais distante do sistema solar. Mas, se ele queria frequentar uma boa (*Brown*, a mente dele sussurrava, *Literatura Americana na Brown*), isso queria dizer preencher formulários de candidatura cedo, no início do último ano do ensino médio. As candidaturas custavam caro, assim como as aulas extras que ele precisaria fazer nas férias de verão se quisesse tirar uma nota boa no vestibular. Ele tinha um emprego de meio período na Biblioteca da Garner Street, mas trinta e cinco dólares por semana não era muita coisa.

A empresa do pai tinha crescido o bastante para cobiçar um escritório no Centro, esse era o *porém* número três. Era só uma sala com aluguel barato em um andar alto, e estar perto da ação compensaria, mas significaria gastar mais dinheiro. E Peter sabia, apesar de ninguém falar em voz alta, que papai estava contando com o dinheiro misterioso para ajudá-lo durante o período crítico. Todos tinham passado a depender do dinheiro misterioso, e só Peter sabia que ele acabaria antes do final de 2014.

Ah, além disso, era verdade que tinha gastado um pouco consigo mesmo. Não uma quantidade enorme, isso teria gerado perguntas, mas cem aqui e cem ali. Um blazer e um par de sapatos novos para a viagem da turma a Washington. Alguns CDs. E livros. Passara a ser louco por livros depois de ler os cadernos e se apaixonar por John Rothstein. Começou com os judeus contemporâneos de Rothstein, como Philip Roth, Saul Bellow e Irwin Shaw (ele achava *Os deuses vencidos* incrível pra cacete e não entendia por que não era considerado um clássico) e passou a variar a partir daí. Sempre comprava brochuras, mas mesmo essas custavam de doze a quinze dólares cada, a não ser que fossem encontradas em sebos.

"O vencedor do cavalinho de balanço" ressoou mesmo, uma ressonância e tanto, porque Peter ouvia sua casa sussurrando *"Precisamos de mais dinheiro..."* e em pouco tempo haveria menos. Mas dinheiro não era *tudo* que o baú continha, era?

Esse era outro *porém*. Um sobre o qual Peter Saubers pensava cada vez mais nos últimos anos.

Para o trabalho final da matéria Galopando Pelas Glórias do sr. Ricker, Peter escreveu uma análise de dezesseis páginas da trilogia de Jimmy Gold, citando várias críticas e acrescentando algumas coisas das poucas entrevistas que Rothstein dera antes de se isolar na fazenda em New Hampshire e parar de publicar. Terminou falando sobre o passeio de Rothstein pelos campos de concentração da Alemanha quando era repórter do *New York Herald*, isso quatro anos antes de publicar o primeiro livro de Jimmy Gold.

"Acredito que esse foi o evento mais importante da vida do sr. Rothstein", escreveu Peter. "Sem dúvida, o evento mais importante da vida dele como escritor. A busca de Jimmy por um significado para sua vida sempre remete ao que o sr. Rothstein viu naqueles campos, e é por isso que, quando Jimmy tenta viver como um cidadão americano normal, ele se sente vazio. Para mim, isso é mais bem expresso quando ele joga um cinzeiro na TV, em *O corredor reduz a marcha*. Faz isso durante um especial da CBS sobre o Holocausto."

Quando o sr. Ricker devolveu os trabalhos, havia um grande 10 escrito na capa do de Peter, que era uma foto impressa de Rothstein quando jovem, sentado no Sardi's com Ernest Hemingway. Abaixo do 10, o sr. Ricker havia escrito: *Fale comigo depois da aula.*

Quando os outros alunos saíram, o sr. Ricker olhou para Peter tão fixamente que o garoto sentiu um medo momentâneo de seu professor favorito acusá-lo de plágio. E então, o sr. Ricker sorriu.

— Esse é o melhor trabalho de um aluno que já li nos meus vinte e oito anos de magistério. Porque foi o mais confiante e o mais emocionado.

O rosto de Peter corou de prazer.

— Obrigado. De verdade. Muito obrigado.

— Mas eu preciso discordar da sua conclusão — disse o sr. Ricker, se recostando na cadeira e entrelaçando os dedos atrás do pescoço. — A caracterização de Jimmy como "um nobre herói americano, como Huck Finn" não é apoiada pelo livro que conclui a trilogia. Sim, ele joga um cinzeiro na televisão, mas não é um ato de heroísmo. O logo da CBS é um olho, você sabe, e o ato de Jimmy é um cegamento ritual de seu olho interior, o que vê a verdade. Essa não é uma conclusão minha, mas sim uma citação quase direta de um ensaio chamado "O corredor dá as costas", de John Crowe Ranson. Leslie Fiedler diz a mesma coisa em *Love and Death in the American Novel*.

— Mas...

— Não estou tentando desacreditar você, Peter; só estou dizendo que precisa seguir as evidências de qualquer livro *para onde quer* que ele leve, e isso quer dizer não omitir desenvolvimentos cruciais contrários à sua tese. O que Jimmy faz *depois* que joga o cinzeiro na TV e a esposa diz a clássica fala "Seu filho da mãe, como as crianças vão assistir ao Mickey Mouse agora?"?

— Ele sai e compra outra TV, mas...

— Ele não compra *qualquer* TV, mas *a primeira televisão em cores do quarteirão*. E depois?

— Ele cria uma grande campanha publicitária de sucesso do produto de limpeza Duzzy-Doo. Mas...

O sr. Ricker ergueu as sobrancelhas, esperando o "mas". E como Peter podia dizer a ele que um ano depois Jimmy entrava na agência no meio da noite com fósforos e uma lata de querosene? Que Rothstein previra todos os protestos sobre o Vietnã e os direitos civis ao colocar Jimmy para iniciar um incêndio que destruiria o prédio conhecido como Templo da Propaganda? Que pedia carona para sair de Nova York sem nem pensar duas vezes, deixando a família para trás, como Huck e Jim? Ele não podia dizer nada disso porque tudo acontecia em *O corredor vai para o oeste*, um livro que existia apenas em dezessete cadernos escritos à mão que ficaram enterrados em um velho baú por trinta anos.

— Vá em frente e me explique seus "mas" — disse o sr. Ricker, bem-humorado. — Não tem nada de que eu goste mais do que uma boa discussão sobre livros com uma pessoa que consegue sustentar seu argumento. Imagino que você já tenha perdido o ônibus, mas vou ficar mais do que feliz em lhe dar uma carona para casa. — Ele bateu na capa do trabalho de Peter, Johnny R. e Ernie H., os titãs gêmeos da literatura americana, com taças enormes de martíni erguidas em um brinde. — Fora a conclusão sem base, que justifico como um desejo tocante de ver alguma luz no fim de um livro extremamente sombrio, este é um trabalho extraordinário. Simplesmente extraordinário. Portanto, vá com tudo. Me conte seus "mas".

— Mas nada, acho — disse Pete. — Talvez você esteja certo.

Mas o sr. Ricker não estava certo. Qualquer dúvida existente no final de *O corredor vai para o oeste* sobre a capacidade de Jimmy Gold de se vender fora destruída no último e mais longo livro da série, *O corredor levanta a bandeira*. Era o melhor livro que Peter já havia lido. E também o mais triste.

— No seu trabalho, você não falou como Rothstein morreu.

— Não.

— Posso perguntar por quê?

— Porque não se encaixava no tema, eu acho. E teria deixado o trabalho longo demais. Além disso... bem... foi tão horrível ele morrer daquele jeito, assassinado em um assalto idiota.

— Ele não deveria guardar todo aquele dinheiro em casa — disse o sr. Ricker delicadamente —, mas guardava, e muita gente sabia. Mas não o julgue demais por isso. Muitos escritores foram burros e imprudentes com dinheiro. Charles Dickens acabou sustentando uma família de vagabundos, inclusive o próprio pai. Samuel Clemens praticamente faliu por causa de transações imobiliárias. Arthur Conan Doyle perdeu milhares de dólares para médiuns charlatões e gastou mais milhares em fotos falsas de fadas. Ao menos, a principal obra de Rothstein estava concluída. A não ser que você acredite, como algumas pessoas...

Peter olhou para o relógio.

— Sr. Ricker, ainda posso pegar o ônibus se eu correr.

O professor fez aquele gesto engraçado com as mãos.

— Vá, fique à vontade, pode ir. Eu só queria agradecer por um trabalho tão maravilhoso... e oferecer um conselho de amigo: quando você abordar esse tipo de coisa no ano que vem, e na faculdade também, não deixe sua natureza otimista atrapalhar seu olhar crítico. O olhar crítico sempre deve ser frio e lúcido.

— Pode deixar — disse Peter, e saiu rapidamente da sala.

A última coisa que queria discutir com o sr. Ricker era a possibilidade de os ladrões que tiraram a vida de John Rothstein terem roubado um monte de manuscritos não publicados, além do dinheiro, e talvez destruído quando perceberam que não tinham valor. Uma ou duas vezes, Peter flertou com a ideia de entregar os cadernos para a polícia, apesar de isso quase certamente querer dizer que os pais descobririam de onde o dinheiro misterioso vinha. Afinal, os cadernos, mais que um tesouro literário, eram evidências de um crime. Mas era um crime *antigo*, história passada. Era melhor deixar isso para lá.

Não era?

O ônibus já tinha ido embora, claro, e isso significava uma caminhada de três quilômetros para casa. Peter não se importava. Ainda estava vibrando com os elogios do sr. Ricker, e tinha muito em que pensar. Principalmente nos originais não publicados do sr. Rothstein. Os contos eram irregulares, na opinião dele, só havia alguns realmente bons, e os poemas que ele tentara escrever eram, na humilde opinião de Peter, bem fracos. Mas aqueles dois últimos livros de Jimmy Gold eram... bem, de ouro. A julgar pelas evidências que encontrara neles, Peter achava que o último, em que Jimmy hasteava uma bandeira em chamas durante uma manifestação pacífica em Washington, tinha sido concluído por volta de 1973, porque Nixon ainda era presidente quando o livro terminou. O fato de Rothstein nunca ter publicado os volumes finais da série Gold (e mais um livro, esse sobre a Guerra Civil) eram um mistério para Peter. Eram tão bons!

Ele pegava um Moleskine de cada vez no sótão e lia com a porta do quarto fechada e com o ouvido alerta para companhias indesejadas, quando havia outras pessoas em casa. Sempre deixava outro livro por perto, e, se ouvisse passos se aproximando, enfiava o caderno debaixo do colchão e pegava o outro. Na única vez que foi pego, foi pela irmã, que tinha o hábito infeliz de andar pela casa de meias.

— O que é isso? — perguntou Tina da porta.

— Não é da sua conta — respondeu ele, enfiando o caderno debaixo do travesseiro. — E, se você disser alguma coisa para a mamãe ou para o papai, vai estar encrencada comigo.

— É pornografia?

— Não!

Mas o sr. Rothstein escrevia umas cenas bem apimentadas, principalmente para um cara velho. Por exemplo, tinha a do Jimmy com duas garotas hippies...

— Então por que você não quer que eu veja?

— Porque é particular.

Os olhos dela se iluminaram.

— É seu? Você está escrevendo um *livro*?

— Talvez. E se estiver?

— É tão legal! Sobre o que é?

— Insetos transando na lua.

Ela riu.

— Achei que você tivesse dito que não era pornografia. Posso ler quando você terminar?

— Vou pensar. Mas fique de boca fechada, está bem?

Ela concordou, e uma coisa que se podia dizer sobre Tina era que ela raramente quebrava uma promessa. Isso foi dois anos antes, e Peter tinha certeza de que ela tinha esquecido essa história.

Billy Webber se aproximou em uma bicicleta lustrosa.

— Oi, Saubers! — Como quase todo mundo (o sr. Rickers era exceção), Billy pronunciava seu sobrenome como *Sobers* em vez de *SOU-bers*, mas Peter não estava nem aí. Era um nome merda como quer que fosse dito. — O que você vai fazer nas férias?

— Trabalhar na biblioteca da Garner Street.

— Ainda?

— Eu convenci eles a me contratarem por vinte horas semanais.

— Porra, cara, você é jovem demais para ser escravo do salário!

— Eu não ligo — disse Peter, e era verdade. A biblioteca significava tempo livre no computador, além de outras vantagens, sem ninguém espiando por cima de seu ombro. — E você?

— Vou para nossa casa de verão no Maine. Em China Lake. Tem muitas garotas bonitas de biquíni, cara, e as do Massachusetts sabem o que estão fazendo.

Então talvez elas possam ensinar para você, pensou Peter maliciosamente, mas, quando Billy esticou a mão aberta, ele deu um tapa nela e observou o outro garoto se afastar com um pouco de inveja. Tinha uma bicicleta de dez marchas sob a bunda, tênis caros da Nike nos pés e uma casa de verão no Maine. Parecia que algumas famílias já tinham se recuperado do período ruim. Ou talvez nem tivessem sido afetadas. Não era assim com a família Saubers. Eles estavam indo bem, mas...

Precisamos de mais dinheiro, a casa sussurrava na história de Lawrence. *Precisamos de mais dinheiro*. E isso, meu querido, *ressoava*.

Os cadernos poderiam ser transformados em dinheiro? Havia um jeito? Peter não gostava da ideia de abrir mão deles, mas, ao mesmo tempo, reconhecia o quanto era errado deixá-los escondidos no sótão. O trabalho de Rothstein, principalmente os dois últimos livros de Jimmy Gold, mereciam ser compartilhados com o mundo. Eles reconstruiriam a reputação de Rothstein, Peter tinha certeza, mas a reputação dele nem estava tão ruim assim, e, além do mais, essa não era a parte importante. As pessoas iam gostar deles, essa era a parte importante. *Amar*, se fossem como Peter.

Só que manuscritos escritos à mão não eram como notas não marcadas de vinte e de cinquenta. Peter seria pego e talvez fosse para a prisão. Ele não sabia exatamente de que crime poderia ser acusado (não receptação de objetos roubados, disso tinha certeza, porque ele não receptara, só encontrara), mas tinha certeza de que tentar vender o que não era seu tinha que ser *algum* tipo de crime. Doar os cadernos para a *alma mater* de Rothstein parecia uma resposta razoável, só que ele teria que fazer isso anonimamente, senão tudo viria à tona e os pais descobririam que o filho os sustentava com o dinheiro roubado de um homem morto. Além do mais, não se ganhava nada com uma doação anônima.

Apesar de não ter escrito sobre o assassinato de Rothstein no trabalho da escola, Peter lera tudo sobre a tragédia, quase sempre na sala de computadores da biblioteca. Ele sabia que Rothstein levara um tiro "à queima-roupa". Sabia que a polícia encontrara várias pegadas diferentes no jardim para acreditar que duas, três ou até quatro pessoas estavam envolvidas, e que, com base no tamanho das pegadas, todos deviam ser homens. Também acreditavam que dois deles tinham sido mortos em uma parada de descanso em Nova York não muito tempo depois.

Margaret Brennan, a primeira esposa do autor, fora entrevistada em Paris pouco depois da morte. "Todo mundo falava sobre ele naquela cidadezinha provinciana", dissera ela. "Sobre o que mais as pessoas iriam falar? Vacas? O trator novo de um dos fazendeiros? Para os provincianos, John era importante. Eles tinham a ideia errônea de que escritores ganham tanto dinheiro quanto banqueiros e pensavam que ele tinha centenas de milhares de dólares escondidos naquela fazenda velha. Alguém de fora da cidade acreditou nas histórias, foi isso o que aconteceu. Tudo culpa daqueles ianques fofoqueiros! Eu culpo os moradores tanto quanto os bandidos que fizeram aquilo."

Quando perguntaram sobre a possibilidade de Rothstein ter escondido manuscritos junto com o dinheiro, Peggy Brennan deu o que o entrevistador chamou de "risada rouca de cigarro".

"Mais boatos, querido. Johnny se escondeu do mundo por um motivo apenas. Ele estava sem ideias e era orgulhoso demais para admitir."

Você não sabia de nada, pensou Peter. *Ele deve ter se divorciado porque se cansou dessa risada rouca de cigarro.*

Houve muita especulação nos artigos de jornal e revista que Peter leu, mas ele gostava do que o sr. Ricker chamava de "princípio da Navalha de Occam". De acordo com esse princípio, a resposta mais simples e óbvia costumava ser a certa. Três homens invadiram a fazenda e um deles matou os comparsas para poder ficar com tudo. Peter não fazia ideia de por que o sujeito fora para aquela cidade depois, nem de por que enterrara o baú, mas tinha certeza de *uma* coisa: o ladrão sobrevivente jamais voltaria para buscar.

Peter não era muito bom em matemática, era por isso que precisava do curso de férias para revisar a matéria, mas não era preciso ser um Einstein para avaliar os números e chegar a certas possibilidades. Se o ladrão sobrevivente tinha trinta e cinco anos em 1978, o que parecia uma estimativa justa para Peter, ele teria sessenta e sete em 2010, quando Peter encontrara o baú, e uns setenta agora. Setenta era muito velho. Se ele aparecesse procurando o que lhe fora roubado, provavelmente estaria de andador.

Peter sorriu ao virar na Sycamore Street.

Ele imaginou que havia três possibilidades para o ladrão sobrevivente não ter voltado para buscar o baú, todas com probabilidades iguais. A primeira, ele estava em alguma prisão por outro crime. A segunda, ele estava morto. A terceira era uma combinação da primeira e da segunda: ele tinha morrido na prisão. O que quer que tivesse acontecido, Peter achava que não precisava se preocupar com o sujeito. Mas os cadernos eram outra história. Quanto a eles, o garoto tinha muitas preocupações. Ficar com eles era como ficar com um bando de belos quadros roubados que você não podia vender.

Ou com uma caixa cheia de dinamite.

Em setembro de 2013, quase trinta e cinco anos depois do assassinato de John Rothstein, Peter colocou as últimas notas do baú em um envelope endereçado ao pai. A quantia final era de 340 dólares. E como ele achava que a esperança podia ser uma coisa cruel, acrescentou um bilhete curto:

   Este é o último. Lamento não haver mais.

Ele pegou um ônibus até o Birch Hill Mall, onde havia uma caixa de correio entre a Discount Electronix e a loja de iogurte. Olhou ao redor para verificar se estava sendo observado e deu um beijo no envelope. Em seguida, o enfiou pelo buraco e se afastou. Ele o fez ao estilo Jimmy Gold: sem olhar para trás.

* * *

Uma ou duas semanas depois do Ano-Novo, Peter estava na cozinha, preparando um sanduíche de pasta de amendoim e geleia, quando ouviu os pais conversando com Tina na sala. Era sobre Chapel Ridge.

— Achei que *talvez pudéssemos* pagar — disse o pai. — Se te dei falsas esperanças, não tenho como lamentar mais, Tina.

— É porque o dinheiro misterioso parou de vir — afirmou Tina. — Não é?

— Em parte, mas não é só isso — respondeu mamãe. — Seu pai tentou negociar um empréstimo no banco, mas eles não quiseram dar. Verificaram os registros da empresa dele e fizeram uma coisa...

— Uma projeção de lucro de dois anos — disse papai. Um pouco da amargura pós-acidente voltou à voz dele. — Fizeram muitos elogios, porque elogios são de graça. Disseram que posso conseguir o empréstimo em 2016 se meu negócio crescer em cinco por cento. Enquanto isso, esse maldito vórtice polar... estamos extrapolando o orçamento da sua mãe com os gastos com aquecimento. Todo mundo está, do Maine até Minnesota. Sei que não é consolo, mas é isso.

— Querida, nós lamentamos muito — disse a mãe.

Peter esperava que Tina explodisse em um ataque histérico (eles começaram a surgir com bem mais frequência conforme ela foi se aproximando dos treze anos), mas nada aconteceu. Ela disse que entendia e que Chapel Ridge devia ser uma escola de esnobes mesmo. Depois, foi à cozinha e perguntou se Peter podia fazer um sanduíche para ela, porque o dele estava bonito. Ele fez, eles foram para a sala e os quatro assistiram à TV e riram um pouco com *The Big Bang Theory*.

Mas, mais tarde, ele ouviu Tina chorando quando passou pela porta do quarto dela. Fez com que ele se sentisse péssimo. Peter foi para o próprio quarto, pegou um dos Moleskines de debaixo do colchão e começou a reler *O corredor vai para o oeste*.

Ele estava fazendo o curso de escrita criativa da sra. Davis naquele semestre, e, apesar de tirar 10 em todas as histórias, em fevereiro ele já sabia que nunca seria um escritor. Apesar de ser bom com as palavras, uma coisa que Peter não precisava que a sra. Davis lhe dissesse (embora ela o fizesse com frequência), ele não tinha aquele tipo de fagulha criativa. Seu maior interesse era *ler* ficção, depois tentar analisar o que lera, encaixando a história em um padrão maior.

Ele pegou gosto por esse tipo de tarefa investigativa enquanto redigia o trabalho sobre Rothstein. Na biblioteca da Garner Street, procurou um dos livros que o sr. Ricker mencionara, *Love and Death in the American Novel*, de Leslie Fiedler, e gostou tanto que comprou um exemplar para poder marcar certas passagens e escrever nas margens. Ele queria mais do que nunca se formar em literatura americana e dar aulas, como o sr. Ricker (só que na faculdade em vez de no ensino médio), e em algum momento escrever um livro como o do sr. Fiedler, provocar os críticos mais tradicionais e questionar o jeito repetitivo como esses mesmos críticos olhavam as coisas.

Porém!

Precisava de mais dinheiro. O sr. Feldman, o orientador da escola, lhe dissera que conseguir uma bolsa integral em uma universidade da Ivy League era "bastante improvável", e Peter sabia que até isso era exagero. Ele era só mais um garoto comum de uma escola pouco notável do Meio-Oeste, um garoto com um emprego de meio período em uma biblioteca e atividades extracurriculares nada glamourosas, como o jornal e o anuário. Mesmo que conseguisse a bolsa, precisava pensar em Tina. Ela não estava se esforçando, ultimamente, tirando muitos Bs e Cs, e parecia mais interessada em maquiagem, sapatos e música pop do que na escola. Ela precisava de uma mudança, de um novo começo. Ele era inteligente o bastante, mesmo antes de completar dezessete anos, para saber que Chapel Ridge talvez não consertasse sua irmãzinha... mas, por outro lado, podia acontecer. Principalmente porque os danos não eram irreversíveis. Ao menos, ainda não.

Preciso de um plano, pensou ele, só que não era exatamente disso que ele precisava. O que Peter precisava era de uma *história*, e apesar de que provavelmente nunca se tornaria um grande escritor, como o sr. Rothstein ou o sr. Lawrence, ele era *capaz* de criar um enredo. Era isso que precisava fazer agora. Só que todo enredo se construía a partir de uma ideia, e nesse aspecto ele não estava fazendo progresso.

Peter tinha começado a passar muito tempo na Water Street Books, porque o café era barato e até mesmo os livros novos tinham trinta por cento de desconto. Ele passou por lá uma tarde de março, a caminho do trabalho na biblioteca, pensando em comprar algum livro de Joseph Conrad. Em uma das poucas entrevistas que dera, Rothstein chamara Conrad de "o primeiro grande escritor do século xx, apesar de seu melhor trabalho ter sido escrito antes de 1900".

Do lado de fora da livraria, uma mesa comprida havia sido montada embaixo de um toldo. BAZAR DE PRIMAVERA, dizia a placa. TUDO NESTA MESA COM 70% DE DESCONTO! E, embaixo: QUEM SABE QUE TESOURO ENTERRADO VOCÊ VAI ENCONTRAR AQUI? Essa frase estava ladeada por grandes carinhas amarelas sorridentes, para mostrar que era uma piada, mas Peter não achou graça.

Ele finalmente teve uma ideia.

Uma semana depois, ficou na escola depois das aulas para conversar com o sr. Ricker.

— Estou feliz em te ver, Peter. — O sr. Ricker estava usando uma camiseta estampada com mangas bufantes e uma gravata multicolorida. O garoto achou que a combinação dizia muito sobre o motivo de a geração paz e amor ter desmoronado. — A sra. Davis só tem elogios para você.

— Ela é legal — disse Pete. — Estou aprendendo muito.

Na verdade, não estava, e achava que o restante da turma também não. A professora era legal e muitas vezes tinha coisas interessantes a dizer, mas Peter estava chegando à conclusão de que escrita criativa não podia ser ensinada, só aprendida.

— O que posso fazer por você?

— Lembra quando você falou sobre o quanto um manuscrito de Shakespeare escrito à mão seria valioso atualmente?

O sr. Ricker sorriu.

— Eu sempre falo sobre isso durante as aulas do meio da semana, quando os alunos perdem o interesse. Nada como um pouquinho de ganância para animar adolescentes. Por quê? Você encontrou um fólio, Malvólio?

Peter sorriu educadamente.

— Não, mas, quando estávamos visitando meu tio Phil em Cleveland nas férias de fevereiro, fui até a garagem dele e encontrei um bando de livros velhos. A maioria era sobre Tom Swift. Ele era um garoto inventor.

— Eu me lembro bem de Tom e seu amigo Ned Newton — disse o sr. Ricker. — *Tom Swift and His Motor Cycle*, *Tom Swift and His Wizard Camera*... Quando eu era criança, adorávamos a paródia *Tom Swift and His Electric Grandmother*.

Peter renovou o sorriso educado.

— Também havia outros dez sobre uma garota detetive chamada Trixie Belden, e outra chamada Nancy Drew.

— Acho que sei aonde você quer chegar com isso, e odeio te decepcionar, mas é necessário. Tom Swift, Nancy Drew, the Hardy Boys, Trixie Belden... todos são relíquias interessantes de uma época passada e um excelente medidor para julgar o quanto o que se chama de "ficção infantojuvenil" mudou nos últimos oitenta anos, mais ou menos, mas esses livros não têm grande valor monetário, mesmo se em condições excelentes.

— Eu sei — disse Pete. — Verifiquei depois no *Fine Books*. É um blog. Mas, enquanto eu estava olhando esses livros, tio Phil foi até a garagem e disse que tinha outra coisa que talvez me interessasse mais. Porque eu falei que gostava de John Rothstein. Era um exemplar em capa dura autografado de *O corredor*. Não tem dedicatória, só uma assinatura. Tio Phil disse que ganhou de um cara chamado Al que perdeu dez dólares para ele em um jogo de pôquer. Falou que tinha o livro há quase cinquenta anos. Olhei a página de créditos, e é a primeira edição.

O sr. Ricker estava com a cadeira inclinada para trás, mas então se sentou de repente.

— Caramba! Você já deve saber que Rothstein não deu muitos autógrafos, certo?

— É — disse Pete. — Ele chamava de "desfigurar um livro em perfeito estado".

— Sim, ele era parecido com Raymond Chandler nesse quesito. E você sabia que livros autografados valem mais quando só têm a assinatura? Sem dedicatória?

— Sim. Está escrito no *Fine Books*.

— Uma primeira edição assinada do livro mais famoso de Rothstein *deve* valer algum dinheiro — avaliou o sr. Ricker. — Pensando melhor, esqueça o deve. Em que condição está?

— Boa — respondeu Peter na mesma hora. — Tem algumas manchas na parte interna da capa e na folha de rosto, só isso.

— Você *andou* lendo sobre o assunto.

— Só depois que meu tio me mostrou o livro.

— Imagino que você ainda não esteja com esse livro fabuloso, não é?

Tenho uma coisa bem melhor, pensou Peter. *Você mal pode imaginar.*

Às vezes, ele sentia o peso desse conhecimento, e sentia ainda mais ao contar essas mentiras.

Mentiras necessárias, lembrou a si mesmo.

— Não, mas meu tio disse que me daria, se eu quisesse. Eu disse que precisava de um tempo para pensar, porque ele não... você sabe...

— Ele não faz ideia de quanto o livro poderia valer?

— É. Mas aí, comecei a pensar...

— O quê?

Peter enfiou a mão no bolso de trás da calça, pegou uma folha de papel dobrada e a entregou ao sr. Ricker.

— Pesquisei na internet pessoas aqui da cidade que compram e vendem primeiras edições e encontrei esses três. Sei que você também coleciona livros...

— Não muito, meu salário não me permite colecionar a sério, mas tenho um Theodore Roethke assinado que pretendo passar para os meus filhos. *The Walking*. São poemas muito bons. Tenho também um Vonnegut, mas esse não vale tanto; diferentemente do Rothstein, Kurt assinava tudo.

— Enfim, eu queria saber se você conhecia algum deles e, caso conheça, qual é o melhor. Se eu decidisse deixar que meu tio me desse o livro... e depois, sabe, resolvesse vender.

O sr. Ricker desdobrou a folha, olhou para ela e depois para Peter de novo. Aquele olhar, ao mesmo tempo perspicaz e solidário, deixou o garoto desconfortável. Talvez tivesse sido má ideia, ele *não era* muito bom em ficção, mas estava metido naquilo agora e teria que seguir em frente de alguma forma.

— Na verdade, conheço todos. Mas caramba, garoto, também sei o quanto Rothstein é importante para você, e não só por causa do seu trabalho ano passado. Annie Davis diz que você fala muito dele na aula de escrita criativa. Diz que a trilogia Jimmy Gold é sua Bíblia.

Peter achava que era verdade, mas nunca tinha percebido o quanto falava sobre isso. Ele decidiu parar de falar tanto em Rothstein. Podia ser perigoso. As pessoas poderiam pensar e lembrar, se...

Se.

— É bom ter heróis literários, Peter, principalmente se você planeja se formar em literatura americana quando for para a faculdade. Rothstein é o seu, pelo menos por ora, e aquele livro pode ser o começo da sua biblioteca. Você tem certeza de que quer vendê-lo?

Peter podia responder com sinceridade, apesar de não ser de um livro autografado que ele estava falando.

— Tenho, sim. As coisas andam meio difíceis lá em casa...

— Eu sei o que aconteceu com o seu pai no City Center e lamento muito. Pelo menos, pegaram o psicopata antes que ele pudesse fazer mais mal.

— Papai está melhor agora, e tanto ele quanto mamãe estão trabalhando de novo, só que devo precisar de dinheiro para a faculdade...

— Eu entendo.

— Mas esse não é o maior problema. Minha irmã quer estudar em Chapel Ridge, e meus pais disseram que ela não podia, ao menos não no ano que vem. Eles não vão conseguir pagar. Mas vai chegar perto. E acho que ela precisa de um lugar desses. Ela está meio, não sei, *ficando pra trás*.

O sr. Ricker, que sem dúvida conhecia muitos alunos que estavam ficando pra trás, assentiu com seriedade.

— Mas, se Tina pudesse estudar com boas influências, principalmente uma garota, Barbara Robinson, que ela conhece de quando morávamos no West Side, as coisas poderiam mudar.

— É bom você pensar no futuro dela, Peter. É nobre, até.

Peter nunca pensou em si mesmo como nobre. A ideia o deixou atônito.

Talvez por ver o constrangimento dele, o sr. Ricker voltou a atenção novamente para a lista.

— Tudo bem. A Grissom Books teria sido a melhor aposta quando Teddy Grissom ainda estava vivo, mas seu filho cuida da loja agora, e ele é meio mão de vaca. É honesto, mas não abre muito a mão. Ele diria que são os tempos difíceis, mas também é da natureza dele.

— Certo…

— Suponho que você tenha verificado na internet para saber quanto uma primeira edição assinada de *O corredor* em boas condições deve valer?

— Sim. Entre dois e três mil. Não o bastante para um ano em Chapel Ridge, mas é um começo. O que meu pai chama de "entrada".

O sr. Ricker assentiu.

— Acho que é isso mesmo. Teddy Júnior começaria oferecendo oitocentos. Você talvez conseguisse que ele chegasse a mil, mas, se continuasse insistindo, ele se irritaria e mandaria você ir passear. Esse outro, Buy the Book, é a loja de Buddy Franklin. Ele também é legal, e com isso estou querendo dizer honesto, mas Buddy não tem muito interesse em ficção do século xx. O lance dele é vender mapas velhos e atlas do século xvii para sujeitos ricos em Branson Park e Sugar Heights. Mas, se você conseguir convencer Buddy a avaliar o livro e for atrás de Teddy Júnior na Grissom, pode conseguir mil e duzentos por ele. Não estou dizendo que você vai conseguir, só que é possível.

— E a Andrew Halliday Rare Editions?

O sr. Ricker franziu a testa.

— Eu ficaria longe de Halliday. Ele tem uma lojinha na Lacemaker Lane, naquele centro comercial perto da Lower Main Street. A loja é mais estreita do que um vagão da Amtrak, mas tem quase um quarteirão de profundidade. Os negócios parecem ir bem, mas alguma coisa ali não me cheira bem. Ouvi dizer que ele não é muito seletivo quanto à procedência de certos itens. Sabe o que quero dizer?

— A linha de propriedade.

— Certo. Terminando com um pedaço de papel que diz que *você* é o dono do que está tentando vender. A única coisa de que tenho certeza é que, quinze anos atrás, Halliday vendeu um manuscrito não editado de *Elogiemos os homens ilustres*, de James Agee, e acabou que ele tinha sido roubado da propriedade de Brooke Astor. Ela era uma velha rica e tagarela de Nova York com um administrador desonesto. Halliday mostrou um recibo, e a história de como ele obteve o livro era crível, então a polícia interrompeu as investigações. Mas recibos podem ser falsificados, sabe. Eu ficaria longe dele, se fosse você.

— Obrigado, sr. Ricker — disse Peter, pensando que, se fosse em frente com isso, a Andrew Halliday Rare Editions seria sua primeira parada. Mas teria que tomar muito, muito cuidado, e se o sr. Halliday não aceitasse fazer o negócio em dinheiro vivo, *nada* feito. Além do mais, em nenhuma circunstância ele poderia saber o nome de Peter. Seria útil usar um disfarce, embora algo muito exagerado não fosse uma boa ideia.

— De nada, Peter, mas se eu dissesse que estou feliz com isso, eu estaria mentindo.

Peter entendia. Ele também não se sentia muito feliz com aquilo tudo.

Ele ainda estava refletindo sobre suas opções um mês depois daquela conversa e quase tinha chegado à conclusão de que para tentar vender mesmo só um dos cadernos as recompensas não compensariam os riscos. Se estivesse lidando com um colecionador particular, como aqueles sobre os quais lia às vezes, que compravam quadros valiosos para pendurar em salas secretas onde pudessem admirá-los, não haveria problema. Mas ele não tinha como garantir que isso aconteceria. Estava cada vez mais inclinado a doá-los anonimamente, talvez mandá-los pelo correio para a New York University Library. O curador de um lugar desses entenderia o valor dos cadernos, sem dúvida. Mas fazer isso seria um pouco mais público do que Peter gostaria, bem diferente de colocar os envelopes com dinheiro em uma caixa de correio na esquina. E se alguém se lembrasse dele na agência dos correios?

Então, em uma noite chuvosa no final de abril de 2014, Tina foi ao quarto dele de novo. A sra. Beasley não existia mais, e o pijama com pezinhos fora substituído por uma camiseta grande de futebol americano do Cleveland Browns, mas para Peter ela continuava a ser a garotinha preocupada que perguntara, durante a Era dos Sentimentos Ruins, se os pais iam se separar. O cabelo preso em marias-chiquinhas e o rosto lavado, sem a pouca maquiagem que a mãe a deixava usar (Peter achava que ela incrementava quando chegava à escola), a faziam parecer mais próxima dos dez anos do que dos treze. Ele pensou: *Tina já é quase uma adolescente.* Era difícil de acreditar.

— Posso falar com você um minuto?

— Claro.

Ele estava deitado na cama, lendo um livro de Philip Roth chamado *When she was good*. Tina se sentou na cadeira da escrivaninha, puxou a camiseta até as canelas e soprou alguns fios caídos na testa, onde um pouco de acne havia aparecido.

— O que quer falar? — perguntou Peter.

— Há... — E não disse mais nada.

Ele franziu o nariz para ela.

— Anda, fala logo. Algum garoto de quem você está a fim te deu um fora?

— Você mandou aquele dinheiro — disse ela. — Não foi?

Peter encarou a irmã, estupefato. Tentou falar e não conseguiu. Tentou se convencer de que ela não tinha dito o que disse, mas também não conseguiu fazer isso.

Ela assentiu, como se ele tivesse admitido.

— É, foi você. Está na sua cara.

— Não fui eu, Tina, você só me pegou de surpresa. Onde eu conseguiria todo aquele dinheiro?

— Não sei, mas me lembro da noite que você me perguntou o que eu faria se encontrasse um tesouro enterrado.

— Eu perguntei isso? — *Você estava quase dormindo*, pensou ele. *Não pode se lembrar disso.*

— Dobrões, você disse. Moedas antigas. Eu disse que daria o dinheiro para o papai e a mamãe, para eles não brigarem mais, e foi isso o que você fez. Só que não era um tesouro pirata, era dinheiro de verdade.

Peter colocou o livro de lado.

— Não vá dizer isso para eles. Eles podem acreditar.

Ela o encarou com seriedade.

— Eu nunca falaria. Mas preciso perguntar... acabou mesmo?

— O bilhete no último envelope dizia que acabou — respondeu Peter com cautela —, e não chegou nenhum outro envelope depois, então acho que sim.

Ela suspirou.

— Foi o que pensei. Mas eu precisava perguntar.

Ela se levantou para sair.

— Tina.

— O quê?

— Sinto muito por Chapel Ridge. Eu queria que o dinheiro *não* tivesse acabado.

Ela se sentou de novo.

— Guardo seu segredo se você guardar um meu e da mamãe. Tá?

— Tá.

— Em novembro, ela me levou até a Chap, é assim que as garotas de lá chamam, em um dos dias abertos para visitação. Ela não queria que papai soubesse porque achou que ele ia ficar zangado, mas na época mamãe achou que talvez eles *pudessem* pagar, principalmente se eu conseguisse uma bolsa de baixa renda. Você sabe o que é isso?

Peter assentiu.

— Mas na época o dinheiro ainda não tinha parado de chegar, e foi antes de toda a neve e do tempo frio e estranho de dezembro e janeiro. Vimos algumas das salas de aula e os laboratórios de ciência. Tem um zilhão de computadores. Também vimos o ginásio, que é gigantesco, e o vestiário. Tem cabines individuais para trocar de roupa, não só as baias de gado da Northfield. Pelo menos para as garotas. Adivinha quem era a guia do meu grupo do passeio?

— Barbara Robinson.

Ela sorriu.

— Foi legal ver ela de novo. — O sorriso sumiu. — Ela disse oi, me deu um abraço e perguntou como estava todo mundo, mas deu para ver que não se lembrava direito de mim. Por que lembraria, né? Você sabia que ela, Hilda, Betsy e algumas outras garotas daquela época estavam naquele show do 'Round Here? Aquele que o cara que atropelou o papai tentou explodir?

— Sabia.

Peter também sabia que o irmão mais velho de Barbara Robinson teve um papel fundamental no salvamento dela, das amigas e talvez de milhares de outras pessoas. Ele ganhou uma medalha, ou a chave da cidade, ou alguma outra coisa parecida. Aquilo era heroísmo de verdade, não se esgueirar para enviar dinheiro roubado para os pais.

— Sabia que fui convidada para ir com elas naquela noite?

— O quê? Não!

Tina assentiu.

— Eu disse que não podia porque estava doente, mas não estava. Foi porque mamãe falou que não tinha dinheiro para comprar o ingresso. Nós nos mudamos dois meses depois.

— Nossa, que coisa!

— É, perdi toda a aventura.

— E como foi o passeio pela escola?

— Foi bom, mas não foi maravilhoso. Vou ficar bem em Northfield. Quando descobrirem que sou irmã do aluno nota 10, vão acabar pegando leve comigo.

Peter sentiu uma tristeza repentina e ficou com vontade de chorar. Foi por causa daquela doçura que sempre fizera parte da natureza de Tina, combinada com aquelas espinhas feias na testa dela. Ele se perguntou se a zoavam por causa disso. Se ainda não zoavam, sem dúvida zoariam em breve.

Ele esticou os braços.

— Vem cá.

Ela se aproximou, e ele deu um abraço forte na irmã. Depois, segurou-a pelos ombros e olhou nos olhos dela com seriedade.

— Mas aquele dinheiro... não fui eu.

— Aham, tá bom. Aquele caderno que você estava lendo veio com o dinheiro? Aposto que veio. — Ela riu. — Você fez uma cara tão culpada naquela noite, quando entrei e peguei você lendo.

Ele revirou os olhos.

— Vá para a cama, baixinha.

— Tudo bem. — Na porta, ela se virou. — Mas gostei das cabines individuais. E de mais uma coisa. Quer saber o quê? Você vai achar estranho.

— Manda ver.

— Os alunos usam uniforme. O das garotas é uma saia cinza com uma blusa branca e meias até os joelhos. Tem um suéter também. Alguns são cinza como as saias e alguns são de um tom lindo de vermelho, que Barbara disse se chamar bordô.

— Uniformes — disse Peter, confuso. — Você gosta da ideia de *uniformes*.

— Eu sabia que você ia achar estranho. Porque os garotos não sabem como as garotas são. Garotas podem ser cruéis se você usa as roupas erradas ou se usa as certas com muita frequência. Você pode usar blusas diferentes ou tênis às terças e quintas, pode fazer coisas diferentes no cabelo, mas, em pouco tempo, as garotas más descobrem que você só tem três casacos e seis saias boas para usar na escola. E aí dizem coisas cruéis. Mas, quando todo mundo usa a mesma coisa todo dia... menos o suéter, que tem opção de duas cores diferentes...

— Ela soprou os fios de cabelo na testa de novo. — Os garotos não têm esse problema.

— Na verdade, eu acho que entendo — disse Peter.

— Mas mamãe vai me ensinar a fazer roupas, aí vou ter mais. Vou poder fazer coisas com os moldes das revistas Simplicity e Butterick. Além disso, tenho amigas. Muitas.

— Ellen, por exemplo.

— Ellen é legal.

E está a caminho de um emprego gratificante como garçonete ou atendente de drive-thru depois da aula, pensou Peter, mas não falou nada. *Se não engravidar aos dezesseis anos, claro.*

— Eu só queria dizer para você não se preocupar. Caso você estivesse preocupado.

— Não estava — respondeu Peter. — Você vai se sair bem. E não fui eu que mandei o dinheiro. É sério.

Ela deu um sorriso, ao mesmo tempo triste e cúmplice, que a fez parecer qualquer coisa, menos uma garotinha.

— Tudo bem. Entendi.

Ela saiu e fechou a porta com delicadeza.

Peter ficou deitado sem conseguir dormir por bastante tempo naquela noite. Pouco tempo depois, cometeu o maior erro de sua vida.

1979-2014

Morris Randolph Bellamy foi condenado à prisão perpétua no dia 11 de janeiro de 1979, e, por um tempo curto, as coisas aconteceram bem rápido antes de ficarem devagar. E devagar. E devagar. Sua admissão na Prisão Estadual de Waynesville foi completada às seis da tarde do dia da sentença. Seu colega de cela, um assassino condenado chamado Roy Allgood, o estuprou pela primeira vez quarenta e cinco minutos depois do apagar das luzes.

— Fique parado e não cague no meu pau, rapazinho — sussurrou ele no ouvido de Morris. — Se fizer isso, corto seu nariz. Você vai parecer um porco mordido por um jacaré.

Morris, que já tinha sido estuprado, ficou parado e mordeu o antebraço para não gritar. Pensou em Jimmy Gold, em como Jimmy era antes de começar a caçar o Dólar de Ouro. Quando ainda era um herói autêntico. Pensou em Harold Fineman, o melhor amigo de Jimmy no ensino médio (Morris não tivera amigos no ensino médio), dizendo que todas as coisas boas terminam, o que implicava que o inverso também era verdade: todas as coisas ruins também têm que terminar.

Aquela coisa ruim em particular continuou acontecendo por muito tempo, e, quando acontecia, Morris repetia mentalmente o mantra de Jimmy em *O corredor*, sem parar: *Essa merda não quer dizer merda nenhuma, essa merda não quer dizer merda nenhuma, essa merda não quer dizer merda nenhuma.* E aquilo ajudou.

Um pouco.

Nas semanas seguintes, ele foi violentado no rabo por Allgood em algumas noites e na boca em outras. No fim das contas, preferia tomar no rabo, onde não havia papilas gustativas. Independentemente de como acontecia, ele pensava que Cora Ann Hooper, a mulher que ele atacara de forma impensada enquanto sofria de um blecaute, estava ganhando o que devia considerar a justiça perfeita. Por outro lado, ela só teve que aguentar um invasor indesejado uma vez.

Havia uma fábrica de roupas ligada a Waynesville. A fábrica fazia calças jeans e camisas sociais. No seu quinto dia na sala de tingimento, um dos amigos de Allgood o pegou pelo pulso, levou para trás da tina azul número três e mandou que ele baixasse a calça.

— É só ficar parado que eu faço o resto — disse ele. Quando terminou, falou: — Não sou bicha nem nada, mas tenho que me virar, que nem todo mundo. Se você disser pra alguém que sou bicha, vou matar você.

— Não vou falar — disse Morris. *Essa merda não quer dizer merda nenhuma*, disse para si mesmo. *Essa merda não quer dizer merda nenhuma.*

Um dia, em meados de março de 1979, um sujeito estilo motoqueiro, com braços musculosos cheios de tatuagens, se aproximou de Morris no pátio de exercícios.

— Você sabe escrever? — perguntou o sujeito com sotaque inconfundível do Sul. — Ouvi dizer que você sabe escrever.

— Eu sei escrever — respondeu Morris.

Ele viu Allgood se aproximar, reparar com quem Morris estava falando e mudar de rumo, indo na direção da quadra de basquete do outro lado do pátio.

— Sou Warren Duckworth. Quase todo mundo aqui me chama de Duck.

— Sou Morris Bel...

— Eu sei quem você é. Você escreve direitinho?

— Escrevo. — Morris falou sem hesitação ou falsa modéstia. O fato de Roy Allgood ter encontrado outra coisa para fazer não lhe passou despercebido.

— Você pode escrever uma carta pra minha esposa, se eu ditar? Só que, assim, usando umas palavras melhores?

— Eu posso e vou fazer, mas tenho um probleminha.

— Eu sei qual é o seu problema — disse seu novo amigo. — Se você escrever uma carta e minha esposa ficar feliz, talvez até parar em falar de divórcio, você não vai mais ter problemas com aquele putinho magrelo na sua cela.

112

Eu sou o putinho magrelo na minha cela, pensou Morris, mas sentiu uma leve pontada de esperança.

— Senhor, vou escrever a carta mais bonita que sua esposa vai receber na vida.

Ao olhar para os braços musculosos de Duckworth, ele pensou em uma coisa que viu em um documentário certa vez. Havia um tipo de pássaro que morava nas bocas dos crocodilos e sobrevivia diariamente bicando pedaços de comida de dentro da bocarra do réptil. Morris pensou que esse tipo de pássaro tinha conseguido um ótimo acordo.

— Eu vou precisar de papel.

Ele pensou no reformatório, onde cinco míseras folhas de papel eram tudo que conseguia, papel com grandes pedaços de polpa no meio, como verrugas pré-cancerosas.

— Eu consigo o papel. O quanto você quiser. E você escreve a carta, e no final vai dizer que todas as palavras saíram da minha boca e você só escreveu.

— Tudo bem, me diga o que a deixaria mais feliz de ouvir.

Duck pensou e sorriu.

— Que ela é boa de foda?

— Ela já sabe disso. — Morris ponderou a respeito. — Que parte do corpo ela diz que mudaria, se pudesse?

Duck franziu a testa.

— Sei lá, ela sempre reclama que tem a bunda muito grande. Mas você não pode dizer isso, só vai piorar as coisas.

— Não, o que vou escrever é o quanto você adora apertar a bunda dela.

Duck estava sorrindo agora.

— É melhor tomar cuidado, senão quem vai comer você sou eu.

— Qual é o vestido favorito dela? Ela tem um?

— Tem, é um verde. De seda. A mãe deu pra ela ano passado, antes de eu ser preso. Ela usa quando saímos para dançar. — Ele olhou para o chão. — É melhor ela não estar saindo para dançar agora, mas talvez esteja. Sei disso. Eu posso só saber escrever a porra do meu nome, mas não sou imbecil.

— Eu posso escrever o quanto você adora apertar a bunda dela quando ela está com aquele vestido verde, que tal? Posso dizer que pensar nisso deixa você com tesão.

Duck olhou para Morris com uma expressão que era totalmente nova na experiência dele em Waynesville. Respeito.

— Você é bom nisso.

Morris ainda estava pensando no assunto. Sexo não era a única coisa em que as mulheres pensavam em relação aos homens; sexo não era romance.

— Qual é a cor do cabelo dela?

— Ah, agora eu não sei. Ela é morena quando não passa tinta.

Castanho não era uma boa palavra, ao menos não para Morris, mas havia jeitos de trabalhar essas coisas. Pensou que isso era como vender um produto em uma agência de publicidade, mas afastou a ideia. Sobrevivência era sobrevivência.

— Vou escrever o quanto você gosta de ver o sol brilhando no cabelo dela, principalmente pela manhã.

Duck não respondeu. Estava olhando para Morris com as fartas sobrancelhas unidas.

— O quê? Não gostou?

Duck segurou o braço de Morris, que, por um momento terrível, teve certeza de que ele o quebraria como um galho seco. A palavra ÓDIO estava tatuada nos dedos do homem enorme. Duck murmurou:

— Parece poesia. Vou arrumar papel amanhã. Tem um monte na biblioteca.

Naquela noite, quando Morris voltou para a cela depois de passar o turno de três às nove tingindo roupas de azul, sua cela estava vazia. Rolf Venziano, da cela ao lado, disse que Roy Allgood fora levado para a enfermaria. Quando Allgood voltou no dia seguinte, os dois olhos estavam roxos, e o nariz, quebrado. Ele olhou para Morris da cama, rolou para o lado e se virou para a parede.

Warren Duckworth foi o primeiro cliente de Morris. Ao longo dos trinta e seis anos seguintes, ele teve muitos.

Às vezes, quando não conseguia dormir, olhando para o teto da cela (no começo dos anos 1990, ele tinha uma só para ele e uma prateleira de livros usados), Morris se acalmava relembrando quando descobrira Jimmy Gold. Aquilo fora um raio de sol na escuridão confusa e furiosa de sua adolescência.

Àquela altura, os pais brigavam o tempo todo, e, apesar de ele ter passado a detestar os dois, a mãe tinha uma armadura melhor contra o mundo, e ele adotou seu sorriso sarcástico, a atitude superior e o menosprezo que o acompanhava. Exceto por literatura, em que só tirava 10 (quando queria), ele era um aluno nota 7. Isso fazia Anita Bellamy dar chiliques sempre que recebia um boletim. Ele não tinha amigos, mas muitos inimigos. Levou uma surra três vezes. Duas foram dadas por garotos que não iam com a cara dele, mas outro garoto tinha um motivo mais específico. Era um jogador de futebol americano enorme, do último ano, chamado Pete Womack, que não gostou nadinha do jeito como Morris olhou para sua namorada certo dia, durante o horário de almoço, no refeitório.

— O que você está olhando, cara de rato? — perguntou Womack, e as mesas ao redor do local solitário onde Morris estava sentado ficaram em silêncio.

— Para ela — respondeu Morris.

Ele estava com medo e, quando a mente estava lúcida, o medo costumava impor ao menos algum controle sob seu comportamento, mas ele nunca conseguira resistir a uma plateia.

— Então é melhor parar — disse Womack, meio sem jeito.

O cara estava dando uma chance a ele. Talvez Pete Womack estivesse ciente de que tinha um metro e noventa e cem quilos enquanto o magrelo de merda do primeiro ano, com lábios vermelhos e sentado sozinho tinha um metro e setenta e pesava no máximo sessenta e cinco quilos. Talvez também soubesse que a plateia, que incluía sua namorada constrangida, repararia nessa disparidade.

— Se ela não quer ser olhada — disse Morris —, por que se veste assim?

Morris falou como elogio (do tipo meio torto, verdade), mas Womack interpretou de um jeito diferente. Ele deu a volta na mesa com os punhos erguidos. Morris acertou um único soco, mas foi dos bons, e deixou o olho de Womack roxo. É claro que, depois disso, ele levou uma bela surra, que foi até justa, mas aquele soco foi uma revelação. Ele *revidara*. Era bom saber que conseguia.

Os dois foram suspensos e, naquela noite, Morris ouviu um sermão de vinte minutos da mãe sobre resistência passiva, junto com a observação ácida de que *brigar no refeitório* não era o tipo de atividade extracurricular que as melhores faculdades procuravam nos formulários de inscrição.

Às costas dela, o pai levantou o copo de martíni e deu uma piscadela. O gesto sugeriu que, apesar de George Bellamy comer na mão da mãe e fazer tudo o que ela mandava, ele também revidava em determinadas circunstâncias. Mas fugir ainda era a escolha preferida do papaizinho querido, e, durante o segundo semestre do primeiro ano de Morris em Northfield, Georgie-Porgie fugiu do casamento e só parou para limpar o que ainda havia na conta bancária dos Bellamy. Os investimentos dos quais ele se gabava não existiam ou desceram pelo ralo. Anita Bellamy ficou com uma pilha de dívidas para pagar e um filho rebelde de catorze anos.

Só restaram dois bens depois que o marido partiu para um local desconhecido. Um foi a indicação emoldurada para o Pulitzer pelo livro dela. O outro foi a casa onde Morris passou a infância, situada na melhor área de North Side. Não tinha hipoteca porque a mãe se recusara a assinar os papéis do banco que o marido levara para casa, pela primeira vez imune à falação dele sobre uma oportunidade de investimento irrecusável. Ela vendeu a casa depois que ele foi embora, e os dois se mudaram para a Sycamore Street.

— É um retrocesso — admitiu ela para Morris durante o verão entre o primeiro e o segundo ano do ensino médio —, mas a reserva financeira vai se refazer. E pelo menos o bairro é branco. — Ela fez uma pausa, repensou o comentário e acrescentou: — Não que eu seja racista.

— Não, mamãe — disse Morris. — Quem acreditaria nisso?

Normalmente ela odiava ser chamada de mamãe e deixava isso bem claro, mas, naquele dia, ela ficou quieta, o que o tornou um dia bom. Sempre era um bom dia quando ele zombava dela. Havia poucas oportunidades.

Durante o início dos anos 1970, resenhas de livros ainda eram obrigatórias nas aulas de literatura do segundo ano, em Northfield. Os alunos recebiam uma lista mimeografada de livros aprovados dentre os quais escolher. Morris achou que a maioria parecia ruim, e, como sempre, não foi tímido na hora de mencionar isso.

— Olhem! — gritou ele do lugar que ocupava nos fundos da sala. — Quarenta sabores de aveia americana!

Alguns alunos riram. Apesar de não conseguir fazer com que gostassem dele, fazê-los rir não era um problema. Eram todos fracassados a caminho de casamentos fracassados e empregos fracassados. Eles criariam filhos fracassados e embalariam netos fracassados antes de seguirem para o fracasso final em fracassados hospitais e casas de repouso. Iriam para a escuridão acreditando que tinham vivido o sonho americano e que Jesus os receberia no paraíso com um comitê de boas-vindas. Morris nascera para coisas melhores. Só não sabia quais.

A srta. Todd, na época com a idade que Morris tinha quando ele e os colegas invadiram a casa de Rothstein, pediu que ele ficasse depois da aula. Morris se recostou com as pernas esticadas na cadeira enquanto os outros alunos saíam, esperando que Todd o mandasse para a detenção. Não seria sua primeira bronca depois da aula, mas seria a primeira em uma aula de literatura. Um pensamento vago lhe ocorreu com a voz do pai (*Você está destruindo oportunidades demais, Morrie*) e sumiu como vapor no ar.

Em vez de mandá-lo para a detenção, a srta. Todd (não exatamente bonita de rosto, mas com um corpo espetacular) enfiou a mão na bolsa cheia e pescou um livro com capa vermelha, onde havia o desenho amarelo de um garoto encostado em um muro de tijolos, fumando um cigarro. Acima, o título: *O corredor*.

— Você nunca perde uma oportunidade de ser espertinho, não é? — perguntou a srta. Todd. Ela se sentou na carteira ao lado. A saia dela era curta, as coxas eram grossas e a meia-calça era cintilante.

Morris não disse nada.

— Nesse caso, eu sabia que aconteceria. Foi por isso que trouxe este livro hoje. Tenho boas e más notícias, meu amiguinho sabichão. Você não vai ter que ir para a detenção, mas também não vai poder escolher. Vai ler este livro e só este. Não está na lista dos livros aprovados da escola, e acho que posso acabar encrencada por fazer isso, mas estou contando com seu lado bom, que gosto de acreditar que está aí dentro em algum lugar, por mais minúsculo que seja.

Morris olhou para o livro, depois olhou por cima dele para as pernas da srta. Todd, sem disfarçar o interesse.

Ela viu a direção do olhar dele e sorriu. Por um momento, Morris vislumbrou um futuro para os dois, boa parte passado na cama. Já tinha ouvido falar sobre coisas assim acontecerem. *Professora gostosa procura garoto adolescente para aulas extracurriculares de educação sexual.*

Essa fantasia durou uns dois segundos, talvez. Ela o estourou ainda com o sorriso no rosto.

— Você e Jimmy Gold vão se dar muito bem. Ele é um merdinha sarcástico que se odeia. Bem parecido com você.

Ela se levantou. A saia voltou para o lugar, cinco centímetros acima dos joelhos.

— Boa sorte com sua resenha. E, na próxima vez que tentar espiar debaixo da saia de uma mulher, devia se lembrar de uma coisa que Mark Twain disse: "Qualquer vagabundo precisando cortar o cabelo pode *olhar*".

Morris saiu da sala com o rosto vermelho, pela primeira vez não só colocado em seu devido lugar, mas com categoria. Sentiu vontade de jogar o livro em um bueiro assim que desceu do ônibus, na esquina da Sycamore com a Elm, mas decidiu guardá-lo. Não por medo de detenção ou suspensão, claro. Como ela poderia fazer *qualquer coisa* contra ele se o livro não estava na lista de aprovados? Ele ficou com o livro por causa do garoto na capa. O garoto olhando através de uma nuvem de fumaça de cigarro com certa insolência cansada.

Ele é um merdinha sarcástico que se odeia. Bem parecido com você.

A mãe não estava em casa e só voltaria depois das dez. Estava dando aulas para adultos no City College, para uma grana extra. Morris sabia que ela odiava aquelas aulas, acreditava que eram bem abaixo de sua capacidade, e ele achava aquilo fantástico. *Tire a calça pela cabeça, mamãe.*

O freezer estava cheio de comida congelada. Ele pegou uma embalagem qualquer e enfiou o conteúdo no forno, pensando em ler até ficar pronto. Depois do jantar, talvez fosse para o andar de cima, pegasse uma das *Playboy* do pai debaixo da cama (*Minha herança do coroa*, ele pensava às vezes) e descabelasse o palhaço por um tempo.

Não ligou o cronômetro do forno, e foi o fedor de ensopado de carne queimado que o despertou do livro, noventa minutos depois. Tinha lido as primeiras cem páginas e não estava mais naquela casinha de merda, construída depois da guerra, na rua com nome de árvores, mas vagando pelas ruas de Nova York com Jimmy Gold. Morris foi até a cozinha, completamente distraído, botou as luvas, tirou a massa queimada do forno, jogou tudo no lixo e voltou a ler *O corredor*.

Vou ter que ler de novo, pensou ele. Sentia-se febril. E tinha uma caneta na mão. *Há tanto para sublinhar e lembrar. Tanto.*

Para os leitores, uma das descobertas mais eletrizantes da vida era a de que eles *eram* leitores, não apenas capazes de ler (o que Morris já sabia), mas apaixonados pelo ato. Desesperadamente. Incorrigivelmente. O primeiro livro a fazer isso nunca era esquecido, e cada página parecia trazer uma nova revelação, que queimava e exaltava: *Sim! É assim! Sim! Eu também vi isso!* E, claro: *É o que eu acho! É o que eu* SINTO!

Morris escreveu uma resenha de dez páginas sobre *O corredor*. Recebeu um 10 e um único comentário da srta. Todd: *Eu sabia que você ia gostar.*

Ele queria dizer a ela que aquilo não era gostar, era amar. Amor *verdadeiro*. E o amor verdadeiro não morria nunca.

O corredor procura ação era tão bom quanto *O corredor*, só que, em vez de ser um estranho em Nova York, Jimmy era agora um estranho na Europa, lutando a favor da Alemanha, vendo os amigos morrerem e, por fim, olhando com uma expressão vazia, através do arame farpado, o horror de um dos campos de concentração. *Os sobreviventes esqueléticos que vagavam pela área confirmaram o que Jimmy desconfiava havia anos*, escrevera Rothstein. *Foi tudo um erro.*

Usando um kit de estêncil, Morris copiou essa parte com fonte Roman Gothic e prendeu na porta do quarto, que mais tarde seria ocupado por um garoto chamado Peter Saubers.

A mãe viu o papel pendurado na porta, deu seu sorriso sarcástico e não disse nada. Pelo menos, não naquele momento. A discussão sobre a trilogia Jimmy Gold aconteceu dois anos depois, quando ela terminou de ler os livros. A discussão fez Morris se embebedar; ficar bêbado resultou na invasão de domicílio e agressão; esses crimes resultaram em nove meses no Centro de Detenção Juvenil Riverview.

Mas antes de tudo isso veio *O corredor reduz a marcha*, que Morris leu com horror crescente. Jimmy se casou com uma boa moça. Jimmy arrumou um emprego em propaganda. Jimmy começou a ganhar peso. A esposa de Jimmy engravidou do primeiro dos três pequenos Gold, e eles se mudaram para o subúrbio. Jimmy fez amizades por lá. Ele e a esposa faziam churrascos no quintal. Jimmy cuidava da churrasqueira usando um avental que dizia o CHEF SEMPRE TEM RAZÃO. Jimmy traiu a esposa e ela também o traiu. Jimmy tomava um remédio para indigestão e azia e outro para ressaca. Na maior parte do tempo, Jimmy queria conquistar o Dólar de Ouro.

Morris leu esses desenvolvimentos terríveis com consternação e ira crescentes. Pensava sentir o que a mãe sentira ao descobrir que o marido, que ela acreditava comer na palma de sua mão, vinha limpando todas as contas da família enquanto corria de um lado para outro, fazendo tudo que ela mandava sem levantar a mão nem uma vez para dar um tapa naquele sorriso sarcástico no rosto intelectual.

Morris ficava torcendo para Jimmy acordar. Para que lembrasse quem era, ou quem tinha sido, ao menos, e largar a vida idiota e vazia que tinha. Em vez disso, *O corredor reduz a marcha* terminou com Jimmy comemorando a campanha publicitária mais bem-sucedida do mundo, de Duzzy-Doo, pelo amor de Deus, e gritando "Esperem até o ano que vem!".

No Centro de Detenção, Morris tinha que ver um psicólogo uma vez por semana. O nome do psicólogo era Curtis Larsen. Os garotos o chamavam de Curd Cu. Curd Cu sempre terminava as sessões com a mesma pergunta:

— De quem é a culpa de você estar aqui, Morris?

A maioria dos garotos, até os muito burros, sabia a resposta certa para aquela pergunta. Morris também sabia, mas se recusava a dizê-la.

— Da minha mãe — falava ele cada vez que a pergunta era feita.

Na última sessão, logo antes do fim do período de detenção de Morris, Curd Cu cruzou as mãos sobre a mesa e olhou para Morris por longos segundos silenciosos. Morris sabia que Curd Cu estava esperando que ele desviasse os olhos. Ele se recusou a fazer isso.

— Na minha área — disse Curd Cu, por fim —, tem um termo para a sua reação. Chama-se evitamento de culpa. Você vai voltar para cá se continuar a evitar a culpa? Provavelmente não. Você vai fazer dezoito anos em poucos meses, então, na próxima vez, vai tirar a sorte grande. E *vai* haver uma próxima vez. E você vai ser julgado como adulto. A não ser, claro, que você decida mudar. Então, pela última vez: de quem é a culpa por você estar aqui?

— Da minha mãe — disse Morris, sem hesitar. Porque ele não estava evitando a culpa, era a pura verdade. A lógica era indiscutível.

Entre os quinze e dezessete anos, Morris leu os primeiros dois livros da trilogia Jimmy Gold obsessivamente, sublinhando e fazendo anotações. Releu *O corredor reduz a marcha* só uma vez, e teve que se obrigar a terminar. Cada vez que o pegava, uma bola de chumbo se formava em suas entranhas, porque ele sabia o que ia acontecer. Seu ressentimento com o criador de Jimmy Gold cresceu. *Por que Rothstein destruiu Jimmy daquele jeito? Ele nem permitiu que Jimmy morresse com glória, mas deixou ele vivo! Fez ele se render, economizar dinheiro e pensar que dormir com a vagabunda que vendia remédio de azia no fim da rua significava que ele ainda era um rebelde!*

Morris pensou em escrever uma carta para Rothstein, perguntando, não, *exigindo* que ele se explicasse, mas sabia pelo artigo de capa da revista *Time* que o filho da puta nem lia as cartas dos fãs, muito menos respondia.

Como Ricky Hippie diria a Peter Saubers anos mais tarde, a maioria dos rapazes e moças que se apaixonavam pelo trabalho de um escritor em particular, como os Vonnegut, os Hesse, os Brautigan e os Tolkien, acabavam encontrando novos ídolos. Do jeito que estava decepcionado com *O corredor reduz a marcha*, isso poderia ter acontecido com Morris. Antes que pudesse, porém, houve a discussão com a filha da puta que parecia determinada a estragar sua vida, já que não podia enfiar as garras no homem que havia estragado a dela. Anita Bellamy, com seu quase Pulitzer emoldurado, o domo de cabelo louro preso com laquê e o sorriso sarcástico.

Durante suas férias em fevereiro de 1973, ela leu os três livros de Jimmy Gold em um único dia. E eram os exemplares *dele*, seus exemplares *particulares*, que ela pegou na estante do quarto do filho. Estavam na mesa de centro quando ele chegou, a capa de *O corredor procura ação* úmida com a condensação da taça de vinho dela. Em uma das raras vezes de sua vida adolescente, Morris ficou sem palavras.

Anita, não.

— Você está falando sobre esses livros há mais de um ano, então finalmente decidi ver o motivo para tanta empolgação. — Ela tomou um gole de vinho. — E, como tinha a semana de folga, li os três. Achei que demoraria mais do que um dia, mas não tem muito *conteúdo* ali, não é?

— Você... — Ele ficou engasgado por um momento. E então: — Você entrou no meu quarto!

— Você nunca reclama quando eu entro para trocar o lençol nem quando vou guardar as roupas limpas e dobradas. Achava que era a Fada da Lavanderia que fazia isso?

— Esses livros são meus! Estavam na minha prateleira especial! Você não tinha o direito de pegar!

— Vou ficar feliz de colocá-los de volta. E não se preocupe, não mexi nas revistas debaixo da sua cama. Sei que garotos precisam de... diversão.

Ele se aproximou, as pernas mais parecendo estacas, e pegou os livros com mãos de gancho. A contracapa de *O corredor procura ação* estava molhada por causa da taça, e ele pensou: *Se um volume da trilogia tinha que se molhar, por que não* O corredor reduz a marcha?

— Admito que são interessantes. — Ela tinha começado a falar com a voz ponderada de sala de aula. — Pelo menos, mostram o amadurecimento de um escritor com talento razoável. Os dois primeiros são dolorosamente infantis, claro, da forma como *Tom Sawyer* é infantil em comparação a *Huckleberry Finn*, mas o último, embora não seja nenhum *Huck Finn*, mostra um amadurecimento.

— O último é uma *merda*! — gritou Morris.

— Não precisa levantar a voz, Morris. Não precisa *berrar*. Você pode defender sua posição sem fazer isso. — E ali estava o sorriso que ele tanto odiava, fino e cortante. — Estamos tendo uma discussão.

— Não *quero* uma porra de uma discussão!

— Mas *devíamos* ter uma! — exclamou Anita, sorrindo. — Já que passei meu dia, para não dizer *desperdicei*, tentando entender meu filho egoísta e um tanto pretensiosamente intelectual, que agora só tira 7 na escola.

Ela esperou que ele respondesse. Morris não falou nada. Havia armadilhas para todo lado. A mãe era capaz de deixá-lo no chinelo quando queria, e, no momento, ela queria.

— Reparei que os dois primeiros livros estão surrados, quase descolando da lombada, lidos até gastar. Há muitas frases sublinhadas e anotações nas margens, algumas mostrando o germinar, e não vou dizer *florescer*, porque não pode ser chamado assim, ao menos ainda não, de uma mente crítica aguçada. Mas o terceiro parece quase novo, e não há nada sublinhado. Você não gostou do que aconteceu com ele, não é? Não gostou de Jimmy quando ele cresceu, e, por transferência lógica, do autor também.

— Ele se vendeu!

Os punhos de Morris estavam fechados. O rosto estava quente e latejando, como tinha ficado depois que Womack deu uma surra nele no refeitório, com todo mundo olhando. Mas Morris acertou um soco naquele dia, e queria dar um agora também. Precisava.

— Rothstein *deixou* que ele se vendesse! Se você não vê isso, é *burra*!

— Não. — O sorriso dela tinha sumido agora. Ela se inclinou para a frente e colocou a taça na mesinha de centro, o tempo todo olhando para ele com firmeza. — Essa é a essência do seu equívoco. Um bom escritor não manda nos seus personagens, ele os segue. Um bom escritor não cria os eventos, ele os vê acontecerem e escreve o que vê. Um bom escritor se dá conta de que é um secretário, não Deus.

— Aquilo não era o Jimmy! A porra do Rothstein mudou ele! Transformou Jimmy em uma piada! Fez com que ele ficasse... igual a todo mundo!

Morris odiava o quanto soava fraco e odiava o fato de que a mãe o manipulara para fazê-lo defender uma posição que não precisava ser defendida, que era evidente para qualquer pessoa com meio cérebro e alguns sentimentos.

— Morris — disse ela, baixinho. — Houve uma época em que eu quis ser a versão feminina do Jimmy, assim como você quer ser o Jimmy agora. Jimmy Gold, ou alguém como ele, é a ilha para onde a maioria dos adolescentes vai enquanto espera que a infância se transforme em maturidade. O que você precisa ver, o que Rothstein finalmente viu, apesar de ter demorado três livros para isso, é que a maioria de nós se torna todo mundo. Eu me tornei. — Ela olhou ao redor. — Por que outro motivo eu estaria morando aqui, na Sycamore Street?

— Porque você foi burra e deixou meu pai roubar tudo que a gente tinha!

Ela fez uma careta ao ouvir isso (*Um golpe palpável*, pensou Morris com animação), mas o risinho sarcástico surgiu de novo. Como um pedaço de papel queimando em um cinzeiro.

— Admito que há um elemento de verdade no que você diz, embora não seja gentil botar toda a culpa em mim. Você já se perguntou *por que* ele roubou tudo que tínhamos?

Morris ficou em silêncio.

— Porque ele se recusou a crescer. Seu pai é um Peter Pan barrigudo que encontrou uma garota com metade da idade dele pra brincar de Sininho na cama.

— Coloque meus livros no lugar ou jogue no lixo — disse Morris, com uma voz que quase não reconheceu. Para seu horror, soava como a do pai. — Não ligo para o que você decidir. Vou embora daqui e não vou voltar.

— Ah, acho que vai — disse ela, e estava certa quanto a isso, mas demorou quase um ano para ele voltar, e, àquela altura, ela não o conhecia mais. Se é que já tinha conhecido. — E você deveria reler o terceiro livro mais algumas vezes também.

Ela precisou levantar a voz para dizer o resto, porque ele estava correndo pela casa, tomado de emoções tão fortes que quase ficou cego.

— Encontre piedade! O sr. Rothstein encontrou, e *é a redenção do último livro!*

O som da porta batendo a interrompeu.

Morris andou até a calçada com a cabeça baixa e, quando chegou lá, saiu correndo. Havia um centro comercial com uma loja de bebidas a três quadras dali. Quando ele chegou, sentou-se na grade de bicicletas em frente e esperou. Os primeiros dois caras com quem falou recusaram o pedido (o segundo com um sorriso que fez Morris desejar dar um soco na cara dele), mas o terceiro usava roupas de brechó e mancava da perna esquerda. Ele aceitou comprar uma garrafa de meio litro por dois dólares ou uma de um litro por cinco. Morris escolheu a de um litro e começou a beber junto ao riacho que passava pelo terreno baldio entre a Sycamore e a Birch Street. O sol já estava se pondo. Ele não tinha lembranças de ir até Sugar Heights no carro roubado, mas não havia dúvida de que, depois que chegou lá, encontrou o que Curd Cu gostava de chamar de sorte grande.

De quem é a culpa de você estar aqui?

Ele achava que parte da culpa podia ser do bêbado que comprara uma garrafa de uísque para um menor de idade, mas a culpa maior era mesmo da mãe, e houve uma consequência boa: quando ele foi sentenciado, não tinha sinal daquele sorriso sarcástico. Ele finalmente o arrancara da cara dela.

Durante os dias de confinamento na prisão (havia pelo menos um por mês), Morris ficava deitado na cama com as mãos cruzadas atrás da cabeça e pensava no quarto livro de Jimmy Gold. Se perguntava se ele continha a redenção que tanto desejava para depois de *O corredor reduz a marcha*. Era possível que Jimmy tivesse recuperado as antigas esperanças e os antigos sonhos? Seu velho fogo? Se ao menos ele tivesse tido mais dois dias! Até mesmo um!

Mas duvidava que mesmo John Rothstein fosse capaz de fazer uma coisa assim parecer crível. Baseado nas próprias observações (com os pais sendo as cobaias), quando o fogo se apagava, costumava ser de vez. Mas algumas pessoas mudavam, *sim*. Ele se lembrou de levantar essa possibilidade certa vez com

Andy Halliday, enquanto os dois tinham uma das muitas discussões na hora do almoço. Isso foi no Happy Cup, na mesma rua da Grisson Books, onde Andy trabalhava, e pouco depois de Morris ter largado a faculdade, quando decidiu que o que chamavam de ensino superior no City College não lhe servia para nada.

— Nixon mudou — disse Morris. — O velho inimigo dos comunistas iniciou relações comerciais com a China. E Lyndon Johnson fez a Lei dos Direitos Civis ser aceita pelo Congresso. Se uma hiena velha e racista como ele conseguiu mudar, acho que qualquer coisa é possível.

— Políticos — disse Andy, bufando como se estivesse sentindo um cheiro ruim. Ele era um sujeito magrelo de cabelo curto, poucos anos mais velho do que Morris. — *Eles* mudam por conveniência, não por idealismo. Pessoas comuns não fazem nem isso. Não conseguem. Se elas não querem se comportar, são punidas. Aí, depois da punição, elas dizem tudo bem, sim, senhor, e seguem o roteiro como os pequenos robôs que são. Veja o que aconteceu com os manifestantes contra a guerra do Vietnã. A maioria tem hoje vidas de classe média. São gordos, felizes e votam nos republicanos. Os que se recusaram a baixar a cabeça estão na cadeia. Ou no exílio, como Katherine Ann Power.

— Como você pode chamar Jimmy Gold de *comum*? — exclamou Morris.

Andy fez uma expressão condescendente.

— Ah, por favor. Essa história toda é uma jornada épica para fugir do excepcional. O propósito da cultura americana é criar uma *norma*, Morris. Isso quer dizer que as pessoas extraordinárias precisam se ajustar aos padrões, e é o que acontece com Jimmy. Ele acaba trabalhando com *propaganda*, pelo amor de Deus, e que maior agente da norma existe neste país todo errado? Esse é o objetivo principal de Rothstein. — Ele balançou a cabeça. — Se você está procurando otimismo, compre um romance de banca de jornal.

Morris pensou que Andy estava discutindo só por discutir. Um olhar fanático ardia por trás dos óculos nerds com armação de chifre, mas mesmo então Morris já entendia o que o sujeito valorizava. O zelo dele era por livros como objetos, não pelas histórias e ideias que estavam dentro.

Eles almoçavam juntos duas ou três vezes por semana, normalmente no Cup, às vezes em frente à Grissom, nos bancos da Government Square. Foi durante um desses almoços que Andrew Halliday mencionou pela primeira vez o boato de que John Rothstein continuava escrevendo, mas que seu testamento especificava que todo o seu trabalho fosse queimado quando ele morresse.

— Não! — gritou Morris, genuinamente magoado. — Não podem fazer isso. Podem?

Andy deu de ombros.

— Se estiver no testamento, qualquer coisa que ele escreveu depois que virou recluso já é praticamente cinzas.

— Você está inventando.

— Essa história do testamento pode ser só boato, verdade, mas a teoria aceita nos círculos das livrarias é que Rothstein nunca parou de escrever.

— Círculos das livrarias — disse Morris, com um tom duvidoso.

— Nós temos nossa rede de informações, Morris. A empregada de Rothstein faz as compras dele, certo? E não só de comida. Uma vez por mês ou de seis em seis semanas, ela vai até a livraria White River Books em Berlin, que é a cidade mais próxima, para buscar os livros que ele encomendou pelo telefone. Ela contou para o pessoal que trabalha lá que ele escreve todos os dias das seis da manhã até as duas da tarde. O dono contou para alguns livreiros na feira de livros de Boston, e o boato se espalhou.

— Puta merda — sussurrou Morris.

Essa conversa aconteceu em junho de 1976. A última história publicada de Rothstein, "A torta de banana perfeita", saíra em 1960. Se o que Andy estava dizendo fosse verdade, significava que John Rothstein estava escrevendo havia dezesseis anos. E se escrevesse oitocentas palavras por dia, isso somava... Morris não conseguia nem começar a fazer as contas, mas era coisa à beça.

— Puta merda mesmo — disse Andy.

— Se ele quer que queimem tudo quando morrer, ele é *maluco*!

— A maioria dos escritores é. — Andy se inclinou para a frente, como se fosse fazer uma piada. Talvez tenha sido uma piada. Ao menos para ele. — Quer saber o que eu acho? Alguém devia organizar uma missão de resgate. Talvez você, Morris. Afinal, você é o fã número um dele.

— Eu, não — respondeu Morris. — Não depois do que ele fez com Jimmy Gold.

— Calma aí, cara. Você não pode culpar um homem por seguir sua inspiração.

— Claro que posso.

— Então roube — disse Andy, ainda sorrindo. — Roube e chame de protesto em nome da literatura. Traz os livros para mim. Deixo tudo guardado por um tempo e depois vendo. Se não forem baboseiras senis, talvez cheguem a um milhão de dólares. Eu divido com você. Metade para cada um.

— A gente seria pego.

— Acho que não — respondeu Andy Halliday. — Há maneiras.

— Quanto tempo você teria que esperar para poder vender?

— Alguns anos — respondeu Andy, acenando casualmente como se estivesse falando de algumas horas. — Cinco, talvez.

Um mês depois, cansado de morar na Sycamore Street e assombrado pela ideia de todos aqueles manuscritos, Morris botou suas coisas no velho Volvo e dirigiu até Boston, onde foi contratado por uma construtora que estava erguendo alguns condomínios no subúrbio. O trabalho quase o matou no começo, mas ele ganhou alguns músculos (não que algum dia fosse ficar como Duck Duckworth) e se acostumou. Ele até fez dois amigos: Freddy Dow e Curtis Rogers.

Certa vez, ligou para Andy.

— Você consegue *mesmo* vender manuscritos inéditos de Rothstein?

— Sem dúvida — respondeu Andy Halliday. — Não imediatamente, como disse antes, mas e daí? Somos jovens. Ele, não. O tempo estaria do nosso lado.

Sim, e isso incluiria tempo para ler tudo que Rothstein escrevera desde "A torta de banana perfeita". O lucro, mesmo meio milhão de dólares, era incidental. *Não sou um mercenário*, disse Morris para si mesmo. *Não estou interessado no Dólar de Ouro. Essa merda não quer dizer merda nenhuma. Só o bastante para sobreviver, tipo uma mesada, e já fico feliz.*

Sou um acadêmico.

Nos fins de semana, ele começou a ir de carro até Talbot Corners, New Hampshire. Em 1977, começou a levar Curtis e Freddy junto. Aos poucos, um plano passou a ganhar forma. Um plano simples, o melhor tipo. Um roubo clássico.

Filósofos debatiam sobre o sentido da vida há séculos e raramente chegavam à mesma conclusão. Morris estudou o assunto ao longo dos anos em que ficou preso, mas suas perguntas eram mais práticas do que cósmicas. Ele queria saber o significado da vida no âmbito legal. O que descobriu foi bem esquizofrênico. Em alguns estados dos Estados Unidos, ficar preso por toda a vida queria dizer exatamente isso. Você tinha que ficar na cadeia até morrer, sem a possibilidade de recurso. Em alguns estados, a liberdade condicional era concedida depois de meros dois anos. Em outros, cinco, sete, dez ou quinze. Em Nevada, a liberdade condicional era concedida (ou não) com base em um sistema complexo de pontos.

No ano de 2001, a prisão perpétua média de um homem no sistema carcerário americano era de trinta anos e quatro meses.

No estado onde Morris cumpria sua pena, os legisladores criaram a própria definição misteriosa de vida, baseada em dados demográficos. Em 1979, quando Morris foi sentenciado, o homem americano médio vivia até os setenta anos. Morris tinha vinte e três na época, portanto poderia considerar seu débito com a sociedade pago em quarenta e sete anos.

A não ser que conseguisse a liberdade condicional.

Ele se tornou elegível pela primeira vez em 1990. Cora Ann Hooper apareceu na audiência. Estava usando um terno azul bonito. O cabelo grisalho estava preso em um coque apertado. Ela tinha uma bolsa grande no colo. Recontou como Morris Bellamy a abordou quando ela estava passando pelo beco ao lado da Shooter's Tavern e manifestou sua intenção de "se dar bem hoje". Contou para o Comitê de Condicional formado por cinco pessoas que ele lhe deu um soco no nariz quando ela conseguiu disparar o aparelho de alerta policial que tinha na bolsa. Contou sobre o fedor de álcool no hálito dele e sobre como Morris arranhou a barriga dela quando arrancou sua calcinha. Contou que Morris "ainda estava me sufocando e penetrando" quando o policial Ellenton chegou ao local e o tirou de cima dela. Contou para o comitê que tentou cometer suicídio em 1980 e que ainda estava sob os cuidados de um psiquiatra. Contou que estava melhor desde que aceitou Jesus Cristo como seu salvador, mas que ainda tinha pesadelos. Não, ela disse para o comitê, ela nunca se casou. Pensar em sexo lhe provocava ataques de pânico.

Morris não conseguiu a condicional. Vários motivos foram citados na folha verde entregue a ele pelas barras da cela naquela noite, mas o que estava no alto certamente foi a maior consideração do Comitê de Condicional: *A vítima declara que ainda está sofrendo.*

Vaca.

Hooper apareceu de novo em 1995 e em 2000. Em 1995, estava com o mesmo terninho azul. No ano do milênio, quando já tinha adquirido uns vinte quilos, estava usando um marrom. Em 2005, o terno era cinza, e uma grande cruz branca estava pendurada entre seus peitos crescentes. Ela segurava no colo o que parecia ser a mesma bolsa preta, a cada aparição. Presumivelmente, o dispositivo de alerta policial estava lá dentro. Talvez também um spray de pimenta. Ela não foi convocada para essas audiências; apareceu porque quis.

E contou sua história.

Ele não conseguiu a liberdade condicional. O motivo principal na folha verde: *A vítima declara que ainda está sofrendo.*

Essa merda não quer dizer merda nenhuma, disse Morris a si mesmo. *Essa merda não quer dizer merda nenhuma.*

Talvez não, mas Deus, como ele se arrependia de não tê-la matado.

* * *

Na época da terceira audiência, o trabalho de Morris como escritor estava bastante solicitado; ele era, no pequeno mundo de Waynesville, um autor best-seller. Escrevia cartas de amor para esposas e namoradas. Escrevia cartas para os filhos dos detentos, algumas confirmando a existência do Papai Noel com uma prosa emocionante. Escrevia cartas de candidaturas a emprego para os prisioneiros cuja data de soltura estava se aproximando. Escrevia trabalhos para prisioneiros fazendo faculdade à distância ou estudando para conseguir o diploma do ensino médio. Ele não era advogado de porta de cadeia, mas escrevia para advogados de verdade em nome de prisioneiros, de tempos em tempos, explicando cada caso de forma convincente e dando a base para uma apelação. Em alguns casos, os advogados tinham ficado impressionados com a carta e (pensando no dinheiro a ser obtido com processos bem-sucedidos de prisão errônea) aceitado a proposta. Como o DNA ganhara importância absoluta nos processos de apelação, ele escrevia para Barry Scheck e Peter Neufeld, os fundadores do Innocence Project. Uma dessas cartas levou à libertação de um mecânico de automóveis e ladrão nas horas vagas chamado Charles Roberson, que ficou em Waynesville por vinte e sete anos. Roberson conseguiu a liberdade; Morris ganhou a gratidão eterna de Roberson e mais nada… a não ser que se contasse a reputação crescente, e isso estava *longe* de não ser nada. Fazia muito tempo que ele não era estuprado.

Em 2004, Morris escreveu a melhor carta de sua vida, descartando quatro rascunhos até encontrar o tom perfeito. Era uma carta para Cora Ann Hooper. Nela, ele contava que vivia com um remorso terrível pelo que fez e prometia que, se conseguisse liberdade condicional, passaria o resto da vida sofrendo pelo único ato de violência que cometeu, resultado de um blecaute induzido pelo álcool.

"Frequento reuniões do AA quatro vezes por semana aqui", escreveu ele, "e agora ajudo seis alcoólatras e viciados em drogas em recuperação. Pretendo continuar esse trabalho lá fora, na Casa de Reintegração St. Patrick, em North Side. Tive um despertar espiritual, sra. Hooper, e permiti que Jesus entrasse em minha vida. Você deve entender o quanto isso é importante porque sei que também aceitou Cristo como seu salvador. 'Perdoai as nossas ofensas', disse Ele, 'assim como nós perdoamos a quem nos tem ofendido.' Você não pode perdoar minha ofensa contra você? Não sou mais o homem que a machucou tanto naquela noite. Eu mudei. Rezo para que você responda a minha carta."

Dez dias depois, sua oração por uma resposta foi atendida. Não havia remetente no envelope, apenas o nome C. A. *Hooper*. Morris não precisou rasgar o envelope; algum babaca da recepção, com a função de verificar a correspondência dos detentos, já tinha cuidado disso. Dentro havia uma única folha de papel com beiradas irregulares. No canto superior direito e no inferior esquerdo, gatinhos fofos brincavam com rolos de lã cinza. Não havia saudação. Uma única frase fora escrita no meio da folha.

Espero que você apodreça aí dentro.

A puta apareceu na audiência no ano seguinte, usando meias de compressão nas pernas e com os tornozelos gordos enfiados em sapatos escuros. Parecia uma andorinha gorda e vingativa voltando para uma versão da prisão de Capistrano. Mais uma vez, ela contou a história, e mais uma vez ele não conseguiu a liberdade condicional. Morris era um prisioneiro modelo, e agora só havia um motivo escrito na folha verde: *A vítima declara que ainda está sofrendo.*

Morris disse a si mesmo que essa merda não queria dizer merda nenhuma e voltou para a cela. Não era exatamente uma suíte, só tinha dois metros por dois e meio, mas pelo menos havia livros. Livros eram sua fuga. Livros eram liberdade. Ele se deitou no catre, imaginando o quanto seria agradável ter quinze minutos sozinho com Cora Ann Hooper e uma pistola de pregos.

Morris passou a trabalhar na biblioteca, que era uma mudança maravilhosa para melhor. Os guardas não ligavam para como ele gastava o orçamento, então não foi problema fazer uma assinatura da *The American Bibliographer's Newsletter*. Também encomendou uma grande quantidade de catálogos de vendedores de livros raros por todo país, que eram de graça. Livros de John Rothstein apareciam com frequência, oferecidos a preços cada vez maiores. Morris se viu torcendo por isso da mesma forma que alguns prisioneiros torciam por times. O valor da maioria dos escritores baixava depois que eles morriam, mas o de alguns poucos felizardos aumentava. Rothstein se tornou um desses. De tempos em tempos, um Rothstein autografado aparecia em um dos catálogos. Na edição de 2007 do catálogo de Natal de Bauman, um exemplar de *O corredor* autografado e com dedicatória para Harper Lee foi vendido por dezessete mil dólares.

Morris também ficou de olho no jornal local durante seus anos de encarceramento, e, quando o século XXI trouxe as mudanças tecnológicas, em vários sites da cidade. O terreno entre a Sycamore e a Birch Street ainda estava estagnado no eterno processo legal, exatamente como Morris queria. Ele um dia sairia da cadeia, e o baú estaria lá, abraçado pelas raízes da árvore. O fato de o valor daqueles cadernos provavelmente estar astronômico hoje em dia importava cada vez menos.

Ele já tinha sido jovem e achava que teria apreciado todas as coisas que os jovens queriam quando as pernas eram fortes, e as bolas, duras: viagens e mulheres, carros e mulheres, casas grandes como as de Sugar Heights e mulheres. Agora, ele raramente sonhava com essas coisas, e a última mulher com quem havia transado continuava sendo a responsável por ele permanecer preso. A ironia não passava despercebida. Mas tudo bem. As coisas do mundo iam ficando de lado, você perdia a velocidade, a visão e a porra do gingado, mas a literatura era eterna, e era isso o que o esperava: uma ilha perdida ainda não vista por ninguém além de seu criador. Se ele só conseguisse ver aquela ilha depois dos setenta, tudo bem. Também havia o dinheiro, todos aqueles envelopes. Não era uma fortuna, mas era um bom começo.

Tenho uma coisa para me motivar a viver, disse a si mesmo. *Quantos homens aqui podem dizer isso, principalmente quando as coxas ficam flácidas e o pau só levanta quando eles precisam mijar?*

Morris escreveu várias vezes para Andy Halliday, que agora *tinha* uma loja; ele sabia disso por causa da *American Bibliographer's Newsletter*. Ele também sabia que seu velho amigo tinha se metido em confusão com a polícia pelo menos uma vez, por tentar vender um exemplar roubado do livro mais famoso de James Agee, mas conseguira se safar. Uma pena. Morris adoraria receber aquela bicha perfumada em Waynesville. Havia muitos bad boys por lá que adorariam fazê-lo sofrer a pedido de Morris Bellamy. Mas tudo não passava de uma fantasia. Mesmo se Andy fosse condenado, devia acabar recebendo só uma multa. Na pior das possibilidades, seria mandado para o country clube na parte oeste do estado, onde os ladrões de colarinho branco ficavam.

Nenhuma das cartas de Morris para Andy foi respondida.

Em 2010, sua andorinha pessoal voltou mais uma vez para Capistrano, usando um terno preto de novo, como se vestida para o próprio velório. *É o que vai acontecer em breve se ela não perder peso*, pensou Morris com crueldade. A papada de Cora Ann Hooper agora caía pelas laterais do pescoço, os olhos estavam afundados em gordura, a pele estava pálida. Ela tinha trocado a bolsa preta por uma azul, mas todo o resto foi igual. Pesadelos! Terapia sem fim! A vida destruída graças ao animal horrível que saltou do beco naquela noite! E assim por diante, blá-blá-blá.

Você ainda não superou esse maldito estupro?, pensou Morris. *Não vai seguir em frente* nunca?

Morris voltou para a cela pensando: *Essa merda não quer dizer merda nenhuma. Não quer dizer merda nenhuma, porra.*

Foi o ano em que ele fez cinquenta e cinco anos.

* * *

Um dia, em março de 2014, um carcereiro foi buscar Morris na biblioteca, onde ele estava sentado atrás da mesa principal, lendo *Pastoral americana* pela terceira vez. (Era de longe o melhor livro de Philip Roth, na opinião de Morris.) O carcereiro disse que ele estava sendo chamado na administração.

— Para quê? — perguntou Morris, se levantando.

Idas à administração não costumavam ser coisas boas. Normalmente, eram policiais querendo que você dedurasse alguém e ameaçando com um monte de merda se você se recusasse a cooperar.

— Audiência do Comitê de Condicional.

— Não — disse Morris. — É um engano. O comitê só vai me receber de novo ano que vem.

— Eu só faço o que me mandam — retrucou o carcereiro. — Se você não quer que eu faça uma reclamação, é melhor arrumar alguém para te substituir e tirar a bunda da cadeira.

O Comitê de Condicional, agora composto por três homens e três mulheres, estava esperando na sala de reuniões. Philip Downs, o conselheiro legal do comitê, era a sétima pessoa. Ele leu uma carta de Cora Ann Hooper. Uma carta incrível. A puta estava com câncer. Isso era uma boa notícia, mas o que veio em seguida era ainda melhor. Ela decidira retirar todas as objeções contra a condicional de Morris Bellamy. Dizia que lamentava ter demorado tanto tempo. Downs leu depois a carta do Complexo Cultural de Arte do Meio-Oeste, conhecido como MAC. Eles haviam contratado muitos ex-presidiários em liberdade condicional de Waynesville ao longo dos anos e estavam dispostos a receber Morris Bellamy como arquivista e operador de computador de meio período a partir de maio, se a condicional fosse concedida.

— Considerando seu bom comportamento nos últimos trinta e cinco anos e a carta da sra. Hooper — disse Downs —, achei que apresentar o assunto da sua condicional para o comitê um ano antes da data era a coisa certa a fazer. A sra. Hooper nos informa que não tem muito tempo, e tenho certeza de que quer deixar esse assunto para trás. — Ele se virou para eles. — O que dizem, senhoras e senhores?

Morris já sabia o que eles diriam, senão ele jamais teria sido levado ali. A votação foi de 6 a 0 a favor da condicional.

— Como você se sente com isso, Morris? — perguntou Downs.

Morris, que costumava ser bom com as palavras, estava perplexo demais para dizer alguma coisa, mas nem precisou. Ele irrompeu em lágrimas.

Dois meses mais tarde, depois da orientação pré-soltura obrigatória e pouco antes de o emprego no MAC começar, ele saiu pelo Portão A de volta para o mundo livre. No bolso estavam os ganhos de trinta e cinco anos trabalhando na fábrica de roupas, na marcenaria e na biblioteca. O total era de dois mil e setecentos dólares e alguns trocados.

Os cadernos de Rothstein estavam finalmente ao seu alcance.

PARTE 2: VELHOS AMIGOS

1

Kermit William Hodges, ou Bill para os amigos, dirige pela Airport Road com as janelas abertas e o rádio ligado, cantando junto com Dylan em "It Takes a Lot to Laugh, It Takes a Train to Cry". Ele está com sessenta e seis anos, não é nenhum franguinho, mas está com uma aparência ótima para alguém que sobreviveu a um ataque cardíaco. Perdeu quase vinte quilos desde que o coração falhou e parou de comer as porcarias que o estavam matando aos poucos a cada mordida.

— Você quer viver até os setenta e cinco anos? — perguntou o cardiologista. Isso foi na primeira avaliação completa, duas semanas depois de colocar o marca-passo. — Se quiser, pare de comer costela e donuts. Faça amizade com saladas.

Como conselho, não é tão bom quanto ame o próximo como a si mesmo, mas Hodges o levou a sério. Tem uma salada em um saco de papel branco no banco do carona. Ele vai ter bastante tempo para comer, acompanhado de um copo d'água, se o avião de Oliver Madden chegar na hora. Caso Madden chegue. Holly Gibney garantiu que ele já está a caminho (ela viu o plano de voo em um site chamado AirTracker), mas é sempre possível que Madden tenha farejado alguma coisa e seguido para outra direção. Ele anda fazendo merda por aí há bastante tempo, e caras assim têm um faro muito apurado.

Hodges passa pela via que leva aos principais terminais do aeroporto e ao estacionamento e segue em frente, de acordo com as placas que dizem CARGA aérea, signature air e thomas zane aviation. Ele entra nessa última. É uma companhia aérea independente de base fixa, escondida (quase literalmente) na sombra da companhia maior, Signature Air, sua vizinha. Há ervas daninhas saindo pelo asfalto rachado do pequeno estacionamento, que está vazio exceto pela primeira fileira, reservada para uns dez carros alugados. No meio dos carros econômicos e médios há um Lincoln Navigator preto com janelas escuras. Hodges encara isso como um bom sinal. O sujeito que estão procurando *gosta* de fazer as coisas com estilo, um traço comum entre pilantras. E embora o homem use ternos de mil dólares, ainda é um pilantra.

Hodges atravessa o estacionamento e para na curva em frente ao local, onde tem uma placa dizendo somente carga e descarga.

O ex-detetive espera estar ali para pegar uma carga.

Ele olha para o relógio. São 11h45. Ele pensa na mãe dizendo "Você sempre deve chegar cedo em ocasiões importantes, Billy", e a lembrança o faz sorrir. Ele tira o iPhone do cinto e liga para o escritório. Só toca uma vez.

— Achados e Perdidos — fala Holly. Ela sempre diz o nome da empresa, independentemente de quem esteja ligando; é um dos tiques dela. Ela tem muitos tiques. — É você, Bill? Chegou ao aeroporto? Chegou ou não?

Apesar dos tiques, Holly Gibney está muito diferente da mulher que ele conheceu quatro anos atrás, quando ela foi à cidade para o enterro da tia — e as mudanças foram todas para melhor. Se bem que ela anda fumando escondido de vez em quando; ele já sentiu o cheiro no hálito dela.

— Cheguei — diz ele. — Me diga que estou com sorte.

— Sorte não tem nada a ver com isso — retruca ela. — O AirTracker é um site muito bom. Você talvez goste de saber que, no momento, há seis mil quatrocentos e doze voos no espaço aéreo americano. Não é interessante?

— Fascinante. A hora estimada de chegada de Madden ainda é onze e meia?

— Onze e trinta e sete, para ser mais exata. Você deixou seu leite desnatado na mesa. Coloquei de volta na geladeira. Leite desnatado estraga muito rápido em dias quentes, sabia? Mesmo a gente tendo um ar-condicionado. Finalmente.

Ela perturbou Hodges para colocar o ar-condicionado. Holly é muito boa em perturbar, quando quer.

— Pode tomar você — diz ele. — Tenho uma garrafa de água comigo.

— Não, obrigada. Estou tomando minha Coca Diet. Barbara Robinson ligou. Queria falar com você. Parecia sério. Falei que ela podia ligar no fim da tarde. Ou que você ligaria para ela. — Um tom de incerteza surge na voz de Holly. — Tem problema? Achei que você ia querer ficar com o celular livre.

— Tudo bem, Holly. Ela disse o motivo da seriedade?
— Não.
— Ligue para ela e diga que farei contato assim que terminar aqui.
— Você vai tomar cuidado, não vai?
— Eu sempre tomo.

Mas Holly sabe que isso não é bem verdade; Bill quase explodiu a si mesmo, a Jerome, irmão de Barbara, e a própria Holly quatro anos atrás... e a prima de Holly *explodiu mesmo*, embora isso tenha acontecido antes. Hodges, que estava mais do que um pouco apaixonado por Janelle Patterson, ainda sente falta dela. E ainda se culpa. Atualmente, ele se vira bem sozinho, mas também porque acredita ser o que Janelle gostaria que ele fizesse.

Ele diz a Holly para segurar as pontas no escritório e coloca o iPhone no mesmo lugar onde carregava a Glock antes de virar um Det. Apos. Depois de aposentado, ele vivia esquecendo o celular, mas não era mais assim. O que faz agora não é a mesma coisa que carregar um distintivo, mas não é ruim. Na verdade, é ótimo. A maior parte dos peixes que a Achados e Perdidos pega é pequena, mas hoje tem um atum, e Hodges está animado. Ele quer ganhar uma boa grana, mas esse não é o motivo principal. Está *motivado*, isso é o principal. Prender sujeitos como Oliver Madden é o que ele nasceu para fazer, e pretende continuar fazendo até não conseguir mais. Com sorte, isso ainda vai demorar uns oito ou nove anos para acontecer, e ele pretende aproveitar cada dia até lá. Acredita que Janelle também gostaria disso.

Aham, pode ouvi-la dizer, franzindo o nariz daquele jeito engraçado.

Barbara Robinson também quase morreu quatro anos atrás; ela estava no fatídico show com a mãe e um grupo de amigas. Ela era uma menina animada e feliz na época e é uma adolescente animada e feliz agora; ele a vê quando vai jantar de vez em quando na casa dos Robinson, mas faz isso menos agora que Jerome está longe, na faculdade. Ou talvez Jerome tenha voltado para as férias de verão. Ele vai perguntar a Barbara quando falar com ela. Hodges espera que a garota não esteja com problemas. Parece improvável. Ela é uma boa menina, do tipo que ajuda senhorinhas a atravessarem a rua.

Hodges pega a salada, joga molho French em cima e começa a comer. Está com fome. É bom ter fome. Fome é sinal de saúde.

2

Morris Bellamy não está com fome. Um bagel com cream cheese é o máximo que consegue comer no almoço, e nem come tudo. Ele comeu como um porco quando saiu — hambúrgueres, bolinhos de chuva, pizza, tudo que sentia vontade de comer enquanto estava na prisão —, mas isso foi antes de passar a noite inteira vomitando após uma visita impensada ao Señor Taco em Lowtown. Ele nunca teve problemas com comida mexicana quando era jovem, e a juventude parecia ter acabado de virar a esquina, mas uma noite passada de joelhos, rezando para o altar de porcelana, foi o que bastou para deixar a verdade bem clara: Morris Bellamy tem cinquenta e nove anos e está às portas da terceira idade. Os melhores anos de sua vida foram passados tingindo calças jeans, encerando mesas e cadeiras para serem vendidas em um Outlet em Waynesville e escrevendo cartas para um fluxo interminável de zés-ninguém sem futuro usando macacões de prisioneiro.

Agora, ele está em um mundo que quase não reconhece, onde filmes são exibidos em telas enormes chamadas IMAX e todo mundo na rua está com o celular na orelha ou olhando para uma telinha. Há câmeras de segurança observando tudo dentro das lojas, ao que parece, e o preço das coisas mais comuns (como pão, por exemplo, que custava cinquenta centavos quando ele foi preso) está tão alto que parece surreal. Tudo mudou; é como se a visão dele estivesse ofuscada. Morris ficou para trás e sabe que seu cérebro habituado à prisão nunca vai alcançar o mundo moderno. Nem o corpo. Fica travado quando sai da cama de manhã, dolorido quando vai para a cama à noite; tem um toque de artrite, ele acha. Depois daquela noite vomitando (e, quando não estava fazendo isso, estava cagando água marrom), o apetite dele minguou.

Por comida, pelo menos. Ele pensa em mulheres; como poderia não pensar, se elas estão por toda parte, as jovens quase sem roupa no calor do começo de verão? Mas, na idade dele, teria que pagar por uma com menos de trinta anos, e, se fosse a um lugar onde esse tipo de transação acontecia, estaria violando a condicional. Se fosse pego, teria que voltar para Waynesville, e os cadernos de Rothstein continuariam enterrados naquele terreno baldio, sem terem sido lidos por ninguém além do próprio autor.

Morris sabe que ainda estão lá, e isso torna tudo pior. A vontade de ir recuperá-los para, por fim, tê-los nas mãos tem sido uma constante enlouquecedora, como um trecho de música (*Preciso de uma amante que não me deixe lou-cooo*) que gruda na cabeça e não sai, mas até o momento ele fez quase tudo de acordo com as regras, esperando até seu oficial de condicional relaxar um pouco. Essa foi a dica de Warren "Duck" Duckworth, revelada quando Morris ficou elegível para a condicional pela primeira vez.

— Você tem que ser supercuidadoso no começo — disse Duck. Isso foi antes da primeira audiência de Morris com o comitê e da primeira aparição vingativa de Cora Ann Hooper. — Como se estivesse pisando em ovos. Porque, veja bem, o filho da mãe vai aparecer quando você menos esperar. Pode apostar sua vida nisso. Se você tiver vontade de fazer alguma coisa que possa gerar uma anotação de Comportamento Duvidoso, uma das categorias deles, espere até *depois* do seu oficial fazer uma visita surpresa. Aí, você não deve ter problemas. Entendeu?

Morris entendeu.

E Duck estava certo.

3

Depois de menos de cem horas como um homem livre (bem, *semi*livre), Morris voltou para o velho prédio onde passou a morar após ser solto e encontrou o oficial de condicional sentado no degrau de entrada, fumando um cigarro. A pilha de cimento e concreto decorada com pichações, chamada de Mansão Saco de Pulgas pelo pessoal que morava lá, era um aquário subsidiado pelo estado cheio de drogados e alcoólatras em recuperação e ex-presidiários em condicional, como ele. Morris tinha visto o oficial naquela tarde e sido dispensado após algumas perguntas de praxe e de um *até semana que vem*. Não era a semana seguinte, não era nem o *dia* seguinte, mas ali estava ele.

Ellis McFarland era um cavalheiro negro grandalhão, com uma barriga grande e caída e uma careca brilhante. Naquela noite, estava usando calça jeans e uma camiseta Harley-Davidson tamanho GGG. Ao lado dele estava uma mochila velha e surrada.

— E aí, Morrie — disse ele, batendo no cimento ao lado do traseiro gigantesco. — Senta aqui.

— Oi, sr. McFarland.

Morris se sentou, o coração batendo com tanta força que chegou a doer. *Por favor, só uma advertência por Comportamento Duvidoso*, pensou ele, apesar de não conseguir imaginar o que fez que pudesse ser duvidoso. *Por favor, não me mande de volta, agora que estou tão perto.*

— Por onde você andou, rapaz? Seu trabalho termina às quatro. Já passa das seis.

— Eu… parei para comer um sanduíche. Foi no Happy Cup. Não acreditei que o Cup ainda estava lá, mas está.

Estava tagarelando. Sem conseguir parar, apesar de saber que tagarelar era o que as pessoas faziam quando estavam doidonas.

— E demorou duas horas para comer um sanduíche? A porra devia ter uns noventa centímetros.

— Não, era um sanduíche comum. De presunto e queijo. Comi em um dos bancos na Government Square e joguei o farelo do pão para os pombos. Eu fazia isso com um amigo antigamente. E acabei... você sabe, perdendo a noção do tempo.

Era tudo verdade, mas soava tão falso!

— Aproveitando o ar livre — sugeriu McFarland. — Curtindo a liberdade. Foi mais ou menos isso?

— Foi.

— Ah, quer saber? Acho que devíamos subir para eu coletar uma amostra de urina. Só para ter certeza de que você não anda curtindo o tipo errado de liberdade. — Ele deu um tapinha na mochila. — Estou com o kit bem aqui. Se o mijo não ficar azul, largo do seu pé e deixo você seguir com sua vida. Você não tem nenhuma objeção a esse plano, tem?

— Não. — Morris estava quase eufórico de alívio.

— Vou ficar olhando enquanto você faz xixi no copinho. Algum problema com isso?

— Não. — Morris tinha passado mais de trinta e cinco anos mijando na frente dos outros. Estava acostumado. — Tudo bem, sr. McFarland.

McFarland jogou o cigarro na sarjeta, pegou a mochila e se levantou.

— Nesse caso, acho que vou dispensar o teste.

Morris ficou boquiaberto.

McFarland sorriu.

— Você está bem, Morrie. Ao menos por enquanto. Então, o que acha?

Por um momento, Morris não conseguiu pensar no que deveria dizer. Mas logo lembrou.

— Obrigado, sr. McFarland.

McFarland bagunçou o cabelo de seu ex-presidiário, um homem vinte anos mais velho do que ele, e disse:

— Bom garoto. Nos vemos na semana que vem.

Mais tarde, no quarto, Morris repassou aquele *bom garoto* indulgente e condescendente várias vezes na cabeça, olhando para a escassa mobília de segunda mão e para os poucos livros que pôde levar do purgatório, ouvindo os gritos animalescos e berros e batidas dos vizinhos. Ele se perguntou se McFarland tinha alguma ideia do quanto Morris o odiava e achou que sim.

Bom garoto. Vou fazer sessenta anos, mas sou o bom garoto de Ellis McFarland.

Ele ficou deitado na cama um tempo, depois se levantou e andou de um lado para outro no quarto, ainda pensando no resto do conselho de Duck: *Se você tiver vontade de fazer alguma coisa que pode gerar uma anotação de Comportamento Duvidoso, uma das categorias deles, espere até depois do seu oficial fazer uma visita surpresa. Aí, você não deve ter problemas.*

Morris tomou uma decisão e colocou a jaqueta jeans. Desceu até o saguão no elevador com cheiro de mijo, andou dois quarteirões até o ponto de ônibus mais próximo e esperou um com NORTHFIELD no letreiro. O coração estava disparado de novo, e não conseguia deixar de imaginar o sr. McFarland se esgueirando ali por perto. McFarland pensando *Ah, agora que o enganei, vou voltar. Quero ver o que aquele danado está* realmente *tramando*. Era improvável, claro; McFarland devia estar em casa jantando com a esposa e os três filhos, tão gigantescos quanto ele. Mesmo assim, Morris não conseguia deixar de imaginar.

E se ele voltasse mesmo e perguntasse aonde eu fui? Eu responderia que quis dar uma olhada na minha antiga casa, só isso. Não havia botecos nem bares de strip-tease naquele bairro, só algumas lojas de conveniência, algumas centenas de casas construídas depois da Guerra da Coreia e um bando de ruas com nomes de árvores. Não havia nada além de um subúrbio decadente naquela parte de Northfield. Nada além de uma área de terreno baldio do tamanho de um quarteirão cheia de mato e presa em um eterno processo dickensiano.

Ele desceu do ônibus na Garner Street, perto da biblioteca onde passou tantas horas quando criança. Lá foi seu refúgio sagrado, porque os garotos mal-encarados que podiam querer dar uma surra nele a evitavam a todo custo, como o Super-Homem evita criptonita. Ele andou nove quarteirões até a Sycamore Street e parou em frente à antiga casa. Ainda estava bem maltratada, todas as casas naquela parte da cidade estavam assim, mas o gramado tinha sido cortado e nas paredes havia tinta relativamente nova. Ele olhou para a garagem onde guardou o Biscayne trinta e seis anos antes, longe dos olhos xeretas da sra. Muller. Lembrou-se de ter forrado o baú de segunda mão com plástico para os cadernos não ficarem úmidos. Foi uma ideia muito boa, considerando o tempo que ficaram lá.

As luzes estavam acesas no número 23; a família que morava lá (o nome era Saubers, de acordo com a pesquisa que fez no computador da biblioteca da prisão) estava em casa. Ele olhou para a janela do andar de cima à direita, que dava vista para a entrada de garagem, e se perguntou quem estava em seu antigo quarto. Uma criança, provavelmente, e em épocas degeneradas como a atual, uma que devia estar bem mais interessada em jogos de celular do que em ler livros.

Morris seguiu em frente, virou na esquina da Elm Street e andou até a Birch Street. Quando chegou ao Rec da Birch Street (fechado dois anos antes devido a cortes de orçamento, o que ele também descobriu pesquisando no computador), olhou ao redor, viu que a calçada estava deserta dos dois lados da rua e andou rapidamente pela lateral de tijolos do prédio. Quando chegou aos fundos, acelerou o passo, atravessou as quadras externas de basquete (velhas, mas ainda usadas, ao que parecia) e o campo de beisebol com grama alta cheio de ervas daninhas.

A lua brilhava, quase cheia e luminosa o bastante para projetar a sombra dele. À sua frente havia um emaranhado de arbustos e árvores, com galhos entrelaçados, brigando por espaço. Onde ficava a trilha? Ele achava que estava no lugar certo, mas não estava encontrando. Começou a andar de um lado para outro onde antes ficava uma das bases do campo de beisebol, como um cachorro tentando captar um aroma elusivo. O coração estava batendo em velocidade máxima de novo, a boca seca e com gosto metálico. Revisitar o velho bairro era uma coisa, mas estar ali, atrás do centro de recreação abandonado, era outra. Aquilo era Comportamento Duvidoso, sem dúvida.

Ele estava quase desistindo quando viu um saco de batatinhas chips cair de um arbusto. Empurrou o arbusto para o lado e bingo, ali estava a trilha, apesar de agora ser apenas um fantasma do que já fora. Morris achava que fazia sentido. Alguns adolescentes ainda deviam usá-la, mas o número devia ter caído depois que o Rec fechou. Era uma coisa boa. Se bem que durante a maior parte dos anos em que ficou preso em Waynesville, o Rec estava funcionando. Houve bastante movimentação perto do baú enterrado.

Ele seguiu devagar pela trilha, parando cada vez que a lua se escondia atrás de uma nuvem e andando novamente quando voltava a aparecer. Depois de cinco minutos, ouviu o barulho suave do riacho. Então ele também ainda estava lá.

Morris desceu até o barranco. O riacho era a céu aberto, e com a lua agora diretamente acima, a água brilhava como seda preta. Ele não teve dificuldade para encontrar a árvore debaixo da qual enterrou o baú, na outra margem. A árvore tinha crescido e se inclinado na direção do riacho. Ele via algumas raízes retorcidas surgindo da terra e voltando a se esconder, mas o resto estava igual.

Morris atravessou o riacho como fazia antigamente, pulando de pedra em pedra, quase sem molhar os sapatos. Olhou ao redor uma vez (sabia que estava sozinho; se houvesse alguém ali ele teria escutado, mas a velha espiadinha da prisão fazia parte de sua natureza agora) e se ajoelhou ao pé da árvore.

Ele ouvia a respiração arranhando a garganta enquanto arrancava o mato com uma das mãos e se segurava em uma raiz com a outra, para não cair.

Ele abriu um pequeno círculo na terra e começou a cavar, jogando pedrinhas e cascalho para o lado. Estava com o braço enfiado quase até o cotovelo quando os dedos tocaram em uma coisa dura e lisa. Ele apoiou a testa quente na curva torta de uma raiz e fechou os olhos.

Ainda estava lá.

O baú ainda estava lá.

Obrigado, Deus.

Bastava, ao menos por ora. Era o melhor que ele podia fazer, e, ah, Deus, que alívio. Ele botou a terra de volta no buraco e a cobriu com folhas mortas do outono que estavam no barranco do riacho. Em pouco tempo, as ervas daninhas estariam de volta, pois cresciam rápido, principalmente em clima quente, e isso completaria o serviço.

Em uma época mais livre, ele teria continuado pela trilha até a Sycamore Street, porque era o caminho mais rápido para o ponto de ônibus, mas não agora, porque o quintal onde a trilha ia dar pertencia à família Saubers. Se algum deles o visse e ligasse para a polícia, ele provavelmente estaria em Waynesville no dia seguinte, com mais uns cinco anos somados à sentença original, só para dar sorte.

Ele voltou para a Birch Street então, confirmou que as calçadas continuavam vazias e andou até o ponto de ônibus na Garner Street. As pernas estavam cansadas, e a mão com a qual ele cavou estava arranhada e dolorida, mas ele se sentia cem quilos mais leve. O baú ainda estava lá! Ele tinha certeza de que estaria, mas a confirmação era *tão* boa.

Quando voltou para a Mansão Saco de Pulgas, lavou a terra das mãos, tirou a roupa e se deitou. O prédio estava mais barulhento do que nunca, mas não tão barulhento quanto a ala D de Waynesville, principalmente em noites de lua cheia como aquela. Morris resvalou para o sono quase na mesma hora.

Agora que a presença do baú estava confirmada, ele teria que tomar cuidado: esse foi seu último pensamento.

Mais cuidado do que nunca.

4

Durante quase um mês, ele *tomou* cuidado; apareceu no trabalho na hora certa todos os dias e voltou cedo para a Mansão Saco de Pulgas todas as noites. A única pessoa de Waynesville com quem ainda mantém contato é Charlie Roberson, que saiu por causa do DNA com ajuda de Morris, e Charlie não se qualifica como parceiro conhecido porque sempre foi inocente. Ao menos do crime pelo qual foi preso.

O chefe de Morris no MAC é um babaca gordo e metido que mal sabe usar o computador, mas deve ganhar uns cinco mil por mês. Cinco, pelo menos. E Morris? Onze dólares por hora. Ele compra comida usando vales oferecidos pelo governo e mora em um apartamento no nono andar que não é muito maior do que a cela onde passou os ditos "melhores anos da sua vida". Morris não acha que seu cantinho de trabalho seja vigiado, mas não ficaria surpreso. Parece que tudo nos Estados Unidos é vigiado atualmente.

É uma vida de merda, mas de quem é a culpa? Ele falou repetidas vezes para o Comitê de Condicional, sem hesitar, que era dele; aprendeu a entrar no jogo da culpa com as sessões com Curd Cu. Aceitar as más escolhas era uma necessidade. Se você não desse a eles o velho *mea culpa*, jamais sairia da prisão, independentemente do que uma puta cheia de câncer colocasse em uma carta na esperança de conquistar os favores de Jesus. Morris não precisava que Duck dissesse isso a ele. Ele não nasceu ontem, como diziam por aí.

Mas foi *mesmo* culpa dele?

Ou culpa daquele babaca bem ali?

Do outro lado da rua, a umas quatro portas de distância do banco onde Morris está sentado com os restos de um bagel indesejado, um careca obeso sai da Andrew Halliday Rare Editions, onde acabou de virar a placa na porta de ABERTO para FECHADO. É a terceira vez que Morris assiste ao ritual da hora do almoço, porque às terças-feiras só vai para o MAC à tarde. Ele entra às treze horas e se ocupa até as dezesseis horas, trabalhando para atualizar o antigo sistema de arquivos. (Morris tem certeza de que as pessoas que trabalham lá sabem muito sobre arte, música e teatro, mas não sabem porra nenhuma sobre o Office Manager do Mac.) Às quatro, pega o ônibus para o maldito apartamento no nono andar.

Nesse meio-tempo, ele fica ali.

Observando seu velho amigo.

Supondo que esta seja igual às outras duas terças-feiras, e Morris não tem motivo para duvidar disso, pois seu velho amigo sempre foi uma criatura de hábito, Andy Halliday vai andar (bem, sacolejar) pela Lacemaker Lane até um café chamado Jamais Toujours. Uma porra de nome de merda que não quer dizer nada, mas soa pretensioso. Ah, mas isso é bem a cara de Andy, não é?

O velho amigo de Morris, com quem discutiu Camus, Ginsberg e John Rothstein durante muitos intervalos e almoços, ganhou pelo menos cinquenta quilos nos últimos anos, os óculos com armação de chifre foram substituídos por óculos de marca, os sapatos parecem ter custado mais dinheiro do que Morris ganhou nos trinta e cinco anos que passou na prisão, mas Morris tem certeza de que ele não mudou nada por dentro. Pau que nasce torto nunca se endireita, esse era outro ditado antigo, e, quando se é um babaca pretensioso, sempre se vai ser um babaca pretensioso.

O dono da Andrew Halliday Rare Editions está se afastando, mas Morris não ficaria preocupado se Andy estivesse atravessando a rua e se aproximando. Afinal, o que ele veria? Um senhor idoso com ombros estreitos, olheiras sob os olhos e cabelo fino e grisalho, usando uma jaqueta barata e uma calça cinza ainda mais barata, ambos comprados na Chapter 11. O velho amigo e sua barriga enorme passariam por ele sem olhar nem uma vez, muito menos duas.

Falei para o Comitê de Condicional o que eles queriam ouvir, pensa Morris. *Tive que fazer isso, mas a perda de todos aqueles anos é culpa sua, sua bicha convencida de merda. Se eu tivesse sido preso por causa de Rothstein e dos meus parceiros, teria sido diferente. Mas não foi. Nunca me perguntaram nada sobre os senhores Rothstein, Dow e Rogers. Eu perdi todos esses anos por causa de um ato sexual forçado e desagradável do qual nem me lembro. E por que isso aconteceu? Uma coisa leva à outra. Eu estava no beco em vez de no bar quando a puta da Hooper apareceu. Fui expulso do bar porque chutei a jukebox. Eu chutei a jukebox pelo mesmo motivo de estar naquele bar: porque estava puto com* você.

Por que você não me entrega esses cadernos por volta da virada do século XXI, se ainda estiverem com você?

Morris vê Andy se afastar, aperta os punhos e pensa: *Você agiu como uma garotinha naquele dia. A virgenzinha gostosa que se leva para o banco de trás do carro e ela fica dizendo "sim, querido, ah, sim, ah, sim, eu te amo tanto". Isso até você levantar a saia dela. Aí a garota aperta os joelhos com força suficiente para quebrar seu pulso e fica toda "ah, não, tire as mãos de mim, que tipo de garota você acha que eu sou?".*

Você podia ao menos ter sido um pouco mais diplomático, pensa Morris. *Um pouco de diplomacia poderia ter poupado todos esses anos perdidos. Mas não tinha nem um pouco para mim, tinha? Nem um parabéns, você foi corajoso. Só ganhei um "não ouse colocar a culpa em mim".*

O velho amigo entra com seus sapatos caros no Jamais Toujours, onde sem dúvida vai ter o saco puxado pelo maître. Morris olha para o bagel e conclui que deveria terminá-lo, ou pelo menos raspar o cream cheese, mas seu estômago está embrulhado e não gosta da ideia. Ele vai para o MAC, passar a tarde tentando impor alguma ordem ao sistema de arquivos digital que está de cabeça para baixo. Sabe que não devia voltar à Lacemaker Lane, que não é mais uma rua, e sim uma espécie de shopping caro a céu aberto no qual veículos são proibidos de circular, mas também sabe que provavelmente vai estar no mesmo banco na terça seguinte. E na terça depois dela. A não ser que pegue os cadernos. Isso quebraria o feitiço. Aí, ele não precisaria se incomodar mais com o velho amigo.

Ele se levanta e joga o resto do bagel em uma lixeira próxima. Olha para o Jamais Toujours e sussurra:

— Você é um escroto, velho amigo. Você é um tremendo de um escroto. E, sem pensar duas vezes...

Mas não.

Não.

Só os cadernos importam, e, se Charlie Roberson ajudar, Morris vai buscá-los na noite seguinte. E Charlie *vai* ajudar. Ele lhe deve um favor enorme, que Morris pretende cobrar. Sabe que devia esperar um pouco mais, até Ellis McFarland ter certeza absoluta de que ele é um dos bons e voltar a atenção para outra pessoa, mas a atração do baú e do que há dentro dele é forte demais. Ele adoraria se vingar do filho da puta gordo enchendo a cara de comida chique, mas sua vingança não é tão importante quanto aquele quarto livro de Jimmy Gold. Talvez haja até um quinto! Morris sabe que não é provável, mas é possível. Havia muita coisa escrita naqueles cadernos, muita mesmo. Ele vai em direção ao ponto de ônibus e lança um olhar ameaçador para o Jamais Toujours, pensando: *Você nunca vai saber a sorte que teve.*

Velho amigo.

5

Na mesma hora em que Morris Bellamy está jogando o bagel fora e seguindo para o ponto de ônibus, Hodges está terminando a salada e pensando que seria capaz de comer mais duas. Ele coloca a embalagem para viagem e o garfo de plástico no saco de papel e joga no chão em frente ao banco do carona, pensando em não se esquecer de jogar fora depois. Ele gosta do carro novo, um Prius que ainda não completou quinze mil quilômetros rodados, e se esforça para mantê-lo limpo e arrumado. O carro foi escolhido por Holly.

— Você vai gastar menos gasolina, além de ser bom para o meio ambiente — disse ela.

A mulher que antes mal ousava sair de casa agora cuida de muitos aspectos da vida dele. Ela talvez o deixe um pouco de lado, se arrumar um namorado, mas Hodges sabe que isso não é provável. Ele é o mais perto de um namorado que ela é capaz de arrumar.

Que bom que eu te amo, Holly, pensa ele, *senão teria que matar você*.

Ele ouve o zumbido de um avião se aproximando, olha para o relógio e vê que são 11h34. Parece que Oliver Madden vai ser pontual, e isso é ótimo. Hodges também é bem pontual. Ele pega o paletó no banco de trás e sai. O caimento não fica direito porque tem coisas pesadas nos bolsos da frente.

Uma marquise triangular protege a porta do hangar, e está pelo menos dez graus mais fresco na sombra. Hodges tira os novos óculos do bolso interno e observa o céu na direção oeste. O avião, agora se preparando para aterrissar, passa de um pontinho a uma mancha e a uma forma identificável que bate com as fotos que Holly imprimiu: um Beechcraft KingAir 350 de 2008, vermelho com turbinas pretas. Só tem mil e duzentas horas de voo e fez exatos oitocentos e cinco pousos. O que ele está prestes a observar vai ser o número oitocentos e seis. O preço avaliado de venda é de quatro milhões e alguma coisa.

Um homem usando macacão sai pela porta. Ele olha para o carro de Hodges e então para Hodges.

— Você não pode estacionar aí — diz ele.

— Não parece haver muito movimento hoje — responde Hodges com delicadeza.

— Regras são regras, moço.

— Vou embora daqui a pouco.

— Daqui a pouco não é a mesma coisa que agora. A parte da frente é para carga e descarga. Você tem que usar o estacionamento.

O KingAir sobrevoa a extremidade da pista, a poucos metros do chão. Hodges indica o avião com o polegar.

— Está vendo aquele avião, senhor? O homem que o pilota é um tremendo filho da mãe. Muita gente o procura há muitos anos, e ele está aqui agora.

O cara de macacão pensa um pouco enquanto o tremendo filho da mãe pousa o avião com uma mera nuvenzinha azul-acinzentada de borracha queimada. Eles veem a aeronave desaparecer atrás do prédio da Zane Aviation. Em seguida, o homem, provavelmente um mecânico, se vira para Hodges.

— Você é da polícia?

— Não — responde Hodges —, mas quase. Além disso, conheço presidentes.

Ele estica a mão fechada com a palma virada para baixo. Uma nota de cinquenta dólares desponta por entre seus dedos.

O mecânico estica a mão para pegá-la, mas hesita.

— Vai haver confusão?

— Não — diz Hodges.

O homem de macacão aceita a nota.

— Me mandaram pegar aquele Navigator para ele e estacionar bem na vaga em que o senhor parou. Foi por isso que reclamei.

Agora que Hodges pensa no assunto, não é uma má ideia.

— Por que você não faz isso? Pare direitinho atrás do meu carro. Depois, acho melhor você encontrar alguma coisa para fazer em outro lugar por uns quinze minutos.

— Sempre tem alguma coisa para fazer no Hangar A — diz o homem de macacão, concordando. — Ei, você não está armado, está?

— Não.

— E o cara no KingAir?

— Também não.

Quase certamente é verdade, mas, no evento improvável de Madden *ter* uma arma, deve estar na mala. Mesmo que esteja com ele, o cara não vai ter oportunidade de pegá-la e muito menos de usá-la. Hodges espera que nunca fique velho demais para um pouco de ação, mas não tem nenhum interesse em uma merda no estilo do filme *Sem lei e sem alma*.

Agora, ele ouve o som alto das turbinas do KingAir taxiando para perto do prédio.

— É melhor trazer o Navigator. E então…

— Para o Hangar A, claro. Boa sorte.

Hodges agradece com um gesto de cabeça.

— Tenha um bom dia, senhor.

6

Hodges está à esquerda da porta, com a mão direita no bolso do paletó, apreciando a sombra e o ar quente de verão. O coração bate um pouco mais rápido do que o normal, mas isso não é um problema. É assim que deve ser. Oliver Madden é o tipo de ladrão que usa um computador, não uma arma (Holly descobriu que o filho da mãe tem oito perfis no Facebook, cada um com um nome diferente), mas não é bom fazer pressuposições. Isso seria pedir para se dar mal. Ele escuta Madden desligar o KingAir e o imagina entrando no terminal da pequena e discreta operadora. Não só andando, mas *desfilando*. Com gingado e tudo mais. Indo até o balcão de atendimento, onde vai pedir que a aeronave cara seja guardada no hangar. E abastecida? Provavelmente não hoje. Ele tem planos na cidade. Esta semana, ele irá comprar licenças de cassino. Ou é o que pensa.

O Navigator é estacionado. O carro cromado brilha sob o sol e o vidro escurecido de gangster reflete a fachada do prédio... e o próprio Hodges. Ops! Ele chega mais para a esquerda. O homem de macacão sai, acena para Hodges e segue para o Hangar A.

Hodges espera, perguntando-se o que Barbara pode estar querendo com ele, o que uma garota bonita cheia de amigos pode achar importante o suficiente para procurar um homem velho o bastante para ser seu avô. Seja o que for, ele vai fazer de tudo para resolver. Por que não faria? Ele a ama quase tanto quanto ama Jerome e Holly. Os quatro foram juntos para a guerra.

Isso é para mais tarde, diz ele para si mesmo. *No momento, Madden é a prioridade. Concentre-se.*

A porta se abre, e Oliver Madden sai. Além do gingado de Sou Bem--Sucedido, ele também está assobiando. É pelo menos dez centímetros mais alto do que os consideráveis um e oitenta e sete de Hodges. Os ombros são largos no terno arejado; a camisa está aberta na altura do colarinho, e a gravata, afrouxada. As feições são belas e bem definidas — entre George Clooney e Michael Douglas. Ele segura uma pasta na mão direita e carrega uma bolsa de viagem pendurada no ombro esquerdo. O corte de cabelo é do tipo que é preciso marcar hora com o barbeiro uma semana antes.

Hodges dá um passo à frente. Ele não sabe se já passou de meio-dia, então deseja a Madden um bom dia.

Madden se vira, sorrindo.

— Bom dia para o senhor também. Eu conheço você?

— Não, não conhece, sr. Madden — diz Hodges, retribuindo o sorriso. — Estou aqui por causa do avião.

Seu sorriso murcha um pouco. Uma linha aparece entre as sobrancelhas bem-feitas.

— Como...?

— O avião — explica Hodges. — O 350 Beech KingAir? Com dez assentos? Número de identificação N114DK? Aquele que na verdade pertence a Dwight Cramm, de El Paso, Texas?

O sorriso continua lá, mas exige esforço.

— Isso é um engano, amigo. Meu nome é Mallon, não Madden. James Mallon. Quanto ao avião, é realmente um King, mas o número de identificação é N426LL, e ele pertence a mim. Você deve estar procurando a Signature Air, aqui do lado.

Hodges assente, como se Madden pudesse estar certo. Em seguida, pega o celular com a mão esquerda para continuar com a direita no bolso.

— Que tal eu ligar para o sr. Cramm? Para esclarecer as coisas? Acredito que você estava no rancho dele, duas semanas atrás. Entregou ao sr. Cramm um cheque de duzentos mil dólares do banco First of Reno.

— Não sei do que você está falando. — O sorriso sumiu.

— Ah, que curioso. Porque o sr. Cramm conhece você. Como James Mallon, não Oliver Madden, mas, quando mandei as fotos de seis suspeitos por fax, ele não teve dificuldade de identificar você.

O rosto de Madden fica totalmente inexpressivo, e Hodges vê que o homem não é bonito. Também não é feio. Ele é comum, mesmo sendo tão alto, e foi assim que se virou por tanto tempo, dando um golpe atrás do outro, até mesmo em um coiote esperto como Dwight Cramm. Ele é *comum*, e isso faz Hodges se lembrar de Brady Hartsfield, que quase explodiu um auditório cheio de crianças não faz muito tempo. Um arrepio sobe pela espinha do ex-detetive.

— Você é da polícia? — pergunta Madden. Ele olha Hodges de cima a baixo. — Provavelmente não, é velho demais. Mas, se for, quero ver a identificação.

Hodges repete o que disse para o cara de macacão:

— Não sou exatamente da polícia, mas quase.

— Então boa sorte para você, sr. Quase. Tenho compromissos e estou um pouco atrasado.

Ele começa a andar na direção do Navigator, não chega a correr, mas vai bem rápido.

— Na verdade você é bem pontual — comenta Hodges, simpático, acompanhando as passadas do outro homem.

Acompanhá-lo teria sido mais difícil logo depois da aposentadoria, quando vivia à base de comida enlatada e nachos. Ficaria ofegante depois dos primeiros dez passos. Agora, ele caminha cinco quilômetros todos os dias, na rua ou na esteira.

— Me deixe em paz — diz Madden —, senão vou chamar a polícia de verdade.

— Só umas palavrinhas — pede Hodges, e pensa: *Droga, pareço uma testemunha de Jeová.*

Madden se aproxima da traseira do Navigator. A bolsa em seu ombro balança de um lado para outro.

— Não quero ouvir nenhuma palavra — responde Madden. — Você é louco.

— É como dizem — responde Hodges quando Madden estica a mão para a porta do motorista. — De gênio e louco, todo mundo tem um pouco.

Madden abre a porta. *As coisas estão mesmo indo bem*, pensa Hodges quando tira o Porrete Feliz do bolso do paletó. O Porrete é uma meia com um nó. Embaixo do nó, ela está cheia de bilhas. Hodges o balança e acerta a têmpora esquerda de Oliver Madden. É um golpe certeiro, nem muito forte, nem muito fraco, com a intensidade certa.

Madden cambaleia e solta a pasta. Seus joelhos cedem, mas não falham. Hodges o segura acima do cotovelo com o aperto forte que aperfeiçoou como integrante da polícia local e ajuda Madden a se sentar no banco do motorista. Os olhos dele estão com a expressão vazia de um lutador que levou um golpe forte demais e agora só pode torcer para que o round termine antes que o oponente o nocauteie de vez.

— Ops — diz Hodges, e, quando a bunda de Madden se acomoda no estofamento de couro do banco, ele se inclina e levanta a perna que ficou para fora.

Tira a algema do bolso esquerdo do paletó e prende Madden ao volante com um movimento rápido. A chave do Navigator, em um chaveiro grande e amarelo da Hertz, está no porta-copos. Hodges a pega, bate a porta do motorista, recupera a pasta do chão e dá a volta até o lado do carona. Antes de entrar, ele joga a chave na grama perto da placa que diz SOMENTE CARGA E DESCARGA. Uma boa ideia, porque Madden se recuperou o bastante para apertar o botão de ligar do utilitário repetidas vezes. Cada vez que ele faz isso, o painel pisca com a mensagem CHAVE NÃO DETECTADA.

Hodges bate a porta do carona e olha para Madden com animação.

— Aqui estamos, Oliver. Aconchegados como pombinhos.

— Você não pode fazer isso — diz Madden. Ele parece bem para um homem que ainda devia estar vendo estrelas. — Você me agrediu. Posso fazer uma denúncia. Onde está minha pasta?

Hodges a levanta.

— Em segurança. Peguei para você.

Madden estica a mão livre.

— Me entregue.

Hodges a coloca no chão e pisa em cima.

151

— Por enquanto, está sob custódia.

— O que você quer, seu babaca?

O sotaque é um contraste com o terno e o corte de cabelo caros.

— Não se faça de sonso, Oliver. Não bati com tanta força assim. O avião. O avião de Cramm.

— Ele vendeu para mim. Tenho o recibo.

— No nome de James Mallon.

— Esse é meu nome. Mudei legalmente quatro anos atrás.

— Oliver, você e qualquer coisa remotamente legal não se relacionam. Mas essa não é a questão. Seu cheque bateu e voltou mais rápido do que bola de pingue-pongue.

— Impossível. — Ele puxa o pulso algemado. — Tire isto de mim!

— Podemos discutir sobre as algemas depois que discutirmos sobre o cheque. Cara, aquilo foi muita malandragem. O First of Reno é um banco de verdade, e, quando Cramm ligou para verificar seu saldo, o identificador de chamadas confirmou que estava ligando para o lugar certo. Ele foi atendido pelo serviço de atendimento automático de sempre, bem-vindo ao First of Reno, onde o cliente é rei, blá-blá-blá, e, quando apertou o botão certo, alguém alegando ser um gerente de contas atendeu. Acho que era seu cunhado, Peter Jamieson, que foi preso hoje de manhã em Fields, na Virgínia.

Madden pisca e se encolhe, como se Hodges tivesse lhe dado um tapa. Jamieson é mesmo cunhado de Madden, mas não foi preso. Ao menos que Hodges saiba.

— Dizendo que se chamava Fred Dawlings, Jamieson garantiu ao sr. Cramm que você tinha mais de doze milhões de dólares no First of Reno, em várias contas diferentes. Tenho certeza de que ele foi bem convincente, mas o identificador de chamadas foi o pulo do gato. Isso só foi possível através de um programa de computador altamente ilegal. Minha assistente é boa com computadores e descobriu essa parte. Só isso já pode fazer você pegar de dezesseis a vinte meses em uma prisão federal. Mas tem mais. Cinco anos atrás, você e Jamieson invadiram o General Accounting Office e conseguiram roubar quase quatro milhões de dólares.

— Você é louco.

— Para a maioria, quatro milhões divididos entre duas pessoas seria o bastante. Mas isso não era o suficiente, não é, Oliver? Você não passa de um viciado em adrenalina.

— Eu não vou falar com você. Você me agrediu e vai ser preso por isso.

— Me passa a carteira.

Madden encara Hodges com olhos arregalados, genuinamente chocado. Como se nunca tivesse roubado carteiras e contas bancárias de Deus sabe quanta gente. *Não é bom quando o feitiço se vira contra o feiticeiro, não é?*, pensa Hodges. *Que ironia.*

O ex-detetive estica a mão.

— A carteira.

— Foda-se.

Hodges mostra o Porrete Feliz. A meia pesa, parecendo uma gota sinistra.

— Entregue logo, babaca, ou vou apagar você e pegar à força. A escolha é sua.

Madden encara Hodges nos olhos para ver se ele está falando sério. Em seguida, em um movimento lento e relutante, enfia a mão no bolso interno do paletó e pega uma carteira gorda.

— Uau — diz Hodges. — É couro de avestruz?

— É, sim.

Hodges percebe que Madden quer que ele estique a mão para pegar a carteira. Pensa em mandá-lo colocar no console entre os bancos, mas desiste. Ao que parece, Oliver aprende devagar e precisa ser lembrado sobre quem está no comando ali. Assim, quando ele estica a mão para a carteira e Madden a agarra em um aperto poderoso, Hodges bate na mão dele com o Porrete. O aperto cessa na mesma hora.

— Ai! *Ai! Merda!*

Madden leva a mão à boca. Seus olhos incrédulos se enchem de lágrimas de dor.

— Não vá com muita sede ao pote — diz Hodges.

Ele pega a carteira e se pergunta brevemente se o avestruz é uma espécie em extinção. Não que aquele babaca fosse se importar.

Hodges se vira para o babaca em questão.

— Esse foi o segundo golpe de cortesia, e dois é o máximo que dou. Não estamos em uma sala de interrogatório. Se tentar qualquer outra coisa, vou bater em você como se fosse um saco de pancadas, algemado ao volante ou não. Entendeu?

— Entendi. — A palavra sai por entre lábios ainda repuxados de dor.

— Você é procurado pelo FBI pelo ataque ao GAO. Sabia disso?

Há uma longa pausa na qual Madden olha para o Porrete. E ele confirma de novo.

— Você é procurado na Califórnia por roubar um Rolls-Royce Silver Wraith, no Arizona por roubar equipamento de construção no valor de meio milhão de dólares, que revendeu no México. Você também sabe dessas coisas?

— Você está com uma escuta?

— Não.

Madden decide acreditar na palavra de Hodges.

— Tudo bem, sei. Mas ganhei uma miséria com as carregadoras frontais e os tratores. Foi um péssimo negócio.

— Se alguém aqui é capaz de reconhecer um péssimo negócio, é você.

Hodges abre a carteira. Não tem quase nada, talvez uns oitenta dólares, mas Madden não precisa de dinheiro; ele tem pelo menos uns vinte cartões de crédito com uns seis nomes diferentes.

Hodges olha para Madden com curiosidade.

— Como você mantém todos eles?

Madden não responde.

Com a mesma curiosidade, Hodges pergunta:

— Você não sente vergonha?

Ainda olhando para a frente, Madden responde:

— Aquele velho filho da mãe em El Paso tem cento e cinquenta milhões de dólares. Ganhou boa parte da fortuna vendendo permissões de exploração de petróleo em suas propriedades, que não valiam nada. É verdade que roubei o avião dele. Agora ele só tem um Cessna 172 e um Lear 35. Pobrezinho.

Hodges pensa: *Se esse cara tivesse uma bússola moral, sempre apontaria para o sul. Discutir não adianta... mas quando já adiantou?*

Ele revira a carteira e encontra o recibo do KingAir: duzentos mil de entrada e o resto a ser retirado do banco First of Reno depois de um test-drive. O papel não vale nada no sentido prático, pois o avião foi comprado com um nome falso e dinheiro inexistente, mas Hodges nem sempre é prático e também não está velho demais para cutucar a onça com vara curta.

— Você trancou o avião ou deixou a chave na recepção para que os funcionários fizessem isso depois de colocá-lo no hangar?

— Deixei na recepção.

— Ah, ótimo. — Hodges olha para Madden com intensidade. — Agora vem a parte importante da nossa conversinha, Oliver, então escute com atenção. Fui contratado para encontrar o avião e devolvê-lo ao dono. Só isso, fim da história. Não sou do FBI, da polícia e muito menos detetive particular. Mas minhas fontes são boas, e sei que você está prestes a fazer um acordo para comprar o controle acionário em alguns cassinos, um na ilha Grande Belle Coeur e um na P'tit Grand Coeur. — Ele dá um chutinho na pasta. — Tenho certeza de que a papelada está toda aqui, assim como tenho certeza de que, se quer continuar sendo um homem livre, os papéis não vão ser assinados.

— Ah, espere aí!

— Cale a boca. Tem uma passagem só de ida para Los Angeles no nome de James Mallon, no terminal da Delta. O voo sai em — ele olha para o relógio — uns noventa minutos. O que dá a você o tempo certo de passar por todas aquelas merdas de segurança. Esteja nesse avião, senão você vai para a cadeia hoje mesmo. Entendido?

— Não posso...

— *Entendido?*

Madden, que também é Mallon, Morton, Mason, Dillon, Callen e só Deus sabe quantos outros, pensa nas opções, decide que não tem nenhuma e concorda com expressão sombria.

— Ótimo! Agora vou soltá-lo, pegar minhas algemas e sair do carro. Se você tentar alguma gracinha enquanto eu estiver fazendo qualquer uma dessas coisas, vou fazê-lo dormir até semana que vem. Ficou claro?

— Cristalino.

— A chave do carro está na grama. O chaveiro da Hertz é grande e amarelo, não tem como não ver. Agora, coloque as mãos no volante. Do jeito certo, que nem seu pai ensinou.

Madden coloca as mãos no volante. Hodges solta as algemas, coloca no bolso esquerdo e sai do Navigator. Madden não se mexe.

— Tenha um bom dia — diz Hodges, e bate a porta.

7

Ele entra no Prius, dirige até o fim do trecho de carga e descarga da Zane Aviation, estaciona e vê Madden pegar a chave do Navigator na grama. Ele acena quando Madden passa. O homem não retribui o aceno, o que não chega nem perto de partir o coração de Hodges. Ele segue o utilitário até o aeroporto, não grudado, mas de perto. Quando Madden vai na direção dos terminais principais, Hodges pisca um adeus com os faróis.

Oitocentos metros à frente, ele para no estacionamento do Midwest Airmotive e liga para Pete Huntley, seu antigo parceiro. É recebido por um civilizado "Oi, Billy, como vai?", mas nada que poderia se chamar de efusivo. Desde que Hodges investigou sozinho o caso do Assassino do Mercedes (e escapou por pouco de ter problemas legais sérios como consequência), seu relacionamento com Pete esfriou. Talvez isso faça as coisas melhorarem um pouco. Ele não sente remorso por mentir para o babaca a caminho do terminal da Delta; se já houve um sujeito que merecia provar do próprio remédio, esse sujeito é Oliver Madden.

— O que você acha de pegar um peru bem saboroso, Pete?

— Quão saboroso? — Ainda frio, mas interessado.

— Um dos dez mais procurados do FBI. É saboroso o bastante? Ele está fazendo check-in na Delta, pronto para partir para Los Angeles no voo 119, às 13h45. A passagem está no nome de James Mallon, mas seu nome verdadeiro é Oliver Madden. Ele roubou dinheiro dos federais cinco anos atrás como Oliver Mason, e a gente sabe que o tio Sam não gosta de ser roubado. — Ele acrescenta mais alguns detalhes sobre o currículo de Madden.

— Como você sabe que ele está na Delta?

— Porque eu comprei a passagem. Estou saindo do aeroporto agora. Acabei de recuperar a posse do avião dele. Que não era dele, por sinal, porque foi pago com um cheque sem fundos. Holly vai ligar para a Zane Aviation e dar todos os detalhes. Ela adora essa parte.

Há um longo momento de silêncio. E então:

— Você não vai se aposentar nunca, Billy?

Isso dói um pouco.

— Você podia agradecer. Não vai te matar.

Pete suspira.

— Vou ligar para a segurança do aeroporto e vou até aí pessoalmente. — Uma pausa. — Obrigado. *Kermit.*

Hodges sorri. Não é muito, mas pode ser um começo no processo de consertar o que ficou, se não quebrado, talvez bem avariado.

— Agradeça a Holly. Foi ela que o encontrou. Ela ainda fica tensa com gente que não conhece, mas, quando está no computador, arrebenta.

— Vou fazer isso.

— E diga oi a Izzy por mim.

Isabelle Jaynes é a parceira de Pete desde que Hodges pendurou as chuteiras. É uma ruiva explosiva e bastante inteligente. Hodges pensa, quase surpreso, que em pouco tempo ela vai trabalhar com um parceiro novo, pois logo Pete vai se aposentar.

— Vou dizer. Que tal me passar a descrição do cara, para eu repassar para os seguranças do aeroporto?

— É difícil não encontrá-lo. Um metro e noventa e cinco, terno marrom-claro, provavelmente ainda meio zonzo.

— Você deu umas porradas nele?

— Eu o *acalmei*.

Pete ri. É bom ouvi-lo fazer isso. Hodges encerra a ligação e volta para a cidade, a caminho de ficar vinte mil dólares mais rico, por cortesia de um coroa texano casca grossa chamado Dwight Cramm. Ele vai ligar para contar as boas-novas depois que descobrir o que Barbara quer.

8

Drew Halliday (Drew é como ele prefere ser chamado agora, em seu pequeno círculo de amigos) come ovos Benedict na mesa de sempre no Jamais Toujours. Ele mastiga lenta e controladamente, apesar de ser capaz de engolir tudo em quatro garfadas grandes, depois lamber o delicioso molho amarelo no prato como um cachorro lambendo a tigela. Não tem parentes próximos, sua vida amorosa ficou de lado há quinze anos e (para falar a verdade) seu pequeno círculo de amigos não passa de um grupo de conhecidos. As únicas coisas de que realmente gosta são livros e comida.

Ah, não.

Atualmente, tem uma terceira coisa.

Os cadernos de John Rothstein reapareceram em sua vida.

O garçom, um sujeito jovem usando uma camisa branca e calça preta justa, vai até ele. O cabelo louro-escuro comprido e limpo está preso em um rabo de cavalo na nuca, para deixar as elegantes maçãs do rosto à mostra. Drew participa de um grupinho de teatro há trinta anos (é engraçado como o tempo voa... só que não), e ele acha que William seria um Romeu perfeito, supondo que saiba atuar. E os bons garçons sempre sabem um pouco.

— Mais alguma coisa, sr. Halliday?

Sim!, pensa ele. *Mais dois desses, seguidos de dois crème brûlées e uma fatia de torta de morango!*

— Mais uma xícara de café, por favor.

William sorri e expõe dentes que receberam o melhor dos tratamentos dentários.

— Volto em um segundo com o café.

Drew afasta o prato com tristeza, deixando um pouco da gema e do creme holandês. Pega o caderninho de anotações. É um Moleskine, claro, que cabia no bolso. Ele passa por quatro meses de anotações de endereços, lembretes, preços de livros que encomendou ou vai encomendar para vários clientes. Perto do final, em uma página quase em branco, há dois nomes. O primeiro é James Hawkins. Ele se pergunta se é coincidência ou se o garoto o escolheu deliberadamente. Jovens ainda leem Robert Louis Stevenson hoje em dia? Drew acha que aquele leu; afinal, ele alega ser estudante de literatura, e Jim Hawkins é o herói de *A ilha do tesouro*.

O nome escrito abaixo de James Hawkins é Peter Saubers.

9

Saubers, também conhecido como Hawkins, entrou na loja pela primeira vez duas semanas antes com um ridículo bigode pueril que não teve chance de crescer muito. Estava usando óculos com armação preta de chifre como os que Drew (Andy, na época) usava quando Jimmy Carter era presidente. Adolescentes não costumavam visitar a loja, e isso não era um problema para Drew; ele ainda sentia atração por jovens do sexo masculino (o garçom William era um deles), mas adolescentes eram meio descuidados com livros valiosos, os manuseavam sem carinho, devolviam para a prateleira de cabeça para baixo e até deixavam cair. Além disso, tinham a tendência lamentável de furtar.

Aquele tinha cara de que daria meia-volta e sairia correndo se Drew dissesse "bu!". Estava usando uma jaqueta da City College, apesar do dia quente. Drew, que leu sua cota de Sherlock Holmes, juntou a jaqueta com o bigode e os óculos e deduziu que aquele rapaz estava tentando parecer mais velho, como se estivesse querendo entrar em uma boate no Centro, e não em uma livraria especializada em livros raros.

Você quer que eu pense que você tem pelo menos vinte e um anos, pensou Drew, *mas, se você tiver mais do que dezessete, eu como meu chapéu. E também não está aqui para olhar, está? É um jovem com uma missão.*

Debaixo do braço, o garoto carregava um livro grande e um envelope pardo. O primeiro pensamento de Drew foi que aquele garoto queria que ele avaliasse alguma coisa mofada que encontrou no sótão, mas, quando o sr. Bigode se aproximou com hesitação, Drew viu um adesivo roxo que reconheceu na mesma hora na lombada do livro.

O primeiro impulso de Drew foi dizer "Oi, jovem", mas não disse nada. Ia fingir que acreditava no disfarce de universitário. Que mal faria?

— Boa tarde, senhor. Como posso ajudá-lo?

Por um momento, o sr. Bigode não disse nada. O castanho dos novos pelos faciais contrastava com a palidez das bochechas. Drew percebeu que ele estava decidindo se ia ficar ou se ia murmurar *Deixa pra lá* e sair dali correndo. Uma palavra provavelmente bastaria para fazê-lo dar meia-volta, mas Drew sofria de uma doença muito comum no meio dos antiquários, chamada curiosidade. Assim, ofereceu ao garoto seu melhor sorriso de quem não faria mal a uma mosca, cruzou as mãos e ficou em silêncio.

— Bem... — o garoto acabou dizendo.

Drew ergueu as sobrancelhas.

— Você compra e vende raridades, certo? É o que diz no seu site.

— Isso mesmo. Se eu achar que posso vendê-las com lucro, claro. É a natureza do negócio.

O garoto reuniu coragem (Drew quase conseguia vê-lo fazendo isso) e se aproximou do balcão, onde o brilho circular de um antigo abajur Anglepoise iluminava um amontoado parcialmente organizado de papéis. Drew esticou a mão.

— Andrew Halliday.

O garoto apertou sua mão brevemente e então puxou o braço, como se com medo de ser agarrado.

— Sou James Hawkins.

— É um prazer conhecê-lo.

— Aham. Acho... que tenho uma coisa que pode te interessar. Uma coisa pela qual um colecionador pagaria muito dinheiro. Se for o colecionador certo.

— Não é o livro que você está segurando, é?

Drew via o título agora: *Despachos do Olimpo*. O subtítulo não aparecia na lombada, mas Drew teve um exemplar igual por muitos anos e conhecia bem: *Cartas de 20 grandes escritores americanos escritas à mão*.

— Ah, não. Não este. — James Hawkins deu uma gargalhada nervosa. — Este é só para comparação.

— Muito bem, continue.

Por um momento, "James Hawkins" pareceu não saber o que fazer. Em seguida, prendeu o envelope pardo com mais firmeza debaixo do braço e começou a folhear as páginas brilhosas de *Despachos do Olimpo*. Passou por um bilhete de Faulkner reclamando com uma empresa de ração de Oxford, no Mississippi, por causa de um pedido errado, por uma carta de amor de Eudora Welty para Ernest Hemingway, por um garrancho quase ilegível sobre quem sabia o que de Sherwood Anderson e por uma lista de compras que Robert

Penn Warren decorou com um desenho de dois pinguins dançando, um deles fumando um cigarro.

Por fim, quando encontrou o que queria, o garoto colocou o livro na mesa e virou-o para Drew.

— Aqui — disse ele. — Veja isto.

O coração de Drew deu um pulo quando ele leu o título: *John Rothstein para Flannery O'Connor*. O bilhete fotografado com cuidado foi escrito em papel pautado com o lado esquerdo meio rasgado, pois a página fora arrancada de um caderno. A caligrafia pequena e caprichada de Rothstein, bem diferente dos garranchos de tantos escritores, era inconfundível.

19 de fevereiro de 1953

Minha querida Flannery O'Connor,

Recebi seu livro maravilhoso, Sangue sábio, e agradeço a gentil dedicatória. Posso dizer <u>maravilhoso</u> porque o comprei assim que foi lançado e li imediatamente. Estou muito feliz de ter um exemplar autografado, assim como você deve estar feliz de receber os direitos autorais de mais um livro esgotado! Gostei da variedade de personagens, principalmente de Hazel Motes e de Enoch Emery, um guarda de zoológico de quem tenho certeza de que meu Jimmy Gold teria gostado. Acho que seriam bons amigos. Você já foi chamada de "conhecedora do grotesco", srta. O'Connor, mas o que os críticos não entendem, provavelmente porque não têm nenhum, é seu senso de humor lunático, que não aceita prisioneiros. Sei que não está bem de saúde, mas espero que persevere no trabalho apesar disso. É um trabalho <u>importante</u>!

Agradeço novamente,

John Rothstein

P.S.: Ainda estou rindo da Galinha Famosa!!!

Drew olhou para a carta por mais tempo do que o necessário para se acalmar, depois encarou o garoto que se apresentou como James Hawkins.

— Você entendeu a referência à Galinha Famosa? Posso explicar, se quiser. É um bom exemplo do que Rothstein chamava de senso de humor lunático.

— Eu pesquisei. Quando a srta. O'Connor tinha seis ou sete anos, ela tinha, ou dizia que tinha, uma galinha que andava para trás. Uns repórteres foram até lá para filmá-la, e a galinha apareceu no cinema. Ela dizia que aquele foi o ponto alto de sua vida e que tudo que veio depois foi bem anticlimático.

— Exato. Agora que falamos da Galinha Famosa, o que posso fazer por você?

O garoto respirou fundo e abriu o envelope pardo. De dentro, tirou uma fotocópia e a colocou ao lado da carta de Rothstein em *Despachos do Olimpo*. O rosto de Drew Halliday permaneceu placidamente interessado enquanto ele olhava de um para o outro, mas, atrás do balcão, os dedos estavam entrelaçados com tanta força que as unhas manicuradas afundaram nas costas das mãos. Ele soube, na mesma hora, para o que estava olhando. As curvinhas nas pernas dos *y*, os *b* que sempre iam até o alto e os *g* que iam até bem embaixo. A pergunta agora era o quanto "James Hawkins" sabia. Talvez não muito, mas bem mais do que um pouco. Senão, não estaria escondido atrás de um bigode ralo e óculos sem grau que pareciam do tipo que podiam ser comprados em farmácias ou lojas de fantasias.

No alto da página, o número 44 estava circulado. Abaixo, havia um fragmento de poesia.

> *O suicídio é circular, pelo menos é o que penso;*
> *você pode ter a própria opinião.*
> *Porém, pense no seguinte.*
>
> *Uma praça logo após o amanhecer,*
> *Talvez no México.*
> *Ou na Guatemala, se preferir.*
> *Qualquer lugar onde os quartos ainda tenham*
> *ventiladores de teto de madeira.*
>
> *De qualquer modo, tudo é branco até o céu azul,*
> *exceto pelas folhas de palmeira e*
> *pelas rosas onde o garoto em frente ao café*
> *está lavando seixos, sonolento.*
> *Na esquina, esperando o primeiro*

Acabava ali. Drew olhou para o garoto.

— Continua falando sobre o primeiro ônibus do dia — disse James Hawkins. — O tipo que funciona por eletricidade. *Trolebus* é como ele chama. É a palavra espanhola para bonde. A esposa do homem que narra o poema, ou talvez seja sua namorada, está morta no quarto. Atirou em si mesma. Ele acabou de encontrá-la.

— Não me parece uma poesia muito boa — comentou Drew.

Em seu atual estado de estupefação, foi a única coisa em que conseguiu *pensar* em responder. Independentemente da qualidade, o poema era o primeiro texto inédito de John Rothstein a aparecer em mais de meio século. Ninguém o viu além do autor, daquele garoto e do próprio Drew. A não ser que Morris Bellamy tivesse dado uma espiada, o que parecia improvável, considerando a grande quantidade de cadernos que ele alegava ter roubado.

A grande quantidade.

Meu Deus, a grande quantidade de cadernos.

— Não, sem dúvida não é nenhum Wilfred Owen ou T.S. Eliot, mas acho que essa não é a questão, não é?

Drew notou de repente que "James Hawkins" o estava observando com atenção. E vendo o quê? Provavelmente muita coisa. Drew estava acostumado a lidar com as emoções com muita cautela; era necessário em um negócio em que baratear a compra era tão importante quanto supervalorizar as potenciais vendas, mas aquilo era como o *Titanic* subindo de repente à superfície do oceano Atlântico, velho e enferrujado, mas *lá*.

Tudo bem, então admita.

— Não, provavelmente não.

A fotocópia e a carta para O'Connor ainda estavam lado a lado, e Drew não conseguiu evitar levar o dedo gorducho de uma a outra, entre os pontos de comparação.

— Se é uma falsificação, foi muito bem-feita.

— Não é.

O garoto parecia confiante.

— Onde você conseguiu?

Ele deslanchou em uma história ridícula à qual Drew mal ouviu, algo sobre um tio Phil de Cleveland que morreu e deixou a coleção de livros para o jovem James, e que havia seis cadernos Moleskine junto com os livros e os volumes do Book of the Month Club, e acontece que, por acaso, esses seis cadernos, cheios de uma variedade de coisas interessantes, quase tudo poesia, alguns ensaios e contos fragmentados, eram textos de John Rothstein.

— Como você soube que eram de Rothstein?

— Reconheci o estilo dele até nos poemas — respondeu Hawkins. Claramente foi uma pergunta para a qual ele se preparou. — Estou me formando em literatura americana na City College e já li quase tudo dele. Mas tem outras coisas. Por exemplo, este aqui é sobre o México, e Rothstein passou seis meses viajando por lá depois que parou de escrever.

— Como outros dez outros escritores americanos dignos de nota, inclusive Ernest Hemingway e o misterioso B. Traven.

— É, mas veja só.

O garoto pegou uma segunda fotocópia no envelope. Drew disse a si mesmo para não parecer desesperado... e esticou a mão para pegar a folha. Estava se comportando como se estivesse naquele mercado havia três anos em vez de trinta, mas quem podia culpá-lo? Aquilo era grande. Era *enorme*. O problema era que "James Hawkins" parecia saber disso.

Ah, mas ele não sabe o que eu *sei, o que inclui de onde eles vieram. A não ser que Morrie o esteja usando como testa de ferro, mas qual é a probabilidade disso com Morrie ainda apodrecendo na Prisão Estadual de Waynesville?*

A caligrafia na segunda fotocópia era da mesma pessoa, mas não tão caprichada. Não havia nada riscado ou coisas escritas na margem do fragmento de poesia, mas havia muito ali.

— Acho que ele estava bêbado quando escreveu — disse o garoto. — Ele bebia muito, sabe, até que parou. Do nada. Leia. Você vai ver sobre o que é.

O número circulado no alto da página era 77. O texto abaixo começava no meio de uma frase.

inesperados. Enquanto as boas críticas são sempre sobremesas gostosas a curto prazo, acabamos descobrindo que costumam levar à indigestão — insônia, pesadelos e até problemas para dar aquela importantíssima cagada da tarde — a longo prazo. E a burrisse é ainda mais impressionante nas boas notícias do que nas ruins. Ver Jimmy Gold como algum tipo de referência, um HERÓI, até, é chamar alguém como Billy the Kid (ou Charles Starkweather, seu avatar mais próximo no século XX) de ícone americano. Jimmy é como sempre foi, assim como eu ou você; ele não segue o modelo de Huck Finn, mas de Etienne Lantier, o grande personagem da ficção do século XIX! Se me afastei do olhar público, foi por que esse olhar está contaminado e não há motivo para oferecer mais matereal a ele. Como o próprio Jimmy diria, "Essa merda não quer dizer

Acabava ali, mas Drew sabia o que vinha depois, e tinha certeza de que Hawkins também. Era o famoso lema de Jimmy, ainda visto às vezes em camisetas tantos anos depois.

— Ele escreveu *burrice* errado. — Foi tudo que Drew conseguiu dizer.

— É, e *material*. Erros de verdade, que não foram corrigidos por um editor. — Os olhos do garoto brilharam. Era um brilho que Drew já tinha visto muitas vezes, mas nunca em uma pessoa tão jovem. — Está *vivo*, é o que eu acho. Vivo e respirando. Está vendo o que ele diz sobre Étienne Lantier? É o personagem principal de *Germinal*, de Émile Zola. E é novidade! Você percebe? É uma visão nova de um personagem que todo mundo conhece, e vinda do próprio autor! Aposto que alguns colecionadores pagariam uma boa grana por esse original e por todos os outros cadernos.

— Você disse que tem seis?

— Isso.

Seis. Não cem ou mais. Se o garoto só tinha seis, ele não estava agindo em nome de Bellamy, a não ser que Morris tivesse encontrado um motivo para dividir a mercadoria. Drew não conseguia imaginar o velho amigo fazendo isso.

— São de tamanho médio, com oitenta páginas em cada. Isso dá quatrocentas e oitenta páginas no total. Tem muito espaço em branco, com poemas, sempre tem, mas nem tudo é poesia. Há uns contos também. Um é sobre Jimmy Gold quando criança.

Mas havia uma pergunta: ele, Drew, *acreditava* mesmo que só havia seis? Seria possível que o garoto estivesse guardando a melhor parte? Se sim, estava guardando porque queria vender o resto depois ou porque não queria vender? Para Drew, aquele brilho nos olhos sugeria a segunda opção, embora o garoto talvez ainda não soubesse conscientemente.

— Senhor? Sr. Halliday?

— Desculpe. Só estou me acostumando à ideia de que isso possa mesmo ser material inédito de Rothstein.

— É, sim. — Não havia dúvida na voz dele. — E então, quanto?

— Quanto *eu* pagaria? — Drew achou que *filho* cairia bem agora, porque eles estavam prestes a começar a negociar. — Filho, não sou feito de dinheiro. Nem estou totalmente convencido de não serem falsificações. De isso ser mentira. Eu teria que ver os itens de verdade.

Drew viu Hawkins mordendo o lábio por trás do bigode ralo.

— Eu não estava falando sobre o quanto *você* pagaria, estava falando sobre colecionadores particulares. Você deve conhecer algum que esteja disposto a gastar uma grana alta em itens especiais.

— Conheço alguns, sim. — Ele conhecia mais de dez. — Mas não escreveria para eles com base em duas páginas fotocopiadas. Quanto a conseguir autenticação de um especialista em caligrafia... isso pode ser arriscado. Rothstein foi assassinado, você sabe, o que torna isso mercadoria roubada.

— Não se ele deu de presente para alguém antes de morrer — retrucou o garoto, depressa, e Drew precisou se lembrar novamente de que ele se preparou para aquele encontro.

Mas eu tenho a experiência do meu lado, pensou ele. *A experiência e a habilidade.*

— Filho, não tem como provar que foi isso que aconteceu.

— Também não tem como provar que não foi.

Portanto: um impasse.

De repente, ele pegou as duas fotocópias e as enfiou no envelope pardo.

— Espere aí — disse Drew, alarmado. — Opa. Calma.

— Não, foi um erro vir aqui. Tem um lugar em Kansas City, Jarrett's Fine Firsts and Rare Editions. É uma das maiores do país. Vou tentar lá.

— Se você puder esperar uma semana, eu faço umas ligações — pediu Drew. — Mas terá que deixar as fotocópias.

O garoto hesitou. Por fim, perguntou:

— Quanto você acha que consegue?

— Por quase quinhentas páginas de material não publicado, caramba, talvez até nunca visto, de Rothstein? O comprador provavelmente vai querer uma análise de caligrafia feita por computador, tem alguns bons programas que fazem isso, mas, supondo que fosse provado, talvez... — Ele calculou o menor valor possível que poderia citar sem parecer absurdo. — Talvez cinquenta mil dólares.

James Hawkins aceitou o valor, ou pareceu aceitar.

— E qual seria sua comissão?

Drew riu com educação.

— Filho... James... nenhum negociante aceitaria *comissão* por um negócio desses. Não com o autor, conhecido como proprietário em linguagem legal, tendo sido assassinado, e o material, provavelmente roubado. Nós dividiríamos meio a meio.

— Não. — O garoto falou na lata. Ele talvez não conseguisse ter um bigode de motoqueiro, mas tinha coragem e inteligência. — Setenta-trinta. Setenta pra mim.

Drew poderia ceder agora, conseguir talvez duzentos e cinquenta mil dólares pelos seis cadernos e dar ao garoto setenta por cento de cinquenta mil, mas "James Hawkins" não esperaria que ele regateasse, ao menos um pouco? Não desconfiaria se ele aceitasse sem lutar?

— Sessenta-quarenta. É minha última oferta, e é claro que sob a condição de conseguir um comprador. Seriam trinta mil dólares por cadernos que você encontrou enfiados em uma caixa de papelão junto com exemplares velhos de *Tubarão* e *As pontes de Madison*. Não seria um retorno ruim, eu diria.

O garoto se remexeu, inquieto, sem dizer nada, mas em conflito evidente.

Drew voltou a dar o sorriso de quem não machucaria nem uma mosca.

— Deixe as fotocópias comigo. Volte em uma semana e aí digo como estamos. E vou lhe dar um conselho: fique longe da loja do Jarrett. Ele vai deixá-lo sem nada.

— Eu quero receber em dinheiro vivo.

Drew pensou: *É o que todos queremos.*

— Você está se adiantando, filho.

O garoto tomou uma decisão e botou o envelope pardo no balcão bagunçado.

— Tudo bem. Eu volto.

Drew pensou: *Tenho certeza de que vai voltar. E acredito que minha disposição para barganhar vai ser bem maior quando você aparecer.*

Ele esticou a mão. O garoto a apertou de novo, o mais rapidamente que pôde sem deixar de ser educado. Como se estivesse com medo de deixar digitais. O que, de certa forma, ele já tinha feito.

Drew ficou parado até "Hawkins" sair, depois se sentou na cadeira de escritório (que deu um gemido resignado) e ligou o Macintosh. Havia duas câmeras de segurança acima da porta da frente, cada uma apontando para um lado da Lacemaker Lane. Ele viu o garoto dobrar a esquina da Crossway Avenue e desaparecer de vista.

O adesivo roxo na lombada de *Despachos do Olimpo* era a chave. Identificava o exemplar como um livro de biblioteca, e Drew conhecia todas da cidade. O roxo queria dizer que era livro de referência na Garner Street Library, e livros de referência não podiam ser retirados. Se o garoto tivesse tentado levá-lo escondido debaixo da jaqueta da faculdade, o alarme de segurança teria disparado quando ele deixou o prédio, porque o adesivo roxo também era um dispositivo antirroubo. O que levou a outra dedução digna de Sherlock Holmes quando se somava isso ao conhecimento óbvio que o garoto tinha de literatura.

Drew entrou no site da Garner Street Library, onde havia todos os tipos de escolha: HORÁRIOS DE FUNCIONAMENTO NO VERÃO, CRIANÇAS & ADOLESCENTES, EVENTOS FUTUROS, SÉRIES DE FILMES CLÁSSICOS E, POR ÚLTIMO, MAS NÃO MENOS IMPORTANTE, CONHEÇA NOSSA EQUIPE.

Drew Halliday clicou no último link e não precisou clicar mais, ao menos por ora. Acima das descrições havia uma foto da equipe, umas vinte e poucas pessoas, reunidas no gramado da biblioteca. A estátua de Horace Garner, segurando um livro aberto, estava atrás deles. Todos estavam sorrindo, inclusive um garoto, sem o bigode e os óculos falsos. Na segunda fileira, o terceiro a partir da esquerda. De acordo com a descrição, o jovem Peter Saubers estudava na Northfield High e trabalhava à tarde na biblioteca. Ele queria se formar em literatura americana e se especializar em biblioteconomia.

Drew continuou a pesquisa, com a ajuda do sobrenome um tanto incomum. Estava suando de leve, e por que não? Seis cadernos já pareciam uma miséria, só provocação. *Todos* eles, alguns contendo o quarto livro de Jimmy Gold — se seu amigo maluco estivesse certo, tantos anos antes —, podiam valer até cinquenta milhões de dólares se fossem vendidos para colecionadores diferentes. A continuação da trilogia Jimmy Gold sozinha poderia chegar a vinte. E, com Morris Bellamy enfiado na prisão, a única coisa em seu caminho era um adolescente que ainda não era capaz nem de cultivar um bigode.

10

O garçom William volta com a conta, e Drew coloca o cartão American Express na pastinha de couro. Não vai ser recusado, ele tem certeza. Não tem tanta certeza quanto aos outros dois cartões, mas deixa o Amex relativamente vazio, pois é o que usa em transações de negócios.

Os negócios não andam tão bons nos últimos anos, embora *devessem* estar. Deviam estar ótimos, principalmente entre 2008 e 2012, quando a economia americana afundou e não parecia haver esperanças de se reerguer. Em épocas assim, o valor de bens preciosos — coisas reais, não bytes de computador na Bolsa de Valores de Nova York — sempre subia. Ouro e diamantes, claro, mas também arte, antiguidades e livros raros. A porra do Michael Jarrett em Kansas City dirige agora um Porsche. Drew viu no seu perfil no Facebook.

Os pensamentos se voltam para o segundo encontro com Peter Saubers. Ele queria que o garoto não tivesse descoberto sobre as dívidas; isso foi um ponto de virada. Talvez *o* ponto de virada.

A maré de azar de Drew começou com o maldito livro de James Agee, *Elogiemos os homens ilustres*. Era um belo exemplar, em perfeitas condições, assinado por Agee *e* Walker Evans, o homem que tirou as fotos. Como Drew ia saber que era roubado?

Tudo bem, talvez ele *soubesse*, os sinais estavam todos lá, saltando à vista, e ele devia ter desistido da compra, mas o vendedor não fazia ideia do verdadeiro valor do livro, e Drew baixou um pouco a guarda. Não o bastante para ter que pagar fiança ou ser jogado na cadeia, com as graças de Deus, mas os resultados foram duradouros. Desde 1999, ele carrega certo *aroma* a cada convenção, simpósio e leilão de livros. Negociantes e compradores de reputação costumam evitá-lo, a não ser (e essa é a ironia) que tenham alguma coisa um pouco suspeita que queiram passar adiante com lucro rápido. Às vezes, quando não consegue dormir, Drew pensa: *Estão me empurrando para o lado negro. Não é minha culpa. Eu sou a vítima aqui.*

Isso tudo torna Peter Saubers ainda mais importante.

William volta com a pastinha de couro, o rosto solene. Drew não gosta disso. Talvez o cartão tenha sido recusado. E então seu garçom favorito sorri, e Drew solta o ar que estava prendendo e retribui.

— Obrigado, sr. Halliday. É sempre um prazer ver você.

— Igualmente, William. Igualmente, com certeza.

Ele assina com um floreio e coloca o Amex, um pouco torto, mas não quebrado, de volta na carteira.

Na rua, a caminho da loja (a ideia de que ele sacoleja enquanto anda nunca lhe ocorreu), seus pensamentos se voltam para a segunda visita do garoto, que foi *relativamente* bem, mas não tanto quanto Drew esperava. No primeiro encontro, o garoto pareceu tão pouco à vontade que Drew ficou com medo de ele ficar tentado a destruir os preciosos manuscritos que encontrou sem querer. Mas o brilho em seus olhos refutava isso, principalmente quando falou da segunda fotocópia, com as reclamações bêbadas sobre os críticos.

Está vivo, dissera Saubers. *É o que eu acho.*

E o garoto pode matá-lo?, Drew se pergunta ao entrar na loja e virar a placa de FECHADO para ABERTO. *Acho que não. Tanto quanto não podia deixar as autoridades levarem o tesouro embora, apesar das ameaças.*

Amanhã é sexta-feira. O garoto prometeu visitá-lo logo depois da aula, para fecharem negócio. Ele acha que vai haver negociação. Acha que ainda tem algumas cartas na manga. Talvez até tenha... mas as de Drew são melhores.

A luz da secretária eletrônica está piscando. Deve ser alguém querendo vender seguro ou garantia estendida para seu carro (a ideia de Jarrett dirigindo um Porsche por Kansas City belisca seu ego), mas não dá para saber enquanto não verificar. Há milhões ao seu alcance, mas, até estarem na mão, é um negócio como outro qualquer.

Drew decide ver quem ligou enquanto estava almoçando e reconhece a voz de Saubers desde a primeira palavra.

Ele cerra os punhos enquanto escuta a mensagem.

11

Quando o garoto antes conhecido como Hawkins foi até lá na sexta seguinte à primeira visita, o bigode estava um pouco mais farto, mas os passos ainda eram hesitantes, um animal tímido se aproximando de uma isca deliciosa. Drew já tinha descoberto muito sobre ele e a família àquela altura. E sobre as páginas fotocopiadas também. Três aplicativos diferentes confirmaram que a carta para Flannery O'Connor e a caligrafia das fotocópias foram escritas pelo mesmo homem. Dois desses aplicativos comparavam a caligrafia. O terceiro (não totalmente confiável, considerando o tamanho pequeno das amostras fotocopiadas) apontava certas similaridades estilísticas, a maioria coisa que o próprio garoto já tinha notado. Os resultados eram ferramentas guardadas para o momento em que Drew abordaria possíveis compradores. Ele mesmo não tinha dúvidas, depois de ter visto um dos cadernos com os próprios olhos trinta e seis anos antes, sentado a uma mesa em frente ao Happy Cup.

— Oi — cumprimentou Drew. Dessa vez, não esticou a mão.

— Oi.

— Você não trouxe os cadernos.

— Eu precisava de um número primeiro. Você disse que faria algumas ligações.

Drew não fez nenhuma. Ainda era cedo demais para isso.

— Se você pensar melhor, eu *dei* um número. Disse que sua parte seria trinta mil dólares.

O garoto balançou a cabeça.

— Isso não é o bastante. E sessenta-quarenta também não é. Teria que ser setenta-trinta. Não sou burro. Sei o que tenho.

— Eu também sei de algumas coisas. Seu nome é Peter Saubers. Você não estuda na City College; estuda na Northfield High e trabalha meio período na Garner Street Library.

O garoto arregalou os olhos. A boca se abriu. Ele oscilou, e, por um momento, Drew achou que desmaiaria.

— Como...?

— O livro que você trouxe. *Despachos do Olimpo*. Reconheci o adesivo da Sala de Referência. Depois disso, foi fácil. Sei até onde você mora, na Sycamore Street.

E isso fazia muito sentido, tinha até um toque divino. Morris Bellamy morou naquela mesma casa na Sycamore Street. Drew nunca tinha ido lá; desconfiava que Morris não queria que ele conhecesse a mãe vampira, mas os registros da cidade provavam. Os cadernos estavam escondidos atrás de uma parede no porão ou enterrados no chão da garagem? Drew estava apostando que tinha sido algo assim.

Ele se inclinou o máximo que a barriga permitia e encarou os olhos consternados do garoto.

— E tem mais. Seu pai ficou gravemente ferido no Massacre do City Center de 2009. Ele estava lá porque ficou desempregado em 2008. Encontrei um artigo de jornal de uns dois anos atrás que falava de como os sobreviventes estavam. Eu pesquisei, achei a leitura interessante. Sua família se mudou para o North Side depois que seu pai se machucou, o que deve ter sido uma queda considerável, mas os Saubers caíram de pé. Houve um corte aqui e outro ali com só sua mãe trabalhando, mas muitas famílias ficaram pior. A história do sucesso americano. É derrubado? Levante-se e volte para a corrida! Só que a história não disse como sua família conseguiu isso, não é?

O garoto molhou os lábios, tentou falar, não conseguiu, limpou a garganta, tentou de novo.

— Vou embora. Vir aqui foi um grande erro.

Ele se afastou do balcão.

— Peter, se você sair por aquela porta, posso garantir que será preso esta noite. O que seria uma pena com toda a sua vida pela frente.

Saubers se virou com olhos arregalados e a boca aberta, tremendo.

— Também pesquisei sobre o assassinato de Rothstein. A polícia acreditava que os ladrões que o mataram só levaram os cadernos porque estavam no cofre junto com a grana. De acordo com a versão oficial, eles invadiram a casa atrás do que ladrões costumam querer: dinheiro. Muita gente na cidade onde ele morava sabia que o coroa guardava dinheiro em casa, talvez muito. Essas histórias circularam em Talbot Corners durante anos. Por fim, as pessoas erradas decidiram descobrir se elas eram verdadeiras. E eram, não eram?

Saubers voltou até o balcão. Lentamente. Passo a passo.

— Você encontrou os cadernos roubados, mas também encontrou dinheiro roubado, é o que acho. O suficiente para suprir sua família até seu pai se recuperar. Literalmente, porque o artigo dizia que ele ficou muito machucado. Seus pais sabem, Peter? Estão envolvidos? Mamãe e papai mandaram você aqui para vender os cadernos dele agora que o dinheiro acabou?

A maior parte do que ele disse foi palpite; se Morris disse alguma coisa sobre dinheiro naquele dia em frente ao Happy Cup, Drew não lembrava. Mas ele observou cada palpite acertar na mosca como socos no rosto e na barriga. Drew sentiu o prazer de qualquer detetive ao ver que seguiu uma trilha verdadeira.

— Não sei do que você está falando. — O garoto falou mais como um robô do que como um ser humano.

— E, quanto ao fato de só haver seis cadernos, isso não bate. Rothstein parou de produzir em 1960, depois de publicar o último conto na *The New Yorker*. Foi assassinado em 1978. É difícil acreditar que só tenha enchido seis cadernos de oitenta páginas em dezoito anos. Aposto que há mais. *Bem* mais.

— Você não pode provar nada. — Ainda com aquele mesmo tom robótico. Saubers estava oscilando; mais dois ou três socos, e ele cairia.

— O que a polícia vai encontrar se for até sua casa com um mandato de busca, meu amigo?

Em vez de cair, Saubers se recompôs. Se não fosse tão irritante, seria admirável.

— E você, sr. Halliday? Você já esteve encrencado uma vez por tentar vender o que não era seu por direito.

Tudo bem, esse golpe acertou... mas só de raspão. Drew assentiu com alegria.

— Foi por isso que você me procurou, não foi? Você descobriu sobre a história do Agee e achou que eu poderia ajudá-lo a fazer uma transação ilegal. Só que minhas mãos estavam limpas na época e estão limpas agora. — Ele as abriu para demonstrar. — Eu diria que gastei um tempo para ter certeza de que o que você estava tentando vender era de verdade, e, quando tive, fiz meu dever cívico e liguei para a polícia.

— Isso não é verdade! Não é e você sabe!

Bem-vindo ao mundo real, Peter, pensou Drew. Ele não disse nada, só deixou o garoto refletir sobre a confusão na qual se meteu.

— Eu posso queimar tudo. — Saubers parecia estar falando consigo mesmo e não com Drew, como se avaliando a ideia. — Eu posso ir para c... para onde eles estão e botar fogo em tudo.

— Quantos são? Oitenta? Cento e vinte? Cento e *quarenta*? Encontrariam resíduos, filho. As cinzas. E, mesmo que não encontrassem, tenho as páginas fotocopiadas. Eles começariam fazendo perguntas sobre como a sua família conseguiu passar pela recessão tão bem, principalmente com os ferimentos do seu pai e todas as despesas médicas. Acho que um contador competente talvez descobrisse que as despesas da sua família passavam bem da renda.

Drew não fazia ideia se era verdade, mas o garoto também não. Ele estava quase em pânico agora, e isso era bom. Pessoas em pânico não pensam com clareza.

171

— Não há provas. — A voz de Saubers era um sussurro. — O dinheiro acabou.

— Tenho certeza de que acabou, senão você não estaria aqui. Mas a trilha continua existindo. E sabe quem vai segui-la além da polícia? A Receita Federal! Quem sabe, Peter, talvez sua mãe e seu pai também acabem indo para a cadeia por sonegação de impostos. Isso deixaria sua irmã... Tina, não é? Ela ficaria sozinha, mas talvez tenha uma tia velha e gentil com quem possa viver até seus pais serem libertados.

— O que você quer?

— Não seja burro. Quero os cadernos. *Todos* eles.

— Se eu te entregar, o que ganho com isso?

— A certeza de que está livre e limpo. O que, considerando a situação, tem valor inestimável.

— Você está falando *sério*?

— Filho...

— Não me chame assim! — O garoto cerrou os punhos.

— Peter, pense bem. Se você se recusar a me dar os cadernos, vou entregar *você* para a polícia. Mas, se me der, meu controle desaparece, porque recebi propriedade roubada. Você vai estar em segurança.

Enquanto falava, Drew aproximou o indicador do botão do alarme silencioso embaixo da mesa. Apertá-lo era a última coisa que queria fazer no mundo, mas não gostou de ver aqueles punhos fechados. Em meio ao pânico, podia ocorrer a Saubers que só havia outro jeito de silenciar Drew Halliday. Eles estavam sendo monitorados por câmeras de segurança, mas o garoto talvez não soubesse disso.

— E você sai com centenas de milhares de dólares — disse Saubers com amargura. — Talvez até milhões.

— Você ajudou sua família em uma época difícil — disse Drew. Ele pensou em acrescentar "Por que ser tão ganancioso?", mas, considerando as circunstâncias, isso poderia soar meio... impróprio. — Acho que vai ficar satisfeito com isso.

O rosto do garoto oferecia uma resposta silenciosa: *É fácil falar.*

— Preciso de tempo para pensar.

Drew assentiu, mas não estava concordando.

— Entendo sua situação, mas não. Se você sair daqui agora, posso prometer que uma viatura de polícia vai estar esperando você quando chegar em casa.

— E você vai perder uma grana alta.

Drew deu de ombros.

— Não seria a primeira vez.

Mas nunca foi uma daquele tamanho, isso era verdade.

— Meu pai trabalha com imóveis, sabia?

A mudança repentina de assunto abalou Drew um pouco.

— Sim, eu vi quando fiz minha pesquisa. Tem o próprio negócio agora, que bom. Mas acredito que o dinheiro de John Rothstein deve ter sido usado para pagar parte dos custos iniciais.

— Pedi para ele pesquisar todas as livrarias da cidade — disse Saubers. — Falei que estava fazendo um trabalho para a escola sobre como os livros digitais estão afetando as livrarias tradicionais. Isso foi antes de eu vir falar com você, quando ainda estava decidindo se devia correr o risco. Ele descobriu que você entrou com uma terceira hipoteca para esta propriedade ano passado e que só conseguiu por causa da localização, porque a Lacemaker Lane é elegante e tal.

— O que isso tem a ver com o assunto em discus...

— Você está certo, minha família passou por uma época bem ruim, e quer saber? Ganhei certo faro para identificar gente encrencada. Mesmo sendo adolescente. Talvez principalmente por ser adolescente. Acho que você está em uma situação bem complicada.

Drew ergueu o dedo que estava próximo ao botão do alarme silencioso e apontou para Saubers.

— Não se meta comigo, garoto.

A cor tinha voltado para o rosto de Saubers em áreas vermelhas intensas, e Drew viu algo de que não gostou e que não pretendia fazer: ele deixou o garoto com raiva.

— Sei que você está tentando me forçar a tomar uma decisão, e isso não vai dar certo. Sim, é verdade, estou com os cadernos. São cento e sessenta e cinco. Nem todos estão cheios, mas a maioria está. E adivinha? Não era uma trilogia Jimmy Gold, era uma *série* Jimmy Gold. Tem mais dois romances naqueles cadernos. São rascunhos, é verdade, mas estão bem organizados.

O garoto estava falando cada vez mais rápido, concluindo tudo que Drew torceu para ele estar com medo demais para perceber.

— Estão escondidos, mas acho que você tem razão: se chamar a polícia, vão encontrar. Só que meus pais nunca souberam, e acho que os policiais vão acreditar neles. Quanto a mim... ainda sou menor de idade. — Ele até deu um sorrisinho, como se tivesse acabado de notar isso. — Não vão fazer muita coisa comigo, pois não roubei os cadernos nem o dinheiro. Eu não tinha nem nascido. Você vai sair limpo, mas também não vai ter nada para exibir por aí. Quando o banco tomar este lugar, e meu pai disse que isso vai acontecer mais cedo ou mais tarde, e um Au Bon Pain abrir aqui, vou vir comer um croissant em sua homenagem.

— Foi um discurso e tanto — comentou Drew.

— Bem, agora acabou. Vou embora.

— Eu estou avisando, você está sendo idiota.

— Já falei, preciso de tempo para pensar.

— Quanto tempo?

— Uma semana. E você também precisa pensar, sr. Halliday. Talvez ainda possamos fazer negócio.

— Espero que sim, *filho*. — Drew usou a palavra com deliberação. — Porque, se não pudermos, vou fazer a ligação. Não estou blefando.

A bravata do garoto desabou. Os olhos dele se encheram de lágrimas, mas, antes que pudessem cair, ele deu meia-volta e saiu.

12

Agora, ouvindo a mensagem de voz, Drew sente fúria, mas também medo, porque o garoto está com a voz fria e controlada na superfície, mas há um toque de desespero por baixo.

— Não posso ir amanhã como prometi. Me esqueci completamente do encontro para representantes de turma do segundo e último anos. Fui eleito vice-presidente da turma do último ano em setembro. Sei que parece desculpa, mas não é. Acho que sumiu da minha mente com você ameaçando mandar me prender e tudo o mais.

Apague isso agora, pensa Drew, com as unhas afundando nas palmas das mãos.

— É no River Bend resort, em Victor County. Pegamos um ônibus amanhã às oito da manhã. É dia de reunião de professores, então não tem aula. Voltamos domingo à noite. Somos vinte. Pensei em pedir para não ir, mas meus pais já estão preocupados comigo. Minha irmã também. Se eu não for ao encontro, eles vão saber que tem alguma coisa errada. Acho que minha mãe pensa que eu engravidei alguma garota.

O garoto dá uma gargalhada curta e meio histérica. Drew acha que não existe coisa mais apavorante do que garotos de dezessete anos. Ninguém tem ideia do que eles vão fazer.

— Vou à loja na segunda — promete Saubers. — Se você esperar, talvez possamos dar um jeito. Chegar a um meio-termo. Tive uma ideia. E, se você acha que estou inventando essa história sobre o retiro, ligue para o resort e verifique a reserva. Governo estudantil da Northfield High School. Talvez eu veja você na segunda. Se não, não. Tch...

É nessa hora que o tempo de mensagem, mais longo do que o normal para clientes que ligam de madrugada, normalmente da costa oeste, finalmente acaba. *Bipe.*

Drew se senta na cadeira (ignorando seu gemido desesperado, como sempre) e olha para a secretária eletrônica por quase um minuto. Não tem necessidade de ligar para o River Bend resort... que, curiosamente, fica a apenas nove ou dez quilômetros da penitenciária onde o verdadeiro ladrão dos cadernos está agora cumprindo prisão perpétua. Drew acredita que Saubers está falando a verdade sobre o retiro, porque é muito fácil verificar. Sobre o motivo de não pular fora, ele não tem tanta certeza. Talvez Saubers tenha decidido que Drew está blefando sobre envolver a polícia. Mas não é um blefe. Ele não tem intenção de deixar o garoto ficar com o que Drew não pode ter. De uma forma ou de outra, o pequeno filho da mãe vai abrir mão dos cadernos.

Vou esperar até segunda à tarde, pensa Drew. *Posso esperar até lá, mas aí essa situação vai se resolver, de uma forma ou de outra. Já dei corda demais para ele.*

Drew reflete que o jovem Saubers e seu velho amigo Morris Bellamy, embora em pontas opostas do espectro etário, são bem parecidos no que diz respeito aos cadernos de Rothstein. Eles desejam o que há lá *dentro*. Era por isso que o garoto só queria vender seis, provavelmente os seis que achava menos interessantes. Já Drew não liga muito para John Rothstein. Ele leu *O corredor*, mas só porque Morris insistiu. Nunca se deu ao trabalho de ler os outros dois nem o livro de contos.

Esse é seu calcanhar de aquiles, filho, pensa Drew. *Essa tara de colecionador. Enquanto eu, por outro lado, só ligo para o dinheiro, e dinheiro simplifica tudo. Então vá em frente. Aprecie seu fim de semana de política de mentirinha. Quando voltar, vamos conversar a sério.*

Drew se inclina por cima da barriga e apaga a mensagem.

13

Hodges dá uma boa cheirada em si mesmo no caminho de volta para a cidade e decide fazer um desvio rápido até em casa para comer um hambúrguer vegetariano e tomar uma chuveirada. Também resolve mudar de roupa. A Harper Road não é muito fora de mão, e Hodges vai ficar bem mais à vontade de calça jeans. Uma das maiores vantagens de ser autônomo, na opinião dele, é poder usar calça jeans.

Pete Huntley liga quando ele está saindo de casa, para informar ao antigo parceiro que Oliver Madden está preso. Hodges parabeniza Pete e acabou de se sentar ao volante do Prius quando o celular toca de novo. Dessa vez, é Holly.

— *Cadê você*, Bill?

Hodges olha para o relógio e vê que já são 15h15. *Como o tempo voa quando a gente está se divertindo*, pensa.

— Em casa. Indo para o escritório.

— O que você foi fazer *aí*?

— Parei para tomar um banho. Não quis ofender seu olfato delicado. E não me esqueci de Barbara. Vou ligar assim que...

— Não precisa. Ela está aqui. Com uma amiga chamada Tina. Elas vieram de táxi.

— De táxi?

Normalmente, crianças nem *pensam* em pegar táxis. Talvez o que Barbara queira discutir seja mais sério do que ele imaginava.

— É. Coloquei as duas na sua sala. — Holly baixa a voz. — Barbara só parece preocupada, mas a outra está morrendo de medo. Acho que está encrencada. Venha assim que puder, Bill.

— Pode deixar.

— Por favor, vem rápido. Você sabe que não sou boa com emoções fortes. Estou trabalhando nisso com minha terapeuta, mas no momento *não* sou.

— Estou a caminho. Chego em vinte minutos.

— Devo sair e comprar Coca para elas?

— Não sei. — O sinal na base da colina fica amarelo. Hodges afunda o pé no acelerador e passa direto. — Use seu bom senso.

— Mas eu tenho tão pouco — reclama Holly, e, antes que ele possa responder, ela fala de novo para ele se apressar e desliga.

14

Enquanto Bill Hodges explicava os fatos da vida para o atordoado Oliver Madden e Drew Halliday comia seus ovos Benedict, Peter Saubers estava na enfermaria da Northfield High, alegando estar com enxaqueca e pedindo para ser dispensado das aulas da tarde. A enfermeira preencheu o papel sem hesitar, porque Peter é dos bons alunos: tira boas notas, faz muitas atividades escolares (ainda que nenhum esporte) e tem frequência quase perfeita. Além do mais, ele *parecia* mesmo estar com enxaqueca. O rosto estava pálido demais, e havia círculos escuros sob os olhos. Ela perguntou se ele precisava de carona para casa.

— Não — respondeu Pete. — Vou de ônibus.

Ela lhe ofereceu um Advil, é a única coisa que pode prescrever para dores de cabeça, mas Peter negou e disse que tinha comprimidos especiais para enxaqueca. Ele se esqueceu de levá-los naquele dia, mas disse que tomaria um assim que chegasse em casa. Ele mentiu tranquilamente porque estava mesmo com dor de cabeça. Mas não do tipo físico. A dor de cabeça dele era Andrew Halliday, e nem um dos comprimidos analgésicos da mãe (é ela quem sofre de enxaquecas na família) o curaria.

Peter sabe que ele mesmo tem que cuidar disso.

15

Peter não tem intenção de pegar o ônibus. O próximo vai demorar meia hora, e ele pode estar na Sycamore Street em quinze minutos se correr, e ele vai correr, porque aquela tarde de quinta é tudo que ele tem. A mãe e o pai estão no trabalho e só voltam às quatro. Tina não vai estar em casa. Ela *diz* que foi convidada para passar duas noites com a antiga amiga Barbara Robinson na Teaberry Lane, mas Peter acha que talvez ela tenha se convidado. Se for isso, deve querer dizer que a irmã ainda não perdeu a esperança de estudar na Chapel Ridge. Peter acha que talvez ainda possa ajudá-la com isso, mas só se tudo correr bem. É um "se" muito grande, mas ele tem que fazer *alguma coisa*. Se não fizer, vai ficar maluco.

Ele perdeu peso depois de cometer a besteira que foi conhecer Andrew Halliday. Além disso, a acne do começo da adolescência está voltando com força total e, é claro, há círculos escuros sob os olhos. Ele anda dormindo mal, e o pouco sono que tem é assombrado por pesadelos. Depois de despertar, geralmente encolhido em posição fetal, com o pijama úmido de suor, Peter fica acordado, tentando pensar em uma saída da armadilha em que se meteu.

Ele tinha mesmo esquecido o encontro, e quando a sra. Gibson, a responsável, lembrou-o no dia anterior, seu cérebro começou a trabalhar bem rápido. Isso foi depois da aula de francês, no quinto tempo, e antes de chegar à aula de cálculo, a duas portas de distância, ele já tinha o contorno de um plano na cabeça. Depende parcialmente de um velho carrinho vermelho e mais ainda de certo molho de chaves.

177

Quando se afasta da escola, Peter liga para a Andrew Halliday Rare Editions, um número que não queria precisar ter salvado na memória do celular. Quem atende é a secretária eletrônica, o que ao menos o poupa de outro late-late. A mensagem que ele deixa é longa, e a máquina o corta quando ele está terminando, mas não tem problema.

Se conseguir tirar os cadernos de casa, a polícia não vai encontrar nada, com ou sem mandato. Ele está confiante que os pais vão ficar quietos sobre o dinheiro misterioso, como sempre fizeram. Quando Peter coloca o celular no bolso da calça de sarja, uma frase da aula de latim do primeiro ano surge em sua mente. É assustadora em qualquer língua, mas encaixa perfeitamente na situação.

Alea iacta est.

A sorte está lançada.

16

Antes de entrar em casa, Peter passa na garagem para ter certeza de que o carrinho de mão de Tina ainda está lá. Muitas coisas foram vendidas no bazar de garagem que fizeram antes de sair da antiga casa, mas Tina criou um caso danado por causa do carrinho com as antiquadas laterais de madeira, e a mãe acabou cedendo. Peter não o vê de primeira e fica preocupado. Depois, encontra o carrinho no canto e solta um suspiro de alívio. Ele se lembra de Tina andando de um lado para outro no gramado com todos os bichos de pelúcia dentro (a sra. Beasley tinha um lugar de honra, claro), dizendo que eles iam fazer um niquenique no bosque, com sandubiches de pisunto e bicotos de gingibi para as crianças comportadas. Foram dias bons, antes do doido dirigindo o Mercedes roubado mudar tudo.

Não houve mais niqueniques depois disso.

Peter entra na casa e vai direto para o pequeno escritório do pai. Seu coração está disparado, porque esse é o ponto crucial. As coisas podem dar errado mesmo se ele encontrar as chaves de que precisa, mas, se não encontrar, tudo acaba antes mesmo de começar. Ele não tem um plano B.

Apesar de o negócio de Tom Saubers ser mais voltado para busca imobiliária — encontrar propriedades interessantes à venda ou que possam ficar à venda em breve e repassá-las para pequenas imobiliárias e operadores independentes —, ele começou a se voltar aos poucos para vendas, embora de forma modesta e só no North Side. Isso não rendeu muito em 2012, mas, nos últimos dois anos, conseguiu várias comissões razoáveis, e tem exclusividade em umas dez propriedades na região das ruas com nomes de árvores. Uma dessas, e a ironia não passou despercebida para nenhum deles, é o número 49 da Elm Street, a casa que pertenceu a Deborah Hartsfield e ao filho, Brady, mais conhecido como Assassino do Mercedes.

— Devo demorar um pouco para vender aquela — disse o pai certa noite durante o jantar, então riu.

Tem um quadro de cortiça na parede à esquerda do computador. As chaves das várias propriedades que seu pai agencia estão penduradas ali, cada uma em um aro. Peter observa o quadro ansiosamente, encontra o que quer, o que *precisa*, e comemora dando um soco no ar. A etiqueta no chaveiro diz REC BIRCH STREET.

— É improvável que eu consiga passar adiante aquele elefante de tijolos — comentou Tom Saubers em outro jantar —, mas, se eu conseguir, podemos dar adeus a esta casa e voltarmos para a Terra das Hidromassagens e dos BMWs.

Era assim que ele sempre chamava o West Side.

Peter coloca as chaves do Rec no bolso, junto com o celular, depois sobe a escada e pega as mesmas malas que usou quando levou os cadernos para casa. Dessa vez, ele precisa delas para um transporte curto. Sobe até o sótão e coloca os cadernos nas malas (tratando-os com cuidado mesmo na pressa). Desce-as para o segundo andar uma a uma, descarrega os cadernos na sua cama, devolve as malas para o armário dos pais e corre para *baixo*, até o porão. Ele está suando profusamente pelo esforço e deve feder como a jaula dos macacos no zoológico, mas só vai ter tempo para tomar banho mais tarde. Mas deveria trocar a camisa. Ele tem uma camisa polo do Key Club que vai servir perfeitamente para o que vem em seguida. Key Club está sempre fazendo essas besteiras de serviço comunitário.

A mãe guarda algumas caixas vazias no porão. Peter pega duas das maiores e sobe novamente, passando primeiro no escritório do pai para pegar uma caneta permanente.

Lembre-se de colocar a caneta de volta quando devolver a chave, pensa ele. *Lembre-se de colocar* tudo *de volta*.

Ele guarda os cadernos nas caixas, todos, menos os seis que ainda pretende vender para Andrew Halliday, e fecha as abas. Usa a caneta permanente para escrever UTENSÍLIOS DE COZINHA nas duas, com letra de forma grande. Peter olha para o relógio. Ele tem tempo de sobra... desde que Halliday não escute a mensagem na secretária eletrônica e desconfie de alguma coisa, claro. Peter não acredita que isso vá acontecer, mas sabe que não é impossível. O território é desconhecido. Antes de sair do quarto, ele esconde os seis cadernos restantes atrás da tábua solta do armário. Mal tem espaço suficiente, porém, se tudo correr bem, eles não vão ficar ali por muito tempo.

Peter carrega as caixas até a garagem e as coloca no antigo carrinho de mão de Tina. Avança pela entrada da garagem, mas se lembra de que não trocou a camisa, e sobe a escada de novo. Quando está passando a polo do Key Club pela cabeça, ele percebe uma coisa: deixou os cadernos na entrada da garagem. Eles valem uma quantidade absurda de dinheiro, e lá estão, em plena luz do dia, onde qualquer pessoa poderia aparecer e pegar.

Idiota!, ele repreende a si mesmo. *Idiota, idiota, idiota de merda!*

Peter desce a escada correndo, com a camisa nova já grudada no suor das costas. O carrinho está lá, claro, quem se daria ao trabalho de roubar caixas identificadas como utensílios de cozinha? Dã! Mas foi uma coisa idiota de se fazer, as pessoas roubam tudo em que podem pôr as mãos, e isso desperta uma pergunta válida: quantas outras idiotices ele está fazendo?

Peter pensa: *Eu não devia ter feito isso, devia ter chamado a polícia e entregado o dinheiro e os cadernos assim que os encontrei.*

Mas, como tem o hábito desconfortável de ser sincero consigo mesmo (na maior parte do tempo, pelo menos), ele sabe que, se pudesse voltar no tempo, provavelmente faria quase tudo igual, porque na época os pais estavam prestes a se separar, e ele os amava muito para não tentar impedir que isso acontecesse.

E deu certo, pensa. *O grande problema foi não ter parado quando eu estava ganhando.*

Mas.

Tarde demais agora.

17

Seu primeiro impulso foi querer devolver os cadernos para o baú enterrado, mas Peter rejeitou essa ideia quase na mesma hora. Se a polícia aparecesse com um mandato de busca, como Halliday ameaçou, onde procuraria depois que não encontrasse os cadernos na casa? Eles só teriam que ir até a cozinha e notar o terreno baldio atrás do quintal. O local perfeito. Se seguissem a trilha e vissem uma área de terra remexida recentemente perto do riacho, seria o fim. Não, assim é melhor.

Mas bem assustador.

Ele puxa o velho carrinho de Tina pela calçada e vira na Elm Street. John Tighe, que mora na esquina da Sycamore com a Elm Street, está cortando a grama. O filho dele, Bill, joga um frisbee para o cachorro da família. O brinquedo voa por cima da cabeça do cachorro e cai no carrinho, entre as duas caixas.

— Joga pra mim! — grita Billy Tighe, correndo pelo gramado. O cabelo castanho balança. — Joga com *força*!

Peter joga, mas faz um sinal de não para Billy quando ele tentar jogar de novo. Alguém buzina quando ele vira na Birch Street, e Peter quase morre de susto, mas é só Andrea Kellogg, a mulher que faz o cabelo de Linda Saubers uma vez por mês. Ele faz sinal de positivo para ela e abre o que espera ser um sorriso alegre. *Pelo menos, ela não quer jogar frisbee*, pensa.

E ali está o prédio, uma caixa de tijolos de três andares com uma placa na frente dizendo à venda e ligue para thomas saubers imóveis, e o celular do pai logo abaixo. As janelas do primeiro andar foram cobertas com chapas de compensado para impedir que fossem quebradas, mas, de resto, a aparência do prédio está ótima. Há algumas pichações, claro, mas o Rec já era alvo de pichações quando estava aberto. O gramado na frente está aparado. *É coisa do papai*, Peter pensa com certo orgulho. *Ele deve ter contratado algum garoto para fazer isso. Eu teria feito de graça se ele tivesse pedido.*

Ele para o carrinho nos degraus da frente, sobe com uma caixa de cada vez e está tirando as chaves do bolso quando um Datsun maltratado para. É o sr. Evans, que treinava a liga infantil quando ainda havia liga de beisebol naquele lado da cidade. Peter jogou para ele quando o sr. Evans treinava os Zebras da Zoney's Go-Mart.

— Oi, jardineiro central!

Ele se inclina para abrir a janela do passageiro.

Merda, Peter pensa. *Merda, merda, merda.*

— Oi, treinador Evans.

— O que você está fazendo aqui? Vão voltar a abrir o Rec?

— Não que eu saiba. — Peter preparou uma história para essa situação, mas torcia para não precisar usar. — Vai ter alguma coisa política na semana que vem. Liga das Mulheres Eleitoras? Talvez um debate? Não tenho certeza.

É ao menos plausível, porque é ano de eleição — as eleições primárias aconteceriam dali a poucas semanas — e não faltam problemas municipais.

— Há muito que discutir, sem dúvida. — O sr. Evans, acima do peso, simpático, que nunca foi bom estrategista, mas era ótimo em dar ânimo à equipe e sempre ficava feliz em distribuir refrigerantes depois dos jogos e dos treinos, está usando o velho boné dos Zoney Zebras, agora surrado e manchado de suor. — Precisa de ajuda?

Ah, por favor, não. Por favor.

— Não, eu me viro.

— Ei, fico feliz em dar uma mãozinha.

O antigo treinador de Peter desliga o Datsun e começa a se remexer no assento, pronto para sair.

— É sério, treinador, está tudo bem. Se você me ajudar, vou terminar rápido demais e vou ter que voltar para a aula.

O sr. Evans ri e volta a se acomodar no banco.

— Entendi. — Ele liga o motor, o Datsun peida fumaça azul. — Mas não se esqueça de trancar tudo quando terminar, ouviu?

— Certo — responde Peter.

As chaves do Rec escorregam pelos dedos suados, e ele se inclina para pegá-las no chão. Quando se ergue, o sr. Evans está se afastando.

Obrigado, Deus. E não permita que ele ligue para o meu pai para parabenizá-lo pelo filho dedicado.

A primeira chave que Peter experimenta não entra na fechadura. A segunda entra, mas não gira. Ele a balança para a frente e para trás enquanto o suor escorre pelo rosto e pinga no olho esquerdo, fazendo-o arder. Nada. Peter começa a pensar que talvez precise desenterrar o baú, afinal de contas, o que significa voltar até a garagem para pegar ferramentas, quando a tranca velha e teimosa finalmente decide cooperar. Ele abre a porta, leva as caixas para dentro e volta para pegar o carrinho de mão. Não quer que ninguém fique se perguntando o que um carrinho está fazendo na entrada daquele prédio.

As grandes salas do Rec estão quase vazias, o que faz com que pareçam ainda maiores. Está quente lá dentro sem o ar-condicionado, e o ar parece parado e poeirento. Com as janelas cobertas, também está escuro. Os passos de Peter ecoam enquanto ele carrega as caixas pelo salão principal, onde crianças jogavam jogos de tabuleiro e viam TV, depois entra na cozinha. A porta que leva ao porão também está trancada, mas a primeira chave que experimentou na porta da frente a abre, e pelo menos a energia ainda está funcionando. É uma boa notícia, porque ele não se lembrou de levar uma lanterna.

Ele desce com a primeira caixa e vê uma coisa incrível: o porão está cheio de tranqueiras. Dezenas de mesas de carteado estão empilhadas contra uma parede, pelo menos cem cadeiras dobráveis foram organizadas em fileiras, tem velhas caixas de som e consoles de videogame ultrapassados e, o melhor de tudo, dezenas de caixas bem parecidas com as de Peter. Ele espia dentro de algumas e vê velhos troféus de esportes, fotos emolduradas de times dos anos 1980 e 1990, uma série de equipamentos de beisebol em péssimo estado e um monte de peças de LEGO. Caramba, tem até algumas caixas onde está escrito COZINHA! Peter coloca suas caixas junto dessas, onde parecem se sentir em casa.

É o melhor que posso fazer, ele pensa. *E, se conseguir sair daqui sem alguém vir me perguntar o que é que eu estou fazendo, acho que vai ser suficiente.*

Ele tranca o porão e volta para a entrada principal, escutando o eco dos passos e relembrando todas as vezes que levou Tina até lá para ela não ter que ouvir os pais discutindo. Para que nenhum dos dois tivesse.

Ele espia a Birch Street, vê que está vazia e puxa o carrinho de Tina pelos degraus. Volta para a porta, tranca e segue para casa, sem deixar de acenar para o sr. Tighe. Acenar é mais fácil agora; ele até joga o frisbee algumas vezes com o filho dele, Billy. O cachorro o rouba na segunda tentativa, fazendo todos rirem. Com os cadernos guardados no porão do Rec abandonado, escondido entre todas aquelas caixas legítimas, rir também fica mais fácil. Peter se sente uns cinquenta quilos mais leve.

Talvez até cem.

18

Quando Hodges entra na antessala de seu pequeno aposento no sétimo andar do Turner Building, no início da Marlborough Street, Holly está andando em círculos, preocupada, com uma caneta enfiada na boca. Ela para quando o vê.

— Finalmente!

— Holly, nos falamos ao telefone quinze minutos atrás.

Ele tira a caneta dos lábios dela e observa as marcas de mordida na tampa.

— Pareceu bem mais. Elas estão lá dentro. Tenho certeza de que a amiga de Barbara andou chorando. Os olhos dela estavam vermelhos quando levei as Coca-Colas. Vai, Bill. Vai, vai, vai.

Ele não vai tentar tocar em Holly agora, não com ela nervosa desse jeito. Ela reagiria mal. Mesmo assim, melhorou muito desde que ele a conheceu. Sob os cuidados de Tanya Robinson, a mãe de Barbara e Jerome, ela até desenvolveu algo similar a um senso de moda.

— Eu vou — promete ele —, mas queria ter uma ideia de com que estou lidando aqui. Você sabe do que se trata?

Há muitas possibilidades, porque adolescentes bonzinhos nem *sempre* são bonzinhos. Poderia ser alguma coisa como furto ou maconha. Talvez bullying na escola ou um tio com mãos bobas e dedos ousados. Pelo menos, ele tem certeza (*quase* certeza, nada é impossível) de que a amiga de Barbara não matou ninguém.

— É alguma coisa com o irmão de Tina. Tina é o nome da amiga de Barbara, eu mencionei? — Holly não o vê assentir; está olhando com desejo para a caneta. Como não pode tê-la, começa a morder o lábio. — Tina acha que o irmão roubou dinheiro.

— Quantos anos o irmão dela tem?

— Está no ensino médio. É tudo que sei. Posso pegar minha caneta de volta?

— Não. Vá lá fora e fume um cigarro.

— Eu parei de fumar.

Ela desvia o olhar para a esquerda, um sinal que Hodges viu muitas vezes na carreira de policial. Até Oliver Madden fez isso uma ou duas vezes, e quando o assunto era mentir Madden era profissional.

— Eu larguei faz...

— Só um. Vai acalmar você. Deu alguma coisa para elas comerem?

— Não pensei nisso. Desc...

— Não, tudo bem. Saia e compre uns lanches. NutraBars, essas coisas.

— NutraBars são *petiscos de cachorro*, Bill.

— Barrinhas de cereal, então. Algo saudável. Nada de chocolate — responde ele, pacientemente.

— Tudo bem.

Ela parte, a saia balançando e os saltinhos batendo. Hodges respira fundo e entra no escritório.

19

As garotas estão no sofá. Barbara é negra, e sua amiga, Tina, branca. A primeira coisa em que pensa é sal e pimenta em recipientes iguais. Só que os recipientes não são tão iguais. Sim, elas estão com os cabelos presos em rabos de cavalo quase idênticos. Sim, elas estão usando tênis parecidos; o item na moda para adolescentes. E sim, as duas estão segurando uma revista da mesinha de centro: *Pursuit*, uma revista sobre investigações, mas não tem problema, porque está claro que nenhuma delas está lendo.

Barbara está usando o uniforme da escola e parece relativamente calma. A outra garota está usando calça preta e uma camiseta azul com uma borboleta na frente. O rosto é pálido, e os olhos avermelhados se viram para ele com uma mistura de esperança e pavor que lhe dói o coração.

Barbara se levanta e o abraça, quando antigamente teria só batido com a mão fechada na dele e pronto.

— Oi, Bill. Que bom te ver.

Ela parece uma adulta falando, e como está alta! Já tem catorze anos? É possível?

— Também é bom ver você, Barbara. Como está Jerome? Ele vem para casa no verão?

Jerome agora estuda em Harvard, e seu alter ego, um sujeito cheio de gírias chamado Tyrone Feelgood Delight, parece ter se aposentado. Quando Jerome estava no ensino médio e fazia uns serviços para Hodges, Tyrone aparecia com frequência. Hodges não sente muita falta dele — Tyrone sempre teve um jeito meio moleque —, mas sente saudades de Jerome.

Barbara franze o nariz.

— Passou uma semana em casa, mas já foi embora. Vai levar a namorada, que é de algum lugar na Pensilvânia, a um baile de debutantes. Isso parece racista? Para mim, parece.

Hodges não quer entrar nesse assunto.

— Que tal você me apresentar para sua amiga?

— Essa é Tina. Ela morava na Hanover Street, no mesmo quarteirão que a gente. Quer estudar na Chapel Ridge comigo no ano que vem. Tina, este é Bill Hodges. Ele pode ajudar você.

Hodges se inclina um pouco para oferecer a mão para a garota ainda sentada no sofá. Ela se encolhe a princípio, mas depois aperta a mão dele com timidez. Quando solta, começa a chorar.

— Eu não devia ter vindo. Peter vai ficar com *tanta raiva*.

Ah, merda, pensa Hodges. Ele pega um punhado de lenços de papel na caixa que tem na mesa, mas, antes que possa oferecê-los a Tina, Barbara os pega e seca os olhos da amiga. Em seguida, se senta no sofá e a abraça.

— Tina — fala Barbara, com certa severidade —, você me procurou e disse que precisava de ajuda. Isso é a ajuda. — Hodges fica impressionado com o quanto ela fala como a mãe. — Você só precisa contar a ele o que contou para mim.

Barbara volta a atenção para Hodges.

— E você não pode contar para os meus pais, Bill. Nem Holly. Se contarem para o meu pai, ele vai contar para o pai de Tina. Aí, o irmão dela vai estar encrencado de verdade.

— Vamos deixar isso pra lá por enquanto. — Hodges puxa a cadeira de rodinhas de trás da mesa; é difícil, mas consegue. Não quer uma mesa entre ele e a amiga assustada de Barbara; ficaria parecendo o diretor de uma escola. Ele se senta, junta as mãos entre os joelhos e sorri para Tina. — Vamos começar pelo seu nome completo.

— Tina Annette Saubers.

Saubers. Esse sobrenome não me é estranho. Um caso antigo? Talvez.

— Qual é o problema, Tina?

— Meu irmão roubou dinheiro — sussurra ela, os olhos se enchendo de lágrimas. — Talvez muito dinheiro. E não pode devolver, porque já foi gasto. Contei para Barbara porque sabia que o irmão dela ajudou a pegar o doido que machucou meu pai quando o cara tentou explodir o show no MAC. Achei que talvez Jerome pudesse ajudar, porque ele tem uma medalha especial de coragem e tudo. Ele apareceu na TV.

— É — diz Hodges.

Holly também devia ter aparecido na TV, pois foi tão corajosa quanto Jerome, e queriam que ela aparecesse, mas, durante aquela fase da vida, Holly Gibney preferiria engolir água sanitária a aparecer na frente de câmeras de televisão e responder a perguntas.

— Só que Barbara disse que Jerome estava na Pensilvânia e que eu deveria falar com você, porque você era da polícia. — Ela olha para ele com olhos enormes e cheios de lágrimas.

Saubers, pensa Hodges. *Ah, sim.*

Ele não se lembra do nome do sujeito, mas o sobrenome é difícil de esquecer, e agora sabe por que lhe soou tão familiar. Saubers foi um dos que se feriram gravemente no City Center, quando Hartsfield jogou o carro contra as pessoas que aguardavam na fila para a feira de empregos.

— Primeiro, eu ia falar com você sozinha — acrescenta Barbara. — Foi o que eu e Tina combinamos. Meio que para sentir se você estaria disposto a ajudar. Mas aí Tina foi até minha escola hoje, estava chateada...

— Porque ele *piorou*! — explode Tina. — Não sei o que aconteceu, mas, desde que deixou aquele bigode idiota crescer, ele está *pior*! Ele fala dormindo, eu escuto, está perdendo peso e está cheio de espinhas de novo. Na aula de saúde, a professora disse que isso pode ser estresse, e... e... acho que às vezes ele *chora*. — Ela parece impressionada com isso, como se não conseguisse aceitar a ideia de o irmão mais velho chorar. — E se ele tentar se matar? É disso que tenho medo, porque suicídio na adolescência é um *problema real*!

Mais fatos divertidos da aula de saúde, pensa Hodges. *Não que não seja verdade.*

— Ela não está inventando — afirma Barbara. — É uma história e tanto.

— Então, vamos ouvi-la — diz Hodges. — Desde o começo.

Tina respira fundo e começa.

20

Se alguém perguntasse, Hodges diria que duvidava que a história sofrida de uma adolescente de treze anos pudesse surpreendê-lo ou até mesmo impressioná-lo, mas ele está impressionado, sim, senhor. Está estupefato pra cacete. E acreditou em cada palavra; é loucura demais para ser inventada.

Quando Tina termina sua história, já se acalmou bastante. Hodges já viu isso acontecer. A confissão pode até não ser boa para a alma, mas sem dúvida é boa para os nervos.

Ele abre a porta do escritório e vê Holly sentada à mesa da antessala, jogando paciência no computador. Ao lado dela, há uma bolsa cheia de barrinhas de cereal; o suficiente para os quatro sobreviverem durante um apocalipse zumbi.

— Venha aqui, Holly — pede ele. — Preciso de sua ajuda. E traga isso aí.

Holly entra com hesitação, mas olha para Tina Saubers e parece ficar aliviada. As garotas pegam uma barrinha de cereal cada uma, o que parece deixá-la mais aliviada ainda. Hodges também pega uma. A salada que ele comeu no almoço parece ter desaparecido do estômago, e o hambúrguer vegetariano foi pelo mesmo caminho. Às vezes, ele ainda sonha em ir ao Mickey D e pedir tudo que tem no cardápio.

— Que gostoso — comenta Barbara, mastigando. — Peguei de framboesa. A sua é de quê, Tina?

— Limão — responde ela. — É gostosa *mesmo*. Obrigada, sr. Hodges. Obrigada, sra. Holly.

— Barb — chama Holly —, onde sua mãe pensa que você está agora?

— No cinema — diz Barbara. — Vendo *Frozen* de novo, a versão para cantar junto. Passa toda tarde no Cinema Seven, faz um *tempão*. — Ela revira os olhos para Tina, que revira os dela em cumplicidade. — Mamãe disse que a gente podia ir de ônibus para casa, mas temos que estar de volta no máximo às seis. Tina vai dormir lá em casa.

Isso nos dá um tempinho, pensa Hodges.

— Tina, quero que você conte tudo de novo, agora para Holly ouvir. Ela é minha assistente e é bem inteligente. Além do mais, sabe guardar segredo.

Tina recomeça a história, dessa vez com mais detalhes, já que ela está mais calma. Holly escuta com atenção, e os tiques típicos de quem tem síndrome de Asperger desaparecem, como sempre acontece quando ela está concentrada. Só os dedos continuam inquietos, batucando nas coxas como se Holly estivesse tocando um teclado invisível.

Quando Tina termina, Holly pergunta:

— O dinheiro começou a chegar em fevereiro de 2010?

— Por volta de fevereiro ou março — responde Tina. — Eu lembro porque nossos pais brigavam muito na época. Papai perdeu o emprego, sabe... e suas pernas estavam muito machucadas... e mamãe gritava com ele por causa do preço do cigarro...

— Odeio gritos — comenta Holly, com simplicidade. — Fico enjoada.

Tina olha para ela com gratidão.

— A conversa sobre os dobrões — diz Hodges. — Foi antes ou depois de o dinheiro começar a chegar?

— Antes. Mas não *muito* antes — responde ela sem hesitar.

— E eram quinhentos dólares por mês? — pergunta Holly.

— Às vezes o intervalo era um pouco mais curto, tipo umas três semanas, e às vezes era um pouco mais longo. Quando passava de um mês, meus pais pensavam que tinha acabado. Uma vez demorou seis semanas, e eu me lembro de papai dizendo para mamãe: "Ah, foi bom enquanto durou".

— Quando foi isso? — Holly está inclinada para a frente, os olhos brilhando, os dedos parados. Hodges adora quando ela fica assim.

— Hum... — Tina franze a testa. — Perto do meu aniversário, com certeza. Quando eu fiz doze anos. Peter não foi à minha festa. Era recesso de primavera, e um amigo dele, o Rory, convidou meu irmão para ir à Disney com sua família. Foi um aniversário ruim, porque senti tanta inveja de ele ir e eu...

Ela para, olha primeiro para Barbara, depois para Hodges e, por fim, para Holly, a quem parece considerar a figura no comando.

— Foi *por isso* que atrasou daquela vez! Não foi? *Porque ele estava na Flórida!*

Holly olha para Hodges com um leve sorriso, depois volta a atenção para Tina.

— Provavelmente. Sempre notas de vinte e cinquenta?

— Sempre. Vi muitas vezes.

— E quando parou?

— Setembro do ano passado. Por volta da época do começo das aulas. Tinha um bilhete na última carta. Dizia alguma coisa tipo: "Este é o último, lamento não ter mais".

— Quanto tempo depois disso você contou ao seu irmão que desconfiava que era ele quem estava mandando o dinheiro?

— Não muito. Peter nunca admitiu, mas sei que foi ele. E talvez tudo isso seja culpa minha, porque eu ficava falando sobre a Chapel Ridge... e meu irmão disse que queria que o dinheiro não tivesse acabado para eu poder estudar lá... Talvez ele tenha feito alguma burrice e agora está arrependido, mas é tarde d-d-demais!

Ela começa a chorar de novo. Barbara a abraça e faz sons reconfortantes. Holly volta a batucar as coxas, mas não demonstra outros sinais de perturbação; ela está perdida em pensamentos. Hodges quase vê as engrenagens girando. Ele tem as próprias perguntas, mas, no momento, está mais do que disposto a deixar Holly dirigir a conversa.

Quando o choro de Tina se reduz a fungadas, Holly diz:

— Você disse que entrou no quarto dele certa noite e Peter estava com um caderno, e agiu com jeito culpado. Aí ele escondeu o caderno debaixo do travesseiro.

— Isso.

— Foi perto do fim da chegada do dinheiro?

— Acho que foi, sim.

— Era um caderno normal?

— Não. Era preto e parecia caro. Tinha um elástico na lateral.

— Jerome tem uns cadernos assim — comentou Barbara. — São Moleskines. Posso comer outra barrinha?

— Quantas você quiser — responde Hodges. Ele pega um bloco na mesa e escreve: *Moleskine*. Então volta sua atenção para Tina: — Poderia ser um caderno de contabilidade?

Tina franze a testa enquanto abre a embalagem de uma barrinha.

— Não entendi.

— É possível que ele estivesse anotando quanto do dinheiro sobrou?

— Talvez, mas parecia mais um diário chique.

Holly olha para Hodges. Ele assente: *Continue*.

— Isso foi ótimo, Tina. Você é uma ótima testemunha. Você não acha, Bill?

Ele faz que sim.

— Tudo bem. Quando ele deixou o bigode crescer?

— Mês passado. Ou talvez tenha sido no final de abril. Mamãe e papai falaram que o bigode era ridículo, e papai disse que ele parecia um marginal drogado, mas Peter não quis tirar. Achei que fosse só uma fase. — Ela se vira para Barbara. — Que nem quando a gente era pequena e você tentou cortar o próprio cabelo para ficar igual ao da Hannah Montana.

Barbara faz uma careta.

— Não vamos falar sobre isso. — E, para Hodges: — Minha mãe ficou *louca*.

— E, desde essa época, ele anda chateado — continua Tina. — Desde o bigode. Não tanto no começo, mas percebi que já estava nervoso. Nas últimas duas semanas, ele começou a ficar com medo. E agora, *eu* estou com medo. *De verdade!*

Hodges olha para ver se Holly tem mais alguma coisa a perguntar. Ela lhe lança um olhar que diz: *É com você.*

— Tina, estou disposto a investigar isso, mas vou precisar conversar com seu irmão. Você sabe disso, não sabe?

— Sei — sussurra ela, e coloca a segunda barrinha, na qual só deu uma mordida, no braço do sofá. — Ah, meu Deus, ele vai ficar tão zangado comigo.

— Talvez você se surpreenda — diz Holly. — Ele pode ficar aliviado de alguém finalmente ter insistido no assunto.

Hodges sabe que Holly está dizendo isso por experiência própria.

— Acha mesmo? — pergunta Tina, baixinho.

— Acho. — Holly faz um aceno brusco.

— Tudo bem, mas não pode ser este fim de semana. Ele vai para o River Bend Resort. É uma coisa de representante de turma: ele vai ser o vice-presidente do último ano. Se ele ainda estiver na escola, claro. — Tina coloca a palma da mão na testa em um gesto de consternação tão adulto que enche Hodges de pena. — Se ele não estiver na *cadeia* ano que vem. Por *roubo*.

Holly parece tão angustiada quanto Hodges, mas não gosta de tocar em pessoas, e Barbara está horrorizada demais com a ideia para ser maternal. Sobrou para ele. O ex-detetive estica os braços e segura as pequenas mãos da garota.

— Acho que isso não vai acontecer. Mas *acho* que Peter pode estar precisando de ajuda. Quando ele vai voltar para a cidade?

— D-domingo à noite.

— Que tal eu me encontrar com ele na segunda, depois das aulas?

— Pode dar certo. — Tina parece exaurida. — Peter volta de ônibus, mas vocês devem conseguir encontrar ele na saída da escola.

— *Você* vai ficar bem este fim de semana, Tina?

— Vou tomar conta dela — afirma Barbara, e dá um beijo na bochecha da amiga. Tina responde com um sorriso fraco.

— O que vocês duas vão fazer agora? — pergunta Hodges. — Está tarde para ir ao cinema.

— Vamos voltar para a minha casa — decide Barbara. — Vou falar para minha mãe que decidimos não ver o filme. Não é exatamente mentira, né?

— Não — concorda Hodges. — Vocês têm dinheiro para o táxi?

— Posso dar carona, se não tiverem — oferece Holly.

— Vamos de ônibus — diz Barbara. — Nós duas temos passes. Só viemos de táxi porque estávamos com pressa. Não foi, Tina?

— Foi. — Ela olha para Hodges, depois para Holly de novo. — Estou muito preocupada com ele, mas vocês não podem contar para os nossos pais, pelo menos por enquanto. Prometem?

Hodges diz que promete. Ele não vê mal nenhum em prometer isso se o garoto vai passar o fim de semana fora da cidade com um grupo de amigos da escola. Ele pergunta a Holly se ela pode acompanhar as garotas até o ponto de ônibus.

Holly concorda e faz as duas levarem as barrinhas que sobraram. Tem pelo menos umas doze.

21

Quando Holly volta, pega o iPad.

— Missão cumprida. Elas estão a caminho da Teaberry Lane no ônibus nº 4.

— Como Saubers estava?

— Melhor. Ela e Barbara estavam treinando um passo de dança que aprenderam na TV enquanto esperavam o ônibus. Tentaram me fazer dançar com elas.

— E você dançou?

— Não. Eu não danço.

Ela não ri quando diz isso, mas pode estar brincando. Ele sabe que ela às vezes brinca, mas é sempre difícil dizer. Boa parte de Holly Gibney ainda é um mistério para Hodges, e ele acha que sempre vai ser assim.

— Você acha que a mãe da Barbara vai arrancar a história delas? Ela é bem perceptiva, e um fim de semana pode ser muito tempo quando se guarda um grande segredo.

— Talvez, mas acho que não — responde Holly. — Tina ficou bem mais tranquila depois que desabafou.

Hodges sorri.

— Se ela estava dançando no ponto de ônibus, acho que sim. E o que você acha, Holly?

— Sobre qual parte?

— Vamos começar com o dinheiro.

Ela digita no iPad e tira a franja dos olhos, distraidamente.

— Começou a chegar em fevereiro de 2010 e parou em setembro do ano passado. São 44 meses. Se o irmão...

— Peter.

— Se Peter mandou quinhentos dólares por mês nesse período, o total são vinte e dois mil dólares. Mais ou menos. Não é exatamente uma fortuna, mas...

— Mas muita coisa para um adolescente — conclui Hodges. — Principalmente se ele começou a mandar quando tinha a idade de Tina.

Eles se entreolham. O fato de ela encará-lo assim, de forma direta, é a parte mais extraordinária da mudança da mulher apavorada que Hodges conheceu. Depois de uns cinco segundos de silêncio, eles falam ao mesmo tempo:

— Então...

— Como foi...

— Você primeiro — pede Hodges, rindo.

Sem olhar para ele (uma coisa que ela só consegue fazer de pouco em pouco, quando está absorta em algum problema), Holly diz:

— Aquela conversa que ele teve com Tina sobre o tesouro enterrado, ouro, joias e dobrões. Acho importante. Não acredito que ele tenha roubado o dinheiro. Acho que ele o *encontrou*.

— Deve ter encontrado. Garotos de treze anos não assaltam bancos, por mais desesperados que estejam. Mas onde ele pode ter encontrado essa grana toda?

— Não sei. Acho que posso fazer uma busca no computador, baseada nesse intervalo de tempo, por roubos de dinheiro vivo. Temos certeza de que aconteceu antes de 2010, se ele encontrou o dinheiro em fevereiro daquele ano. Vinte e dois mil dólares é uma quantia suficiente para ter aparecido nos jornais, mas qual é o protocolo de busca? Quais são os parâmetros? Até quando pesquisar? Cinco anos atrás? Dez? Aposto que o resultado de buscas a partir de 2005 já seria bem grande, porque eu precisaria procurar por toda a área do estado. Você não acha?

— Mas só teríamos um resultado parcial mesmo que procurássemos por todo o Meio-Oeste.

Hodges está pensando em Oliver Madden, que deve ter enganado centenas de pessoas e dezenas de organizações ao longo da carreira. Ele era especialista quando o assunto era criar contas bancárias falsas, mas Hodges aposta que Oliver não confiava muito em bancos quando se tratava do próprio dinheiro. Não, ele faria uma boa reserva em espécie.

— Por que parcial?

— Você está pensando em bancos, espeluncas que trocam cheque, facilitadoras de crédito. Talvez corridas de cachorros ou a renda de uma lanchonete no jogo dos Groundhogs. Mas pode não ter sido dinheiro público. O ladrão, ou os ladrões, podem ter levado a grana de um jogo de pôquer de peixe grande ou roubado um traficante de metanfetamina. Até onde sabemos, o dinheiro pode ter vindo de uma invasão domiciliar em Atlanta, San Diego ou em qualquer outro lugar. Esse roubo pode nem ter sido registrado.

— Principalmente se o dinheiro não tiver sido declarado na Receita Federal — diz Holly. — Certinho. Então, como ficamos?

— Precisamos falar com Peter Saubers, e, sinceramente, mal posso esperar. Achei que já tinha visto de tudo, mas nunca vi nada assim.

— Poderíamos falar com ele hoje. Ele só vai viajar amanhã. Peguei o número do telefone da Tina. Posso ligar para ela e pedir o celular do irmão.

— Não, vamos deixar que ele tenha o fim de semana. Caramba, ele já deve até ter ido. Talvez isso o acalme, dê tempo para ele pensar. E vamos deixar Tina em paz. Segunda à tarde está ótimo.

— E o caderninho preto que ela viu? O Moleskine? Alguma ideia sobre isso?

— Não deve ter nada a ver com o dinheiro. Pode ser seu diário de *Cinquenta tons de diversão* sobre a garota que senta atrás dele nas aulas.

Holly faz um som desgostoso para demonstrar o que pensa disso e começa a andar.

— Sabe o que está me incomodando? O atraso.

— Atraso?

— O dinheiro parou de chegar em setembro, junto com o bilhete lamentando não haver mais. Mas, até onde sabemos, Peter só começou a ficar esquisito em abril ou maio deste ano. Por sete meses, ele ficou bem, até que de repente deixa o bigode crescer e começa a exibir sintomas de ansiedade. O que aconteceu? Tem alguma ideia?

Uma possibilidade surge na mente de Hodges.

— Ele decidiu que precisava de mais dinheiro, talvez para a irmã poder estudar na escola de Barbara. Achou que sabia um jeito de conseguir, mas alguma coisa deu errado.

— Isso! É o que eu acho também! — Ela cruza os braços e aninha os cotovelos nas mãos, um gesto reconfortante que Hodges já viu muitas vezes. — Mas eu queria que Tina tivesse visto o que tinha no caderno. No tal Moleskine.

— É um palpite ou você está seguindo uma lógica que não percebi?

— Eu gostaria de saber por que ele não queria que ela visse, só isso. — Depois de se esquivar da pergunta de Hodges, ela anda até a porta. — Vou fazer uma busca sobre roubos entre 2001 e 2009. Sei que é um tiro no escuro, mas é melhor do que nada. O que você vai fazer?

— Vou para casa. Quero pensar mais no assunto. Amanhã, vou apreender uns carros e procurar um fugitivo chamado Dejohn Frasier. Ele pagou a fiança, mas não compareceu ao tribunal, e provavelmente está com a madrasta ou a ex-esposa. Além disso, vou ver o jogo dos Indians e talvez vá ao cinema.

Holly se anima.

— Posso ir ao cinema com você?

— Se quiser.

— Posso escolher o filme?

— Só se prometer não me arrastar para uma comédia romântica idiota com a Jennifer Aniston.

— A Jennifer Aniston é uma ótima atriz e comediante pouco reconhecida. Você sabia que ela está no filme original de *O duende*, de 1993?

— Holly, você é uma enciclopédia ambulante, mas está desviando do assunto. Só prometa que não vai ser uma comédia romântica, senão vou sozinho.

— Tenho certeza de que vamos encontrar um filme que agrade a nós dois — diz Holly, sem olhá-lo nos olhos. — O irmão de Tina vai ficar bem? Você não acha que ele vai tentar se matar, acha?

— Não com base nas suas ações. Ele se sacrifica pela família. Caras assim, com tanta empatia, não costumam ser suicidas. Holly, você não acha estranho uma garotinha ter se dado conta de que era Peter quem estava mandando o dinheiro e os pais não parecerem fazer ideia?

Os olhos de Holly ficam sombrios, e, por um momento, ela parece a Holly de antigamente, a que passou boa parte da adolescência enfurnada no quarto, o tipo de neurótica isolada que os japoneses chamam de *hikikomori*.

— Pais podem ser muito burros — diz ela, e sai.

Bem, pensa Hodges, *os seus com certeza eram, acho que podemos concordar nisso.*

Ele vai até a janela, junta as mãos às costas e olha para a Marlborough Street, onde o tráfego da hora do rush está aumentando. Ele se pergunta se Holly considerou a segunda fonte plausível para a ansiedade do garoto: que os bandidos que esconderam o dinheiro tenham voltado para buscá-lo e descoberto que sumiu.

E, de alguma forma, descoberto quem o pegou.

22

A Statewide Motorcycle & Small Engine Repair não é uma loja de âmbito estadual nem municipal; é um erro de planejamento urbano caindo aos pedaços, feita de metal corrugado enferrujado, que fica no South Side, a metros do estádio dos Groundhogs. Na frente, há uma fila de motos à venda debaixo de bandeirinhas de plástico tremulando apaticamente em um pedaço de cabo frouxo. A maioria das motos parece de segundo nível para Morris. Um cara gordo de colete de couro está encostado na lateral do prédio, limpando um arranhão com um monte de lenços de papel. Ele olha para Morris e não diz nada. Morris também não diz nada. Ele teve de andar até ali da Edgemont Avenue, mais de um quilômetro e meio sob o sol quente da manhã, porque os ônibus só vão até aquele ponto quando os Groundhogs jogam.

Ele segue até a garagem, e lá está Charlie Roberson, sentado em um banco de carro sujo de graxa na frente de uma Harley parcialmente desmontada. Ele não vê Morris de cara; está segurando a bateria da Harley e a observando com atenção. Enquanto isso, Morris o estuda. Roberson ainda é um sujeito grande e musculoso, embora deva ter mais de setenta anos e tenha uma careca no alto da cabeça cercada por cabelo grisalho. Está usando uma camiseta sem mangas, e Morris lê uma tatuagem de prisão meio apagada em um dos bíceps: PODER BRANCO PRA SEMPRE.

Uma das minhas histórias de sucesso, pensa Morris, e sorri.

Roberson estava cumprindo prisão perpétua em Waynesville por matar uma velha rica a pauladas na Wieland Avenue, em Branson Park. Supostamente, ela acordou e o viu zanzando pela sua casa. Ele também a estuprou, possivelmente antes de espancá-la, ou talvez depois, enquanto ela jazia no chão do corredor do andar de cima, morrendo. O caso foi simples. Roberson já tinha sido visto na área em várias ocasiões antes do roubo, foi fotografado pelas câmeras de segurança do lado de fora do portão da velha rica dias antes da invasão, discutiu a possibilidade de entrar naquela mesma casa e de roubar aquela mesma velha com seus amigos bandidos (todos com motivos mais do que suficientes para testemunharem contra ele, considerando que tinham problemas legais também) e tinha uma longa ficha criminal de roubos e agressões. O júri o declarou culpado; o juiz o sentenciou a prisão perpétua sem direito a condicional; Roberson trocou o conserto de motos por costurar calças jeans e envernizar mobília.

— Fiz muita coisa, mas não fiz aquilo — disse ele a Morris várias vezes. — Eu *teria feito*, eu tinha a porra do código, mas alguém chegou antes de mim. E sei quem foi, porque só contei os números pra um cara. Foi um dos putos que testemunhou contra mim, e, se um dia eu sair daqui, aquele cara vai morrer. Pode acreditar.

Morris não acreditou nem desacreditou nele; seus primeiros dois anos na prisão mostraram que o lugar estava cheio de homens alegando ser tão inocentes quanto um carneirinho. Mas, quando Charlie pediu a ele para escrever para Barry Scheck, Morris se prontificou. Era o que ele fazia, era seu trabalho.

Acontece que o ladrão-agressor-estuprador deixou sêmen na calcinha da velha, que por acaso ainda estava em uma das cavernosas salas de provas da cidade, e o advogado que o Projeto Inocência mandou para investigar o caso de Charlie Roberson a encontrou. O teste de DNA — que não existia na época da condenação de Charlie — deixou claro que o esperma não era dele. O advogado contratou um investigador para encontrar as testemunhas da acusação. Uma delas, morrendo de câncer no fígado, não só alterou o testemunho, como admitiu ser o autor do crime, talvez com esperança de ganhar entrada livre para o Céu.

— Oi, Charlie — cumprimenta Morris. — Adivinha quem é.

Roberson se vira, estreita os olhos e fica de pé.

— Morrie? Morrie Bellamy?

— Em carne e osso.

— Puta que pariu.

Puta que pariu mesmo, pensa Morris, mas, quando Roberson larga a bateria no assento da Harley e se aproxima com os braços abertos, Morris aceita o indispensável abraço, com direito a tapinhas nas costas e tudo. Até corresponde, o tanto quanto se permite. A quantidade de músculos por baixo da camiseta imunda de Roberson é um pouco alarmante.

Roberson dá um passo para trás e mostra os poucos dentes que lhe restam em um sorriso.

— Jesus Cristo! Conseguiu a condicional?

— Consegui.

— A velha largou do seu pé?

— Largou.

— Caramba, que *ótimo*! Aceita alguma coisa para beber? Tenho uísque.

Morris balança a cabeça.

— Obrigado, mas não me dou bem com bebida. Além disso, o cara pode aparecer a qualquer momento e me pedir para mijar num copinho. Avisei no trabalho que estava doente, e isso já é um risco grande por si só.

— Quem é seu oficial?

— McFarland.

— Negão grandão, não é?

— Ele é negro, sim.

— Ah, não é o pior, mas eles ficam mesmo de olho no começo, com certeza. Vamos até minha sala mesmo assim, eu bebo por você. Ei, você soube que Duck morreu?

Morris tinha ouvido falar; recebeu a notícia pouco antes de sair da prisão. Duck Duckworth, seu primeiro protetor, o cara que deu um fim aos estupros que seu colega de cela e os amigos dele cometiam. Morris não sentiu nada de especial. As pessoas vinham e partiam. Essa merda não quer dizer merda nenhuma.

Roberson balança a cabeça enquanto tira uma garrafa da prateleira do alto de um armário de metal cheio de ferramentas e peças.

— Foi alguma coisa no cérebro. É como dizem: em meio à porra da vida, estamos envolvidos pela porra da morte. — Ele serve uísque em uma caneca com os dizeres MELHOR ABRAÇADOR DO MUNDO e a leva à boca. — Ao velho Ducky. — Ele dá um gole, estala os lábios e levanta a caneca de novo. — E a você, Morrie Bellamy, agora um homem livre. O que arrumaram para você? Aposto que foi algum tipo de trabalho burocrático.

Morris conta a ele sobre o emprego no MAC e conversa sobre trivialidades enquanto Roberson toma outra dose de uísque. Morris não inveja Charlie por poder beber o quanto quiser — já perdeu anos demais da vida graças à bebida —, mas sente que Roberson vai ficar mais aberto ao pedido dele se estiver um pouco alto.

Quando julga que o momento é propício, Morris diz:

— Você me disse para procurá-lo se saísse da prisão e precisasse de um favor.

— É verdade... mas nunca imaginei que você fosse sair. Não com aquela fanática por Jesus que você traçou determinada em foder a sua vida.

Roberson ri e serve mais bebida.

— Preciso de um carro emprestado, Charlie. Por pouco tempo. Menos de doze horas.

— Quando?

— Hoje. Bem... no fim da tarde. Preciso para esta noite. Posso devolver mais tarde.

Roberson para de rir.

— É um risco maior do que ser pego bebendo, Morrie.

— Não para você; você está aqui fora, livre e limpo.

— Não, não para mim, eu só levaria um esporro. Mas dirigir sem habilitação é uma violação grave. Você pode acabar voltando pra lá. Não me entenda mal, estou disposto a ajudar, só quero ter certeza de que você entende os riscos.

— Eu entendo.

Roberson enche o copo e beberica enquanto pensa. Morris não gostaria de ser o dono da moto em que Charlie vai montar quando a conversinha deles acabar.

Finalmente, Roberson pergunta:

— Pode ser uma picape em vez de um carro? Estou pensando em uma que está aqui para um conserto no painel. É automática. Está escrito "Jones Flowers" na lateral, mas quase não dá para ler. Está lá nos fundos. Posso mostrar, se quiser.

Morris quer, e uma olhada o faz decidir que a caminhonete preta é um presente de Deus... supondo que funcione bem. Roberson garante que funciona, apesar da idade e quilometragem.

— Fecho a loja cedo às sextas. Por volta das três. Posso encher o tanque e deixar a chave debaixo do pneu dianteiro direito.

— Perfeito. — Morris pode ir ao MAC, dizer para o chefe gordão de merda que estava com infecção estomacal, mas passou, esperar até as quatro da tarde como um bom funcionário e voltar até ali. — Escute, os Groundhogs jogam hoje, não jogam?

— É, contra o Dayton Dragons. Por quê? Está querendo ver o jogo? Posso ir com você.

— Outro dia, talvez. Estou pensando que posso devolver a caminhonete por volta das dez, estacionar no mesmo lugar e pegar um ônibus do estádio para a cidade.

— O mesmo Morrie de sempre — comenta Roberson, e bate na têmpora. Os olhos estão evidentemente avermelhados. — Sempre pensando em tudo.

— Lembra de colocar a chave debaixo do pneu. — A última coisa de que Morris precisa é que Roberson encha a cara de uísque barato e esqueça.

— Pode deixar. Devo muito a você, amigão. Devo a porra do *mundo*.

Esse sentimento exige outro abraço e tapinhas nas costas, com fedor de suor, uísque e loção pós-barba barata. Roberson o aperta tanto que Morris fica com dificuldade de respirar, mas finalmente é solto. Ele acompanha Charlie até a oficina, pensando que naquela noite, em doze horas, talvez menos, os cadernos de Rothstein vão estar novamente em suas mãos. Com essa perspectiva tão inebriante, quem precisa de uísque?

— Você se importa se eu perguntar por que trabalha aqui, Charlie? Achei que fosse receber uma nota preta do estado pela prisão errônea.

— Ah, cara, eles ameaçaram trazer à tona um monte de acusações antigas. — Roberson volta a se sentar em frente à Harley. Pega uma chave inglesa e bate na perna da calça suja de graxa. — Inclusive uma bem ruim, no Missouri, que poderia ter me colocado de volta lá e jogado a chave fora. Algo sobre uma lei da reincidência de merda. Então, fizemos um acordo.

Ele olha para Morris com os olhos injetados, e, apesar do bíceps enorme (está claro que ele não perdeu o hábito de malhar), Morris vê que está muito velho e a saúde não vai durar mais muito tempo. Se é que ainda está durando.

— Eles acabam fodendo com a gente, amigão. Bem na bunda. E se a gente se meter com eles, fodem mais ainda. Então você aceita o que pode. Foi isso que consegui, e está bom pra mim.

— Essa merda não quer dizer merda nenhuma — afirma Morris.

Roberson solta uma gargalhada.

— Você sempre diz isso! E é a porra da verdade!

— Só não se esqueça de deixar a chave.

— Pode deixar. — Roberson aponta um dedo sujo de graxa para Morris. — E não seja pego. Escute seu amigo.

Não vou ser pego, pensa Morris. *Esperei tempo demais.*

— Posso pedir mais uma coisa?

Roberson espera para saber o que é.

199

— Preciso de uma arma. — Morris vê a expressão de Charlie e acrescenta rapidamente: — Não para usar, só como segurança.

Roberson balança a cabeça.

— Nada de arma. Eu levaria bem mais do que um esporro por isso.

— Eu nunca diria que consegui de você.

Os olhos vermelhos encaram Morris de forma penetrante.

— Posso ser sincero? Você passou tempo demais na cadeia para se meter com armas. Acabaria dando um tiro no próprio saco. A caminhonete, tudo bem. Estou devendo um favor. Mas, se você quer uma arma, arrume em outro lugar.

23

Às três da tarde daquela sexta-feira, Morris passa perto de estragar doze milhões de dólares em arte moderna.

Bem, não, não de verdade, mas *chega* perto de apagar os registros dessa arte, que incluem a proveniência e os cadastros de uma dezena de doadores ricos do MAC. Ele passou semanas criando um novo protocolo de busca que cobre todas as aquisições do Complexo Cultural desde o começo do século XXI. O protocolo é uma obra de arte em si mesmo, e, naquela tarde, em vez de incorporar o maior número de subarquivos no arquivo principal, Morris os joga no lixo junto com várias outras coisas das quais precisa se livrar. O computador lento e ultrapassado do MAC está cheio de merda inútil, inclusive uma tonelada de coisas que nem fazem mais parte do acervo. Foi tudo levado para o Museu Metropolitano de Arte de Nova York, em 2005. Morris está prestes a esvaziar a lixeira para abrir mais espaço, o dedo pairando sobre o botão, mas então se dá conta de que está prestes a enviar um arquivo muito valioso para o paraíso dos dados.

Por um momento, ele está de volta a Waynesville e precisa esconder um contrabando antes de uma suposta inspeção de celas, talvez algo tão inofensivo quanto um pacote de biscoitos Keebler, mas o bastante para fazer com que seja advertido se o carcereiro estiver de mau humor. Ele olha para o dedo a meros centímetros do botão e puxa a mão para o peito, onde sente o coração batendo rápido. Em que estava pensando, pelo amor de Deus?

Seu chefe gordo de merda escolhe aquele momento para enfiar a cabeça no cubículo de Morris, que mais parece um armário. Os cubículos dos outros funcionários são cobertos de fotos de namorados, namoradas e famílias, até da porra do cachorro, mas Morris não pendurou nada além de um cartão-postal de Paris, uma cidade que ele sempre quis visitar. Até parece que *isso* ia acontecer.

— Tudo bem, Morris? — pergunta o gordo de merda.

— Tudo — responde Morris, rezando para o chefe não entrar e olhar a tela. Se bem que ele provavelmente não saberia o que estava vendo. O filho da mãe obeso sabe mandar e-mails, até parece ter uma vaga noção de para que serve o Google, mas, fora isso, não entende nada. Mas mora em um casarão com a esposa e os filhos em vez de na Mansão Saco de Pulgas, onde malucos gritam com inimigos invisíveis no meio da noite.

— Bom saber. Continue a trabalhar.

Morris pensa: *E você leve essa bunda gorda para longe daqui.*

O gordo de merda vai embora, provavelmente para a copa, para encher a cara gorda de comida. Quando ele sai, Morris clica no ícone da lixeira, pega o subarquivo que quase apagou e o recoloca no arquivo principal. Não é uma operação complicada, mas, quando acaba, ele exala como um homem que acabou de desarmar uma bomba.

Onde você estava com a cabeça?, ele repreende a si mesmo. *No que estava pensando?*

Perguntas retóricas. Ele estava pensando nos cadernos de Rothstein, agora tão próximos. E também na pequena caminhonete e no quanto vai ser assustador dirigir de novo depois de tantos anos preso. Ele só precisa de um pequeno acidente... um policial que o ache suspeito...

Tenho que segurar as pontas mais um pouco, pensa Morris. *Preciso conseguir.*

Mas seu cérebro parece sobrecarregado, funcionando a toda potência. Ele acha que vai se sentir melhor quando os cadernos estiverem em suas mãos (e o dinheiro também, apesar de isso ser menos importante). Quando esconder aquelas belezinhas no fundo do armário do quarto, no nono andar da Mansão Saco de Pulgas, ele vai poder relaxar, mas agora o estresse o está matando. Além de estar em um mundo mudado, trabalhando em um emprego de verdade com um chefe que não usa uniforme cinza, mas de quem ele precisa puxar o saco mesmo assim, também precisa lidar com o estresse de ter que dirigir um veículo sem documentos estando sem habilitação.

Ele pensa: *Hoje, às dez da noite, as coisas vão ficar melhores. Enquanto isso, segura a onda e muita calma. Essa merda não quer dizer merda nenhuma.*

— Certo — sussurra Morris, e seca uma gota de suor entre a boca e o nariz.

24

Às quatro da tarde, ele salva o trabalho, fecha todos os programas que estava usando e desliga o computador. Entra no saguão acarpetado do MAC e bem ali, como um pesadelo que virou realidade, as pernas entreabertas e as mãos às costas, lá está Ellis McFarland. Seu oficial de condicional está observando um quadro de Edward Hopper como o aficionado por arte que certamente não é.

Sem se virar (Morris se dá conta de que o cara deve ter visto seu reflexo no vidro que cobre o quadro, mas é sinistro mesmo assim), McFarland diz:

— E aí, Morrie? Como vai, colega?

Ele sabe, pensa Morris. *E não só sobre a caminhonete. Sabe de tudo.*

Não é verdade, Morris sabe que não é, mas a parte dele que ainda está na prisão e sempre vai estar garante que *é*, sim. Para McFarland, a testa de Morris Bellamy é um painel de vidro. Tudo que tem lá dentro, cada engrenagem girando e cada junta superaquecida, é visível.

— Estou bem, sr. McFarland.

Hoje, McFarland está usando um paletó xadrez mais ou menos do tamanho de um tapete. Ele observa Morris de cima a baixo, e, quando seu olhar se concentra no rosto de Morris, ele tem dificuldade de sustentá-lo.

— Você não *parece* bem. Está pálido e com olheiras. Anda usando alguma coisa que não deveria, Morrie?

— Não, senhor.

— Fazendo alguma coisa que não deveria estar fazendo?

— Não — responde ele, pensando na caminhonete com JONES FLOWERS ainda visível na lateral, esperando-o em South Side. A chave já deve estar debaixo do pneu.

— Não o quê?

— Não, senhor.

— É. Talvez seja uma gripe. Porque, sinceramente, sua aparência está uma bosta.

— Eu quase cometi um erro — explica Morris. — Um erro que provavelmente daria para consertar, mas um cara de TI teria que ser chamado, talvez fosse até preciso desligar o servidor principal. Eu ficaria encrencado.

— Bem-vindo ao mundo dos trabalhadores — diz McFarland, com zero solidariedade.

— É diferente para mim! — exclama Morris, e, ah, Deus, é um *alívio* explodir, e ainda por cima por causa de uma coisa segura. — Se alguém devia saber disso, é você! Se qualquer outra pessoa aqui fizesse isso apenas levaria uma bronca, mas eu não. E, se por acaso me despedissem, e por um lapso de atenção, não uma coisa que fiz de propósito, eu poderia acabar lá dentro de novo.

— Talvez sim — responde McFarland, se virando novamente para o quadro, que mostra um homem e uma mulher sentados em uma sala, aparentemente se esforçando para não olhar um para o outro. — Talvez não.

— Meu chefe não gosta de mim. — Morris sabe que parece estar resmungando, e provavelmente está mesmo. — Sei quatro vezes mais do que ele sobre como o sistema deste lugar funciona, e isso o deixa fulo da vida. Ele adoraria que eu fosse embora.

— Você parece um pouquinho paranoico — comenta McFarland.

As mãos dele estão novamente unidas acima da bunda gorda, e de repente Morris entende por que McFarland está ali. Seu oficial de condicional o seguiu até a loja em que Charlie Roberson trabalha e concluiu que ele está tramando alguma coisa. Morris sabe que não é verdade. E sabe que é.

— E por que estão deixando um cara como eu mexer nos arquivos? Um ex-presidiário em condicional? Se eu fizer alguma coisa errada, o que quase fiz hoje, eles podem perder muito dinheiro.

— O que você achou que faria aqui fora? — pergunta McFarland, ainda examinando o quadro de Hopper, chamado *Apartamento 16-A*. Ele parece fascinado, mas Morris não se deixa enganar. McFarland está observando seu reflexo de novo. Avaliando-o. — Você é velho e mole demais para carregar caixas em um armazém e para trabalhar com jardinagem.

Ele se vira.

— Chama-se integração, Morris, e eu não criei as regras. Se você quer reclamar sobre isso, encontre alguém que se importe.

— Desculpe — diz Morris.

— Desculpe *o quê?*

— Desculpe, sr. McFarland.

— Obrigado, Morris, assim é melhor. Agora, vamos até o banheiro masculino, onde você vai mijar neste copinho para me provar que sua paranoia não é induzida por drogas.

Os últimos funcionários estão indo embora do escritório. Vários encaram Morris e o enorme homem negro com o paletó berrante, então desviam o olhar rapidamente. Morris sente vontade de gritar: *Isso mesmo, ele é meu oficial de condicional, deem uma boa olhada!*

Ele segue McFarland até o banheiro masculino, que está vazio, graças a Deus. McFarland se recosta na parede com os braços cruzados sobre o peito, vendo Morris soltar o bigulim idoso e fornecer uma amostra de urina. Como ela não fica azul depois de trinta segundos, McFarland devolve o copinho de plástico para Morris.

— Parabéns. Jogue isso fora, colega.

Morris faz isso. McFarland está lavando as mãos metodicamente, ensaboando até os pulsos.

— Eu não tenho aids, se é com isso que você está preocupado. Tive que fazer o exame antes de ser solto.

McFarland seca bem as mãos grandes. Ele se observa no espelho por um momento (talvez desejando ter cabelo para pentear), depois se vira para Morris.

— Você pode estar limpo, mas algo em você não cheira bem, Morrie.

Morris fica em silêncio.

— Vou dizer uma coisa que dezoito anos nesse emprego me ensinaram. Há apenas dois tipos de ex-presidiários: os lobos e os cordeiros. Você é velho demais para ser um lobo, mas não tenho certeza absoluta se sabe disso. Você pode não ter *internalizado*, como dizem os psicólogos. Não sei que merda está planejando, talvez não seja nada além de roubar clipes de papel do almoxarifado, mas, seja lá o que for, é melhor esquecer. Você está velho demais para uivar e ainda mais para correr.

Depois de compartilhar essa pérola de sabedoria, McFarland sai. Morris vai em direção à porta, mas as pernas viram borracha antes de ele chegar lá. Ele dá meia-volta e se segura na pia para não cair, então se enfia em uma das cabines. Lá, ele se senta e baixa a cabeça até quase tocar os joelhos. Fecha os olhos e respira fundo. Quando o rugido em sua cabeça diminui, ele se levanta e sai.

Ele ainda vai estar aqui, pensa Morris. *Olhando para a porcaria do quadro com as mãos às costas.*

Mas, dessa vez, o saguão está vazio, exceto pelo segurança, que olha para Morris com desconfiança quando ele passa.

25

O jogo dos Groundhogs com os Dayton Dragons só começa às sete, mas os ônibus com JOGO DE BEISEBOL HOJE no letreiro começam a passar às cinco da tarde. Morris pega um até o parque e anda até a Statewide Motorcycle, ciente de cada carro que passa por ele e se xingando por se descontrolar no banheiro masculino depois que McFarland saiu. Se o tivesse seguido, talvez pudesse ter visto o que o filho da puta estava dirigindo. Mas não fez isso, e agora qualquer carro pode ser o de McFarland. O oficial de condicional seria fácil de reconhecer, considerando seu tamanho, mas Morris não ousa olhar para dentro de nenhum dos carros com atenção. Há dois motivos para isso. Primeiro, ele pareceria culpado, não é? Sem dúvida, pareceria um homem planejando fazer alguma merda e observando os arredores. Segundo, ele talvez visse McFarland mesmo que ele não estivesse lá, porque está a um passo de um ataque de nervos. O que não é surpreendente. Ninguém aguenta tanto estresse.

Quantos anos você tem, afinal? Vinte e dois?, perguntara Rothstein. *Vinte e três?*

Foi um bom palpite de um homem observador. Morris *tinha* vinte e três. Agora, está chegando aos sessenta, e os anos entre essas idades desapareceram como fumaça no vento. Dizem que sessenta são os novos quarenta, mas isso é bobagem. Quando se passou boa parte da vida na prisão, sessenta são os novos setenta e cinco. Ou oitenta. Velho demais para ser um lobo, de acordo com McFarland.

Ah, vamos acabar descobrindo, não vamos?

Ele entra no pátio da Statewide Motorcycle, que está com as janelas fechadas, e as motos que de manhã estavam do lado de fora, guardadas, e espera ouvir uma porta de carro bater atrás de si assim que entra na propriedade privada. Espera ouvir McFarland dizendo: "E aí, colega? O que você está fazendo aqui?".

Mas o único som é o do tráfego intenso a caminho do estádio, e quando ele vai para o quintal a amarra invisível que aperta seu peito se desfaz um pouco. Tem um muro alto de metal corrugado separando aquela área do pátio do resto do mundo, e muros tranquilizam Morris. Ele não gosta disso, sabe que não é um sentimento natural, mas é verdade. Um homem é a soma de suas experiências.

Ele vai até a caminhonete — pequena, empoeirada, abençoadamente comum — e procura embaixo do pneu dianteiro direito. A chave está ali. Ele entra e sente gratidão quando o motor liga na primeira tentativa. O rádio começa a tocar uma música de rock. Morris o desliga.

— Eu vou conseguir fazer isso — afirma ele, primeiro ajeitando o banco e depois segurando o volante. — Eu vou conseguir.

E consegue mesmo. É como andar de bicicleta. A única parte difícil é ir contra o fluxo de carros seguindo para o estádio, e nem isso é muito ruim; depois de mais ou menos um minuto, um dos ônibus para, e o motorista faz sinal para Morris passar. As pistas em direção ao norte estão quase vazias, e ele consegue evitar o Centro usando a nova via expressa da cidade. Ele quase sente prazer em dirigir de novo. *Quase*, se não fosse a desconfiança irritante de que McFarland o está seguindo de perto. Mas não vai pegá-lo em flagrante; ele só vai fazer isso quando vir o que o velho amigo, seu *colega*, está tramando.

Morris para no Bellows Avenue Mall e entra na Home Depot. Caminha calmamente sob as luzes fluorescentes intensas; ele não pode fazer o que tem que fazer enquanto não escurecer, e, em junho, as luzes do fim de tarde vão até oito e meia ou nove horas. Na seção de jardinagem, compra uma pá e uma machadinha, para o caso de ter que cortar algumas raízes; aquela árvore no barranco parece ter prendido bem o baú. No corredor com a placa de LIQUIDAÇÃO, ele pega duas bolsas reforçadas da Tuff Tote, à venda por vinte pratas cada. Ele guarda as compras na parte de trás da caminhonete e segue para a porta do motorista.

— Ei! — grita alguém atrás dele.

Morris para, escuta o som de passos e espera que McFarland agarre seu ombro.

— Você sabe se tem um supermercado neste shopping?

A voz é jovem. Morris descobre que consegue respirar de novo.

— Tem um Safeway — diz ele sem se virar. Não faz ideia se tem um supermercado no shopping ou não.

— Ah. Tudo bem. Obrigado.

Morris entra na caminhonete e liga o motor. *Eu vou conseguir fazer isso*, pensa ele.

Vou conseguir e vou fazer.

26

Morris segue lentamente pelas ruas com nomes de árvores em Northfield, que eram sua área de domínio. Não que ele dominasse muita coisa; sempre estava com a cara enfiada em um livro. Ainda está cedo, então ele estaciona na Elm Street por um tempo. Tem um mapa empoeirado no porta-luvas, que ele finge olhar. Depois de uns vinte minutos, Morris vai até a Maple Street e faz a mesma coisa. Depois, vai à Zoney's Go-Mart, onde comprava guloseimas quando era criança. E cigarros para o pai. Isso foi na época em que um maço custava quarenta centavos e era comum crianças comprarem cigarros para os adultos. Ele pede um milk-shake e o toma devagar. Em seguida, vai para a Palm Street e volta a fingir que está estudando o mapa. As sombras estão se alongando, mas bem devagar.

Eu devia ter trazido um livro, pensa ele, e logo em seguida: *Não, um cara com um mapa não chama atenção, mas um cara lendo um livro em uma caminhonete velha provavelmente pareceria um pedófilo em potencial.*

Isso é paranoia ou esperteza? Ele não sabe mais diferenciar. Só sabe que os cadernos estão muito próximos agora. Estão apitando como um sonar.

Pouco a pouco, aquele dia de junho vai escurecendo. As crianças que estavam brincando nas calçadas e nos gramados entram para assistir à TV, ou jogar video games, ou passar uma noite educativa mandando várias mensagens de texto cheias de erros de ortografia e de emoticons idiotas para os amigos.

Confiante de que McFarland não está por perto (embora não *totalmente* confiante), Morris dá a partida na caminhonete e dirige lentamente para o destino final: o Rec da Birch Street, aonde ia quando a filial da biblioteca na Garner Street estava fechada. Magrelo, viciado em livros e com uma lamentável tendência de não segurar a língua, ele raramente era escolhido para as brincadeiras ao ar livre, e quase sempre gritavam com ele quando era: ei, mão furada, ei, burro, ei, miolo mole. Por causa dos lábios vermelhos, ele ganhou o apelido de Batom. Quando ia ao Rec, ficava lá dentro, lendo ou montando quebra-cabeças. Agora, a cidade fechou o prédio de tijolos e o colocou à venda no rastro dos cortes orçamentários municipais.

Alguns garotos estão jogando basquete nas quadras cheias de ervas daninhas nos fundos, mas não há mais postes de luz, e eles desistem quando fica escuro demais para enxergar, gritando, driblando e fazendo passes de um para o outro. Quando vão embora, Morris liga a caminhonete e segue pela estradinha na lateral do prédio. Não acende os faróis, e a caminhonete preta é da cor certa para esse tipo de trabalho. Ele vai até os fundos do prédio, onde uma placa apagada ainda diz RESERVADO PARA VEÍCULOS DO DEPTO. DO REC. Desliga o motor, sai e sente o cheiro do ar noturno de junho, com aroma de grama e trevo. Ele ouve os grilos e o som do tráfego na via expressa, mas, fora isso, a noite é dele.

Foda-se, sr. McFarland, pensa ele. *Foda-se e vê se não me enche o saco.*

Ele pega as ferramentas e as bolsas na traseira da picape e segue na direção do terreno baldio atrás do campo de beisebol, onde brincou tanto de rebater. Mas uma ideia surge em sua cabeça, e Morris se vira. Apoia a palma da mão no tijolo velho, ainda quente de sol, se agacha e puxa algumas plantas para poder olhar pela janela do porão. Elas não foram cobertas. A lua tinha acabado de surgir no céu, alaranjada e cheia. Oferece luz suficiente para ele ver cadeiras dobráveis, mesas de carteado e pilhas de caixas.

Morris planejou levar os cadernos para o apartamento da Mansão Saco de Pulgas, mas é arriscado; o sr. McFarland pode revistar seu quarto quando quiser, faz parte do acordo. O Rec fica bem mais perto de onde os cadernos estão enterrados, e o porão, onde todo tipo de material inútil já foi guardado, seria o esconderijo perfeito. Talvez seja possível esconder a maioria ali, levando apenas alguns para sua casa, onde poderia lê-los. Morris é magro o bastante para passar pela janela, embora talvez precise se espremer um pouco, e quão difícil seria arrombar a tranca simples que ele vê do lado de dentro? Uma chave de fenda provavelmente resolveria o problema. Ele não tem uma, mas há muitas na Home Depot. Ele até viu uma pequena prateleira de ferramentas quando foi à Zoney's.

Ele se inclina para perto da janela suja e a observa. Morris sabe que tem que procurar por alarmes (a penitenciária estadual é um lugar muito educativo quando se trata de arrombamento e invasão de propriedade privada), mas não vê nada. E se o alarme usar pontos de pressão? Ele não veria, e talvez também não ouvisse quando disparasse. Alguns são silenciosos.

Ele observa mais um pouco, depois se levanta com relutância. Não parece provável que um prédio antigo daqueles tenha alarme, pois as coisas valiosas sem dúvida já foram retiradas muito tempo atrás, mas ele não quer arriscar.

É melhor seguir o plano original.

Morris pega as ferramentas e as bolsas e volta a andar na direção do terreno baldio, tomando o cuidado de contornar o campo de beisebol. Ele não vai até lá, nã-na-ni-na-não, de jeito nenhum. A lua vai ajudá-lo quando estiver no meio da vegetação, mas, a céu aberto, o mundo parece um palco iluminado.

O saco de batatinhas chips que o ajudou da última vez não está mais lá, e ele demora um pouco para se encontrar. Morris fica andando de um lado para outro pela vegetação para além do campo da direita (local de várias humilhações na infância) até finalmente encontrar a trilha e seguir por ela. Quando ouve o som suave do riacho, precisa se controlar para não sair correndo.

São tempos difíceis, pensa ele. *Pode haver sem-tetos dormindo por ali. Se um deles me vir...*

Se um deles o vir, ele vai usar a machadinha. Sem hesitar. O sr. McFarland pode achar que ele está velho demais para ser um lobo, mas o que seu oficial de condicional não sabe é que Morris já matou três pessoas, e dirigir um carro não é a única coisa que parece com andar de bicicleta.

27

São muitas árvores, lutando umas contra as outras por espaço e por luz do sol, mas são altas o bastante para filtrar o luar. Duas ou três vezes, Morris se perde e anda cegamente, tentando encontrar a trilha de novo. Isso o deixa satisfeito. Ele tem o som do riacho para guiá-lo, e a indistinção da trilha confirma que menos adolescentes a usam agora do que quando ele era jovem. Morris só espera que não esteja passando por urtiga.

O som do riacho está bem próximo quando ele encontra a trilha pela última vez, e, menos de cinco minutos depois, está no barranco em frente à árvore. Ele para ali por um momento, sob o luar, procurando sinal de habitação humana: cobertores, um saco de dormir, um carrinho de supermercado, um pedaço de plástico preso em galhos para criar uma cabana improvisada. Não há nada. Só a água seguindo pelo caminho cheio de pedras e a árvore inclinada no lado oposto do riacho. A árvore que protegeu fielmente seu tesouro ao longo de todos aqueles anos.

— Árvore boazinha — sussurra Morris, e atravessa o riacho.

Ele se ajoelha e coloca as ferramentas e as sacolas de lado por um momento de meditação.

— Aqui estou — sussurra ele, e coloca as palmas das mãos na terra, como se procurasse pulsação.

E parece que *sente* uma. É o pulso do gênio John Rothstein. O coroa que transformou Jimmy Gold em uma piada. Mas quem sabe o sr. Rothstein não se redimiu pelo que fez a Jimmy durante os anos de escrita solitária? Se ele fez isso... *se*... então tudo pelo que Morris passou valeu a pena.

— Cheguei, Jimmy. Finalmente, cheguei.

Ele pega a pá e começa a cavar. Não demora muito para alcançar o baú de novo, mas, como imaginou, as raízes o cercaram, e Morris leva quase uma hora para conseguir cortar o suficiente para puxá-lo de lá. Tem anos que ele não faz trabalho braçal, e fica exausto. Pensa em todos os condenados que conheceu, Charles Roberson, por exemplo, que malhavam constantemente, e no quanto ele os desprezava pelo que considerava um comportamento obsessivo-compulsivo (em pensamento, ao menos; nunca na cara). Morris não está com expressão de desprezo agora. Suas coxas doem, suas costas doem, e, pior de tudo, sua cabeça lateja como um dente inflamado. Uma brisa leve começou a soprar, o que esfria o suor grudento na pele, mas também faz os galhos balançarem, criando sombras em movimento que o deixam assustado. Fazem com que ele pense em McFarland de novo. McFarland seguindo pela trilha, se aproximando do modo silencioso e sinistro que alguns homens grandes — soldados e ex-atletas, em geral — têm.

Quando recupera o fôlego e seus batimentos desaceleram, Morris estica a mão para a alça na lateral do baú e vê que ela não está mais lá. Inclina-se para a frente, apoiado nas mãos, e espia pelo buraco, desejando ter se lembrado de levar uma lanterna.

O cabo *ainda* está lá, mas está quebrado.

Isso não está certo, pensa Morris. *Está?*

Ele volta no tempo todos aqueles anos, tentando lembrar se alguma das alças estava quebrada. Acha que não. Na verdade, tem quase certeza. Mas se lembra de ter derrubado o baú na garagem e dá um suspiro de alívio intenso o bastante para inflar as bochechas. Deve ter quebrado quando ele colocou o baú no carrinho. Ou talvez quando estava seguindo pela trilha até aquele local. Ele cavou o buraco na pressa e enfiou o baú de qualquer jeito. Querendo sair dali e com a mente cheia demais para reparar em um detalhe como uma alça quebrada. Era isso. Só podia ser. Afinal, o baú não era novo quando ele o comprou.

Morris o pega pelas laterais, e o baú desliza para fora do buraco com tanta facilidade que Morris perde o equilíbrio e cai para trás. Fica deitado ali, olhando para a forma redonda da lua, e tenta dizer a si mesmo que não há nada errado. Mas ele sabe. Até conseguiu se convencer em relação à alça quebrada, mas não disso.

O baú está leve demais.

Morris se senta, e lama se espalhou pela pele úmida de suor. Ele tira o cabelo da testa com a mão trêmula e deixa uma nova mancha no local.

O baú está leve demais.

Ele estica a mão, mas a recolhe.

Não posso, pensa ele. *Não posso. Se eu abrir e os cadernos não estiverem ali, eu vou...* surtar.

Mas por que alguém pegaria um monte de cadernos? O dinheiro, tudo bem, mas os cadernos? Não havia nem espaço para escrever na maioria; Rothstein tinha usado cada cantinho.

E se alguém pegou o dinheiro e *queimou* os cadernos? Sem entender seu valor incalculável, só querendo se livrar de algo que um ladrão poderia ver como evidência?

— Não — sussurra Morris. — Ninguém faria isso. Eles ainda estão ali dentro. Têm que estar.

Mas o baú está leve demais.

Ele encara fixamente o pequeno caixão exumado caído no barranco sob o luar. Atrás dele está o buraco, aberto como uma boca que acabou de vomitar. Morris estica a mão para o baú de novo e hesita, então avança e abre as trancas, rezando para um Deus que Morris sabe que não liga para pessoas como ele.

Ele olha lá dentro.

O baú não está completamente vazio. O plástico que ele usou para forrá-lo ainda está lá. Ele o puxa em uma nuvem de detritos, torcendo para que alguns dos cadernos tenham ficado embaixo, dois ou três, ah, pelo amor de Deus, ao menos um. Mas só há alguns montinhos de terra nos cantos.

Morris leva as mãos imundas ao rosto, que já foi jovem e agora está cheio de rugas, e começa a chorar.

28

Ele prometeu devolver a caminhonete às dez, mas passa da meia-noite quando ele a estaciona atrás da Statewide Motorcycle e coloca a chave de volta embaixo do pneu dianteiro direito. Não pega as ferramentas nem as bolsas vazias que deviam estar cheias; que Charlie Roberson fique com o que quiser.

As luzes do campo de beisebol a quatro quadras dali foram apagadas uma hora antes. Os ônibus do estádio já pararam de circular, mas os bares (naquele bairro há muitos) estão vibrando com bandas e música de jukebox, as portas abertas, homens e mulheres de camisetas e bonés dos Groundhogs nas calçadas, fumando cigarros e bebendo em copos de plástico. Morris passa por eles sem olhar, ignorando os gritos simpáticos dos fãs embriagados, eufóricos com cerveja e uma vitória do time da casa, perguntando se ele aceita uma bebida. Em pouco tempo, os bares ficam para trás.

Ele parou de pensar em McFarland, e o fato de que terá que caminhar quase cinco quilômetros até a Mansão Saco de Pulgas não se registra em sua mente. Ele também não liga para as pernas doloridas. É como se pertencessem a outra pessoa. Morris se sente tão vazio quanto aquele baú velho ao luar. Tudo pelo que viveu nos últimos trinta e seis anos foi destruído como uma barraca em uma inundação.

Ele chega à Government Square, e é lá que suas pernas cedem. Morris não se senta em um dos bancos, desaba. Olha ao redor para a área ampla de concreto, percebendo que deve parecer suspeito a qualquer policial que passe em uma viatura. Não devia estar na rua a essa hora (como um adolescente, ele tem *toque de recolher*), mas quem se importa? Essa merda não quer dizer merda nenhuma. Eles que o mandem de volta para Waynesville. Por que não? Pelo menos, não vai ter que aguentar mais o chefe gordo de merda. Nem mijar com Ellis McFarland olhando.

Do outro lado da rua fica o Happy Cup, onde ele teve muitas conversas agradáveis sobre literatura com Andrew Halliday. Menos a *última* conversa, que foi longe de ser agradável. *Fique longe de mim*, dissera Andy. Foi assim que a última conversa terminou.

O cérebro de Morris, que estava inerte em ponto morto, engrena de novo, e o olhar atordoado em seu rosto começa a ficar lúcido. *Fique longe de mim, senão eu mesmo chamo a polícia*, disse Andy... mas não foi *tudo* que ele disse. Seu velho amigo também deu um conselho.

Esconda em algum lugar. Enterre!

Andy Halliday disse mesmo aquilo ou foi sua imaginação?

— Disse. — Morris olha para as mãos e vê que estão cerradas em punhos imundos. — Ele disse, sim. Esconda. *Enterre!*

E isso leva a certas perguntas:

Quem era a única pessoa que sabia que ele estava com os cadernos de Rothstein?

Quem era a única pessoa que *viu* um dos cadernos de Rothstein?

Quem sabia onde ficava sua antiga casa?

E, essa era a melhor de todas, quem sabia sobre aquele terreno baldio, alguns hectares abandonados presos em uma briga infinita na justiça e usados só por crianças e adolescentes indo para o Rec da Birch Street?

A resposta para todas aquelas perguntas era a mesma.

Alguns anos, dissera seu velho amigo. *Cinco, talvez.*

Bem, foi bem mais tempo do que cinco anos, não foi? O tempo passou voando. O bastante para o velho amigo meditar sobre aqueles cadernos valiosos, que nunca apareceram, não quando Morris foi preso por estupro e nem mais tarde, quando a casa foi vendida.

Teria o velho amigo em algum momento decidido visitar o antigo bairro de Morris? Quem sabe passear algumas vezes pela trilha entre a Sycamore e a Birch Street? Teria ele passeado por ali carregando um detector de metal, torcendo para que captasse as peças do baú e começasse a apitar?

Morris *mencionou* o baú naquele dia?

Talvez não, mas o que mais podia ser? O que mais fazia sentido? Até uma caixa grande seria pequena. Sacos de papel ou lona teriam apodrecido. Morris se pergunta quantos buracos Andy teve que cavar antes de encontrar o tesouro. Dez? Quarenta? Quarenta era muito, mas, nos anos 1970, Andy era magro, não um merdinha gordo como era agora. E haveria motivação. Ou talvez ele não tenha precisado cavar nada. Talvez tenha havido uma inundação e o barranco se erodiu o bastante para deixar o baú à mostra em meio às raízes. Não era possível?

Morris se levanta e começar a caminhar, voltando a pensar em McFarland e olhando ocasionalmente ao redor para ter certeza de que não está sendo seguido. Agora ele se importa de novo, porque tem uma coisa pela qual viver. Um objetivo. É possível que seu velho amigo tenha vendido os cadernos, vender é o negócio dele tanto quanto era o de Jimmy Gold em *O corredor reduz a marcha*, mas também é possível que ainda esteja guardando alguns. Ou talvez todos. Só tem um jeito certo de descobrir, e só um jeito de descobrir se o velho lobo ainda tem dentes. Ele tem que fazer uma visita ao *colega*.

Seu velho amigo.

PARTE 3: PETER E O LOBO

1

É sábado à tarde na cidade, e Hodges está no cinema com Holly. Eles entram em uma negociação animada enquanto olham os horários no saguão. A sugestão dele de *Uma noite de crime: anarquia* é descartada como sendo assustadora demais. Holly diz gostar de filmes de terror, mas só no computador, onde ela pode parar o filme e andar um pouco para aliviar a tensão. A sugestão dela é *A culpa é das estrelas*, que é rejeitada por Hodges, dizendo que vai ser sentimental demais. Mas na verdade ele quer dizer que é emotivo demais. Uma história sobre uma jovem morrendo vai fazer com que ele pense em Janelle Patterson, que deixou o mundo em uma explosão planejada para Hodges. Eles decidem ver *Anjos da Lei 2*, uma comédia com Jonah Hill e Channing Tatum. É muito boa. Eles riem bastante e dividem um saco grande de pipoca, mas a mente de Hodges fica voltando para a história de Tina sobre o dinheiro que ajudou os pais durante uma época difícil. Onde foi que Peter Saubers arrumou mais de vinte mil dólares?

Quando os créditos estão subindo, Holly segura a mão de Hodges, e ele fica alarmado de ver lágrimas nos olhos dela. Ele pergunta o que houve.

— Nada. É bom ter alguém com quem ir ao cinema. Fico feliz de você ser meu amigo, Bill.

Hodges fica mais do que emocionado.

— E fico feliz de você ser minha amiga. O que vai fazer no restante do sábado?

— Hoje à noite vou pedir comida chinesa para jantar e fazer uma maratona de *Orange Is the New Black* — comenta ela. — Mas, agora à tarde, vou entrar na internet para procurar mais roubos. Já tenho uma lista e tanto.

— Algum parece promissor?

Ela balança a cabeça.

— Vou continuar procurando, mas acho que é outra coisa, apesar de não ter ideia do quê. Você acha que o irmão de Tina vai contar?

Ele não responde, a princípio. Os dois estão andando pelo corredor, e logo estarão longe do oásis de faz de conta e de volta ao mundo real.

— Bill? Terra para Bill.

— Espero que sim — responde ele. — Pelo bem dele. Porque dinheiro vindo do nada quase sempre é sinônimo de problema.

2

Tina, Barbara e a mãe de Barbara passam a tarde de sábado na cozinha dos Robinson fazendo bolas de pipoca, uma tarefa ao mesmo tempo confusa e hilária. Estão se divertindo, e, pela primeira vez desde que foi visitar a amiga, Tina não parece nervosa. Tanya Robinson acha isso bom. Ela não sabe qual é o problema de Tina, mas um monte de detalhes (como o fato de ela tomar um susto sempre que uma corrente de ar bate uma porta no andar de cima ou a suspeita vermelhidão de choro em seus olhos) diz que tem alguma coisa errada. Ela não sabe se é algo grande ou pequeno, mas tem certeza de uma coisa: Tina Saubers precisa dar umas boas gargalhadas.

Elas estão terminando (e ameaçando umas às outras com as mãos grudentas de xarope) quando uma voz divertida diz:

— Olhem todas essas mulheres correndo pela cozinha. É a mais pura verdade.

Barbara se vira, vê o irmão na porta da cozinha e grita:

— *Jerome!*

Ela corre até ele e pula. Ele a pega e gira duas vezes antes de colocá-la no chão.

— Pensei que você fosse a um *baile*!

Jerome sorri.

— Acontece que meu smoking voltou para a loja sem uso. Depois de uma troca intensa de opiniões, Priscilla e eu concordamos em terminar. É uma história longa e pouco interessante. Por isso, decidi passar em casa para comer um pouco da comida da coroa.

— Não me chame de coroa — diz Tanya. — É ofensivo.

Mas ela também parece bem feliz em ver Jerome.

Ele se vira para Tina e faz uma pequena reverência.

— É um prazer conhecer você, pequena senhorita. Qualquer amiga de Barbara, na verdade.

— Sou Tina.

Ela consegue dizer isso em um tom de voz quase normal, mas não é fácil. Jerome é alto, Jerome tem ombros largos, Jerome é muito bonito, e Tina Saubers se apaixona por ele na mesma hora. Em pouco tempo, ela vai começar a calcular quantos anos precisa ter para que ele a olhe como alguém além da pequena senhorita usando um avental enorme, com as mãos grudentas de fazer bolas de pipoca. Mas, no momento, está perplexa demais com a beleza dele para pensar em números. E, mais tarde, Barbara não precisa insistir muito para que Tina conte tudo a ele. Se bem que nem sempre é fácil para ela manter a concentração com os olhos escuros do garoto fixos nos dela.

3

A tarde de sábado de Peter não é tão agradável. Na verdade, é uma merda.

Às duas, os representantes das turmas de três escolas de ensino médio se reúnem no maior auditório do River Bend Resort para ouvir um dos dois senadores do estado fazer um discurso longo e chato chamado "Representação no Ensino Médio: sua introdução à política e ao serviço". Esse sujeito, que está usando um terno de três peças e tem uma cabeleira densa cheia de fios brancos penteados para trás (o que Peter chama de "cabelo de vilão de novela"), parece pronto para falar até a hora do jantar. Talvez mais. A tese parece ser alguma coisa relacionada a eles serem a PRÓXIMA GERAÇÃO, e que ser representante de turma vai prepará-los para lidarem com a poluição, o aquecimento global, os recursos não renováveis e, talvez, o primeiro contato com alienígenas de Proxima Centauri. Cada minuto daquela infindável tarde de sábado morre uma morte lenta e infeliz enquanto ele fala.

Peter não podia se importar menos em ser vice-presidente de turma da Northfield High em setembro. No que lhe diz respeito, setembro está tão distante quanto Proxima Centauri e os alienígenas. O único futuro que importa é segunda à tarde, quando ele vai encarar Andrew Halliday, um cara que agora deseja de coração nunca ter conhecido.

Mas posso sair dessa, pensa ele. *Se conseguir ficar calmo, claro. E mantiver em mente o que a tia de Jimmy Gold diz em* O corredor levanta a bandeira.

Peter concluiu que vai começar sua conversa com Halliday citando esta fala: *Dizem que meio pão é melhor do que pão nenhum, Jimmy, mas, em um mundo de necessidades, até uma fatia é melhor do que pão nenhum.*

Ele sabe o que *Halliday* quer e vai oferecer mais do que uma fatia, mas não meio pão e certamente não um pão inteiro. Isso não vai acontecer. Com os cadernos bem escondidos no porão do Rec da Birch Street, ele pode negociar, e se Halliday quiser sair dessa história com algum lucro, vai ter que negociar também.

Chega de ultimatos.

Vou lhe dar trinta e seis cadernos, Peter se imagina dizendo. *Eles contêm poemas, ensaios e nove contos completos. Vou até dividir o dinheiro meio a meio, só para encerrar a negociação com você.*

Ele *tem* que insistir em receber dinheiro, embora não tenha como verificar quanto Halliday realmente vai receber do comprador ou compradores. Peter acha que vai sofrer um desfalque, e um desfalque violento. Mas tudo bem. O importante é ter certeza de que Halliday saiba que ele está falando sério. Que não aceita ser, na fala pungente de Jimmy Gold, "a foda de aniversário de ninguém". Mais importante ainda: não deixar Halliday ver o quanto ele está assustado.

Apavorado.

O senador encerra a apresentação com algumas frases de efeito sobre como o trabalho vital da próxima geração começa nas escolas dos estados unidos e que eles, os poucos selecionados, precisam avançar com a tocha da democracia. Os aplausos são entusiasmados, possivelmente porque a palestra acabou e eles vão poder ir embora. Peter quer sair dali depressa, dar uma longa caminhada e repassar os planos algumas vezes, procurando falhas e obstáculos.

Só que os alunos não são liberados. A diretora de escola que planejou o bate-papo infindável naquela tarde se adianta para anunciar que o senador aceitou ficar mais uma hora para responder a perguntas.

— Tenho certeza de que vocês têm muitas — afirma ela, e as mãos dos puxa-sacos e dos competidores por melhores notas (parece haver muitos deles na plateia) sobem na mesma hora.

Peter pensa: *Essa merda não quer dizer merda nenhuma.*

Ele olha para a porta, calcula suas chances de sair sem ser notado e se recosta na cadeira. Dali a uma semana, tudo vai estar resolvido, diz para si mesmo.

O pensamento lhe dá certo consolo.

4

Certo ex-presidiário em condicional acorda na mesma hora em que Hodges e Holly estão saindo do cinema e Tina está se apaixonando pelo irmão de Barbara. Morris dormiu a manhã inteira e parte da tarde depois de uma noite insone e agitada, na qual só adormeceu quando os primeiros raios do amanhecer de sábado começaram a entrar no quarto. Seus sonhos foram piores do que pesadelos. No que o acordou, ele abria o baú e o encontrava cheio de viúvas-negras, milhares delas, todas emaranhadas e inchadas de veneno, pulsando ao luar. Elas saíam em jorro, subindo por suas mãos e escalando seus braços.

Morris grita e engasga até voltar ao mundo real, abraçando o peito com tanta força que mal consegue respirar.

Ele se senta na beirada da cama com a cabeça abaixada, da mesma forma como se sentou na privada depois que McFarland saiu do banheiro masculino do MAC na tarde anterior. É o fato de não saber o que aconteceu que o está matando, e essa incerteza não vai ser deixada de lado tão cedo.

Andy deve *ter pegado*, pensa ele. *Nada mais faz sentido. E é melhor você ainda estar com eles, velho amigo. Deus ajude você se não estiver.*

Morris coloca uma calça jeans limpa e pega um ônibus para o South Side, porque decidiu que vai precisar de uma das ferramentas, no fim das contas. Ele também quer pegar as bolsas. Porque é fundamental pensar positivo.

Charlie Roberson está novamente sentado na frente da Harley, agora tão desmontada que quase não lembra mais uma moto. Não parece ficar muito feliz com a reaparição do homem que o ajudou a sair da prisão.

— Como foi ontem? Fez tudo o que precisava fazer?

— Está tudo ótimo — diz Morris, e abre um sorriso que parece largo e frouxo demais para ser convincente. — Tranquilo.

Roberson não sorri.

— Desde que *os tiras* não estejam envolvidos. Você não parece muito bem, Morrie.

— Ah, você sabe. As coisas raramente se resolvem todas de uma vez. Tenho mais algumas pontas soltas para amarrar.

— Se precisa da caminhonete de novo…

— Não, não. Deixei umas coisas nela, só isso. Posso pegar?

— Não é nada que vá me deixar encrencado, é?

— De jeito nenhum. Só duas bolsas.

E a machadinha, mas ele não menciona isso. Poderia comprar uma faca, mas uma machadinha é mais assustadora. Morris a coloca em uma das bolsas, se despede de Charlie e volta para o ponto de ônibus. A machadinha fica balançando de um lado para outro na bolsa a cada passo.

Não me faça usá-la, ele vai dizer para Andy. *Não quero machucar você.*

Mas é claro que parte dele *quer* usá-la. Parte dele *quer* machucar o velho amigo. Porque, independentemente dos cadernos, os dois ainda têm contas a acertar. Afinal, é como dizem: aqui se faz, aqui se paga.

5

A Lacemaker Lane e o centro comercial onde ela fica estão movimentados na tarde de sábado. Há centenas de lojas com nomes fofos como Deb, Buckle e Forever 21. Tem também uma chamada Lids, que só vende chapéus. Morris para nela e compra um boné do Groundhogs de aba larga. Já próximo da Andrew Halliday Rare Editions, ele para de novo e compra um par de óculos de sol em um quiosque da Sunglass Hut.

Quando vê a placa do estabelecimento do velho amigo, com as letras douradas, um pensamento consternador surge em sua mente: e se Andy fechar cedo aos sábados? Todas as outras lojas parecem estar abertas, mas algumas livrarias de itens raros têm horários mais restritos, e não seria pura sorte?

Mas, quando passa pela loja, balançando as bolsas (*clunc* e *bump* faz a machadinha), seguro atrás dos óculos escuros, ele vê a plaquinha de ABERTO pendurada na porta. Vê outra coisa também: câmeras apontando para a esquerda e para a direita na calçada. Deve haver mais lá dentro, mas tudo bem; Morris fez décadas de cursos de pós-graduação com ladrões.

Ele para na rua para olhar a vitrine de uma padaria e observar a mercadoria de um carrinho de vendedor de suvenires (embora Morris não consiga imaginar quem compraria um suvenir daquela cidadezinha imunda). Até para e olha um mímico que faz malabarismo com bolas coloridas e finge subir uma escada invisível. Morris joga duas moedas de vinte e cinco centavos no chapéu do mímico. *Para dar sorte*, diz ele a si mesmo. Música pop soa nos alto-falantes da esquina. Ele sente cheiro de chocolate no ar.

Então dá meia-volta. Vê dois jovens saindo da loja de Andy e seguindo pela calçada. Dessa vez, Morris para e olha a vitrine, onde três livros estão abertos, apoiados em suportes, embaixo de holofotes: *O sol é para todos*, *O apanhador no campo de centeio* e (só pode ser um presságio) *O corredor procura ação*. A loja por trás da vitrine é estreita e com pé-direito alto. Ele não vê nenhum outro cliente, mas *vê* seu velho amigo, o primeiro e único Andy Halliday, sentado ao balcão, lendo um livro.

Morris finge amarrar o sapato e abre a bolsa com a machadinha. Levanta-se e, sem hesitar, abre a porta da Andrew Halliday Rare Editions.

Seu velho amigo levanta o rosto do livro e observa os óculos de sol, o boné de aba larga e as bolsas. Franze a testa, mas só um pouco, porque *todo mundo* na área carrega bolsas, e o dia está quente e ensolarado. Morris vê cautela, mas nenhum sinal de alarme de verdade, o que é bom.

— Você se importa de deixar as bolsas debaixo do cabide de casacos? — pergunta Andy. Ele sorri. — É a política da loja.

— De jeito nenhum — responde Morris.

Ele deixa as bolsas no chão, pega os óculos de sol e os coloca no bolso. Em seguida, tira o boné novo e passa a mão pelo cabelo branco curto. Ele pensa: *Está vendo? Sou só um sujeito idoso que entrou para se abrigar do sol quente e olhar um pouco. Não há nada com que se preocupar.*

— Ufa! Está quente lá fora.

Ele recoloca o boné.

— Está, e dizem que amanhã vai fazer ainda mais calor. Posso ajudar com alguma coisa em especial?

— Só estou olhando. Se bem que... Eu *estava* procurando um livro meio raro chamado *Os violentos*. É de um escritor de suspense chamado John D. MacDonald. — Os livros de MacDonald eram bem populares na biblioteca da prisão.

— Conheço bem! — diz Andy, jovialmente. — Escreveu todas aquelas histórias de Travis McGee. As com os títulos coloridos. Era escritor de muitos livros em brochura, não era? Eu só trabalho com capa dura, de modo geral. Poucos têm características para colecionador.

E cadernos?, pensa Morris. *Moleskines, para ser específico. Você trabalha com isso, seu ladrão gordo de merda?*

— *Os violentos* foi publicado em capa dura — diz ele, examinando uma prateleira de livros perto da porta. Quer ficar perto da porta por enquanto. E da bolsa com a machadinha. — Foi ele que deu origem ao filme *Círculo do medo*. Eu compraria um exemplar se você por acaso tivesse um em ótimas condições. Algo que vocês do meio chamam de "com cara de novo". Se o preço for bom, claro.

Andy parece envolvido agora, e por que não estaria? Ele está com um peixe no anzol.

— Tenho certeza de que não tenho em estoque, mas posso procurar no BookFinder para você. É uma base de dados. Se estiver listado, e um livro de capa dura de MacDonald deve estar, principalmente se virou filme... *e se for* primeira edição... posso conseguir para você até terça. Quarta, no máximo. Quer que eu dê uma olhada?

— Quero — diz Morris. — Mas o preço tem que ser bom.

— Claro, claro.

A risada de Andy é tão expansiva quanto sua barriga. Ele baixa os olhos para a tela do laptop. Assim que faz isso, Morris vira a placa pendurada na porta de ABERTO para FECHADO. Ele se inclina e pega a machadinha na bolsa. Atravessa a loja com ela ao lado da perna. Não se apressa. Não precisa se apressar. Andy está digitando no laptop, absorto com o que está vendo na tela.

— Encontrei! — exclama seu velho amigo. — James Graham tem um, com cara de novo, por apenas trezentos dóla...

Andy para de falar quando a lâmina da machadinha surge em sua visão periférica e para bem na frente da cara dele. Ele ergue o olhar, o rosto flácido de choque.

— Quero suas mãos onde eu possa vê-las — ordena Morris. — Deve haver um botão de alarme no balcão. Se quer ficar com todos os dedos, não tente apertar.

— O que você quer? Por quê...?

— Você ainda não me reconheceu, não é? — Morris não sabe se acha graça ou se fica furioso. — Nem mesmo assim, de perto.

— Não, eu... eu...

— Acho que não devo ficar surpreso. Faz muito tempo desde o Happy Cup, não é?

Halliday olha para o rosto maltratado e cheio de rugas de Morris com fascínio e medo. Morris pensa: *É como um pássaro olhando uma cobra.* É um pensamento agradável que o faz sorrir.

— Ah, meu Deus. — O rosto de Andy fica da cor de queijo velho. — Não pode ser você. Você está preso.

Morris balança a cabeça, ainda sorrindo.

— Deve haver um banco de dados para ex-presidiários em condicional, assim como há para livros raros, mas acho que você nunca teve a curiosidade de procurar. Bom para mim, não tão bom para você.

Uma das mãos de Andy está se afastando do teclado do laptop. Morris balança a machadinha.

— Não faça isso, Andy. Quero ver suas mãos perto do computador, as palmas para baixo. E não tente bater no botão com o joelho. Vou saber se você tentar, e as consequências vão ser extremamente desagradáveis.

— O que você quer?

A pergunta o deixa furioso, mas seu sorriso se alarga.

— Como se você não soubesse.

— Não sei, Morrie, meu Deus! — A boca de Andy está mentindo, mas seus olhos dizem a verdade, apenas a verdade e nada mais que a verdade.

— Vamos até seu escritório. Tenho certeza de que você tem um nos fundos.

— Não!

Morris balança a machadinha de novo.

— Você pode sair disso inteiro e intacto ou com alguns dedos a menos. Acredite em mim, Andy, eu não sou o homem que você conhecia.

Andy se levanta, sem nunca tirar os olhos do rosto de Morris, mas Morris não tem certeza se o velho amigo o enxerga. Ele oscila como se dançasse ao som de uma música invisível, prestes a desmaiar. Se isso acontecer, ele só vai poder responder suas perguntas quando voltar a si. Além disso, Morris teria que *arrastá-lo* até o escritório e não sabe se iria conseguir; se Andy não tiver chegado aos cento e cinquenta quilos, deve estar perto.

— Respire fundo — diz ele. — Acalme-se. Só quero algumas respostas. E vou embora.

— Promete? — O lábio inferior de Andy está projetado e brilhando de saliva. Ele parece um garotinho gordo levando bronca do pai.

— Prometo. Agora, respire.

Andy respira.

— De novo.

O peito enorme de Andy sobe, forçando os botões da camisa, depois desce. Um pouco da cor volta ao rosto dele.

— Para o escritório. Agora.

Andy se vira e anda até os fundos da loja, contornando caixas e pilhas de livros com a graça elaborada que alguns homens gordos têm. Morris o segue. Sua raiva está crescendo. É alguma coisa no rebolado quase feminino da bunda de Andy dentro da calça de gabardine que desperta isso.

Tem um teclado ao lado da porta. Andy digita quatro números (9118) e uma luz verde se acende. Quando ele entra, Morris lê a mente do velho amigo enquanto encara aquela nuca careca.

— Você não é rápido o bastante para bater a porta na minha cara. Se tentar, vai perder uma coisa da qual vai sentir falta. Pode acreditar.

Os ombros de Andy, que tinham tensionado quando ele decidiu fazer uma tentativa, murcham de novo. Ele entra. Morris segue e fecha a porta.

O escritório é pequeno, cheio de estantes lotadas e iluminado por luminárias de teto. No chão, há um tapete turco. Há uma mesa pequena, de mogno, teca ou alguma outra madeira cara. Nela há um abajur com uma cúpula que parece vidro Tiffany de verdade. À esquerda da porta fica uma bancada com quatro decantadores de cristal. Morris não sabe o que tem nos dois com líquidos transparentes, mas aposta que os outros dois têm uísque. E coisa boa, se ele conhece o velho amigo. Para comemorar as grandes vendas, sem dúvida.

Morris só se lembra dos tipos de bebida disponíveis na prisão, destilado de ameixa e de passas, e apesar de só ter bebido em ocasiões raras, como seu aniversário (e o de John Rothstein, que ele sempre marcava com uma dose só), sua raiva cresce. Bebida boa e comida boa, foi o que Andy Halliday sempre teve enquanto Morris tingia calças jeans, respirava vapores de verniz e morava em uma cela do tamanho de um armário. Ele foi para a prisão por estupro, era verdade, mas nunca teria ido parar naquele beco depois de encher a cara se aquele homem não o tivesse rejeitado e mandado embora. *Eu não devia ser visto com você*, dissera ele naquele dia. E o chamara de doido.

— Você vive no luxo, hein, amigo?

Andy olha ao redor, como se reparasse nas acomodações luxuosas pela primeira vez.

— É o que parece — admite ele —, mas as aparências enganam, Morrie. A verdade é que estou quase falido. Esta loja nunca se recuperou da recessão e de certas... inverdades. Você tem que acreditar em mim.

Morris raramente pensa nos envelopes de dinheiro que Curtis Rogers encontrou com os cadernos no cofre de Rothstein naquela noite, mas pensa neles agora. Seu velho amigo pegou o dinheiro *e* os cadernos. Até onde Morris sabe, aquele dinheiro pagou pela mesa, pelo tapete e pelos decantadores elegantes.

Com isso, sua fúria finalmente explode. Morris investe a machadinha em um arco lateral, e seu boné cai da cabeça. A machadinha corta a gabardine cinza e afunda na nádega gorda logo abaixo com um som abafado. Andy grita e cambaleia para a frente. Ele interrompe a queda se apoiando na beirada da mesa com os antebraços, depois cai de joelhos. Sangue escorre por um corte de quinze centímetros na calça. Ele tenta tapá-lo com as mãos, e mais sangue escorre por entre os dedos. Ele cai de lado e rola no tapete turco. Com certa satisfação, Morris pensa: *Você nunca vai tirar* essa *mancha, colega.*

— Você disse que não ia me machucar! — berra Andy.

Morris pensa nisso e balança a cabeça.

— Não me lembro de ter dito isso com todas essas palavras, mas acho que devo ter dado a entender. — Ele olha para o rosto contorcido de Andy com sinceridade séria. — Pense nisso como uma lipoaspiração feita em casa. E você ainda pode sair vivo daqui. Só precisa me contar onde estão os cadernos.

Dessa vez, Andy não finge não saber do que Morris está falando — não com a bunda em chamas e sangue escorrendo pela coxa.

— Não estou com eles!

Morris se apoia em um joelho, com cuidado para evitar a poça crescente de sangue.

— Não acredito em você. Eles sumiram, só sobrou o baú em que estavam escondidos, e ninguém sabia que eu os tinha além de você. Então, vou perguntar mais uma vez, e se você não quiser dar uma boa olhada nas suas entranhas ou no que comeu no almoço, é melhor responder com cuidado. *Onde estão os cadernos?*

— Um garoto os encontrou! Não fui eu, foi um garoto! Ele mora na sua antiga casa, Morrie! Deve ter encontrado no porão, sei lá!

Morris observa o rosto do velho amigo. Está procurando por sinais de mentira, mas também está tentando absorver essa mudança repentina do que achava que sabia. É como uma freada brusca em um carro a cem quilômetros por hora.

— Por favor, Morrie, por favor! O nome dele é Peter Saubers!

É o que o convence, porque Morris sabe o nome da família que agora mora na casa onde passou a infância. Além do mais, um homem com um corte profundo na bunda não consegue inventar uma coisa específica dessas no ímpeto do momento.

— Como você sabe?

— *Porque ele está tentando vendê-los para mim!* Morrie, eu preciso ir ao médico! Estou sangrando como um porco!

Você é um porco, pensa Morris. *Mas não se preocupe, velho amigo, logo você estará livre da sua infelicidade. Vou mandá-lo para aquela grande livraria no céu.* Mas ainda não, porque Morris vê um raio de esperança.

Ele está tentando, disse Andy, não *tentou*.

— Me conte tudo — diz Morris. — E então vou embora. Você vai ter que chamar a ambulância sozinho, mas tenho certeza de que consegue.

— Como vou saber se você está falando a verdade ou não?!

— Porque, se o garoto está com os cadernos, não tenho mais interesse em você. É claro que tem que prometer não contar a ninguém quem fez isso com você. Foi um homem mascarado, não foi? Provavelmente um viciado. Ele queria dinheiro, certo?

Andy assente, ansioso.

— Não teve nada a ver com os cadernos, certo?

— Não, nada! Você acha que quero meu nome envolvido nisso?

— Imagino que não. Mas, se você tentasse inventar uma história, e se meu nome aparecesse nessa história, eu teria que voltar.

— Não vou fazer isso, Morrie, não vou! — Em seguida, ele dá uma declaração tão infantil quanto aquele lábio inferior projetado úmido de saliva: — Juro pela minha mãe mortinha!

— Então me conte tudo.

Andy conta. A primeira visita de Saubers, com fotocópias dos cadernos e *Despachos do Olimpo* para comparação. A identificação do garoto que se apresentou como James Hawkins, usando como ponto de partida o adesivo da biblioteca na lombada do livro. A segunda visita do garoto, quando Andy o ameaçou. A mensagem na secretária eletrônica sobre a excursão da escola no fim de semana para o River Bend Resort e a promessa de voltar segunda à tarde, dali a dois dias.

— Que horas na segunda?

— Ele... ele não disse. Depois da aula, imagino. Ele estuda na Northfield High. Morrie, ainda estou sangrando.

— É — diz Morris, distante. — Acho que sim.

Sua cabeça está a mil. Esse garoto alega estar com todos os cadernos. Pode estar mentindo, mas provavelmente não. O número que ele passou para Andy parece certo. *E ele os leu.* Isso gera uma fagulha de inveja venenosa na mente de Morris Bellamy e acende uma chama que se espalha rapidamente até seu coração. O garoto Saubers leu o que era para ser de Morris e só de Morris. É uma injustiça grave que precisa ser resolvida.

Ele se inclina para perto de Andy.

— Você é gay? É, não é?

Os olhos do outro tremem.

— O que... Que importância isso tem? Morrie, eu preciso de uma *ambulância*!

— Você tem um namorado?

Seu velho amigo está machucado, mas não é burro. Ele vê o que uma pergunta dessas pressagia.

— Tenho!

Não tem, não, pensa Morris, e o golpeia com a machadinha: *chump.*

Andy grita e começa a se contorcer no tapete ensopado de sangue. Morris golpeia de novo, e Andy volta a gritar. *Que sorte a sala ser cheia de livros*, pensa ele. *Livros são bons isolantes acústicos.*

— Fique parado, caramba — ordena ele, mas Andy não fica.

São necessários quatro golpes no total. O último acerta a ponte do nariz de Andy e parte seus olhos como uvas, e, por fim, ele para de se contorcer. Morris puxa a machadinha com um barulho abafado de aço em osso e a larga no tapete, ao lado de uma das mãos inertes de Andy.

— Pronto — diz ele. — Terminei.

O tapete está encharcado de sangue. A parte da frente da mesa está cheia de respingos. Uma das paredes também, assim como o próprio Morris. O escritório parece um abatedouro. Isso não o incomoda muito; ele está bem calmo. *Deve ser o choque*, pensa, *mas e daí?* Ele *precisa* estar calmo. Pessoas nervosas fazem merda.

Há duas portas atrás da mesa. Uma dá para o banheiro particular de seu velho amigo, a outra é de um armário. Há muitas roupas no armário, inclusive dois ternos com aparência cara. Mas não servem para Morris. Ficariam sambando nele.

Ele queria que o banheiro tivesse chuveiro, mas se a vida fosse fácil assim e blá-blá-blá. A pia vai ter que servir. Enquanto tira a camisa cheia de sangue e se lava, ele tenta relembrar tudo em que tocou desde que entrou na loja. Acha que não é muita coisa. Mas vai ter que se lembrar de limpar a placa pendurada na porta. E as maçanetas do armário e do banheiro.

Ele se seca e volta para o escritório, largando a toalha e a camisa cheia de sangue junto ao corpo. A calça jeans também está toda respingada, um problema resolvido com facilidade por uma coisa que ele encontra em uma prateleira do armário: mais de vinte camisetas dobradas, com papel de seda entre elas. Ele encontra uma GG que vai cobrir a calça jeans até a metade da coxa, onde a maior parte das manchas está, e a desdobra. ANDREW HALLIDAY RARE EDITIONS está impresso na frente, junto com o telefone da loja, o endereço do site e uma imagem de um livro aberto. Morris pensa: *Ele deve dar isto para os clientes com grana. Que aceitam, agradecem e nunca usam.*

Ele começa a vestir a camiseta, decide que não quer ser visto com o nome do local onde cometeu seu assassinato mais recente no peito e a vira do avesso. Dá para ver um pouco as letras, mas não o bastante para alguém conseguir ler, e o livro poderia ser qualquer objeto retangular.

Mas os sapatos são um problema. A parte de cima está respingada de sangue, e a sola, encharcada. Morris observa os pés do velho amigo, assente criteriosamente e volta ao armário. A circunferência da cintura de Andy deve ser o dobro da de Morris, mas os sapatos parecem ser mais ou menos do mesmo tamanho. Ele escolhe um par de mocassins e os experimenta. Apertam um pouco e podem deixar uma ou duas bolhas, mas bolhas são um preço baixo a se pagar pelo que ele descobriu e para a vingança atrasada que conseguiu executar.

Além do mais, são ótimos sapatos.

Ele acrescenta os antigos sapatos à pilha de coisas sujas no tapete, depois examina o boné. Não tem uma única gota de sangue. Teve sorte. Morris o coloca na cabeça e dá uma volta no escritório, limpando todas as superfícies em que sabe que tocou e outras em que pode ter tocado.

Ele se ajoelha junto ao corpo uma última vez e revista os bolsos, ciente de que está sujando as mãos com sangue de novo e que vai ter que lavá-las mais uma vez. Ah, tudo bem, é assim mesmo.

Isso é Vonnegut, não Rothstein, pensa ele, e ri. Alusões literárias sempre o agradam.

As chaves de Andy estão no bolso da frente, a carteira está enfiada atrás da nádega que Morris não cortou com a machadinha. Mais sorte. Não tem muito dinheiro, menos de trinta dólares, mas quem come e guarda, duas vezes põe a mesa e blá-blá-blá. Morris guarda as notas junto com as chaves. Depois, lava as mãos e limpa as torneiras novamente.

Antes de sair do santuário de Andy, ele olha a machadinha. A lâmina está manchada de gosma e cabelo. O cabo de borracha está com a marca evidente da palma da mão dele. Ele devia levá-la em uma das bolsas com a camiseta e os sapatos, mas uma intuição, profunda demais para pôr em palavras, porém muito poderosa, o manda deixar, ao menos por enquanto.

Morris a pega, limpa a lâmina e o cabo para apagar as digitais e a coloca delicadamente sobre a mesa elegante. Como um aviso. Ou um cartão de visitas.

— Quem disse que não sou um lobo, sr. McFarland? — pergunta ele ao escritório vazio. — Quem disse?

E sai, usando a toalha suja de sangue para girar a maçaneta.

6

De volta à loja, Morris coloca as coisas sujas de sangue em uma das bolsas e fecha o zíper. Em seguida, se senta para investigar o laptop de Andy.

É um Mac, bem mais moderno do que o da biblioteca da prisão, mas basicamente igual. Como ainda está ligado, ele não precisa perder tempo tentando descobrir a senha. Há muitos arquivos na tela, além de um aplicativo chamado SEGURANÇA na barra de tarefas. Ele vai querer investigar isso, e com atenção, mas primeiro abre um arquivo chamado JAMES HAWKINS, e sim, ali estão as informações que ele procura: o endereço de Peter Saubers (que ele já sabe) e o número de celular do garoto, presumivelmente tirado da mensagem na secretária eletrônica que o velho amigo mencionou. O pai dele se chama Thomas. A mãe, Linda. A irmã é Tina. Tem até uma foto do jovem sr. Saubers, também conhecido como James Hawkins, de pé com um grupo de bibliotecários da filial da Garner Street, que Morris conhece bem. Abaixo dessa informação, que pode vir a ser útil, quem sabe, há uma bibliografia de John Rothstein para a qual Morris nem olha direito; ele conhece o trabalho de Rothstein de cor.

Exceto pelas coisas que o jovem sr. Saubers está guardando, claro. As coisas que roubou de seu dono de direito.

Tem um bloco ao lado do computador. Morris anota o celular do garoto e enfia no bolso. Em seguida, clica no ícone de segurança e em CÂMERAS. Seis imagens aparecem. Duas mostram a Lacemaker Lane em toda a sua glória consumista. Duas mostram o interior estreito da loja. A quinta mostra exatamente aquela mesa, com Morris sentado atrás dela usando a camiseta nova. A sexta mostra o escritório de Andy e o corpo caído no tapete turco. Em preto e branco, as manchas e respingos de sangue parecem tinta.

Morris clica na imagem, que enche a tela. Setas aparecem na parte inferior da tela. Ele clica na seta para voltar, espera um pouco e aperta o play. Assiste absorto à cena em que assassina o velho amigo. Fascinante. Mas não é um filme caseiro que ele quer que alguém veja, o que significa que aquele laptop terá que ir com ele.

Ele desconecta os vários fios, inclusive o que sai de uma caixa brilhante com o selo SERVIÇOS DE SEGURANÇA VIGILANT. As câmeras são gravadas diretamente no disco rígido do laptop, então não há DVDs. Faz sentido. Um sistema assim seria caro demais para um negócio pequeno como a Andrew Halliday Rare Editions. Mas um dos fios que ele desconectou era ligado a um gravador de DVD externo, para que o velho amigo pudesse guardar as imagens das câmeras de segurança, se quisesse.

Morris busca metodicamente em todos os cantos da mesa, procurando por DVDs. Há cinco gavetas no total. Ele não encontra nada interessante nas primeiras quatro, mas a última está trancada. Morris acha aquilo sugestivo. Ele procura nas chaves de Andy, seleciona a menor, destranca a gaveta e encontra um tesouro. Não se interessa pelas seis ou oito fotos do velho amigo chupando um jovem corpulento com um monte de tatuagens, mas sim pela arma. É uma sig Sauer P238 toda enfeitada, vermelha e preta, com flores douradas no cano. Morris checa o pente e vê que está cheio. Tem até uma bala engatilhada. Ele enfia o pente de volta e coloca a arma na mesa, outra coisa para levar. Continua procurando na gaveta e encontra um envelope em branco bem no fundo, com a aba enfiada para dentro. Abre o envelope esperando mais fotos pornográficas e fica satisfeito em encontrar dinheiro, pelo menos quinhentos dólares. A sorte continua a lhe sorrir. Ele coloca o envelope ao lado da arma.

Não tem mais nada, e ele praticamente concluiu que, se *há* DVDs, Andy os trancou em um cofre em algum lugar. Mas a sorte ainda não abandonou Morris Bellamy. Quando se levanta, seu ombro bate em uma prateleira à esquerda da mesa. Alguns livros velhos caem no chão, e, atrás deles, ele encontra uma pilha de caixas plásticas de DVDs presas com elásticos.

— Ora, veja só — diz Morris baixinho.

Ele se senta e as olha rapidamente, como um homem embaralhando cartas. Andy escreveu um nome em cada DVD com caneta permanente preta. Só o último tem algum significado para ele, e é exatamente o que estava procurando. "HAWKINS" está escrito na superfície brilhante.

Ele teve muita sorte naquela tarde (possivelmente para compensar a terrível decepção da noite anterior), mas não faz sentido forçar a barra. Morris leva o computador, a arma, o envelope com o dinheiro e o DVD escrito HAWKINS até a frente da loja. Coloca tudo em uma das bolsas, ignorando as pessoas passando pela vitrine. Se você parece à vontade em um lugar, a maior parte das pessoas abstrai sua presença. Ele sai de lá confiante e tranca a porta. A placa de FECHADO balança um pouco até parar. Morris afunda mais o boné do Groundhogs de aba larga na cabeça e se afasta.

Ele faz mais uma parada antes de voltar para a Mansão Saco de Pulgas, em um cybercafé chamado Bytes 'N Bites. Usando doze dólares do dinheiro de Andy Halliday, ele paga por um copo caro demais de um café merda e por vinte minutos em uma baia com um computador e um aparelho de DVD. Demora menos de cinco minutos para ter certeza do que há ali: seu velho amigo falando com um garoto que parece estar usando óculos falsos e o bigode do pai. No primeiro filme, Saubers está com um livro que só pode ser *Despachos do Olimpo* e um envelope com várias folhas de papel, provavelmente as fotocópias que Andy mencionou. No segundo, Saubers e Andy parecem estar discutindo. Não há som em nenhuma das gravações em preto e branco, mas isso não é um problema. O garoto podia estar dizendo qualquer coisa. No segundo, o da discussão, ele poderia até estar dizendo: *Na próxima vez que vier aqui, vou trazer minha machadinha, seu gordo de merda.*

Quando sai da Bytes 'N Bites, Morris está sorrindo. O barista atrás da bancada sorri para ele e comenta:

— Acho que você se divertiu.

— Sim — responde o homem que passou mais de dois terços da vida na prisão. — Mas seu café é uma merda, seu nerd babaca. Eu devia derramar essa porra toda na sua cabeça.

O sorriso some do rosto do barista. Muitas pessoas malucas vão ali. Com gente assim, é melhor ficar quieto e torcer para que nunca mais voltem.

7

Hodges disse para Holly que pretendia passar pelo menos parte do fim de semana largado na poltrona assistindo ao jogo de beisebol na TV, e na tarde de domingo ele vê mesmo as primeiras três entradas dos Indians, mas aí certa agitação começa a tomar conta de seu corpo e ele decide fazer uma visita. Não a um velho amigo, mas sim a um velho conhecido. Depois de cada uma dessas visitas, ele diz para si mesmo: *Essa foi a última vez, isso não faz sentido.* E está falando sério. Mas então, quatro semanas depois, ou oito, ou mesmo dez, ele faz o caminho de novo. Alguma coisa o convence a isso. Além do mais, os Indians já estão perdendo de cinco para os Rangers, e o jogo ainda está na terceira entrada.

Ele desliga a televisão, coloca uma camiseta velha da Liga Atlética da Polícia (em seus dias de peso pesado, ele evitava camisetas, mas agora gosta de como elas caem retas, quase sem marcar a barriga) e tranca a porta. Há pouco trânsito no domingo, e vinte minutos depois ele estaciona o Prius em uma vaga no terceiro andar da garagem dos visitantes, adjacente à amplidão de concreto sempre em metástase do John M. Kiner Hospital. Enquanto anda até o elevador do estacionamento, ele faz uma oração, como quase sempre faz, agradecendo a Deus por estar ali como visitante e não como paciente. Com muita noção, mesmo enquanto agradece, de que a maioria das pessoas *se torna* um paciente mais cedo ou mais tarde, ali ou em um dos quatro outros hospitais bons ou não tão bons da cidade. Ninguém passeia de graça, e, no final, até os melhores barcos afundam, glub-glub-glub. O único jeito de equilibrar isso, na opinião de Hodges, é aproveitar ao máximo cada dia na superfície.

Mas, se isso for verdade, o que ele está fazendo ali?

O pensamento traz à sua mente um trecho de poesia, ouvido ou lido muito tempo atrás e alojado no cérebro por virtude das palavras simples: *Ah, "qual seria?", não insista, vamos lá à nossa visita.*

8

É fácil se perder em qualquer hospital de cidade grande, mas Hodges fez o mesmo trajeto várias vezes, e atualmente está mais inclinado a dar instruções do que a solicitá-las. O elevador da garagem o leva até uma passarela coberta; a passarela o leva ao saguão do tamanho de um terminal de trem; o elevador do Corredor A o leva até o terceiro andar; uma passarela o leva por cima do Kiner Boulevard até seu destino final, onde as paredes são pintadas de um tom de rosa tranquilizador e a atmosfera é quieta. A placa acima da recepção diz:

**BEM-VINDO À CLÍNICA DE
TRAUMATISMO CEREBRAL DE LAKES REGION
CELULARES E APARELHOS DE TELECOMUNICAÇÃO
NÃO SÃO PERMITIDOS
AJUDE-NOS A MANTER UM AMBIENTE TRANQUILO
AGRADECEMOS A COOPERAÇÃO**

Hodges vai até a recepção, onde o crachá de visitante já o está esperando. A enfermeira chefe o conhece; depois de quatro anos, eles são quase velhos amigos.

— Como está a família, Becky?

Ela responde que todos estão bem.

— O braço quebrado do seu filho já sarou?

Ela diz que sim. Ele já tirou o gesso e vai parar de usar tipoia em uma semana ou duas, no máximo.

— Que bom. Meu garoto está no quarto ou na fisioterapia?

Ela diz que está no quarto.

Hodges segue pelo corredor na direção do quarto 217, onde certo paciente reside à custa do estado. Antes de Hodges chegar lá, ele encontra o auxiliar de enfermagem que os enfermeiros chamam de Al da Biblioteca. Ele está na casa dos sessenta anos e, como sempre, está empurrando um carrinho cheio de livros e jornais. Recentemente, houve um novo acréscimo ao pequeno arsenal de diversões: um recipiente de plástico cheio de leitores digitais.

— E aí, Al — cumprimenta Hodges. — Como você está?

Apesar de Al normalmente ser bem tagarela, essa tarde ele parece meio cansado, e há olheiras profundas sob seus olhos. *Alguém teve uma noite difícil*, Hodges pensa, divertido. Ele conhece os sintomas, pois já teve algumas bem difíceis também. Pensa em estalar o dedo na frente do rosto de Al, como um hipnotista de palco, mas decide que seria crueldade. Que o homem sofra sua ressaca em paz. Se está ruim assim à tarde, Hodges odeia pensar em como devia estar de manhã.

Mas Al volta a si e sorri antes que Hodges possa passar.

— E aí, detetive! Não vejo seu rosto por aqui há um tempo.

— Não sou mais detetive, Al. Está se sentindo bem?

— Claro. Só pensando em... — Al dá de ombros. — Caramba, não sei em que eu estava pensando. — Ele ri. — Envelhecer não é para os fracos.

— Você não está velho — afirma Hodges. — Alguém se esqueceu de te dar a notícia: os sessenta são os novos quarenta.

Al ri.

— Mas que bando de você-sabe-o-quê.

Hodges não pode concordar mais. Ele aponta para o carrinho.

— Meu garoto nunca pede um livro, pede?

Al dá outra risada.

— Hartsfield? Ele não consegue ler nem um livro infantil atualmente. — Ele bate na testa com seriedade. — Não sobrou nada além de mingau aqui. Se bem que às vezes ele quer um destes. — Ele pega um leitor digital Zappit rosa e bem feminino. — Estes aqui têm jogos.

— Ele joga? — Hodges fica perplexo.

— Ah, não. A coordenação motora dele é bem ruim. Mas, se eu ligar uma das demonstrações, como o Desfile de Moda da Barbie ou a Pescaria, ele fica olhando por horas. As demonstrações ficam repetindo a mesma coisa sem parar, mas ele por acaso sabe disso?

— Imagino que não.

— Bom palpite. Acho que ele gosta dos sons, dos bipes, bopes e goincs. Volto duas horas depois, o leitor está na cama ou na janela, a tela está preta, e a bateria, descarregada. Mas o que é que tem, não faz mal, três horas no carregador e o aparelho está prontinho para trabalhar de novo. Mas *ele* não tem como ser recarregado. O que deve ser uma boa coisa.

Al franze o nariz como se tivesse sentido um cheiro ruim.

Talvez sim, talvez não, pensa Hodges. *Enquanto ele não melhorar, está aqui, em um bom quarto de hospital. Não tem uma vista boa, mas tem ar-condicionado, televisão em cores e, de vez em quando, um Zappit rosa para o qual olhar. Se ele estivesse são, se conseguisse cooperar na própria defesa, como a lei exige, teria que encarar julgamento por mais de uma dezena de crimes, inclusive nove assassinatos. Dez se o advogado de acusação decidisse acrescentar a mãe do babaca, que morreu envenenada. Depois, seria a Prisão Estadual de Waynesville para o resto da vida.*

E lá não tem ar-condicionado.

— Pegue leve, Al. Você parece cansado.

— Que nada, estou bem, detetive Hutchinson. Aproveite a visita.

Al segue pelo corredor, e Hodges observa, com as sobrancelhas franzidas. Hutchinson? De onde foi que ele tirou *isso*? Hodges visita aquele hospital há anos, e Al sabe seu nome perfeitamente bem. Ou sabia. Caramba, ele espera que o cara não esteja sofrendo de demência precoce.

Durante os primeiros quatro meses, mais ou menos, havia dois guardas na porta do quarto 217. Depois, um. Agora, não há nenhum, porque vigiar Brady é um desperdício de tempo e dinheiro. Não há muito perigo de fuga quando o bandido não consegue nem ir ao banheiro sozinho. A cada ano, fala-se em transferi-lo para uma instituição mais barata ao norte do estado, e a cada ano o promotor relembra a todos que aquele cavalheiro, com dano cerebral ou não, tecnicamente ainda está aguardando julgamento. É fácil mantê-lo ali porque a clínica paga boa parte das contas. O Departamento de Neurologia, principalmente o dr. Felix Babineau, o médico responsável, acha Brady Hartsfield um caso extremamente interessante.

Naquela tarde, ele está sentado em frente à janela, usando calça jeans e camisa xadrez. O cabelo louro está comprido e precisa ser cortado, mas foi lavado e brilha à luz do sol. *É um cabelo pelo qual alguma garota adoraria passar os dedos*, pensa Hodges. *Se não soubesse o monstro que ele era.*

— Oi, Brady.

Hartsfield nem se mexe. Ele está olhando pela janela, sim, mas estará vendo a parede de tijolos do prédio do estacionamento, que é sua única vista? Ele sabe que Hodges está no quarto com ele? Sabe que tem *alguém* no quarto com ele? São perguntas cujas respostas uma equipe inteira de neurologistas adoraria descobrir. Hodges também, e se senta na ponta da cama pensando: *Era um monstro? Ou ainda é?*

— Há quanto tempo, como diz o marinheiro em terra para a corista.

Hartsfield não responde.

— Já sei, essa é velha. Tenho centenas, pergunte à minha filha. Como você está se sentindo?

Hartsfield não responde. Ele está com as mãos no colo, os dedos longos e brancos unidos frouxamente.

Em abril de 2009, Brady Hartsfield roubou o Mercedes-Benz que pertencia à prima de Holly e dirigiu deliberadamente em alta velocidade para cima de um grupo de pessoas em busca de emprego no City Center. Matou oito e feriu seriamente doze pessoas, inclusive Thomas Saubers, pai de Peter e Tina.

E conseguiu escapar. O erro de Hartsfield foi mandar para Hodges, já aposentado na época, uma carta de provocação.

No ano seguinte, Brady matou a prima de Holly, uma mulher por quem Hodges estava apaixonado. De forma bastante apropriada, foi a própria Holly quem impediu Brady Hartsfield de detonar uma bomba que teria matado milhares de crianças e adolescentes no show de uma boy band, quase literalmente amassando o cérebro dele com o Porrete Feliz de Hodges.

O primeiro golpe do Porrete fraturou o crânio de Hartsfield, mas foi o segundo que provocou o que era considerado um dano irreparável. Ele foi enviado para a Clínica de Traumatismo Cerebral em coma profundo, do qual era improvável que saísse. Ou foi o que disse o dr. Babineau. Mas, em uma noite escura e tempestuosa de novembro de 2011, Hartsfield abriu os olhos e falou com a enfermeira que estava trocando seu soro. (Quando pensa naquele momento, Hodges sempre imagina o dr. Frankenstein gritando "Está vivo! Está vivo!") Hartsfield disse que estava com dor de cabeça e perguntou pela mãe. Quando o dr. Babineau foi chamado e pediu ao paciente que seguisse o dedo dele para verificar o movimento dos músculos extraoculares, Hartsfield passou no teste.

Nos últimos trinta meses, Brady Hartsfield falou em muitas ocasiões (mas nunca com Hodges). Em geral, pergunta pela mãe. Quando dizem que ela está morta, ele às vezes assente, como se entendesse... mas aí, um dia ou uma semana depois, repete a pergunta. Ele consegue seguir instruções simples durante a fisioterapia e é capaz de caminhar um pouco, embora seja um passo arrastado e com ajuda. Nos dias bons, come sozinho, mas não consegue se vestir. É classificado como em estado semicatatônico. Em geral, fica sentado no quarto, olhando pela janela para o prédio do estacionamento ou para uma foto de flores na parede do quarto.

Mas houve certos acontecimentos peculiares ao redor de Brady Hartsfield durante o último ano, mais ou menos, e, como resultado, ele se tornou meio que uma lenda na clínica. Há boatos e especulações. O dr. Babineau reage com desdém a isso e se recusa a falar sobre eles... mas alguns auxiliares de enfermagem e enfermeiros falam, e certo detetive aposentado se mostrou um ouvinte ávido ao longo dos anos.

Hodges se inclina para a frente, com as mãos entre os joelhos, e sorri para Hartsfield.

— Você está fingindo, Brady?

Brady não responde.

— Para que se dar a todo esse trabalho? Você vai ficar trancado pelo resto da vida, de uma forma ou de outra.

Brady não responde, mas levanta uma das mãos lentamente. Ele quase enfia o dedo no olho, depois consegue fazer o que pretendia e tira uma mecha de cabelo da testa.

— Quer perguntar sobre sua mãe?

Brady não responde.

— Ela está morta. Apodrecendo no caixão. Você a envenenou. Ela deve ter sofrido muito. Ela sofreu enquanto morria? Você estava lá? Viu tudo?

Nenhuma resposta.

— Você está aí, Brady? Toc-toc. Alô?

Nenhuma resposta.

— Acho que está. Espero que esteja. Ei, vou lhe dizer uma coisa: eu bebia muito. E sabe do que mais me lembro daqueles dias?

Nada.

— Das ressacas. De lutar para sair da cama com a cabeça latejando, como um martelo em uma bigorna. De me levantar de manhã para mijar e me perguntar o que fiz na noite anterior. Às vezes, eu nem sabia como cheguei em casa. Também me lembro de procurar amassados no carro. Era como estar perdido dentro da porra da minha cabeça, procurando uma porta para poder escapar de lá e só encontrando por volta do meio-dia, quando as coisas finalmente começavam a fazer sentido.

Isso o faz pensar brevemente no Al da biblioteca.

— Espero que seja lá que você esteja agora, Brady. Vagando dentro do seu cérebro semicatatônico e procurando a saída. Só que não tem saída para você. Para você, a ressaca é eterna. É assim? Caramba, espero que sim.

Suas mãos doem. Ele olha para baixo e vê as unhas afundadas nas palmas. Hodges as abre e vê as marcas ficarem vermelhas. E renova o sorriso.

— Só estou falando, amigão. Só falando. Você tem alguma coisa para dizer?

Hartsfield não diz nada.

Hodges se levanta.

— Tudo bem. Pode ficar aí olhando a janela, tentando encontrar a saída. A que não está aí. Enquanto faz isso, vou lá fora tomar ar fresco. O dia está lindo.

Na mesa entre a cadeira e a cama está uma foto que Hodges viu pela primeira vez na casa da Elm Street, onde Hartsfield morava com a mãe. É uma versão menor, em um porta-retratos prateado. Mostra Brady e a mãe abraçados em uma praia qualquer, as bochechas coladas, parecendo mais namorados do que mãe e filho. Quando Hodges se vira para ir embora, a foto cai com um estalo seco. *Clac.*

Ele olha para a foto, olha para Hartsfield e então novamente para o porta-retratos tombado.

— Brady.

Não há resposta. Nunca há. Não para ele, pelo menos.

— Brady, você fez isso?

Nada. Brady está olhando para o colo, onde os dedos estão novamente entrelaçados frouxamente.

— Os enfermeiros dizem... — Hodges não termina o pensamento. Ele coloca a foto no lugar. — Se foi você, faça de novo.

Nada de Hartsfield e nada da foto. Mãe e filho em dias felizes. Deborah Ann Hartsfield e seu docinho.

— Tudo bem, Brady. Até mais, rapaz. Saindo de cena, hiena.

Ele vai embora e fecha a porta. Então Brady Hartsfield levanta o rosto. E sorri.

Na mesa, a foto cai de novo.

Clac.

9

Ellen Bran (conhecida como Bran Stoker pelos alunos que fizeram sua aula de fantasia e horror do departamento de literatura da Northfield High) está ao lado da porta de um ônibus escolar estacionado na entrada do River Bend Resort. Ela segura um celular. São quatro da tarde de domingo, e está prestes a ligar para a emergência para relatar o desaparecimento de um aluno. É quando Peter Saubers aparece pela lateral do restaurante do hotel, correndo tão rápido que o cabelo voa para longe da testa.

Ellen é sempre correta com os alunos, gosta de deixar clara a divisão entre professor e aluno e nunca tenta ser amiguinha deles, mas nessa ocasião ela deixa de lado o comportamento apropriado e envolve Peter em um abraço tão forte e frenético que quase impede que o garoto respire. Do ônibus, onde os outros representantes e futuros representantes de turma da NHS estão esperando, vem uma onda sarcástica de aplauso.

Ellen solta Peter, segura os ombros dele e faz outra coisa que nunca fez com um aluno: dá uma boa sacudida.

— Onde você *estava*? Você perdeu os três seminários da manhã e o almoço, eu estava quase chamando a *polícia*!

— Desculpe, sra. Bran. Eu estava enjoado. Achei que o ar fresco me ajudaria.

A sra. Bran, acompanhante e conselheira naquele passeio porque dá aula de política americana, assim como de história americana, acredita nele. Não só porque Peter é um de seus melhores alunos e nunca deu problema antes, mas porque o garoto *parece* enjoado.

— Bem... você devia ter me informado — diz ela. — Achei que tinha decidido voltar de carona para a cidade ou algo assim. Se alguma coisa acontecesse com você, eu seria responsável. Não percebe que vocês são minha responsabilidade quando fazemos um passeio de turma?

— Eu perdi a noção do tempo. Comecei a vomitar e não quis ficar lá dentro. Deve ter sido alguma coisa que eu comi. Ou uma dessas viroses.

Não foi nada que ele comeu e Peter não pegou nenhuma virose, mas a parte do vômito é verdade. É nervosismo. Medo puro, para ser preciso. Ele está morrendo de medo de encarar Andrew Halliday, amanhã. Pode dar tudo certo, ele sabe que tem uma chance de que dê certo, mas vai ser como passar uma linha pela cabeça de uma agulha em movimento. Se der errado, ele vai estar encrencado com os pais e com a polícia. Bolsas para a faculdade? Pode esquecer. Talvez fosse até preso. Então, passou o dia vagando pelas trilhas que atravessam os doze hectares da área do resort, repassando o futuro confronto repetidamente. O que ele vai dizer; o que Halliday vai dizer; o que ele vai responder. E, sim, perdeu a noção do tempo.

Peter só queria nunca ter visto aquele maldito baú.

Ele pensa: *Mas eu só estava tentando fazer a coisa certa. Caramba, era só isso que eu estava tentando fazer!*

Ellen vê as lágrimas nos olhos do garoto e repara, pela primeira vez, talvez porque agora está sem aquele bigode ridículo, no quanto o rosto dele está magro. Peter está quase esquelético. Ela larga o celular na bolsa e pega um pacote de lenços de papel.

— Seque o rosto — diz ela.

Uma voz do ônibus grita:

— Ei, Saubers! Pegou alguém?

— Cale a boca, Jeremy — grita Ellen sem se virar. E então, para Peter: — Você devia ganhar detenção de uma semana por essa gracinha, mas vou deixar pra lá.

E vai mesmo, porque detenção de uma semana exigiria relatório oral para o diretor-assistente Waters, que também é chefe de disciplina. Waters questionaria as ações dela e iria querer saber por que ela não disparou o alarme mais cedo, especificamente se ela fosse obrigada a admitir que não via Peter Saubers desde o jantar na noite anterior. Ele sumiu de vista e da supervisão dela por quase um dia inteiro, e isso era coisa demais para uma viagem organizada pela escola.

— Obrigado, sra. Bran.

— Você acha que vai vomitar?

— Não. Não sobrou nada.

— Então entre no ônibus e vamos para casa.

Há mais aplausos sarcásticos quando Peter sobe os degraus e segue pelo corredor. Ele tenta sorrir, como se estivesse tudo bem. Ele só quer voltar para a Sycamore Street e se esconder no quarto, para esperar o dia seguinte e poder acabar logo com aquele pesadelo.

10

Quando Hodges chega em casa após a visita ao hospital, um jovem de boa aparência e camiseta da Harvard está sentado no degrau da varanda, lendo um livro grosso com um bando de gregos ou romanos lutando na capa. Sentado ao lado dele está um setter irlandês com o sorriso típico de cachorros criados em casas gentis. O garoto e o cachorro se levantam quando Hodges entra no pequeno abrigo que serve de garagem.

Ele o encontra na metade do jardim, com a mão fechada esticada. Hodges bate a mão fechada na dele, depois os dois apertam as mãos.

Jerome recua, segurando os antebraços do ex-detetive e dando uma boa examinada nele.

— Olhe só para você! — exclama ele. — Magro como nunca vi!

— Eu caminho todo dia — explica Hodges. — E comprei uma esteira para os dias de chuva.

— Excelente! Você vai viver para sempre!

— Quem me dera — diz Hodges, e se abaixa. O cachorro estica a pata, e Hodges a balança. — Como está, Odell?

Odell late, o que deve querer dizer que está bem.

— Entre — convida Hodges. — Tem Coca-Cola. A não ser que você prefira cerveja.

— Coca-cola está ótimo. Aposto que Odell quer um pouco de água. Viemos andando. Odell não anda tão rápido quanto antigamente.

— A tigela dele ainda está debaixo da pia.

Eles entram e fazem um brinde com copos gelados de refrigerante. Odell bebe água, depois se deita no lugar de sempre ao lado da TV. Hodges era obcecado por televisão durante os primeiros meses de aposentadoria, mas agora o aparelho quase não é ligado, exceto por Scott Pelley do CBS *Evening News* ou por um ou outro jogo do Indians.

— Como está o marca-passo, Bill?

— Nem percebo que está aqui. E é assim que eu gosto. O que aconteceu com o grande baile ao qual você ia em Pittsburgh?

— Não deu certo. Eu disse aos meus pais que eu e a garota percebemos que não temos interesses acadêmicos e pessoais em comum.

Hodges arqueia as sobrancelhas.

— Parece legalês demais para um estudante de filosofia com especialização em culturas antigas.

Jerome toma um gole do refrigerante, estica as longas pernas e sorri.

— A verdade? Essa garota, a Priscilla, estava me usando para fazer ciúmes no namorado da escola. E deu certo. Ela pediu desculpas por me enrolar, disse que ainda podemos ser amigos etc. Foi meio constrangedor, mas deve ter sido melhor assim. — Ele faz uma pausa. — Ela ainda tem um monte de bonecas no quarto, e isso me deixou meio nervoso. Acho que não teria *muito* problema se meus pais descobrissem que fui o tempero que ela colocou na poção do amor, mas, se você contar para Barbara, ela nunca vai me deixar em paz.

— Eu sou um túmulo — diz Hodges. — E agora? Voltou para Massachusetts?

— Não, vim passar as férias de verão. Consegui um emprego no cais, manobrando contêineres.

— Isso não é trabalho para um garoto de Harvard, Jerome.

— É para este aqui. Tirei a habilitação para equipamentos pesados no inverno, o salário é ótimo e Harvard não é barata, mesmo com bolsa parcial. — Tyrone Feelgood Delight faz uma aparição misericordiosamente curta: — Este negão aqui vai carregar carga pesada, seu Hodges! — E volta a falar como Jerome em um estalar de dedos. — Quem anda cortando sua grama? Está bonita. Não tem a qualidade de Jerome Robinson, mas está ótima.

— Um garoto do quarteirão — responde Hodges. — Isso é uma visita social ou...?

— Barbara e a amiga dela, Tina, me contaram uma história e tanto — diz Jerome. — Tina ficou relutante de falar no começo, mas minha irmã a convenceu. Ela é boa nessas coisas. Escute, você sabia que o pai de Tina ficou ferido naquele negócio no City Center, não é?

— Sabia.

— Se era mesmo o irmão mais velho dela quem estava mandando o dinheiro para tirar a família do vermelho, bom pra ele... Mas de onde vinha a grana? Não consigo descobrir, por mais que eu pense.

— Nem eu.

— Tina diz que você vai questioná-lo.

— Depois da aula amanhã, esse é o plano.

— Holly está envolvida?

— Até certo ponto. Ela está cuidando das investigações.

— Legal! — Jerome abre um sorriso largo. — Que tal eu ir com você amanhã? Vamos reunir a banda de novo, cara! Tocar todos os hits!

Hodges pensa.

— Não sei, Jerome. Um cara, um coroa como eu, pode não assustar muito o jovem sr. Saubers. Mas *dois* caras, principalmente um deles sendo um rapaz de um metro e noventa e dois...

— Quinze assaltos e ainda sou lindo! — proclama Jerome, balançando mãos unidas acima da cabeça. Odell baixa as orelhas. — Ainda sou lindo! Aquele Sonny Liston nem chegou a me acertar! Eu flutuo como uma borboleta, dou ferroadas como uma... — Ele avalia a expressão paciente de Hodges. — Tudo bem, me desculpe, às vezes eu me deixo levar. Onde vai esperar o garoto?

— Na frente da escola. Não é por ali que os alunos saem do prédio?

— Nem todos saem por ali, e ele talvez não saia, principalmente se Tina comentar que falou com você. — Ele vê Hodges prestes a retrucar e levanta a mão. — Ela diz que não vai falar, mas irmãos mais velhos conhecem as irmãs mais novas, posso afirmar por experiência própria. Se o garoto souber que alguém está procurando por ele, deve sair pelos fundos e atravessar o campo de futebol americano até a Westfield Street. Eu poderia esperar lá de carro e ligar para você se ele aparecer.

— Você sabe como ele é?

— Sei, Tina tinha uma foto na carteira. Quero fazer parte disso, Bill. Barbara gosta daquela menina. Eu também gostei. E ela precisou ter coragem para procurar você, mesmo com minha irmã estalando o chicote.

— Eu sei.

— Além do mais, estou curioso à beça. Tina disse que o dinheiro começou a chegar quando o irmão tinha treze anos. Um garoto novo assim com acesso a tanto dinheiro... — Jerome balança a cabeça. — Não estou surpreso de ele estar encrencado.

— Nem eu. Acho que, se você quer mesmo participar, já está dentro.

— Meu irmão!

Esse grito exige outra batidinha de punhos.

— Você estudou em Northfield. Tem algum outro jeito de ele sair além de pelos portões da frente e pela Westfield Street?

Jerome pensa.

— Se ele fosse até o porão, tem uma porta que leva para a lateral do prédio, onde antigamente ficava a área de fumantes. Acho que ele poderia sair por lá, atravessar o auditório e sair pela Garner Street.

— Posso pedir para a Holly esperar lá — diz Hodges, pensativo.

— Ótima ideia! — exclama Jerome. — Estamos reunindo a banda! O que foi que eu disse?!

— Mas não se aproxime — pede Hodges. — Só me ligue. *Eu* faço a abordagem. Vou dizer a mesma coisa para Holly. Não que ela fosse fazer isso.

— Desde que a gente possa ouvir a história.

— Se eu descobrir, você vai saber — promete Hodges, torcendo para não ter feito uma promessa precipitada. — Passe no meu escritório no Turner Building por volta das duas, e vamos para a Northfield High às duas e quinze. Para estarmos em posição às duas e quarenta e cinco.

— Você tem certeza de que Holly vai concordar com isso?

— Vai. Ela não se importa de vigiar. É o confronto que é problemático para ela.

— Nem sempre.

— Não — diz Hodges —, nem sempre.

Os dois estão pensando em seu único confronto, no MAC, com Brady Hartsfield, com o qual Holly lidou muito bem.

Jerome olha para o relógio.

— Tenho que ir. Prometi levar Barbara ao shopping. Ela quer um Swatch. — Ele revira os olhos.

Hodges sorri.

— Eu amo sua irmã, Jerome.

Jerome também sorri.

— Na verdade, eu também. Venha, Odell. Vamos pra casa.

Odell se levanta e segue para a porta. Jerome segura a maçaneta, depois se vira. O sorriso sumiu.

— Você foi aonde acho que foi?

— Provavelmente.

— Holly sabe que você o visita?

— Não. E você não vai contar a ela. Ela acharia muito perturbador.

— Sim. Acharia. Como ele está?

— Igual. Se bem que...

Hodges está pensando no porta-retratos caído. Naquele barulho de *clac*.

— Se bem que o quê?

— Nada. Ele está igual. Você pode me fazer um favor? Diga para Barbara falar comigo se Tina ligar e disser que o irmão descobriu do nosso encontro na sexta.

— Pode deixar. Nos vemos amanhã.

Jerome se afasta. Hodges liga a tv e fica feliz de ver que o jogo dos Indians ainda está passando. Eles empataram. O jogo vai ter entradas adicionais.

11

Holly passa a noite de domingo em seu apartamento, tentando ver *O poderoso chefão: Parte 2* no computador. Em um dia normal, seria muito agradável, porque ela o considera um dos dois ou três melhores filmes já produzidos, junto com *Cidadão Kane* e *Glória feita de sangue*, mas essa noite ela fica pausando para poder andar em círculos pelo apartamento, preocupada. Tem bastante espaço para ela andar. O apartamento atual não é tão chique quanto o do lago, no qual morou por um tempo quando se mudou para a cidade, mas fica em um bairro agradável e é bem grande. Ela pode pagar o aluguel; sob os termos do testamento de sua prima Janelle, Holly herdou meio milhão de dólares. Um pouco menos devido aos impostos, claro, mas ainda um belo pé de meia. E, graças ao trabalho com Bill Hodges, ela pôde fazer esse pé de meia crescer.

Enquanto anda, ela murmura algumas de suas falas favoritas do filme.

— Não tenho que exterminar todo mundo, só meus inimigos.

"Como se diz daiquiri de banana?"

"Seu país não é seu sangue, lembre-se disso."

E, claro, a fala da qual todo mundo se lembra.

— Sei que foi você, Fredo. E isso partiu meu coração.

Se ela estivesse vendo outro filme, estaria citando outras falas. É uma forma de auto-hipnose que pratica desde que viu *A noviça rebelde* quando tinha sete anos. (Fala favorita desse filme: "Eu queria saber como é o gosto de grama.")

Na realidade, ela está pensando no Moleskine que o irmão de Tina escondeu tão rapidamente debaixo do travesseiro. Bill acha que ele não tem ligação com o dinheiro que Peter enviou aos pais, mas Holly não tem tanta certeza.

Ela fez diários durante quase toda a vida, listando todos os filmes que viu, todos os livros que leu, as pessoas com quem conversou, os horários em que acordava, os horários em que ia para a cama. Até a movimentação intestinal, que está em código (afinal, alguém pode ler os diários depois que ela morrer) como UV, que significa *usei o vaso*. Ela sabe que isso é um tipo de TOC — ela e a terapeuta discutiram que listas obsessivas são apenas outra forma de pensamento mágico —, mas não faz mal a ninguém, e se ela prefere escrever as listas em Moleskines, qual é o problema? A questão é que ela *sabe* que Moleskines não são baratos. Com dois dólares e cinquenta centavos, você compra um caderno em espiral, mas um Moleskine com o mesmo número de páginas custa dez. Por que um garoto compraria um caderno tão caro, principalmente se a família estava sem dinheiro?

— Não faz sentido. — E então, seguindo essa linha de pensamento: — Deixe a arma, pegue os cannoli.

É de *O poderoso chefão* original, mas é uma boa fala. Uma das melhores.

Mande o dinheiro, fique com o caderno.

Um caderno *caro* que foi enfiado debaixo do travesseiro quando a irmãzinha apareceu inesperadamente no quarto. Quanto mais Holly pensa, mais acha que pode haver alguma coisa aí.

Ela volta a assistir ao filme, mas não consegue prestar atenção à amada história com essa coisa do caderno na cabeça, então faz uma coisa quase inédita, ao menos antes da hora de dormir: ela desliga o computador. E volta a andar, com as mãos unidas às costas.

Mande o dinheiro, fique com o caderno.

— E a pausa! — exclama ela para o aposento vazio. — Não esqueça!

Sim. Os sete meses de espera entre o momento em que o dinheiro acabou e quando o garoto Saubers começou a demonstrar sinais de ansiedade. Será que foi porque ele demorou sete meses para pensar em um jeito de conseguir *mais* dinheiro? Holly acha que sim. Ela acha que ele teve uma ideia, mas não foi uma *boa* ideia. Foi uma ideia que o deixou encrencado.

— O que deixa as pessoas encrencadas quando se trata de dinheiro? — pergunta Holly para a sala vazia, andando cada vez mais rápido. — Roubo. Chantagem.

Seria isso? Peter Saubers tentou chantagear alguém por causa de alguma coisa no Moleskine? Alguma coisa relacionada ao dinheiro roubado, talvez? Mas como o garoto poderia chantagear alguém por causa daquele dinheiro se ele é que deve tê-lo roubado?

Holly vai até o telefone e estica a mão para o aparelho, mas hesita. Durante quase um minuto, ela só fica ali de pé, mordendo o lábio. Não está acostumada a tomar a iniciativa. Talvez devesse ligar para Bill primeiro e perguntar se não tem problema.

— Mas Bill não acha que o caderno é importante — diz ela para a sala. — Eu penso diferente. E posso pensar diferente se quiser.

Ela pega o celular na mesa de centro e liga para Tina Saubers antes que perca a coragem.

— Alô? — diz Tina, com cautela e quase sussurrando. — Quem é?

— Holly Gibney. Meu número não apareceu no identificador de chamadas porque não está listado. Sou muito cuidadosa com meu celular, mas ficaria feliz de dar o número para você, se quiser. Podemos falar a qualquer momento, porque somos amigas, e é isso que amigas fazem. Seu irmão já voltou da excursão de fim de semana?

— Voltou. Ele chegou umas seis da tarde, quando estávamos terminando de jantar. Mamãe disse que ainda tinha carne assada e batatas, que esquentaria se ele quisesse, mas ele disse que pararam no Denny's no caminho. Depois, foi para o quarto. Ele nem quis bolo de morango, que ele adora. Estou muito preocupada, sra. Gibney.

— Pode me chamar só de Holly, Tina.

Holly odeia ser chamada de sra. Gibney, pois parece que estão falando com a *mãe* dela.

— Tá.

— Ele disse alguma coisa para você?

— Só oi — diz Tina, com a voz baixa.

— E você não contou que veio ao escritório com Barbara na sexta?

— Claro que não!

— Onde ele está agora?

— Ainda no quarto. Ouvindo os Black Keys. Eu odeio os Black Keys.

— É, eu também.

Holly não faz ideia de quem sejam os Black Keys, apesar de ser capaz de citar todo o elenco de *Fargo*. (Melhor fala desse filme, dita por Steve Buscemi: "Fume uma porra de cachimbo da paz".)

— Tina, Peter tem algum amigo com quem poderia ter conversado sobre o que está acontecendo?

Tina pensa no assunto. Holly aproveita a oportunidade para pegar um Nicorette em um pacote aberto ao lado do computador e colocar na boca.

— Acho que não — diz Tina, por fim. — Ele tem amigos na escola, é bem popular, mas seu único amigo próximo era Bob Pearson, aqui do bairro. E eles se mudaram para Denver no ano passado.

— E namorada?

— Ele ficou um tempo com Gloria Moore, mas eles terminaram depois do Natal. Peter disse que ela não gostava de ler, e ele não podia ficar com uma garota que não gosta de livros. — Com tristeza, Tina acrescenta: — Eu gostava da Gloria. Ela me ensinou a passar sombra.

— Garotas só precisam usar sombra quando chegam aos trinta anos — diz Holly de forma autoritária, apesar de nunca ter usado maquiagem. A mãe diz que só piranhas usam sombra.

— *Sério?* — Tina parece perplexa.

— E os professores? Ele tinha algum favorito com quem pode ter falado?

Holly duvida que qualquer irmão mais velho fosse conversar com a irmã mais nova sobre professores favoritos, e também que qualquer irmã mais nova fosse prestar atenção nisso. Ela pergunta porque é a única outra opção em que consegue pensar.

Mas Tina nem hesita.

— Ricky Hippie — diz ela, e ri.

Holly para de andar.

— Quem?

— O nome dele de verdade é sr. Ricker. Peter diz que alguns alunos o chamam de Ricky Hippie porque ele usa camisas e gravatas floridas. Meu irmão teve aula com ele no nono ano. Ou talvez no primeiro. Não lembro. Ele dizia que o sr. Ricker conhecia muitos livros bons. Senhora... quer dizer, Holly, o sr. Hodges ainda vai falar com Peter amanhã?

— Vai. Não se preocupe.

Mas Tina está muito preocupada. Na verdade, ela parece estar à beira das lágrimas, e isso faz o estômago de Holly se embrulhar.

— Ah, caramba. Espero que ele não me odeie.

— Ele não vai odiar você — garante Holly. Ela está mastigando o Nicorette em velocidade máxima. — Bill vai descobrir qual é o problema e vai ajudar Peter. E seu irmão vai amar você mais do que nunca.

— Promete?

— Prometo! *Ai!*

— O que foi?

— Nada. — Ela limpa a boca e olha para uma mancha de sangue nos dedos. — Eu mordi o lábio. Tenho que desligar, Tina. Você vai me ligar se pensar em alguém com quem ele pode ter falado sobre o dinheiro?

— Não tem ninguém — responde Tina, desesperada, e começa a chorar.

— Bom... tudo bem. — E, como parece ser necessário dizer mais alguma coisa: — Não se preocupe em passar sombra. Seus olhos são muito bonitos do jeito que são. Tchau.

Ela termina a ligação sem esperar que Tina se despeça e volta a andar. Cospe o chiclete no cesto de lixo ao lado da mesa e limpa o lábio com um lenço de papel, mas o corte já parou de sangrar.

Nenhum amigo íntimo nem namorada. Nenhum nome exceto o daquele professor.

Holly se senta e liga o computador de novo. Abre o navegador, entra no site da Northfield High, clica em NOSSO CORPO DOCENTE, e ali está Howard Ricker, usando uma camisa florida com mangas bufantes, como Tina descreveu. Além disso, uma gravata muito ridícula. É mesmo tão impossível Peter Saubers ter dito alguma coisa para seu professor de literatura favorito, principalmente se tinha a ver com o que ele estava escrevendo (ou lendo) em um caderninho Moleskine?

Alguns cliques depois, o telefone de Howard Ricker aparece na tela do computador. Ainda é cedo, mas ela não consegue se obrigar a ligar para um estranho. Ligar para Tina já foi bem difícil, e essa ligação terminou em lágrimas.

Vou contar a Bill amanhã, decide ela. *Ele pode ligar para Ricky Hippie se achar que vale a pena.*

Ela clica na volumosa pasta de filmes e logo se perde novamente em *O poderoso chefão: Parte 2*.

12

Morris visita outro cybercafé naquela noite de domingo e faz uma pesquisa rápida. Quando encontra o que queria saber, pega o pedaço de papel com o celular de Peter Saubers e anota o endereço de Andrew Halliday. A Coleridge Street fica no West Side. Nos anos 1970, era um bairro de classe média e gente branca, onde todas as casas tentavam parecer um pouco mais caras do que realmente eram, e como resultado acabavam todas iguais.

Uma visita rápida a vários sites de imobiliárias locais mostra a Morris que as coisas lá não mudaram muito, embora um shopping elegante tenha sido erguido: o Valley Plaza. O carro de Andy ainda deve estar estacionado na casa dele. É claro que pode estar em alguma vaga atrás da loja, Morris não procurou (*Deus, é impossível se lembrar de* tudo, pensa ele), mas parece improvável. Por que alguém encararia o aborrecimento de dirigir cinco quilômetros até a cidade todos os dias pela manhã e mais cinco à noite no tráfego da hora do rush quando se podia comprar um passe de ônibus de trinta dias por dez dólares ou um passe de seis meses por cinquenta? Morris está com as chaves da casa do velho amigo, embora jamais fosse tentar usá-las; a casa tem bem mais probabilidade de ter alarme do que o Rec da Birch Street.

Mas ele também está com as chaves do carro de Andy, e o carro pode ser útil.

Ele anda de volta até a Mansão Saco de Pulgas, convencido de que McFarland vai estar esperando, e não vai se satisfazer em só fazê-lo mijar em um copinho. Não, não dessa vez. Dessa vez ele também vai querer revistar o quarto, e, quando o fizer, vai encontrar a bolsa com o laptop roubado e a camisa suja de sangue. Sem mencionar o envelope cheio de dinheiro que ele pegou na mesa do velho amigo.

Eu o mataria, pensa Morris, que agora (ao menos na sua própria mente) é Morris, o Lobo.

Só que ele não pode usar a arma, muita gente na Mansão Saco de Pulgas reconhece sons de tiros, mesmo o *ka-pow* educado de uma arma de veadinho como a P238 de Andy, e ele deixou a machadinha no escritório da loja. Mas talvez não servisse, mesmo que ele estivesse com ela. McFarland é gordo como Andy, mas não todo molenga como o velho amigo. McFarland parece *forte*.

Tudo bem, diz Morris para si mesmo. *Essa merda não quer dizer merda nenhuma. Porque um lobo velho é um lobo astuto, e é isso que tenho que ser agora: astuto.*

McFarland não está esperando no degrau, mas, antes que Morris possa dar um suspiro de alívio, ele se convence de que seu oficial de condicional vai estar esperando lá em cima. E não no corredor — ele deve ter conseguido a chave mestra daquele prédio fodido com cheiro de mijo.

Quero só ver, pensa ele. *Quero só ver, seu filho da puta.*

Mas a porta está trancada, o quarto, vazio, e não parece que foi revistado, embora ele ache que, se McFarland fizesse com cuidado… *com habilidade…*

Mas Morris chama a si mesmo de idiota. Se McFarland tivesse revistado seu quarto, ele estaria esperando com pelo menos dois policiais, e os policiais estariam portando algemas.

Ainda assim, ele checa o armário para ter certeza de que as bolsas estão onde ele as deixou. E estão. Ele pega o dinheiro e conta. Seiscentos e quarenta dólares. Não é muito, não chega nem perto do que havia no cofre de Rothstein, mas não é ruim. Ele guarda o dinheiro, fecha a bolsa, se senta na cama e olha para as mãos. Estão tremendo.

Preciso me livrar dessas coisas, pensa ele, *e tenho que fazer isso até amanhã de manhã. Mas para onde vou levar?*

Morris se deita na cama e olha para o teto, pensando. Finalmente, adormece.

13

A segunda-feira amanhece quente, com o termômetro na frente do City Center marcando vinte e um graus antes mesmo de o sol surgir completamente no horizonte. As aulas ainda vão continuar por mais duas semanas, mas hoje será o primeiro dia quente de verão, o tipo de dia que faz as pessoas secarem o suor da nuca, olharem para o sol e falarem sobre o aquecimento global.

Quando Hodges chega ao escritório às oito e meia, Holly já está lá. Ela conta sobre a conversa que teve com Tina na noite anterior e pergunta se Hodges vai falar com Howard Ricker, também conhecido como Ricky Hippie, se não conseguir arrancar a história do próprio Peter. Hodges concorda em fazer isso e diz para Holly que aquela foi uma boa ideia (ela vibra com isso), mas, por dentro, acredita que conversar com Ricker não vai ser necessário. Se não conseguir fazer um garoto de dezessete anos falar — um garoto que deve estar morrendo de vontade de contar o que o aflige —, ele vai parar de trabalhar e se mudar para a Flórida, lar de muitos outros policiais aposentados.

Ele pergunta a Holly se ela aceita ficar de vigia na Garner Street para ver se Peter sairá por lá quando as aulas acabarem. Ela concorda, desde que não precise falar com ele.

— Não vai precisar — garante Hodges. — Se vir o garoto, basta me ligar. Eu contorno o quarteirão e encontro com ele. Tem as fotos do menino?

— Fiz o download de umas seis para o computador. Cinco do anuário e uma da Biblioteca da Garner Street, onde ele trabalha como voluntário, alguma coisa assim. Venha olhar.

A melhor foto, um retrato no qual Peter Saubers está usando uma gravata e um paletó escuro, o identifica como VICE-PRESIDENTE DA TURMA DE 2015. Ele tem cabelo castanho e é bonito. A semelhança com a irmãzinha não é grande, mas está lá. Olhos azuis inteligentes encaram Hodges de frente. Neles, há um leve brilho de humor.

— Você pode mandar por e-mail para Jerome?
— Já mandei.

Holly sorri, e Hodges pensa, como sempre, que ela devia fazer isso mais vezes. Quando sorri, Holly fica quase bonita. Com um pouco de rímel, provavelmente ficaria.

— Nossa, vai ser bom ver Jerome de novo.
— O que tenho na agenda esta manhã, Holly?
— Tribunal às dez. Aquela história da agressão.
— Ah, certo. O cara que atacou o cunhado. Belson, o Agressor Careca.
— Não é legal dar apelidos para as pessoas — diz Holly.

Ela provavelmente tem razão, mas o tribunal é sempre uma chatice, e ter que ir lá hoje é particularmente cansativo, apesar de que não deve demorar mais de uma hora, a não ser que a juíza Wiggins tenha desacelerado desde que Hodges saiu da polícia. Pete Huntley chamava Brenda Wiggins de FedEx, porque ela sempre entregava na hora.

O Agressor Careca é James Belson, cuja foto devia estar ilustrando o verbete *escória* no dicionário. Ele mora no bairro da Edgemont Avenue, às vezes chamado de Paraíso Caipira. Como parte do contrato com uma das concessionárias de carros da cidade, Hodges foi enviado para confiscar o Acura MDX de Belson, pelo qual ele tinha parado de pagar alguns meses antes. Quando Hodges chegou à casa caindo aos pedaços do cara, ele não estava lá. Nem o carro. A sra. Belson, uma mulher que parecia ter tido uma vida difícil, disse que o Acura fora roubado pelo irmão dela, Howie. Ela deu o endereço, que também ficava no Paraíso Caipira.

— Não me importo com Howie — disse ela para Hodges. — Mas é melhor você ir para lá antes que Jimmy o mate. Quando Jimmy está com raiva, não pensa em conversa. Parte logo pra porrada.

Quando Hodges chegou, James Belson estava realmente batendo em Howie. Estava fazendo isso com o cabo de um ancinho, a cabeça careca brilhante de suor à luz do sol. O cunhado de Belson estava caído na entrada da garagem cheia de ervas daninhas, perto do para-lama traseiro do Acura, tentando ao mesmo tempo chutar Belson e proteger o rosto sangrando e o nariz quebrado com as mãos. Hodges se aproximou pelas costas de Belson e o acalmou com o Porrete Feliz. O Acura estava de volta à concessionária ao meio-dia, e Belson, o Agressor Careca, agora estava sendo acusado de agressão.

— O advogado dele vai fazer você parecer o vilão — diz Holly. — Vai perguntar como você fez o sr. Belson desmaiar. Você precisa estar pronto para isso, Bill.

— Ah, pelo amor de Deus — diz Hodges. — Dei uma porrada nele para que o cara não matasse o cunhado, só isso. Apliquei força aceitável.

— Mas usou uma arma. Uma meia cheia de bilhas, para ser precisa.

— Verdade, mas Belson não sabe disso. Ele estava de costas. E o outro cara estava quase inconsciente.

— Tudo bem... — Mas ela parece preocupada, e está mordendo o mesmo ponto no lábio que mordeu quando estava falando com Tina. — Só não quero que você se meta em confusão. Prometa que vai se controlar: não vai *gritar*, não vai balançar os *braços* nem...

— Holly. — Ele a segura pelos ombros com delicadeza. — Vá lá fora. Fume um cigarro. Relaxe. Tudo vai ficar bem no tribunal e com Peter Saubers.

Ela olha para ele com os olhos arregalados.

— Promete?

— Prometo.

— Tudo bem. Só vou fumar *meio* cigarro. — Ela segue para a porta, mexendo na bolsa. — Vamos ter um dia *tão* agitado.

— Parece que sim. Uma última coisa antes de você sair.

Ela se vira, curiosa.

— Você devia sorrir mais. Fica linda quando sorri.

Holly fica vermelha até o couro cabeludo e sai rapidamente. Mas está sorrindo de novo, e isso deixa Hodges feliz.

14

Morris também está tendo um dia agitado, e agitado é bom. Contanto que ele esteja ocupado, as dúvidas e os medos não têm chance de invadir seus pensamentos. O fato de ele ter acordado totalmente seguro de uma coisa ajuda: este é o dia em que vai virar um lobo de verdade. Ele acabou de ajeitar o sistema de arquivamento ultrapassado do MAC para que seu chefe gordo de merda possa fazer bonito com o chefe *dele*, e também não vai ser mais o cordeirinho de estimação de Ellis McFarland. *Nada mais de "Sim, senhor" e "Não, senhor" toda vez que McFarland aparecer. Chega de condicional.* Assim que ele estiver com os cadernos de Rothstein, vai sair daquela cidade de merda. Ele não tem interesse em ir para o norte, para o Canadá, mas isso deixa como opção os quarenta e oito estados para baixo. Talvez vá para a Nova Inglaterra. Quem sabe, talvez até mesmo New Hampshire. Ler os cadernos lá, perto das mesmas montanhas para onde Rothstein deve ter olhado enquanto escrevia, isso tem cara de final de livro, não tem? Sim, e isso era o mais incrível nos livros: os finais. O jeito como as coisas sempre se equilibravam quando a história terminava. Ele devia saber que Rothstein não podia deixar Jimmy trabalhando para aquela porra de agência de marketing, porque não havia fechamento naquilo, só um monte de merda. Talvez, no fundo do coração, Morris *soubesse*. Talvez tenha sido o que o manteve são todos aqueles anos.

Ele nunca se sentiu tão são na vida.

Quando não aparecer no trabalho no dia seguinte, o chefe gordo de merda provavelmente vai ligar para McFarland. Isso, pelo menos, é o que ele deve fazer no caso de alguma ausência sem explicação. Então, Morris tem que desaparecer. Sumir do mapa. Virar pó.

Tudo bem.

Ótimo, na verdade.

Às oito da manhã, ele pega o ônibus da Main Street, vai até o ponto final, onde a Lower Main termina, e anda até a Lacemaker Lane. Morris colocou seu único paletó e sua única gravata, e isso basta para que não pareça deslocado ali, apesar de ser cedo demais para as lojas chiques terem aberto. Ele entra no beco entre a Andrew Halliday Rare Editions e a loja ao lado, La Bella Flora Children's Boutique. Há três vagas no pequeno pátio atrás dos prédios, duas da loja de roupas e uma da livraria. Tem um Volvo na vaga da La Bella Flora. A outra vaga está vazia. E o espaço reservado para Andrew Halliday também.

O que também é ótimo.

Morris sai do pátio caminhando rápido, para e dá uma olhada reconfortante na placa de FECHADO pendurada na porta da livraria, depois anda novamente até a Lower Main, onde pega um ônibus para o Centro. Depois de duas baldeações, ele desce em frente ao Valley Plaza Shopping Center, a duas quadras da casa do falecido Andrew Halliday.

Anda depressa de novo, não passeia. Como se soubesse onde está, para onde vai e tivesse todo o direito de estar ali. A Coleridge Street está quase deserta, o que não o surpreende. São 9h15 (seu chefe gordo de merda deve estar olhando agora para a mesa vazia de Morris e fumegando de raiva). As crianças estão na escola; os pais e as mães que trabalham fora estão cortando um dobrado para pagar as faturas do cartão de crédito; a maioria dos entregadores e outros serviços só vai começar a percorrer o bairro às dez. O único horário melhor seriam as horas sonolentas do meio da tarde, mas ele não pode esperar tanto tempo. Há lugares demais aonde ir, coisas demais a fazer. Esse é o grande dia de Morris Bellamy. Sua vida pegou um longo desvio, mas ele está quase de volta aos eixos.

15

Tina começa a se sentir mal por volta da hora que Morris está passando pela entrada da garagem do falecido Drew Halliday e vendo o carro do velho amigo estacionado na garagem. Ela quase não dormiu à noite pensando em como Peter vai receber a notícia de que ela o denunciou. O café da manhã pesa em sua barriga como uma pedra, e, de repente, enquanto a sra. Sloan está interpretando "Annabel Lee" (a sra. Sloan nunca simplesmente lê), um bolo de comida não digerida começa a subir pela garganta dela em direção à saída.

Ela levanta a mão. Parece pesar cinco quilos, mas ela a sustenta no ar até a sra. Sloan levantar os olhos.

— Sim, Tina, o que foi?

Ela parece irritada, mas Tina não se importa. Ela já passou desse ponto.

— Estou enjoada. Preciso ir ao banheiro.

— Então vá, mas volte rápido.

Tina sai da sala. Algumas garotas estão rindo; aos treze anos, visitas inesperadas ao banheiro são sempre engraçadas. Mas Tina está preocupada demais com o estômago revirado para sentir vergonha. Quando chega ao corredor, ela sai correndo para o banheiro o mais rápido que consegue, mas o bolo é mais rápido, e ela se inclina antes de conseguir chegar lá e vomita o café da manhã nos próprios tênis.

O sr. Haggerty, o zelador principal da escola, está subindo a escada. Ele a vê se afastar da poça de vômito e corre até ela, o cinto de ferramentas estalando.

— Ei, garota, você está bem?

Tina apoia na parede um braço que parece feito de plástico. O mundo está rodando. Parte disso é porque ela vomitou com tanta intensidade que ficou com os olhos marejados, mas não é só isso. Queria de coração não ter deixado Barbara convencê-la a falar com o sr. Hodges, ter deixado Peter em paz para resolver sozinho o que houvesse de errado. E se ele nunca mais falar com ela?

— Estou — afirma ela. — Desculpe pela sujei…

Mas a tonteira piora antes que ela consiga terminar. Não é bem um desmaio, mas o mundo parece ficar distante, se torna uma coisa para a qual ela olha através de uma janela suja e não uma coisa na qual ela *está*. Ela desliza pela parede, impressionada pela visão dos próprios joelhos cobertos pela meia-calça verde indo ao seu encontro. É nessa hora que o sr. Haggerty a pega no colo e carrega escada abaixo, para a enfermaria.

16

O pequeno Subaru verde de Andy é perfeito, na opinião de Morris: discreto na medida certa. Só existem milhares iguais. Ele dá a ré e segue para o North Side, ficando atento a viaturas da polícia e obedecendo ao limite de velocidade.

No começo, é quase uma repetição da noite de sexta. Ele para uma vez mais no Bellows Avenue Mall e vai à Home Depot. Vai até a seção de ferramentas, onde escolhe uma chave de fenda com corpo comprido e um cinzel. Em seguida, vai até o prédio quadrado de tijolos que já foi o Rec da Birch Street e estaciona de novo na vaga marcada com RESERVADO PARA VEÍCULOS DO DEPTO. DO REC.

É uma vaga boa para fazer coisas escusas. Tem uma plataforma de carga e descarga de um lado e uma cerca alta do outro. Ele só fica visível por trás, onde ficam o campo de beisebol e a quadra de basquete caindo aos pedaços, mas, como está em horário escolar, elas estão desertas. Morris vai até a janela do porão na qual reparou antes, se agacha e enfia a chave de fenda na abertura no alto. Entra facilmente porque a madeira está podre. Ele usa o cinzel para aumentar a abertura. O vidro treme, mas não quebra, porque a massa de vidraceiro está velha e tem bastante espaço sobrando. A possibilidade de aquele prédio enorme ter um alarme fica menor a cada momento.

Morris troca o cinzel pela chave de fenda de novo. Ele a enfia pela abertura que fez, chega à tranca e empurra. Olha ao redor para ter certeza de que continua não sendo observado (a localização é boa, sim, mas invasão a propriedade privada em plena luz do dia ainda é uma ideia assustadora) e não vê nada além de um corvo empoleirado em um poste. Ele enfia o cinzel na parte de baixo da janela e bate nele com a base da mão até o fim, depois faz força para baixo. Por um momento, nada acontece. Em seguida, a janela desliza para cima com um gemido de madeira e uma chuva de poeira. Bingo. Ele seca o suor do rosto enquanto espia as cadeiras dobráveis empilhadas, as mesas de carteado e caixas de tralhas, verificando que vai ser fácil entrar.

Mas ainda não. Não enquanto houver a menor possibilidade de um alarme silencioso estar sendo acionado em algum lugar.

Morris leva as ferramentas até o pequeno Subaru verde e sai com o carro.

17

Linda Saubers está monitorando o período de atividades do meio da manhã na Northfield Elementary School quando Peggy Moran entra e diz que a filha dela está doente na Dorton Middle, a quase cinco quilômetros dali.

— Ela está na enfermaria — conta Peggy, mantendo a voz baixa. — Eu soube que vomitou e ficou desmaiada por alguns minutos.

— Ah, meu Deus — diz Linda. — Ela estava pálida no café da manhã, mas, quando perguntei se estava bem, ela disse que sim.

— Adolescentes são assim mesmo — comenta Peggy, revirando os olhos. — Ou é tudo um melodrama ou "Estou bem, mãe, cuide da própria vida". Vá até lá e leve ela pra casa. Eu cuido das coisas por aqui, e o sr. Jablonski já chamou um substituto.

— Você é um anjo.

Linda está pegando os livros e colocando na bolsa.

— Deve ser alguma coisa estomacal — sugere Peggy, se sentando na cadeira em que Linda estava. — Pode até levá-la a um médico aqui perto, mas para que gastar trinta pratas? O vírus está no ar.

— Eu sei — diz Linda... mas fica em dúvida.

Ela e Tom estão lentamente saindo de dois buracos: o buraco das finanças e o buraco do casamento. No ano seguinte ao acidente de Tom, eles chegaram perigosamente perto de se separarem. De repente, o dinheiro misterioso passou a chegar, uma espécie de milagre, e as coisas começaram a mudar. Eles ainda não saíram de nenhum dos dois buracos, mas Linda acredita que *vão* conseguir.

Com os pais concentrados na sobrevivência da família (e Tom, claro, tinha o desafio adicional de se recuperar dos ferimentos), as crianças passaram tempo demais voando no piloto automático. Só agora, quando sente que finalmente tem algum espaço para respirar e tempo para olhar ao redor, Linda fica com a sensação de que tem alguma coisa errada com Peter e Tina. Eles são filhos bons, *inteligentes*, e ela acha que nenhum dos dois foi capturado pelas armadilhas habituais da adolescência: bebidas, drogas, furtos e sexo. Mas tem *alguma coisa*, e ela acha que sabe o que é. E acha que Tom também sabe.

Deus mandou maná do céu quando os israelitas estavam passando fome, mas dinheiro vem de fontes mais prosaicas: bancos, amigos, heranças e parentes que podem ajudar. O dinheiro misterioso não veio de nenhuma dessas fontes. Sem dúvida, não de parentes. Em 2010, os parentes dos dois estavam em tanta dificuldade quanto eles próprios. Só que filhos também são parentes, não são? É fácil não perceber isso porque eles ficam muito próximos, mas são. É absurdo achar que o dinheiro veio de Tina, que só tinha nove anos quando os envelopes começaram a chegar e não conseguiria guardar um segredo assim.

Mas Peter... ele é o calado da família. Linda se lembra do que sua mãe disse quando o filho tinha só cinco anos:

— Aquele ali tem cadeado nos lábios.

Mas onde um garoto de treze anos poderia ter conseguido tanto dinheiro?

Enquanto dirige até a Dorton Middle para buscar a filha doente, Linda pensa: *Nós nunca fizemos nenhuma pergunta, e isso era porque tínhamos medo da resposta. Ninguém que não tivesse passado por aqueles meses terríveis depois do acidente de Tommy entenderia, e não vou pedir desculpas. Tivemos motivo para sermos covardes. Muitos. Os dois maiores estavam morando debaixo do nosso teto e contavam conosco para cuidar deles. Mas está na hora de perguntar quem estava cuidando de quem. Se foi Peter, se Tina descobriu e isso a está perturbando. Preciso parar de ser covarde. Preciso abrir os olhos.*

Preciso de respostas.

18

Meio da manhã.

Hodges está no tribunal e seu comportamento é exemplar. Holly ficaria orgulhosa. Ele responde às perguntas feitas pelo advogado do Agressor Careca de forma concisa. O advogado dá a ele muitas oportunidades de tagarelar, e apesar de ser uma armadilha na qual Hodges caiu algumas vezes nos dias de detetive, ele a evita agora.

Linda Saubers está levando a filha pálida e silenciosa para casa, onde vai oferecer a Tina um copo de ginger ale para acalmar o estômago e colocá-la na cama. Está finalmente preparada para perguntar a Tina o que ela sabe sobre o dinheiro misterioso, mas só quando a menina estiver se sentindo melhor. A tarde vai ser suficiente, e ela deve incluir Peter na conversa quando ele chegar da escola. Vão ser só os três, e provavelmente é melhor assim. Tom e um grupo de clientes da imobiliária estão visitando um complexo de escritórios, esvaziado recentemente pela IBM, oitenta quilômetros ao norte da cidade, e só vai voltar às sete. Talvez até mais tarde, se pararem para jantar na volta.

Peter está no terceiro tempo, física avançada, e apesar de os olhos estarem grudados no sr. Norton, que está falando sobre o bóson de Higgs e sobre o Grande Colisor de Hádrons do CERN, na Suíça, a mente está bem longe. Ele está repassando novamente o roteiro para a reunião dessa tarde e lembrando a si mesmo que o fato de ele *ter* um roteiro não quer dizer que Halliday vai segui-lo. Halliday trabalha na área há bastante tempo e deve ter contornado a lei durante boa parte da carreira. Peter é só um garoto, e se esquecer disso não seria proveitoso. Ele precisa tomar cuidado e levar sua inexperiência em conta. Precisa pensar antes de falar, todas as vezes.

Acima de tudo, precisa ser corajoso.

Ele diz para Halliday: *Meio pão é melhor do que pão nenhum, mas, em um mundo de necessidades, até uma fatia é melhor do que pão nenhum. Estou oferecendo três dúzias de fatias. Você precisa pensar nisso.*

Ele diz para Halliday: *Não vou ser a foda de aniversário de ninguém. É melhor você pensar nisso também.*

Ele diz para Halliday: *Se você acha que estou blefando, pague para ver. Mas, se fizer isso, nós dois vamos sair perdendo.*

Ele pensa: *Se eu conseguir controlar os nervos, posso sair dessa. E vou controlar. Vou. Preciso.*

Morris Bellamy estaciona o Subaru roubado a duas quadras da Mansão Saco de Pulgas e anda até lá. Para na porta de uma loja de artigos de segunda mão para ver se Ellis McFarland não está por perto, depois corre até o prédio infeliz e sobe os nove andares até seu apartamento. Os dois elevadores estão quebrados hoje, o que é bem comum. Ele joga algumas roupas em uma das bolsas e vai embora do quartinho de merda pela última vez. Durante todo o caminho até a primeira esquina, suas costas estão quentes, e o pescoço, duro como uma tábua de passar roupa. Carrega uma bolsa em cada mão, e elas parecem pesar cinquenta quilos cada. Fica esperando que McFarland chame seu nome. Que saia das sombras de um toldo e pergunte por que ele não está no trabalho. Que pergunte aonde ele pensa que vai. Que pergunte o que há nas bolsas. E que diga que ele vai voltar para a prisão. Sorte ou revés: vá para a prisão sem receber nada. Morris só relaxa quando a Mansão Saco de Pulgas some de vista.

Tom Saubers está fazendo um tour com seu grupo de corretores imobiliários pelo prédio vazio da IBM, mostrando as várias qualidades e encorajando-os a tirarem fotos. Estão todos animados com as possibilidades. No fim do dia, as pernas e os quadris cirurgicamente reparados vão doer com a força de todos os demônios do inferno, mas, no momento, está se sentindo bem. O complexo de escritórios e indústrias abandonado pode ser um grande negócio. A vida está finalmente voltando aos eixos.

Jerome foi ao escritório de Hodges para surpreender Holly, que dá gritinhos de alegria quando o vê, depois de apreensão quando ele a pega pela cintura e gira, como faz com a irmã. Eles conversam por mais de uma hora, contando as novidades, e ela fala o que pensa sobre o caso Saubers. Ela fica feliz quando Jerome leva a sério as preocupações com o Moleskine e mais feliz ainda ao descobrir que ele viu *Anjos da Lei 2*. Deixam de lado o assunto Peter Saubers e discutem o filme, comparando-o com outros da filmografia de Jonah Hill. Em seguida, passam a debater vários programas de computador.

Andrew Halliday é o único que não está fazendo nada. Primeiras edições não são mais importantes para ele, nem garçons jovens de calças pretas justas. Óleo e água são a mesma coisa que vento e ar para Andy agora. Ele está dormindo o sono eterno em uma poça de sangue coagulado, atraindo moscas.

19

Onze da manhã. A temperatura na cidade é de vinte e sete graus e o rádio diz que é capaz de chegar a trinta e dois antes de anoitecer. *Só pode* ser o aquecimento global, as pessoas dizem umas às outras.

Morris passa pelo Rec da Birch Street duas vezes e fica feliz (embora não surpreso) de ver que continua deserto, como sempre, só uma caixa de tijolos vazia assando sob o sol. Não vê a polícia nem seguranças ali. Até o corvo partiu em busca de locais mais frescos. Ele dá a volta no quarteirão e repara que agora tem um Ford Focus bem cuidado estacionado na garagem de sua antiga casa. O sr. ou a sra. Saubers voltou cedo. Talvez até os dois. Não tem importância. Morris volta para o Rec e, dessa vez, entra, seguindo até os fundos e estacionando na vaga que passou a considerar sua.

Está confiante de que não é observado, mas ainda é uma boa ideia fazer isso rápido. Ele carrega as bolsas até a janela que arrombou e as joga no chão do porão, onde caem com um estalo, formando nuvens gêmeas de poeira. Dá uma olhada rápida ao redor e enfia os pés pela janela, descendo de costas.

Morris fica tonto quando inspira o ar frio e com cheiro de mofo. Ele cambaleia um pouco e estica os braços para se equilibrar. *É o calor*, pensa. *Você anda ocupado demais para perceber, mas está pingando de suor. Além do mais, não comeu nada desde que acordou.*

As duas coisas são verdade, mas a principal é mais simples e evidente: ele não é mais tão jovem quanto era, e anos se passaram desde os esforços físicos do trabalho de tingimento. Precisa ir com calma. Perto da fornalha há algumas caixas grandes com UTENSÍLIOS DE COZINHA escrito na lateral. Morris se senta em uma delas até o coração se acalmar e a tontura passar. Em seguida, abre a bolsa com a pistola de Andy dentro, prende a arma na parte de trás da cintura da calça e puxa a camisa por cima. Ele pega cem dólares do dinheiro de Andy, para o caso de ter despesas imprevistas, e deixa o resto para depois. Vai voltar mais tarde, quem sabe até passe a noite lá. Depende do garoto que roubou os cadernos e das medidas que Morris precise usar para recuperá-los.

Farei o que for preciso, babaca, pensa ele. *O que for preciso.*

No momento, é hora de seguir em frente. Quando era mais jovem, conseguiria sair por aquela janela de porão com facilidade, mas não agora. Ele arrasta uma das caixas de UTENSÍLIOS DE COZINHA (surpreendentemente pesada, deve ter algum eletrodoméstico quebrado dentro) e a usa como degrau. Cinco minutos depois, está a caminho da Andrew Halliday Rare Editions, onde vai parar o Subaru na vaga do velho amigo e passar o resto do dia aproveitando o ar-condicionado e esperando que o jovem ladrão de cadernos apareça.

James Hawkins mesmo, ele pensa.

20

14h15.

Hodges, Holly e Jerome estão seguindo para as posições ao redor da Northfield High: Hodges nos portões da frente, Jerome na esquina da Westfield Street e Holly atrás do auditório da escola na Garner Street. Quando eles estão a postos, avisam para Hodges.

Na livraria na Lacemaker Lane, Morris ajeita a gravata, vira a placa de FECHADO para ABERTO e destranca a porta. Vai até o balcão e se senta. Se um cliente entrar para olhar, o que não é provável, considerando a hora do dia, mas é possível, ele vai ajudar de boa vontade. Se houver um cliente quando o garoto chegar, ele vai pensar em alguma coisa. Vai improvisar. Seu coração está disparado, mas as mãos estão firmes. Os tremores sumiram. *Sou um lobo*, diz para si mesmo. *Vou morder, se precisar.*

Peter está na aula de escrita criativa. O texto é *The Elements of Style*, de Strunk e White, e hoje eles estão discutindo a famosa Regra 13: *Omita palavras desnecessárias*. Eles tiveram que ler "Os assassinos", conto de Hemingway, e a discussão está animada. Muito é dito sobre a forma como Hemingway omite palavras desnecessárias. Peter quase não ouve nada. Fica olhando para o relógio, onde os ponteiros seguem com determinação na direção do seu encontro com Andrew Halliday. E ele continua repassando as falas.

Às 14h25, sente o celular vibrar. Puxa-o discretamente do bolso e olha para a tela.

Mãe: Venha direto para casa depois da aula, precisamos conversar.

Seu estômago se contrai e o coração começa a bater mais rápido. Pode ser só uma tarefa que precisa ser feita, mas Peter não acredita nisso. *Precisamos conversar* é a linguagem de mãe para *Houston, temos um problema*. Pode ser sobre o dinheiro, e é provável que seja, porque os problemas vêm aos montes. Se for, então Tina deu com a língua nos dentes.

Tudo bem. Se tiver que ser assim, tudo bem. Ele vai para casa, e eles vão conversar, mas Peter tem que resolver o problema de Halliday antes. Os pais não são responsáveis pela confusão em que ele se meteu, e não vai *torná-los* responsáveis. Também não vai se culpar. Ele fez o que tinha que fazer. Se Halliday se recusar a fazer um acordo, se chamar a polícia apesar de todos os motivos que Peter pode dar a ele para não fazer isso, então, quanto menos os pais souberem, melhor. Ele não quer que sejam acusados de serem cúmplices nem nada.

Pensa em desligar o celular, mas decide não fazer isso. Se a mãe, ou Tina, mandar uma mensagem de texto, é melhor saber. Peter olha para o relógio e vê que são 14h40. Em pouco tempo o sinal vai tocar e ele vai ser liberado da escola.

Ele se pergunta se vai voltar.

21

Hodges para o Prius a uns quinze metros da entrada principal da escola. Está parado em um local com o meio-fio pintado de amarelo, mas tem um cartão antigo de MISSÃO POLICIAL no porta-luvas, que guarda para esse tipo de dificuldade. Ele o coloca no painel. Quando o sinal toca, sai do carro, se recosta no capô com os braços cruzados e fica olhando as portas. Acima da entrada está entalhado o lema da escola: A EDUCAÇÃO É A LUZ DA VIDA. Hodges segura o celular, pronto para fazer ou receber uma ligação, dependendo de quem sair e quem não sair.

A espera não é longa, pois Peter Saubers está na primeira leva de alunos que sai para aquele dia quente e desce rapidamente os degraus amplos de granito. A maior parte dos estudantes está com amigos. O garoto Saubers está sozinho. Não é o único sozinho, claro, mas tem uma expressão determinada no rosto, como se ele estivesse vivendo no futuro em vez de no presente. Os olhos de Hodges continuam afiados como sempre foram, e ele acha que parece o rosto de um soldado indo para a batalha.

Ou talvez ele só esteja preocupado com as provas finais.

Em vez de seguir para os ônibus amarelos estacionados na lateral da escola, à esquerda, Peter vira para a direita, na direção de onde Hodges está estacionado. Hodges parte para interceptá-lo e liga para Holly enquanto anda.

— Encontrei o garoto. Avise Jerome.

Ele interrompe a ligação sem esperar que ela responda.

Peter faz menção de contornar Hodges pela rua. O ex-detetive entra no caminho.

— Ei, Peter, tem um minuto?

Os olhos do garoto se concentram nele. Ele é bonito, mas o rosto está magro demais, e a testa, cheia de acne. Os lábios estão tão comprimidos que a boca quase sumiu.

— Quem é você? — pergunta ele. Não "sim, senhor" ou "como posso ajudar?". Só "quem é você". A voz está tão tensa quanto o rosto.

— Meu nome é Bill Hodges. Eu queria trocar uma palavrinha com você.

Há adolescentes passando por eles, conversando, se cutucando, rindo, falando merda, ajeitando mochilas. Alguns olham para Peter e para o homem com cabelo grisalho rareando, mas nenhum mostra interesse. Todos têm para onde ir e o que fazer.

— Sobre o quê?

— No meu carro seria melhor. Para termos privacidade.

Ele aponta para o Prius.

O garoto repete:

— Sobre o quê?

E não se move.

— A questão é a seguinte, Peter. Sua irmã, Tina, é amiga de Barbara Robinson. Conheço a família Robinson há anos, e Barbara convenceu Tina a ir falar comigo. Ela está muito preocupada com você.

— Por quê?

— Se você quer saber por que Barbara sugeriu isso, é porque eu fui detetive. — Os olhos do garoto ficam alarmados. — Se quer saber por que Tina está preocupada, é melhor não discutirmos isso na rua.

De repente, a expressão alarmada some e o rosto do garoto fica inexpressivo de novo. É o rosto de um bom jogador de pôquer. Hodges já interrogou suspeitos capazes de neutralizar o rosto assim, e eles costumam ser os mais difíceis de ceder. Se é que cedem.

— Não sei o que Tina disse, mas ela não tem nada com que se preocupar.

— Se o que ela me disse é verdade, talvez tenha. — Hodges oferece ao garoto seu melhor sorriso. — Venha, Peter. Não vou sequestrar você. Juro por Deus.

Peter assente com relutância. Quando eles chegam ao Prius, o garoto para. Ele está lendo o cartão amarelo no painel.

— *Era* policial ou ainda é?

— Era — diz Hodges. — Esse cartão... pode-se chamar de lembrancinha. Estou fora da polícia e recebendo aposentadoria há cinco anos. Entre para podermos conversar. Eu vim como amigo. Se ficarmos aqui por muito tempo, vou derreter.

— E se eu não entrar?

Hodges dá de ombros.

— Aí você vai embora.

— Tudo bem, mas só um minuto — diz Peter. — Preciso passar na farmácia para o meu pai. Ele toma um remédio, Vioxx. Porque se machucou uns anos atrás.

Hodges assente.

— Eu sei. No City Center. O caso era meu.

— Era?

— Era.

Peter abre a porta do carona e entra no Prius. Não parece nervoso por estar no carro de um estranho. Cuidadoso e cauteloso, mas não nervoso. Hodges, que já interrogou uns dez mil suspeitos e testemunhas ao longo dos anos, tem certeza de que o garoto tomou uma decisão, embora não consiga saber se é contar o que tem na cabeça ou guardar segredo. Seja como for, não vai demorar até ele descobrir.

Ele contorna o carro e senta-se atrás do volante. Peter não se importa com isso, mas, quando Hodges liga o motor, ele fica tenso e coloca a mão na maçaneta.

— Relaxe. Só quero ligar o ar-condicionado. Está quente à beça, caso você não tenha reparado. Principalmente para esta época do ano. Deve ser o aquecimento glob...

— Quero acabar logo com isso para eu poder comprar o remédio do meu pai e ir para casa. O que minha irmã falou? Você sabe que ela só tem treze anos, não é? Eu a amo muito, mas mamãe a chama de Tina, a rainha do drama. — E então, como se isto explicasse tudo: — Ela e a amiga, Ellen, não perdem um episódio de *Pretty Little Liars*.

Tudo bem, então a decisão inicial é não falar. Não é muito surpreendente. O trabalho agora é fazê-lo mudar de ideia.

— Me conte sobre o dinheiro que chegava pelo correio, Peter.

Ele não fica tenso; nenhuma expressão de alarme surge no rosto do garoto. *Ele sabia que o assunto era esse*, pensa Hodges. Soube assim que o nome da irmã foi mencionado. Talvez até tivesse recebido um aviso. Tina podia ter mudado de ideia e mandado uma mensagem.

— Você está falando do dinheiro misterioso — diz Peter. — Era assim que a gente chamava.

— É. É disso que estou falando.

— Começou a chegar quatro anos atrás, mais ou menos. Eu tinha a idade que Tina tem agora. Todo mês, mais ou menos, chegava um envelope endereçado para o meu pai. Nunca vinha nenhuma carta junto, só o dinheiro.

— Quinhentos dólares.

— Uma ou duas vezes talvez tenha vindo um pouco menos ou um pouco mais, eu acho. Eu nem sempre estava em casa quando o envelope chegava, e, depois das duas primeiras vezes, mamãe e papai pararam de falar no assunto.

— Como se falar pudesse estragar tudo?

— É, tipo isso. E, em determinado ponto, Tina ficou cismada que era eu quem mandava. Até parece. Na época, eu nem ganhava mesada.

— Se não foi você, quem foi?

— Não sei.

Parece que ele vai parar aí, mas ele continua. Hodges escuta tranquilamente, torcendo para Peter dar com a língua nos dentes. O garoto é inteligente, mas às vezes até pessoas inteligentes falam demais. Se você as deixa.

— Sabe como em todo Natal surgem histórias nos noticiários sobre um cara distribuindo notas de cem dólares no Walmart ou outro lugar qualquer?

— Claro.

— Acho que foi alguma coisa assim. Algum cara rico decidiu bancar o Papai Noel com uma das pessoas que se machucou naquele dia no City Center e sorteou o nome do meu pai de dentro de um chapéu. — Ele se vira para olhar para Hodges pela primeira vez desde que entraram no carro, os olhos arregalados e sinceros e nem um pouco confiáveis. — Até onde eu sei, ele pode estar mandando dinheiro para outras pessoas também. Provavelmente os que se machucaram muito e não tinham mais como trabalhar.

Hodges pensa: *Mandou bem, garoto. Sua teoria até que faz sentido.*

— Dar mil dólares para dez ou vinte pessoas aleatórias no Natal é uma coisa. Dar mais de vinte mil para uma família ao longo de quatro anos é bem diferente. Se você acrescentar outras famílias, estaríamos falando de uma pequena fortuna.

— Ele pode ser alguém que trabalha com investimentos — sugere Peter. — Um daqueles caras que ficou rico quando todo mundo estava ficando pobre e se sentiu culpado.

Ele não está mais olhando para Hodges, está olhando para a frente, pelo para-brisa. Está exalando um odor, ou é o que parece a Hodges; não suor, mas fatalismo. Mais uma vez, ele pensa em soldados se preparando para a guerra, sabendo que as chances são de pelo menos cinquenta por cento de serem mortos ou feridos.

— Ouça, Peter. Eu não ligo para o dinheiro.

— Eu não mandei!

Hodges continua pressionando. Era nisso que ele era melhor.

— Foi uma grana que apareceu inesperadamente, e você a usou para ajudar seus pais a superar uma dificuldade. Não é uma coisa ruim, é admirável.

— Muita gente não acharia isso — diz Peter. — Se fosse verdade, claro.

— Você está errado. A maioria das pessoas *acharia* isso, sim. E vou dizer uma coisa em que você pode acreditar, porque é baseada em quarenta anos de experiência como policial. Nenhum promotor desta cidade, nenhum promotor deste *país*, faria acusações contra um garoto que encontrou dinheiro e o usou para ajudar a família depois que o pai perdeu o emprego e teve as pernas esmagadas por um lunático. A imprensa crucificaria qualquer um que tentasse levar *essa* merda para o tribunal.

Peter fica em silêncio, mas o pomo de adão está se movendo, como se ele estivesse segurando o choro. Ele quer contar, mas alguma coisa o impede. Não o dinheiro, mas algo relacionado ao dinheiro. Tem que ser. Hodges está curioso sobre de onde veio o dinheiro daqueles envelopes mensais, qualquer pessoa ficaria, mas está bem mais curioso para saber o que está acontecendo com esse garoto.

— Você mandou o dinheiro...

— Pela última vez, *eu não mandei*!

— ... e tudo estava bem, mas depois você se meteu em alguma encrenca. Me conte o que é, Peter. Me deixe ajudar a consertar. Me deixe ajudar a resolver.

Por um momento, o garoto treme, à beira da revelação. Mas ele desvia os olhos para a esquerda. Hodges segue o olhar e vê o cartão que botou no painel. É amarelo, a cor da cautela. A cor do perigo. MISSÃO POLICIAL. Agora ele deseja ter deixado aquilo no porta-luvas e estacionado cem metros à frente. Jesus, ele caminha todos os dias. Cem metros teriam sido moleza.

— Não tem nada errado — afirma Peter. Ele agora está falando tão mecanicamente quanto a voz robótica que sai do GPS no painel de Hodges, mas ele nota uma pulsação vibrando nas têmporas do garoto, as mãos apertadas no colo e o suor no rosto, apesar do ar-condicionado. — Eu não mandei o dinheiro. Tenho que ir buscar os comprimidos do meu pai.

— Peter, escute. Mesmo que eu ainda fosse policial, essa conversa seria inaceitável em um tribunal. Você é menor de idade e não tem nenhum adulto responsável para orientar você. Além disso, eu não li seus direitos...

Hodges vê o rosto do garoto se fechar como a porta de um cofre de banco. Só foi preciso duas palavras: *seus direitos*.

— Agradeço a preocupação — diz Peter com a mesma voz robótica e educada. Ele abre a porta do carro. — Mas não tem nada errado. De verdade.

— Tem, sim. — Hodges pega um cartão no bolso da camisa e o entrega. — Pegue isto. Ligue se mudar de ideia. Seja lá o que for, posso ajud...

A porta se fecha. Hodges vê Peter Saubers se afastar rapidamente, guarda o cartão de volta no bolso e pensa: *Me fodi, estraguei tudo. Seis anos atrás, talvez até dois, eu o teria na palma da mão.*

Mas culpar a idade é fácil demais. Parte mais profunda dele, mais analítica e menos emocional, sabe que ele nem chegou perto. Achar que poderia ter conseguido era ilusão. Peter se preparou tão bem para uma batalha que é psicologicamente incapaz de ceder.

O garoto chega à Drug City, pega a receita dos remédios do pai no bolso de trás da calça e entra. Hodges liga para Jerome.

— Bill! Como foi?

— Não muito bem. Sabe a City Drug?

— Claro.

— Ele está comprando um remédio lá. Contorne o quarteirão o mais rápido que conseguir. Peter disse que está indo para casa, e pode ser que esteja, mas, se não estiver, quero saber para *onde*. Você acha que consegue seguir ele? Ele viu meu carro. Não vai reconhecer o seu.

— Pode deixar. Estou a caminho.

Menos de três minutos depois, Jerome dobra a esquina. Ele entra em uma vaga liberada por uma mãe que foi buscar duas crianças que parecem pequenas demais para serem do ensino médio. Hodges sai, acena para Jerome e segue para a localização de Holly na Garner Street, digitando o número do celular dela enquanto dirige. Eles podem esperar o relatório de Jerome juntos.

22

O pai de Peter toma mesmo Vioxx desde que se livrou do OxyContin, mas, no momento, tem bastante. A folha dobrada que tira do bolso de trás e para a qual olha antes de entrar na City Drug é um aviso do diretor-assistente lembrando aos alunos do segundo ano que o Dia Enforcado é um mito e que a direção vai examinar todas as ausências daquele dia com atenção especial.

Peter não exibe o bilhete; Bill Hodges pode ser aposentado, mas não pareceu retardado. Não, ele só olha por um momento, como se verificando que está com a coisa certa, e entra. Ele vai depressa até o balcão dos fundos, onde o sr. Pelkey o cumprimenta com simpatia.

— E aí, Peter. Em que posso ajudar hoje?

— Em nada, sr. Pelkey, estamos bem. Mas tem uns garotos atrás de mim porque não deixei que copiassem minhas respostas do dever de casa de história. Eu queria saber se você pode me ajudar.

O sr. Pelkey franze a testa e segue para a portinhola vaivém. Ele gosta de Peter, que está sempre alegre apesar de a família ter passado por maus bocados.

— Mostre para mim quem são. Vou afugentá-los para você.

— Não, posso resolver, mas amanhã. Depois que eles tiverem chance de esfriar a cabeça. Posso sair pelos fundos?

O sr. Pelkey dá uma piscadela conspiratória que diz que ele também já foi adolescente.

— Claro. Passe pela portinhola.

Ele leva Peter por entre prateleiras cheias de pomadas e comprimidos, depois até um escritório pequeno nos fundos. Ali tem uma porta com uma placa grande e vermelha que diz O ALARME SERÁ DISPARADO. O sr. Pelkey esconde o teclado do código com uma das mãos e digita alguns números com a outra. Peter ouve um zumbido.

— Pode ir — diz o sr. Pelkey.

Peter agradece, sai para a plataforma de carga e descarga atrás da farmácia e pula para a calçada rachada. Um beco o leva até a Frederick Street. Ele olha para os dois lados, procurando o Prius do ex-detetive, e sai correndo quando não o vê. Leva vinte minutos para chegar à Lower Main Street, e, apesar de não ver o Prius azul, faz alguns desvios repentinos no caminho, só por garantia. Ele está entrando na Lacemaker Lane quando o celular vibra de novo. Dessa vez, a mensagem é da irmã.

Tina: Vc falou c/ o sr. Hodges? Espero q sim. Mamãe sabe.
Eu não contei, ela SABIA. Não fique c/ raiva de mim. ☹

Como se eu conseguisse, pensa Peter. Se eles tivessem só dois anos de diferença de idade, talvez toda essa coisa de rivalidade entre irmãos tivesse acontecido, mas é bem possível que nem assim. Às vezes ele fica irritado com ela, mas com raiva mesmo nunca ficou, nem quando Tina age como uma verdadeira peste.

A verdade sobre o dinheiro foi revelada, mas talvez ele possa dizer que só encontrou a grana e esconder o fato de que tentou vender a propriedade privada de um homem assassinado só para que a irmã pudesse estudar em uma escola onde não precisaria tomar banho em grupo. E que faria a amiga Ellen ser esquecida.

Ele sabe que suas chances de escapar dessa situação são poucas, na verdade, quase inexistentes, mas, em algum momento (talvez naquela tarde, vendo os ponteiros do relógio seguindo implacavelmente para as três horas), isso adquiriu importância secundária. O que ele quer mesmo é enviar os cadernos, principalmente os que contêm os dois últimos livros de Jimmy Gold, para a NYU. Ou talvez para a *The New Yorker*, já que a revista publicou quase todos os contos de Rothstein nos anos 1950. E que Andrew Halliday enfiasse tudo no rabo. Isso mesmo, e com força. Tudinho. Não pode permitir que Halliday venda o trabalho final de Rothstein para um colecionador rico e maluco que vai guardar os cadernos em uma sala secreta com temperatura controlada junto com os Renoir, ou os Picasso, ou com uma Bíblia preciosa do século xv.

Quando era criança, Peter via os cadernos só como um tesouro enterrado. *Seu* tesouro. Agora, ele sabe que não é bem assim, e não só porque se apaixonou pela prosa desbocada, engraçada e às vezes loucamente comovente de John Rothstein. Os cadernos nunca foram só dele. Também nunca foram só de Rothstein. Independentemente do que ele pensasse quando estava entocado na fazenda em New Hampshire. Eles mereciam ser vistos e lidos por todo mundo. Talvez o pequeno deslizamento que expôs o baú naquele dia de inverno não tenha sido nada além de casualidade, mas Peter não acredita nisso. Ele acredita que, assim como o sangue de Abel, os cadernos gritaram debaixo da terra. Se isso o torna um romântico de merda, que seja. Algumas merdas *queriam* dizer alguma merda.

Na metade da Lacemaker Lane, ele vê o letreiro antiquado da livraria. É parecido com algo que se veria no letreiro de um pub inglês, embora esteja escrito Andrew Halliday Rare Editions em vez de O Descanso do Lavrador ou algo do tipo. Ao olhar para a placa, as últimas dúvidas de Peter desaparecem como fumaça.

Ele pensa: *John Rothstein também não é sua foda de aniversário, sr. Halliday. Não é agora, nem nunca foi. Bupkes, querido, como Jimmy Gold diria. Se você chamar a polícia, vou contar tudo, e depois do que você passou com o livro de James Agee, vamos ver em quem eles vão acreditar.*

Um peso (invisível, mas enorme) desaparece dos ombros dele. Alguma coisa em seu coração parece ter voltado ao normal pela primeira vez em muito tempo. Peter sai andando na direção da loja, caminhando rápido, sem perceber que está com os punhos cerrados.

23

Alguns minutos depois das três da tarde, por volta da hora em que Peter está entrando no Prius de Hodges, um cliente entra na livraria. É um sujeito gorducho cujos óculos grossos e cavanhaque grisalho não disfarçam sua semelhança com Hortelino Troca-Letras.

— Posso ajudá-lo? — pergunta Morris, embora a primeira coisa que ocorra a ele seja: *O que é que há, velhinho?*

— Não sei — responde Hortelino, com dúvida na voz. — Onde está Drew?

— Ele teve uma emergência familiar no Michigan.

Morris sabe que Andy é do Michigan, então não tem problema falar isso, mas ele vai ter que tomar cuidado com essa história de família; se Andy já falou sobre parentes, Morris esqueceu.

— Sou um velho amigo. Ele me pediu para cuidar da loja hoje.

Hortelino pondera a resposta. A mão de Morris, enquanto isso, vai até as costas e toca na forma tranquilizadora da pequena pistola. Ele não quer atirar naquele cara, não quer correr o risco de fazer muito barulho, mas fará isso, se precisar. Tem bastante espaço para Hortelino no escritório de Andy.

— Ele estava guardando um livro para mim, pelo qual fiz um depósito. Era uma primeira edição de *Mas não se matam cavalos?*. É de...

— Horace McCoy — conclui Morris por ele.

Os livros na prateleira à esquerda do balcão, atrás dos quais os DVDs das câmeras de segurança estavam escondidos, tinham folhas de papel enfiadas dentro, e, desde que chegou na loja hoje, Morris examinou todos. São encomendas de clientes, e o McCoy está entre eles.

— Ótimo exemplar, autografado. Só a assinatura, sem dedicatória. Um pouco rachado na lombada.

Hortelino sorri.

— Esse mesmo.

Morris o pega na prateleira, lançando um olhar para o relógio enquanto isso. 15h13. As aulas da Northfield High terminam às três, o que quer dizer que o garoto deve chegar no máximo às três e meia.

Ele puxa a folha de papel e vê *Irving Yankovic, U$ 750*. Entrega o livro para Hortelino com um sorriso.

— Eu me lembro especificamente deste. Andy, mas acho que agora ele prefere ser chamado de Drew, me disse que só vai cobrar quinhentos. Ele conseguiu um bom negócio e queria compartilhar a economia.

Qualquer desconfiança que Hortelino pudesse ter sentido ao encontrar um estranho no local habitual de Drew evapora com a perspectiva de economizar duzentos e cinquenta dólares. Ele pega o talão de cheques.

— Então... com o depósito, faltam...

Morris balança a mão, magnânimo.

— Ele não me disse de quanto foi o depósito. É só fazer a conta da diferença. Tenho certeza de que ele confia em você.

— Depois de tantos anos, ele tem mesmo que confiar. — Hortelino se inclina sobre o balcão e começa a preencher o cheque. Faz isso com lentidão excruciante. Morris olha o relógio. 15h16. — Você leu *Mas não se matam cavalos?*?

— Não — responde Morris. — Ainda não li esse.

O que ele vai fazer se o garoto entrar enquanto aquele babaca pretensioso de cavanhaque ainda estiver debruçado sobre o talão de cheques? Não vai poder dizer a Saubers que Andy está no escritório, não depois de ter dito a Hortelino que ele está no Michigan. Suor começa a escorrer do couro cabeludo até as bochechas. Dá para sentir. Ele suava assim na prisão, enquanto esperava ser estuprado.

— É um livro maravilhoso — comenta Hortelino, parando com a caneta acima do cheque parcialmente preenchido. — É um *noir* maravilhoso e também possui uma crítica social que deixa *As vinhas da ira* no chinelo. — Ele faz uma pausa e pensa em vez de escrever, e agora são 15h18. — Bem... talvez não *As vinhas da ira*, isso seria um exagero, mas certamente *Luta incerta*, que é mais um tratado socialista do que um romance, não acha?

Morris diz que acha. Suas mãos estão dormentes. Se ele tiver que pegar a arma, é capaz de deixá-la cair. Ou de dar um tiro na própria bunda. Isso o faz dar uma gargalhada curta e repentina, um som assustador no espaço estreito e cheio de livros.

Hortelino levanta o rosto com a testa franzida.

— Eu disse alguma coisa engraçada? Sobre Steinbeck, talvez?

— De jeito nenhum — responde Morris. — É... eu tenho um problema médico. — Ele passa a mão pela bochecha úmida. — Eu suo muito e começo a rir.

A expressão na cara de Hortelino o faz rir de novo. Ele se pergunta se Andy e Hortelino já transaram, e a ideia de toda aquela pele sacudindo e batendo o faz rir mais.

— Desculpe, sr. Yankovic. Não é pessoal. A propósito... você é parente do famoso humorista da música pop, "Weird Al" Yankovic?

— Não.

Yankovic assina o cheque com pressa, o puxa do talão e entrega para Morris, que está sorrindo e pensando que é o tipo de cena que John Rothstein poderia ter escrito. Quando entrega o cheque, Yankovic tem o cuidado de não encostar os dedos nos dele.

— Desculpe pelas risadas — diz Morris, rindo ainda mais. — Eu não consigo controlar.

O relógio agora marca 15h21, e até isso é engraçado.

— Entendo. — Hortelino está recuando com o livro contra o peito. — Obrigado.

Ele vai rapidamente até a porta. Morris grita:

— Não se esqueça de dizer a Andy que eu dei o desconto. Quando você o encontrar.

Isso faz Morris rir ainda mais, porque essa foi boa. Quando você o encontrar! Entendeu? Quando o ataque de riso passa, são 15h25, e ocorre a Morris que talvez ele tenha apressado o sr. Irving "Hortelino" Yankovic sem motivo algum. Talvez o garoto tenha mudado de ideia. Talvez não esteja a caminho, e não há nada de engraçado nisso.

Bem, pensa Morris, *se ele não aparecer aqui, vou ter que fazer uma visitinha. Aí, ele vai ser o alvo da piada, não vai?*

24

15h40.

Não há necessidade de parar no meio-fio pintado de amarelo agora; todos os pais que lotavam a área ao redor da escola de ensino médio mais cedo, esperando para buscar os filhos, foram embora. Os ônibus também. Hodges, Holly e Jerome estão em um Mercedes que já pertenceu à prima de Holly, Olivia. Foi usado como arma do crime no City Center, mas nenhum deles está pensando nisso agora. Eles têm outras coisas em mente, principalmente o filho de Thomas Saubers.

— O garoto pode estar encrencado, mas você tem que admitir que ele pensa rápido — comenta Jerome. Após dez minutos parado em frente à City Drug, ele entrou e confirmou que o garoto que ele tinha que seguir havia fugido. — Um profissional não teria feito melhor.

— Verdade — diz Hodges.

O garoto virou um desafio, um desafio maior do que o ladrão de avião, o sr. Madden. Hodges não interrogou o farmacêutico, e nem precisa. Peter compra remédios com receita médica lá há anos, conhece o farmacêutico e o farmacêutico o conhece. O garoto inventou uma história qualquer, o farmacêutico o deixou usar a porta dos fundos e fim. Eles não ficaram de olho na Frederick Street porque não parecia haver necessidade.

— E agora? — pergunta Jerome.

— Acho que devíamos vigiar a casa dos Saubers. Tínhamos uma pequena chance de deixar os pais dele de fora, porque Tina pediu, mas acho que isso já era.

— Eles já devem ter ideia de que foi Peter — diz Jerome. — Afinal, são os *pais*.

Hodges pensa em dizer: *O pior cego é aquele que não quer ver*, mas só dá de ombros.

Holly não contribuiu em nada com a discussão até o momento, só ficou sentada atrás do volante da banheira que é aquele carro, com os braços cruzados, batendo com os dedos de leve nos ombros. Agora, ela se vira para Hodges, que está sentado no banco de trás.

— Você perguntou a Peter sobre o caderno?

— Não tive oportunidade — responde Hodges. Holly está com a pulga atrás da orelha por causa do caderno, e ele *devia* ter perguntado, só para satisfazê-la, mas a verdade é que isso nem passou por sua cabeça. — Ele decidiu ir embora e pulou fora. Não quis nem pegar meu cartão.

Holly aponta para a escola.

— Acho que devíamos falar com Ricky Hippie antes de irmos embora. — Quando nenhum dos dois responde, ela acrescenta: — A *casa* de Peter ainda *vai* estar lá, sabe? Não vai *sair voando* nem nada.

— Acho que não faria mal — diz Jerome.

Hodges suspira.

— E vamos dizer o quê, exatamente? Que um dos alunos dele encontrou ou roubou dinheiro e o mandou para os pais como mesada? Os pais deviam ser informados antes de um professor que não deve nem saber de nada. E devia ser Peter a contar a eles. Ao menos, vai tirar a irmã da forca.

— Só que, se ele estiver metido em alguma confusão sobre a qual não quer que os pais saibam, mas quisesse contar para alguém... sabe, um adulto...

Jerome tem quatro anos a mais do que tinha quando ajudou Hodges com a confusão de Brady Hartsfield, tem idade suficiente para votar e comprar bebida alcoólica, mas ainda é jovem o suficiente para se lembrar de como é ter dezessete anos e perceber de repente que está encrencado. Quando isso acontece, você quer falar com alguém que já tenha alguma experiência.

— Jerome está certo. — Holly se vira para Hodges. — Vamos falar com o professor e descobrir se Peter pediu conselho sobre alguma coisa. Se ele perguntar por que queremos saber...

— É *claro* que ele vai perguntar — interrompe Hodges —, e não posso alegar confidencialidade. Não sou advogado.

— Nem padre — acrescenta Jerome, sem ajudar.

— Você pode dizer que somos amigos da família — diz Holly, com firmeza. — E é verdade.

Ela abre a porta.

— Você tem um plano — diz Hodges. — Não tem?

— Tenho — responde ela. — É uma daquelas minhas intuições. Agora, vamos.

25

Quando eles estão subindo os degraus amplos do colégio e passando por baixo do lema EDUCAÇÃO É A LUZ DA VIDA, a porta da Andrew Halliday Rare Editions se abre de novo e Peter Saubers entra. Ele segue pelo corredor principal, mas para, com a testa franzida. O homem atrás do balcão não é o sr. Halliday. Ele é, de várias formas, o *oposto* exato do sr. Halliday: pálido em vez de corado (exceto os lábios, que são estranhamente vermelhos), cabelo branco em vez de careca e magro em vez de gordo. Quase cadavérico. Caramba. Peter esperava que seu roteiro desandasse, mas não tão rápido.

— Onde está o sr. Halliday? Eu tinha um compromisso com ele.

O estranho sorri.

— Sim, claro, embora ele não tenha me dado seu nome. Ele só disse que era um jovem. Andy está esperando você no escritório, nos fundos da loja. — Isso é verdade. De certa forma. — É só bater e entrar.

Peter relaxa um pouco. Faz sentido Halliday não querer ter um encontro tão importante ali, onde qualquer pessoa procurando um exemplar usado de *O sol é para todos* poderia entrar e interrompê-los. Ele está sendo cuidadoso, está planejando. Se Peter não fizer o mesmo, sua pequena chance de sair bem disso vai por água abaixo.

— Obrigado — diz ele, e passa por entre as estantes altas na direção dos fundos da loja.

Assim que o garoto se afasta do balcão, Morris se levanta e vai rápida e silenciosamente até a frente da loja. Ele vira a placa de ABERTO para FECHADO.

Em seguida, tranca a porta.

26

A secretária da direção da Northfield High olha com curiosidade para o trio de visitantes, mas não faz perguntas. Talvez suponha que sejam familiares que foram reclamar de alguma nota em favor de um aluno. Quem quer que sejam, eles são problema de Howie Ricker, não dela.

Ela verifica um quadro magnético coberto de etiquetas multicoloridas e diz:

— Ele ainda deve estar na sala. É a 309, no terceiro andar, mas olhem antes pela janelinha e vejam se ele não está com algum aluno. Ele tem reuniões hoje até as quatro e, com as aulas terminando em algumas semanas, muitos alunos vão lá pedir ajuda com os trabalhos finais. Ou pedir aumento de prazo.

Hodges agradece, e eles sobem a escada, os passos ecoando. Em algum lugar abaixo, um quarteto de músicos está tocando "Greensleeves". Em algum lugar acima, uma voz masculina vigorosa grita com jovialidade:

— Você é *péssimo*, Malone!

A sala 309 fica na metade do corredor do terceiro andar, e o sr. Ricker, usando uma camisa estampada de doer os olhos, com a gola desabotoada e a gravata afrouxada, está falando com uma garota que gesticula de forma dramática. Ricker levanta o rosto, vê que tem visita e volta a atenção para a garota.

Os três ficam encostados na parede, onde pôsteres anunciam cursos de verão, oficinas, destinos para férias e um baile de fim de ano. Duas garotas passam pelo corredor saltitando, ambas usando camisetas e bonés de softball. Uma está jogando uma luva de apanhadora de uma mão para outra, como se estivesse brincando de batata quente.

O celular de Holly toca algumas notas sinistras do tema de *Tubarão*. Sem diminuir a velocidade, uma das garotas diz:

— Você vai precisar de um barco maior.

E elas caem na gargalhada.

Holly olha para o celular e o guarda.

— É uma mensagem de Tina — diz ela.

Hodges ergue uma sobrancelha.

— A mãe sabe sobre o dinheiro. O pai também vai saber assim que chegar do trabalho. — Ela indica a porta fechada da sala do sr. Ricker. — Não há motivo para não contar agora.

27

A primeira coisa que Peter percebe quando abre a porta do escritório escuro é o fedor. É ao mesmo tempo metálico e orgânico, como raspas de aço misturadas com repolho podre. A segunda coisa é o som, um zumbido baixo. *Moscas*, pensa ele, e, apesar de não conseguir ver o que tem lá dentro, o cheiro e o som se unem na mente dele com um baque, como um móvel pesado caindo. Ele se vira para sair correndo.

O funcionário de lábios vermelhos está de pé sob uma das luminárias nos fundos da loja e segura uma arma engraçada, vermelha e preta com enfeites dourados. O primeiro pensamento de Peter é: *Parece falsa. Elas nunca parecem falsas no cinema.*

— Fique calmo, Peter — diz o funcionário. — Não faça nenhuma besteira e você não vai se machucar. Isso é só uma conversa.

O segundo pensamento de Peter é: *Você está mentindo. Posso ver nos seus olhos.*

— Vire-se, dê um passo à frente e acenda a luz. O interruptor fica à esquerda da porta. Depois, entre, mas não tente fechar a porta, a não ser que queira uma bala nas costas.

Peter dá um passo à frente. Tudo dentro dele, do peito para baixo, parece frouxo e em movimento. Ele torce para não mijar na calça, como um bebê. Provavelmente não seria nada demais, ele não seria a primeira pessoa a molhar a calça tendo uma arma apontada para si, mas *parece* algo terrível. Ele mexe a mão esquerda, encontra o interruptor e o aciona. Quando vê a coisa caída no tapete encharcado, tenta gritar, mas os músculos do diafragma não estão funcionando, e o que sai não passa de um gemido. Moscas zumbem e pousam no que resta do rosto do sr. Halliday. O que não é muito.

— Eu sei — diz o funcionário com solidariedade. — Não está muito bonito, não é? É difícil ficar bonito depois de aprender uma lição. Ele me irritou, Peter. Você quer me irritar?

— Não — responde ele, com a voz aguda e trêmula. Parece mais a de Tina do que a própria. — Não quero.

— Então você já aprendeu a lição. Entre. Vá devagar, mas pode ficar longe da sujeira.

Peter avança com pernas que quase não sente, seguindo perto das estantes, tentando manter os sapatos na parte do tapete que não está encharcada. Não sobrou muito. Seu pânico inicial foi substituído por uma camada vítrea de terror. Ele fica pensando naqueles lábios vermelhos, imaginando o Lobo Mau dizendo para a Chapeuzinho Vermelho: *Para te beijar melhor, minha querida.*

Tenho que pensar, diz ele para si mesmo. *Tenho que pensar, senão vou morrer aqui. Devo morrer de qualquer jeito, mas, se eu não conseguir pensar, é certo.*

Ele segue desviando da mancha enegrecida até um aparador de cerejeira impedir sua passagem. Para seguir em frente, ele teria que pisar na parte do tapete que está cheia de sangue, que talvez ainda esteja molhado o bastante para fazer barulho. No aparador, há decantadores de cristal com algumas bebidas e copos quadrados. Na mesa, ele vê uma machadinha, com a lâmina refletindo a luz da luminária acima. Essa foi a arma que o homem de lábios vermelhos usou para matar o sr. Halliday, e Peter acha que isso devia deixá-lo mais assustado, mas, em vez disso, a visão clareia sua mente como um tapa forte.

A porta bate atrás dele. O funcionário, que não deve ser funcionário, se recosta nela e continua apontando a pistolinha engraçada para Peter.

— Muito bem — diz ele, e sorri. — Agora, podemos conversar.

— O q... q... — Ele limpa a garganta e, dessa vez, sua voz soa mais como a dele mesmo. — O quê? Falar sobre o quê?

— Não seja sonso. Estou falando dos cadernos. Os que você roubou.

O quebra-cabeça se junta na mente de Peter. Sua boca se abre.

O funcionário que não é funcionário sorri.

— Ah. A ficha caiu, não é? Me diga onde estão e talvez você saia daqui.

Peter acha que não.

Ele já sabe demais para isso.

28

A garota sai da sala do sr. Ricker sorrindo, então a reunião deve ter ido bem. Ela até balança os dedos em um aceno, talvez para os três, provavelmente só para Jerome, ao seguir pelo corredor.

O sr. Ricker, que a acompanhou até a porta, olha para Hodges e seus colegas.

— Posso ajudar, senhora e senhores?

— Provavelmente, não — diz Hodges —, mas vale a pena tentar. Podemos entrar?

— Claro.

Eles se sentam em carteiras na primeira fila, como alunos atentos. Ricker se acomoda na beirada da mesa, uma informalidade que deixou de lado enquanto conversava com a menina.

— Tenho certeza de que vocês não são pais, então o que houve?

— É sobre um dos seus alunos — começa Hodges. — Um garoto chamado Peter Saubers. Achamos que ele pode estar encrencado.

Ricker franze a testa.

— Peter? Improvável. Ele é um dos melhores alunos que já tive. Demonstra interesse genuíno por literatura, principalmente a americana. É aluno de honra em todos os bimestres. Em que tipo de problema vocês acham que ele se meteu?

— Esta é a questão: nós não sabemos. Eu perguntei, mas ele se recusou a cooperar.

Ricker franze mais a testa.

— Esse não parece o Peter Saubers que conheço.

— Tem a ver com um dinheiro que ele parece ter obtido alguns anos atrás. Eu queria contar o que sabemos. Não vai demorar.

— Por favor, diga que não tem nada a ver com drogas.

— Não tem.

Ricker parece aliviado.

— Que bom. Já vi muito disso, e os garotos inteligentes correm tanto risco quanto os burros. Mais, em alguns casos. Podem me contar. Vou ajudar, se puder.

Hodges conta sobre o dinheiro que começou a chegar na casa dos Saubers no que era, quase literalmente, o pior momento da família. Ele conta para Ricker que, sete meses depois que o dinheiro misterioso parou de chegar, Peter começou a parecer estressado e infeliz. Encerra com a convicção de Tina de que o irmão tentou conseguir mais dinheiro, talvez da mesma fonte de onde tirou o dinheiro misterioso, e agora está encrencado.

— Ele deixou o bigode crescer — reflete Ricker quando Hodges termina. — Está na turma de escrita criativa da sra. Davis agora, mas eu o vi no corredor um dia desses e brinquei com ele por causa disso.

— Como ele reagiu à brincadeira? — pergunta Jerome.

— Nem sei se me ouviu. Ele parecia estar em outro planeta. Mas isso não é incomum com adolescentes, como tenho certeza de que você sabe. Principalmente com as férias de verão tão próximas.

— Ele já falou sobre um caderno? Um Moleskine? — pergunta Holly.

Ricker pensa enquanto Holly o encara, esperançosa.

— Não — responde. — Acho que não.

Ela murcha.

— Ele procurou você para falar sobre *alguma coisa*? — insiste Hodges. — Qualquer coisa que estivesse deixando ele preocupado, por menor que fosse? Eu criei uma filha e sei como eles às vezes falam dos problemas em código. Você também deve saber disso.

Ricker sorri.

— O famoso "amigo que".

— Como é?

— Eles dizem "eu tenho um amigo que talvez tenha engravidado a namorada". Ou: "Eu tenho um amigo que pichou coisas homofóbicas na parede do vestiário masculino". Depois de alguns anos nesse emprego, todo professor conhece o famoso "amigo que".

Jerome pergunta:

— Peter Saubers tinha um "amigo que"?

— Não que eu lembre. Sinto muito. Eu ajudaria, se pudesse.

— Nem um amigo que tinha um diário secreto ou talvez descobriu informações valiosas em um caderno? — pergunta Holly, baixinho, sem muitas expectativas.

Ricker balança a cabeça.

— Não. Desculpe. Caramba, odeio pensar em Peter encrencado. Ele escreveu um dos melhores trabalhos de fim de período que já li. Era sobre a trilogia Jimmy Gold.

— John Rothstein — comenta Jerome, sorrindo. — Eu tinha uma camiseta que dizia...

— Não me diga — diz Ricker. — Essa merda não quer dizer merda nenhuma.

— Na verdade, não. Era aquela sobre não ser o... há, *presente* de aniversário de ninguém.

— Ah. — O professor sorri. — *Essa.*

Hodges se levanta.

— Gosto mais de Michael Connelly. Obrigado pelo seu tempo.

Ele estica a mão. Ricker a aperta. Jerome também está se levantando, mas Holly permanece sentada.

— John Rothstein... Ele escreveu aquele livro sobre o garoto que ficou de saco cheio dos pais e fugiu para Nova York, não é?

— Esse foi o primeiro livro da trilogia Jimmy Gold, sim. Peter era doido por Rothstein. Ainda deve ser. Ele pode encontrar novos heróis na faculdade, mas, quando era da minha turma, achava que era Deus no céu e Rothstein na Terra. Vocês já leram?

— Nunca — diz Holly, também se levantando. — Mas amo cinema, então sempre frequento um site chamado Deadline. Para ler as notícias de Hollywood. Saiu um artigo falando que um monte de produtores queria fazer um filme de *O corredor*. Só que, mesmo oferecendo muito dinheiro, Rothstein mandou todo mundo para o inferno.

— É a cara dele mesmo — afirma Ricker. — Um ranheta famoso. Odiava filmes. Dizia que era arte para idiotas. Desprezava a palavra *cinema*. Escreveu um ensaio sobre isso, eu acho.

Holly se animou.

— Então ele foi *assassinado* e não deixou um *testamento*, e eles ainda não conseguem fazer um filme por causa de todos os problemas *legais*.

— Holly, temos que ir — avisa Hodges.

Ele quer ir até a casa dos Saubers. Onde quer que Peter esteja agora, vai acabar voltando para lá.

— Tudo bem... Eu acho...

Ela suspira. Apesar de estar com quarenta e tantos anos e dos remédios que toma para controlar o humor, Holly ainda passa tempo demais em uma montanha-russa emocional. Agora, a luz nos olhos dela está se apagando, e parece terrivelmente desanimada. Hodges se sente mal e quer dizer que, apesar de poucos palpites levarem a alguma coisa, ninguém devia parar de acreditar neles. Porque os poucos que levam são ouro. Não é exatamente uma pérola de sabedoria, mas depois, quando estiverem sozinhos, ele vai falar. Para tentar aliviar um pouco a dor.

— Obrigado pelo seu tempo, sr. Ricker.

Hodges abre a porta. Baixinho, como música ouvida em sonhos, vem o som de "Greensleeves".

— Ah, caramba — diz Ricker. — Lembrei uma coisa.

Os três se viram para ele.

— Peter me *procurou* para conversar, e isso nem tem muito tempo. É que vejo tantos alunos...

Hodges assente, compreensivo.

— E não foi nada de mais, nenhum dilema adolescente, foi uma conversa bem agradável, na verdade. Só me veio à mente agora porque foi sobre o livro que você mencionou, sra. Gibney. *O corredor*. — Ele dá um sorrisinho. — Mas Peter não tinha um "amigo que". Tinha um "tio que".

Hodges sente uma fagulha de alguma coisa brilhante e quente, como um pavio aceso.

— O que houve com o tio de Peter que o tornou digno de discussão?

— Ele disse que o tio tinha uma primeira edição autografada de *O corredor*. Ofereceu a Peter porque sabia que ele era fã de Rothstein, ao menos essa era a história. Ele me disse que estava interessado em vender. Eu perguntei se Peter tinha certeza de que queria abrir mão de um livro autografado por seu ídolo literário, e ele disse que estava considerando seriamente. Estava querendo ajudar a mandar a irmã para uma escola particular, não lembro qual...

— Chapel Ridge. — A luz nos olhos de Holly voltou.

— Acho que era essa mesmo.

Hodges anda lentamente até a mesa.

— Me conte... *nos* conte... tudo que se lembra dessa conversa.

— Isso é tudo, exceto por um detalhe que me fez desacreditar um pouco da história. Ele disse que o tio ganhou o livro em um jogo de pôquer. Eu me lembro de ter pensado que esse é o tipo de coisa que acontece em livros ou filmes, mas raramente na vida real. Mas, claro, às vezes a vida *imita* a arte.

Hodges elabora a pergunta óbvia, mas Jerome a faz primeiro.

— Ele perguntou sobre vendedores de livros?

— Sim, foi por isso que me procurou. Ele estava com uma lista de vendedores da cidade, provavelmente encontrou na internet. Eu aconselhei contra um deles. Um com uma reputação meio duvidosa.

Jerome olha para Holly. Holly olha para Hodges. Hodges olha para Howard Ricker e faz a pergunta óbvia. Ele está no embalo agora, com o pavio em seu cérebro ardendo intensamente.

— Qual é o nome desse vendedor com a reputação meio duvidosa?

29

Peter só vê uma chance de continuar vivo. Enquanto o homem de lábios vermelhos e pele pálida não souber onde estão os cadernos de Rothstein, ele não vai puxar o gatilho da arma, que parece menos engraçada a cada segundo.

— Você é o parceiro do sr. Halliday, não é? — diz ele, não exatamente olhando para o cadáver, pois está horrível demais, mas o indicando com o queixo. — Mancomunado com ele.

Lábios Vermelhos dá uma risadinha curta, depois faz uma coisa que choca Peter, que até então pensava que não podia ficar mais chocado. O homem cospe no corpo.

— Ele *nunca* foi meu parceiro. Embora tenha tido a chance, no passado. Bem antes de você ser uma ideia na cabeça dos seus pais, Peter. E, apesar de eu achar admirável sua tentativa de me distrair, devo insistir que voltemos ao assunto que importa. Onde estão os cadernos? Na sua casa? Aquela era a *minha* casa, aliás. Não é uma coincidência interessante?

Outra onda de choque.

— *Sua...*

— Outra história antiga. Deixa pra lá. É lá que estão?

— Não. Ficaram por um tempo, mas tirei de lá.

— E por que devo acreditar nisso?

— Por causa dele. — Peter volta a indicar o corpo com o queixo. — Tentei vender alguns cadernos, e ele ameaçou contar tudo para a polícia. Eu *tive* que tirar de casa.

Lábios Vermelhos pensa a respeito e assente.

— Tudo bem, entendo. Encaixa com o que ele me contou. E onde você colocou? Bote pra fora, Peter. Confesse tudo. Nós dois vamos nos sentir melhor, principalmente você. Se era para ser feito, seria bom fazermo-lo de pronto. *Macbeth*, primeiro ato.

Peter não pode confessar. Confessar é morrer. Esse é o homem que roubou os cadernos, sabe disso agora. Roubou os cadernos e matou John Rothstein trinta anos atrás. E matou o sr. Halliday. O que o impediria de adicionar Peter Saubers à lista?

Lábios Vermelhos não tem dificuldade em ler os pensamentos dele.

— Não preciso matar você, sabe. Não agora, pelo menos. Posso meter uma bala na sua perna. Se isso não soltar sua língua, meto uma nas suas bolas. Sem elas, um jovem como você não teria muito pelo que viver. Ou teria?

Encurralado, Peter não tem mais nada além da fúria ardente e impotente que só os adolescentes conseguem sentir.

— Você o matou! *Você matou John Rothstein!* — Lágrimas surgem em seus olhos; escorrem pelas bochechas em jorros quentes. — O melhor escritor do século xx, e você invadiu a casa dele e o matou! Por dinheiro! Só por dinheiro!

— *Não* por dinheiro! — grita Lábios Vermelhos. — *Ele se vendeu!*

Ele dá um passo à frente, e o cano da arma baixa um pouco.

— Ele mandou Jimmy Gold para o inferno e chamou isso de propaganda! E, aliás, quem é você para bancar o superior? Você tentou vender os cadernos! *Eu* não quero vender. Talvez no passado, quando era jovem e burro, mas não agora. Eu quero ler. Eles são meus. Quero passar a mão pela tinta e sentir as palavras que ele escreveu com o próprio punho. Pensar nisso foi o que me manteve são por trinta e seis anos!

Ele dá outro passo à frente.

— E o dinheiro no baú? Você também pegou o dinheiro? Claro que pegou. Você é o ladrão, não eu! *Você!*

No momento, Peter está furioso demais para pensar em fugir, porque essa última acusação, por mais injusta que seja, é verdadeira. Ele simplesmente pega um dos decantadores de cristal e o lança no agressor com o máximo de força que consegue reunir. Lábios Vermelhos é pego de surpresa. Ele se encolhe e desvia de leve para a direita, e o decantador o acerta no ombro. A tampa de vidro voa quando bate no tapete. O odor intenso e acre de uísque se junta ao cheiro de sangue velho. As moscas zumbem em uma nuvem agitada, a refeição interrompida.

Peter pega outro decantador e parte para cima de Lábios Vermelhos, erguendo-o como uma clava, a arma esquecida. Tropeça nas pernas estendidas de Halliday e cai sobre um joelho, e, quando Lábios Vermelhos atira (o som na sala fechada parece um tapa), a bala voa por cima de sua cabeça quase perto o bastante para dividir o cabelo. Os ouvidos de Peter começam a zumbir. Ele joga o segundo decantador, e dessa acerta Lábios Vermelhos embaixo da boca, tirando sangue. Ele grita, cambaleia para trás e bate na parede.

Os dois últimos decantadores estão às suas costas agora, e não há tempo para se virar e pegar outro. Peter se levanta e pega a machadinha na mesa, não pelo cabo emborrachado, mas pela cabeça. Sente a dor quando a lâmina corta a palma da sua mão, mas é distante, a dor de uma pessoa que mora em outro país. Lábios Vermelhos não largou a arma e agora está virando para dar outro tiro. Peter não consegue pensar direito, mas uma parte mais profunda de sua mente, talvez nunca utilizada até hoje, compreende que, se ele estivesse mais perto, poderia lutar pela arma com Lábios Vermelhos e talvez tirá-la dele. Com facilidade. Ele é mais jovem, mais forte. Mas a mesa está entre os dois, então Peter joga a machadinha. Sai girando na direção de Lábios Vermelhos, como uma tomahawk indígena.

Lábios Vermelhos grita e se encolhe, levantando a mão que segura a arma para proteger o rosto. O lado cego da cabeça da machadinha acerta seu antebraço. A arma sai voando, bate em uma das estantes e cai no chão. Ele ouve outro estalo quando ela dispara. Peter não sabe para onde essa segunda bala foi, mas não o acerta, e é só com isso que ele se importa.

Lábios Vermelhos rasteja na direção da arma com o cabelo branco fino caindo nos olhos e sangue pingando do queixo. Ele é assustadoramente rápido, como um lagarto. Peter faz as contas, ainda sem pensar, e vê que, se tentar pegar a arma, vai perder. Vai ser por pouco, mas ele vai perder para Lábios Vermelhos. Existe uma chance de ele conseguir segurar o braço do homem antes de ele se virar para atirar, mas não é uma boa chance.

Por isso, ele corre para a porta.

— Volte aqui, seu merda! — grita Lábios Vermelhos. — Nós ainda não terminamos.

O pensamento racional faz uma breve reaparição. *Ah, terminamos, sim*, pensa Peter.

Ele abre a porta e passa encolhido. Fecha a passagem com força ao atravessar e corre para a frente da loja, na direção da Lacemaker Lane e das vidas abençoadas de outras pessoas. Peter ouve outro tiro, abafado desta vez, e se agacha mais, mas não sente impacto nem dor.

Ele puxa a porta da frente. Não se abre. Peter olha depressa por cima do ombro e vê Lábios Vermelhos saindo do escritório de Halliday, com o queixo coberto de um cavanhaque de sangue. Está tentando mirar a arma. Peter procura a tranca com dedos que parecem anestesiados, consegue segurar e gira. Um momento depois, sai para a calçada ensolarada. Ninguém olha para ele; não tem ninguém nos arredores imediatos. Nessa tarde quente de um dia de semana, a Lacemaker Lane está tão perto de deserta quanto pode ficar.

Peter corre às cegas, sem ideia de para onde está indo.

30

É Hodges quem está ao volante do Mercedes de Holly. Ele obedece aos sinais de trânsito e não corta de uma pista para outra, mas vai o mais rápido que consegue. Não está nem um pouco surpreso de que essa corrida do North Side até a livraria Halliday, na Lacemaker Lane, traga lembranças de um percurso bem mais louco no mesmo carro. Era Jerome ao volante naquela noite.

— Quanta certeza você tem de que o irmão de Tina foi atrás desse tal de Halliday? — pergunta Jerome.

Ele está no banco de trás.

— Certeza absoluta — responde Holly, sem tirar o rosto do iPad, que pegou no porta-luvas espaçoso do Mercedes. — Sei que ele foi e acho que sei por quê. Não foi por causa de um livro autografado. — Ela bate na tela e murmura: — Vamos, vamos, vamos. *Carregue*, seu chato!

— O que você está procurando, Hollyberry? — pergunta Jerome, se inclinando para a frente entre os bancos.

Ela se vira para olhá-lo com irritação.

— Não me chame assim, você sabe que eu odeio.

— Foi mal, foi mal. — Jerome revira os olhos.

— Já digo, em um minuto. Estou quase lá. Eu só queria que tivéssemos wi-fi em vez dessa porcaria de 3G. É tão *lento* e *ruim*.

Hodges ri. Não consegue evitar. Dessa vez, Holly faz cara feia para ele enquanto clica na tela do iPad.

Hodges sobe uma rampa e entra na via expressa.

— As coisas estão começando a se encaixar — diz ele para Jerome. — Supondo que o livro sobre o qual Peter falou com Ricker fosse na verdade o caderno de um escritor. O mesmo que Tina viu e Peter escondeu rápido debaixo do travesseiro.

— Ah, era — afirma Holly, sem tirar os olhos do iPad. — Holly Gibney diz que é isso mesmo. — Ela digita mais alguma coisa, passa o dedo na tela e dá um grito de frustração que faz os outros dois pularem. — Ah, essas malditas propagandas pop-up me deixam *fula da vida*!

— Calma, Holly — pede Hodges.

Ela o ignora.

— Espere. Espere e veja.

— O dinheiro e o caderno estão ligados — sugere Jerome. — O garoto Saubers encontrou os dois juntos. É isso que você acha, não é?

— É — responde o ex-detetive.

— E o que havia no caderno valia mais dinheiro. Só que um comerciante de livros raros de boa reputação não tocaria nisso nem com uma vara de três met...

— *ACHEI!* — grita Holly, fazendo os dois pularem.

O Mercedes oscila. O homem da pista ao lado buzina com irritação e faz um gesto inconfundível.

— Achou o quê? — pergunta Jerome.

— Não *o quê*, Jerome, *quem*! *O maldito John Rothstein!* Assassinado em 1978! Pelo menos três homens entraram na fazenda dele, em New Hampshire, e o mataram. Também arrombaram seu cofre. Escutem isso. É do *Union Leader*, de Manchester, três dias depois que ele foi morto.

Enquanto ela lê, Hodges pega a saída da via expressa para a Lower Main.

— "Há a crescente certeza de que os ladrões estavam atrás do dinheiro. 'Eles também podem ter levado uma quantidade de cadernos com vários escritos do sr. Rothstein de depois que se afastou da vida pública', disse uma fonte próxima da investigação. A fonte especulou que os cadernos, cuja existência foi confirmada no fim da tarde de ontem pela empregada de John Rothstein, devem valer muito dinheiro no mercado negro."

Os olhos de Holly estão em chamas. Ela está tendo um daqueles momentos divinos que a fazem perder toda a inibição.

— Os ladrões esconderam — diz ela.

— Esconderam o dinheiro — completa Jerome.

— *E* os cadernos. Peter encontrou ao menos alguns, talvez todos. Usou o dinheiro para ajudar os pais. Só ficou encrencado quando tentou vender os cadernos para ajudar a irmã. Halliday sabe. Agora, talvez até já esteja com eles. Rápido, Bill. Rápido, rápido, *rápido*!

31

Morris corre até a frente da loja, com o coração disparado e as têmporas latejando. Coloca a arma de Andy no bolso do paletó, pega um livro na mesa de exposição, abre e o pressiona no queixo para estancar o sangue. Poderia ter limpado com a manga do paletó, e quase fez isso, mas voltou a raciocinar e sabe que não deve. Ele vai ter que sair na rua e não quer ir sujo de sangue. Mas o garoto tinha um pouco de sangue na calça, e isso é bom. É ótimo, na verdade.

Estou raciocinando de novo, e é melhor que o garoto também esteja. Se estiver, talvez eu ainda consiga salvar esta situação.

Ele abre a porta da loja e olha para os dois lados. Nenhum sinal de Saubers. Ele não se surpreende. Adolescentes são rápidos. Como baratas.

Morris procura no bolso o pedaço de papel com o celular de Peter e entra em pânico quando não o encontra. Por fim, seus dedos tocam em uma coisa espremida no canto do bolso, e ele dá um suspiro de alívio. Seu coração está batendo, batendo e batendo, e ele bate com a mão no peito ossudo.

Não vá parar agora, pensa ele. *Não ouse.*

Usa o telefone fixo da loja para ligar para Saubers, porque isso também se encaixa na história que ele está criando na mente. Morris acha que é uma boa história. Duvida que John Rothstein fosse capaz de inventar uma melhor.

32

Quando Peter volta a si, está em um lugar que Morris Bellamy conhece bem: a Government Square, em frente ao Happy Cup Café. Ele se senta em um banco para recuperar o fôlego, olhando com ansiedade para trás, para o caminho pelo qual seguiu. Não vê sinal de Lábios Vermelhos, mas isso não o surpreende. Peter também está raciocinando de novo e sabe que o homem que tentou matá-lo chamaria atenção na rua. *Eu o acertei com força*, pensa Peter, sombriamente. *Lábios Vermelhos agora é Queixo Sangrento.*

Está bom por enquanto, mas e agora?

Como se em resposta, o celular vibra. Peter o tira do bolso e olha para o número na tela. Reconhece os quatro últimos dígitos, 8877, de quando ligou para Halliday e deixou um recado sobre a excursão de fim de semana para o River Bend Resort. Só pode ser Lábios Vermelhos; com certeza não é o sr. Halliday. Esse pensamento é tão horrível que o faz rir, embora o som que sai pareça mais um soluço.

Seu primeiro impulso é não atender. O que o faz mudar de ideia é uma coisa que Lábios Vermelhos disse: *Aquela era a minha casa, aliás. Não é uma coincidência interessante?*

A mensagem da mãe o instruía a ir para casa logo depois da escola. A mensagem de Tina dizia que a mãe sabia sobre o dinheiro. Então, elas estão juntas em casa, esperando por ele. Peter não quer assustá-las sem necessidade, principalmente sendo *ele* a causa de pânico, mas precisa saber sobre o que é esta ligação, principalmente porque o pai não está lá para proteger as duas se o sujeito maluco aparecer na Sycamore Street. O pai está no condado de Victor, visitando um imóvel.

Vou ligar para a polícia, pensa Peter. *Quando eu disser isso a ele, ele vai fugir. Vai ter que fugir.* O pensamento lhe dá certo consolo, e ele aperta o botão verde.

— Oi, Peter — diz Lábios Vermelhos.

— Não preciso falar com você — retruca Peter. — É melhor fugir porque vou chamar a polícia.

— Estou feliz de ter conseguido falar com você antes que faça uma coisa tão idiota. Você não vai acreditar, mas estou falando isso para o seu bem.

— Você tem razão — responde Peter. — Não acredito. Você tentou me matar.

— Eis outra coisa em que você não vai acreditar: estou feliz de não ter conseguido. Porque aí eu jamais descobriria onde os cadernos de Rothstein estão.

— E nunca vai descobrir — diz Peter, e acrescenta: — Estou falando isso para o seu bem.

Ele está se sentindo mais confiante agora. Lábios Vermelhos não está atrás dele nem a caminho da Sycamore Street. Ele está escondido na livraria, usando o telefone fixo.

— É o que você acha agora, porque não pensou no futuro. Eu, sim. A situação é a seguinte: você procurou Andy para vender os cadernos. Ele tentou chantageá-lo, e você o matou.

Peter não diz nada. Não consegue. Está perplexo.

— Peter, ainda está aí? Se não quiser passar um ano no Centro de Detenção Juvenil Riverview, seguido de uns vinte anos em Waynesville, é melhor estar. Já estive nos dois e posso dizer que não são lugares bons para jovens com traseiros virgens. A faculdade seria bem melhor, não acha?

— Eu nem estava na cidade no fim de semana passado — afirma Peter. — Estava em uma excursão da escola. Posso provar.

Lábios Vermelhos nem hesita.

— Então você o matou antes de ir. Ou quem sabe na noite de domingo, depois que voltou. A polícia vai encontrar a mensagem na secretária eletrônica, eu cuidei para que ficasse salva. Tem também os vídeos das câmeras de segurança em DVD que mostram você discutindo com Andy. Peguei os discos, mas vou fazer com que a polícia receba se não conseguirmos chegar a um acordo. Tem também as digitais. Vão encontrar a sua na maçaneta do escritório. Melhor ainda, vão encontrá-la na arma do crime. Acho que você está frito, mesmo que consiga explicar cada minuto do seu dia.

Peter percebe com consternação que não pode nem fazer isso. Ele faltou a *tudo* no domingo. Lembra-se da sra. Bran, também conhecida como Bran Stoker, de pé na porta do ônibus vinte e quatro horas atrás, com o celular na mão, pronta para ligar para a emergência para comunicar o desaparecimento de um aluno.

Desculpe, disse ele. *Eu estava enjoado. Achei que o ar fresco me ajudaria. Comecei a vomitar.*

Ele consegue vê-la no tribunal com clareza, afirmando que sim, Peter *parecia* enjoado naquela tarde. E consegue ouvir o promotor dizendo ao júri que qualquer adolescente provavelmente *pareceria* enjoado depois de picar um vendedor de livros idoso em pedacinhos com uma machadinha.

Senhoras e senhores do júri, informo que Peter Saubers voltou para a cidade de carona naquela manhã de domingo porque tinha um encontro com o sr. Halliday, que achava que o sr. Saubers tinha finalmente decidido aceitar as exigências de sua chantagem. Só que o sr. Saubers não tinha intenção de ceder.

É um pesadelo, pensa Peter. *É como lidar com Halliday tudo de novo, só que mil vezes pior.*

— Peter, você está aí?

— Ninguém acreditaria. Nem por um segundo. Não quando soubessem sobre você.

— E quem sou eu exatamente?

O lobo, pensa ele. *Você é o lobo mau.*

As pessoas devem tê-lo visto naquele domingo, andando pelo terreno do resort. *Muitas* pessoas, porque ele seguiu as trilhas. Algumas se lembrariam dele e se apresentariam. Mas, como Lábios Vermelhos disse, isso deixava de fora o antes e o depois da viagem. Principalmente a noite de domingo, quando ele foi direto para o quarto e fechou a porta. Em *CSI* e *Criminal Minds*, os técnicos da perícia sempre conseguiam descobrir a hora exata da morte de uma pessoa assassinada, mas e na vida real, quem podia saber? Não Peter. E, se a polícia tinha um bom suspeito, cujas digitais estavam na arma do crime, a hora da morte passava a ser negociável.

Mas eu precisei jogar a machadinha nele!, pensa ele. *Era tudo que eu tinha!*

Acreditando que as coisas não podem piorar, Peter olha para baixo e vê uma mancha de sangue no joelho.

Sangue do sr. Halliday.

— Posso resolver isso — diz Lábios Vermelhos, persuasivo —, e, se nos entendermos, vou resolver. Posso limpar suas digitais. Posso apagar a mensagem da secretária eletrônica. Posso destruir os DVDs. Tudo que você tem que fazer é me contar onde estão os cadernos.

— Como se eu pudesse confiar em você!

— Devia. — A voz dele é baixa; persuasiva e racional. — Pense bem, Peter. Com você fora da história, o assassinato de Andy parece uma tentativa de roubo que deu errado. Trabalho de um cracudo qualquer ou viciado em metanfetamina. Isso é bom para nós dois. Com *você* na história, a existência dos cadernos vem à tona. Por que eu iria querer isso?

Você não vai se importar, pensa Peter. *Não vai ter que se importar porque não vai estar por perto quando o corpo de Halliday for encontrado no escritório. Você disse que esteve em Waynesville, isso o torna ex-presidiário, e você conhecia o sr. Halliday. É só juntar as peças, e você seria suspeito também. Suas digitais estão lá tanto quanto as minhas, duvido que dê para limpar tudo. O que você pode fazer, se eu deixar, é pegar os cadernos e fugir. E, quando fizer isso, o que o impediria de enviar as gravações das câmeras de segurança para a polícia, só por vingança? Para se vingar de eu ter batido em você com aquele decantador e fugido? Se eu concordar com o que você está dizendo...*

Ele termina o pensamento em voz alta:

— Isso só vai piorar minha situação. Não importa o que você diga.

— Garanto que não é verdade.

Ele fala como um advogado, daqueles sórdidos com um corte de cabelo caro e propaganda nos canais a cabo tarde da noite. A fúria de Peter volta e o faz se empertigar no banco como se tivesse recebido um choque elétrico.

— Foda-se. Você *nunca* vai pegar os cadernos.

Ele encerra a ligação. O celular vibra em sua mão quase imediatamente, o mesmo número: é Lábios Vermelhos ligando de novo. Peter aperta o botão vermelho e desliga. Agora, precisa pensar melhor e com mais precisão do que em qualquer outro momento da vida.

Mamãe e Tina, elas são o mais importante. Ele tem que avisar a mãe, dizer que ela e Tina precisam sair de casa agora. Irem para um hotel ou algum lugar assim. Elas têm que...

Não, não com a mãe. É com a irmã que ele tem que falar, ao menos no começo.

Ele não pegou o cartão daquele sr. Hodges, mas Tina deve saber como entrar em contato com ele. Se isso não der certo, ele vai ter que chamar a polícia. Não vai colocar a família em risco, aconteça o que acontecer.

Peter liga para a irmã.

33

— Alô. Peter! Alô. *Alô!*

Nada. O ladrão filho da puta desligou. O primeiro impulso de Morris é arrancar o telefone da parede e jogá-lo em uma das estantes, mas ele se controla no último segundo. Essa não é a hora de se perder em fúria.

E agora? O que fazer? Saubers vai mesmo chamar a polícia apesar de todas as provas contra ele?

Morris não pode se permitir acreditar nisso, porque, se acreditar, nunca terá os cadernos. E tem que considerar isto: o garoto daria um passo tão irrevogável sem falar com os pais primeiro? Sem pedir o conselho deles? Sem avisá-los?

Tenho que agir rápido, pensa Morris, e, em voz alta, enquanto limpa as digitais do telefone:

— Se era para ser feito, seria bom fazermo-lo de pronto.

E era melhor ele lavar o rosto e sair pela porta dos fundos. Morris não acredita que os tiros tenham sido ouvidos da rua, o escritório deve ser quase isolado acusticamente, com as paredes cheias de livros daquele jeito, mas não quer correr o risco.

Ele limpa o cavanhaque de sangue no banheiro de Halliday, tomando o cuidado de deixar a toalha suja de vermelho na pia, onde a polícia vá encontrar quando por fim aparecer. Com isso feito, segue um corredor estreito até uma porta com a placa de SAÍDA acima e umas caixas de livros empilhadas na frente. Ele as move, pensando no quanto é idiotice bloquear a saída de incêndio daquele jeito. Idiotice e falta de visão.

Esse podia ser o epitáfio do meu velho amigo, pensa Morris. *Aqui jaz Andrew Halliday, uma bicha gorda, burra e sem visão. Ninguém sentirá saudades.*

O calor da tarde o atinge como um martelo, e Morris cambaleia. Sua cabeça está latejando por ter sido atingida por aquele maldito decantador, mas o cérebro lá dentro está em velocidade máxima. Ele entra no Subaru, onde está ainda mais quente, e coloca o ar-condicionado no máximo assim que liga o carro. Morris se examina no retrovisor. Tem um hematoma roxo feio ao redor de um pequeno corte no queixo, mas o sangramento parou, e, de um modo geral, não está tão mal. Queria tomar umas aspirinas, mas isso pode esperar.

Ele sai da vaga de Andy e segue pelo beco que leva à Grant Street. A Grant é mais decadente do que a Lacemaker Lane, que é cheia de lojas chiques, mas pelo menos lá é permitido circular de carro.

Enquanto Morris se dirige para a entrada do beco, Hodges e os dois companheiros chegam ao outro lado do prédio e ficam olhando para a placa de FECHADO pendurada na porta da Andrew Halliday Rare Editions. Um espaço no trânsito intenso da Grant se abre bem na hora que Hodges está tentando abrir a porta da livraria e vê que está destrancada. Morris vira rapidamente à esquerda e segue para a via expressa. Como a hora do rush está apenas começando, ele pode estar em North Side em quinze minutos. Talvez doze. Precisa impedir Saubers de procurar a polícia, supondo que já não tenha feito isso, e só há um jeito garantido de conseguir.

Ele só precisa chegar à irmãzinha antes do ladrão de cadernos.

34

Nos fundos da casa dos Saubers, perto da cerca que separa o quintal do terreno baldio, há um balanço enferrujado que Tom Saubers sempre pensa em tirar, agora que os filhos estão velhos demais para brincar nele. Nesta tarde, Tina está sentada no balanço, indo para a frente e para trás. Está com *Divergente* aberto no colo, mas não vira uma página há mais de cinco minutos. A mãe prometeu ver o filme com ela assim que terminasse o livro, mas hoje Tina não quer ler sobre adolescentes nas ruínas de Chicago. Hoje, isso parece horrível em vez de romântico. Ainda se movendo lentamente para a frente e para trás, ela fecha o livro e os olhos.

Deus, reza ela, *por favor, não deixe que Peter fique realmente encrencado. E não permita que me odeie. Vou morrer se ele me odiar, então, por favor, faça com que ele entenda por que contei. Por favor.*

Deus responde na hora. Deus diz que Peter não vai culpá-la porque mamãe descobriu sozinha, mas Tina não tem certeza se acredita Nele. Ela abre o livro de novo, mas não consegue se forçar a ler. O dia parece suspenso, esperando que alguma coisa aconteça.

O celular que ganhou no aniversário de onze anos está lá em cima, no quarto. É um baratinho, não o iPhone com todos os toques e musiquinhas que ela queria, mas é seu pertence mais valioso, e ela raramente se afasta dele. Só que, esta tarde, se afastou. Ela o deixou no quarto e foi para o quintal assim que mandou a mensagem para Peter. *Tinha* que mandar aquela mensagem, não podia deixar que ele chegasse desprevenido, mas não suporta a ideia de uma resposta zangada e acusatória. Teria que enfrentá-lo em pouco tempo, isso não podia ser evitado, mas a mãe vai estar com ela na hora. A mãe vai dizer a ele que não foi culpa de Tina, e Peter vai acreditar.

Provavelmente.

Agora, o celular começa a vibrar e a tremer em sua mesa. Tina escolheu um toque legal do Snow Patrol, mas, quando estava com o estômago embrulhado e preocupada com Peter, nem pensou em tirá-lo do silencioso, regra obrigatória da escola, quando ela e a mãe chegaram em casa, então Linda Saubers não escuta no andar de baixo. A tela se ilumina com a foto do irmão. O telefone acaba ficando em silêncio. Depois de uns trinta segundos, começa a vibrar de novo. E uma terceira vez. Depois, para de vez.

A foto de Peter desaparece da tela.

35

Na Government Square, Peter olha para o celular com incredulidade. Pela primeira vez desde que se lembra, Tina não atendeu o celular fora do horário de aula.

292

Talvez pudesse tentar o da mãe... ou melhor não. Ainda não. Ela vai querer fazer um bilhão de perguntas e o tempo está apertado.

Além disso (embora ele não admita para si mesmo), não quer falar com ela enquanto não for absolutamente necessário.

Ele usa o Google para procurar o número do sr. Hodges. Encontra nove William Hodges na cidade, mas o que ele quer só pode ser K. William, que tem uma empresa chamada Achados e Perdidos. Peter telefona e a ligação cai na secretária eletrônica. No final da mensagem, que parece durar uma hora, Holly diz: "Se você precisar de assistência imediata, pode ligar para 555-1890".

Peter mais uma vez pensa em ligar para a mãe, mas decide ligar primeiro para o número da gravação. O que o convence são as palavras *assistência imediata*.

36

— Eca! — exclama Holly quando eles se aproximam do balcão de atendimento vazio no meio da loja estreita de Andrew Halliday. — Que cheiro é esse?

— Sangue — responde Hodges. Também é de carne em decomposição, mas ele não quer dizer isso. — Fiquem aqui, vocês dois.

— Você está armado? — pergunta Jerome.

— Estou com o Porrete.

— Só isso?

Hodges dá de ombros.

— Então vou com você.

— Eu também — afirma Holly, e pega um livro substancial chamado *Plantas selvagens e ervas floridas da América do Norte*. Ela o segura como se pretendesse esmagar um inseto.

— Não — diz Hodges, com paciência —, vocês vão ficar bem aqui. Os dois. E vão disputar para ver quem vai ligar para a emergência primeiro se eu gritar mandando vocês fazerem isso.

— Bill... — começa Jerome.

— Não discuta comigo, Jerome, e não perca tempo. Acho que não temos muito.

— É intuição? — pergunta Holly.

— Talvez um pouco mais do que isso.

Hodges tira o Porrete Feliz do bolso do paletó (atualmente ele quase não sai sem ele, embora às vezes carregue a velha arma de serviço) e o segura acima do nó. Segue rápida e silenciosamente até a porta do que supõe ser o escritório de Andrew Halliday. Está entreaberta. A ponta pesada do Porrete balança na mão direita. Ele fica parado um pouco para o lado da porta e bate com a mão esquerda. Como este parece ser um daqueles momentos em que a verdade é dispensável, ele diz:

— É a polícia, sr. Halliday.

Ninguém responde. Ele bate de novo, mais alto, e, como não há resposta, empurra a porta. O cheiro fica mais forte na mesma hora: sangue, carne em decomposição e bebida derramada. E mais uma coisa. Pólvora, um aroma que ele conhece bem. Moscas zumbem solenemente. As luzes estão acesas, parecendo destacar o corpo no chão.

— Ah, meu Deus, a cabeça dele está partida ao meio! — grita Jerome.

Está tão perto que Hodges pula de surpresa e levanta o Porrete, mas o abaixa de novo. *Meu marca-passo acabou de receber uma sobrecarga*, pensa ele. Hodges se vira, e os dois estão amontoados às suas costas. Jerome com a mão sobre a boca. Os olhos estão arregalados.

Holly, por outro lado, parece calma. Ela está com o *Plantas selvagens e ervas floridas da América do Norte* pressionado contra o peito e parece avaliar a sujeira sangrenta no tapete. Para Jerome, ela diz:

— Não vomite. Isso é uma cena de crime.

— Não vou vomitar. — Suas palavras saem abafadas por causa da mão apertada contra a boca.

— Vocês dois não valem nada mesmo — diz Hodges. — Se eu fosse professor de vocês, mandaria os dois para a diretoria. Vou entrar. Fiquem bem aqui onde estão.

Ele dá dois passos para dentro da sala. Jerome e Holly o seguem na mesma hora, lado a lado. *Parecem as porras dos gêmeos Bobbsey*, pensa Hodges.

— O irmão de Tina fez isso? — pergunta Jerome. — Jesus Cristo, Bill, foi ele?

— Se foi, não foi hoje. Aquele sangue está quase seco. E tem as moscas. Não vejo larvas ainda, mas...

Jerome tem ânsia de vômito.

— Jerome, *não* — avisa Holly, com a voz ameaçadora. E, para Hodges: — Estou vendo um machado pequeno. Machadinha. Sei lá como se chama. Foi a arma do crime.

Hodges não responde. Ele está avaliando a cena. Ele acha que Halliday, se *for* Halliday, está morto há pelo menos vinte e quatro horas, talvez mais. Mas aconteceu alguma coisa ali depois, porque o cheiro de bebida derramada e de pólvora está fresco e forte.

— Aquilo é um buraco de bala, Bill? — pergunta Jerome.

Ele está apontando para uma estante à esquerda da porta, perto de uma mesa pequena de cerejeira. Tem um buraco redondo em um exemplar de *Ardil 22*. Hodges vai até lá, olha com mais atenção e pensa: *Isso* vai *afetar o preço de revenda*. Em seguida, olha para a mesa. Há dois decantadores de cristal, provavelmente Waterford. A mesa está um pouco empoeirada, e ele vê as marcas de onde antes havia duas outras garrafas. Ele olha ao redor da sala, atrás da mesa e, sim, ali estão, caídas no chão.

— Claro que é buraco de bala — diz Holly. — Sinto o cheiro da pólvora.

— Teve uma briga — sugere Jerome, depois aponta para o cadáver sem olhar. — Mas *ele* não fez parte dela.

— Não — afirma Hodges. — Ele, não. E os dois que brigaram já foram embora.

— Um deles era Peter Saubers?

Hodges suspira pesadamente.

— Tenho quase certeza. Acho que ele veio para cá depois que nos despistou na farmácia.

— Alguém pegou o computador do sr. Halliday — diz Holly. — O fio do DVD ainda está ao lado da caixa registradora junto com o mouse sem fio, além de uma caixinha com alguns pendrives, mas o computador sumiu. Vi um espaço vazio no balcão. Devia ser um laptop.

— E agora? — pergunta Jerome.

— Chamamos a polícia.

Hodges não quer fazer isso, sente que Peter Saubers está encrencado, e chamar a polícia pode só piorar as coisas, ao menos no começo, mas ele bancou o Pistoleiro Solitário no caso do Assassino do Mercedes e quase foi responsável pela morte de alguns milhares de adolescentes.

Ele pega o celular, mas, antes que possa ligar, o aparelho se acende e toca na mão dele.

— Peter. — Os olhos de Holly estão brilhando, e ela fala com certeza absoluta. — Aposto seis mil dólares que é ele. *Agora* ele quer falar. Não fique aí parado, Bill, atenda a porcaria do telefone.

Ele atende.

— Preciso de ajuda — diz Peter Saubers depressa. — Por favor, sr. Hodges, preciso muito de ajuda.

— Só um segundo. Vou colocar no viva-voz, para os meus colegas ouvirem.

— Colegas? — Peter parece mais alarmado do que nunca. — Que colegas?

— Holly Gibney. Sua irmã a conhece. E Jerome Robinson. Ele é o irmão mais velho de Barbara Robinson.

— Ah. Acho... acho que tudo bem. — E, como se estivesse falando consigo mesmo: — Não dá para piorar mais.

— Peter, estamos na loja de Andrew Halliday. Tem um homem morto no escritório. Suponho que seja Halliday, mas acho que você já sabe disso. Estou certo?

Há um momento de silêncio. Se não fosse um leve som de tráfego de onde Peter está, Hodges pensaria que ele tinha encerrado a ligação. De repente, o garoto começa a falar de novo, as palavras jorrando como uma cachoeira.

— Ele estava aí quando eu cheguei. O homem de lábios vermelhos. Ele me disse que o sr. Halliday estava no escritório, depois me seguiu, e apontou uma arma para mim e tentou me matar quando eu não quis contar a ele onde estavam os cadernos. Eu não quis contar porque... porque o cara não merece ter aqueles cadernos e ele ia me matar *de qualquer jeito*, deu para perceber nos olhos dele. Ele... Eu...

— Você jogou os decantadores nele, não foi?

— Isso! Os decantadores! E ele atirou em mim! O tiro errou, mas foi tão perto que ouvi a bala passando. Eu corri e fugi, mas ele me ligou e disse que iam botar a culpa em mim, que a polícia ia, quero dizer, porque eu joguei uma machadinha nele também... Vocês viram a machadinha?

— Vimos — diz Hodges. — Estou olhando para ela agora mesmo.

— E... e as minhas digitais, sabe... estão nela porque eu joguei nele... e o cara tem uns DVDs com o vídeo de uma discussão minha com o sr. Halliday... porque ele estava tentando me chantagear! Estou falando de Halliday, não do homem com os lábios vermelhos, só que agora *ele* também está tentando me chantagear!

— Esse homem de lábios vermelhos está com os vídeos das câmeras de segurança da loja? — pergunta Holly, se inclinando para o celular. — É isso que você está dizendo?

— *É!* Ele disse que a polícia vai me prender, e vai mesmo, porque não fui a nenhuma das atividades de domingo em River Bend, e ele tem uma gravação minha na secretária eletrônica, *e eu não sei o que fazer!*

— Onde você está, Peter? — pergunta Hodges. — Onde está agora?

Há outra pausa, e Hodges sabe exatamente o que Peter está fazendo: olhando ao redor em busca de referências. Ele pode ter morado na cidade a vida toda, mas agora está tão apavorando que não sabe a diferença entre leste e oeste.

— Na Government Square — responde ele, por fim. — Em frente a um restaurante, o Happy Cup.

— Você está vendo o homem que atirou em você?

— N-não. Eu corri e acho que ele não conseguiria me seguir a pé por muito tempo. Ele é meio velho, e carros são proibidos na Lacemaker Lane.

— Fique aí — diz Hodges. — Vamos buscar você.

— Por favor, não chamem a polícia — pede Peter. — Vai acabar com meus pais depois de tudo que aconteceu com eles. Dou os cadernos para vocês. Eu não devia ter ficado com eles nem devia ter tentado vender nenhum. Eu devia ter parado com o dinheiro. — A voz dele está ficando confusa conforme ele desmorona. — Meus pais… estavam tão encrencados. Com *tudo*. Eu só queria ajudar!

— Tenho certeza de que é verdade, mas *preciso* chamar a polícia. Se você não matou Halliday, as evidências vão mostrar isso. Vai ficar tudo bem. Vou buscá-lo e aí vamos para a sua casa. Seus pais vão estar lá?

— Meu pai está fora a trabalho, mas minha mãe e minha irmã vão estar lá. — Peter precisa respirar fundo antes de continuar. — Eu vou para a cadeia, não vou? Nunca vão acreditar em mim sobre o cara de lábios vermelhos. Vão achar que eu inventei tudo.

— Você só precisa falar a verdade — diz Holly. — Bill não vai deixar nada de ruim acontecer com você. — Ela segura a mão dele e aperta com força. — Vai?

Hodges repete:

— Se você não o matou, vai ficar tudo bem.

— Eu não matei! Juro por Deus!

— Foi o outro homem. O de lábios vermelhos.

— Sim. Ele também matou John Rothstein. Ele disse que Rothstein se vendeu.

Hodges tem um milhão de perguntas, mas agora não é a hora.

— Escute, Peter. Com atenção. Fique onde está. Estaremos na Government Square em quinze minutos.

— Se você me deixar dirigir — diz Jerome —, podemos chegar em dez.

Hodges o ignora.

— Nós quatro vamos para a sua casa. Você vai contar a história toda para mim, para os meus colegas e para a sua mãe. Ela pode querer ligar para o seu pai para conversar sobre um advogado. *Depois* vamos chamar a polícia. É o melhor que posso fazer.

É o que devo *fazer*, pensa ele, olhando o cadáver desfigurado e pensando no quanto chegou perto de ir preso quatro anos atrás. Pela mesma coisa: essa merda de Pistoleiro Solitário. Mas claro que mais meia hora ou quarenta e cinco minutos não vão fazer mal. E o que o garoto disse sobre os pais faz diferença. Hodges estava no City Center naquele dia. Ele viu como as coisas ficaram depois.

— T-tudo bem. Venham o mais rápido que puderem.
— Certo.

Ele interrompe a ligação.

— O que vamos fazer sobre as *nossas* digitais?
— Esqueça — diz Hodges. — Vamos pegar o garoto. Mal posso esperar para ouvir a história dele.

Ele joga a chave do Mercedes para Jerome.

— Valeu, seu Hodges! — grita Tyrone Feelgood. — Este negão aqui *dirige paças*! Bora chegar logo no destino…
— Cala a boca, Jerome — falam Hodges e Holly juntos.

37

Peter respira fundo, ainda tremendo, e fecha o celular. Tudo está girando em sua cabeça como um brinquedo infernal de parque de diversões, e ele tem certeza de que soou como um idiota. Ou como um assassino com medo de ser pego inventando uma história maluca. Ele se esqueceu de dizer para o sr. Hodges que Lábios Vermelhos já morou em sua casa, e devia ter falado. Pensa em ligar de novo para Hodges, mas por que se dar ao trabalho se ele e os outros dois estão indo buscá-lo?

O cara não vai para a minha casa, Peter diz a si mesmo. *Ele não pode. Tem que ficar invisível.*

Mas talvez ele vá, mesmo assim. Se achar que eu estava mentindo sobre ter levado os cadernos para outro lugar, talvez vá. Porque ele é maluco. Surtado.

Ele tenta ligar para o celular de Tina de novo e não consegue nada além da mensagem dela:

— Oi, é a Tina, desculpa não ter atendido, faz o que tem que fazer.

Biiipe.

Tudo bem, então.
Mamãe.

Mas, antes que possa ligar para ela, ele vê um ônibus chegando, e, no letreiro que indica o destino, como um presente dos céus, estão as palavras NORTH SIDE. Peter decide de repente que não vai ficar sentado esperando o sr.

Hodges. O ônibus vai levá-lo até lá mais rápido, e ele quer chegar em casa *logo*. Vai ligar para o sr. Hodges quando estiver no ônibus e vai dizer a ele para encontrá-lo em casa, mas primeiro vai ligar para a mãe e mandar que tranque as portas.

O ônibus está quase vazio, mas ele vai para os fundos mesmo assim. E Peter não precisa ligar para a mãe, afinal de contas; seu celular toca quando ele se senta. MÃE, diz a tela. Ele respira fundo e aperta o botão verde. Ela começa a falar antes de ele dizer alô.

— Onde você está, Peter? — Já não é um bom começo. — Eu esperava você em casa uma hora atrás.

— Estou indo — diz ele. — Estou no ônibus.

— Me conte a verdade, está bem? O ônibus já passou. Eu vi.

— Não o escolar, o que vai para North Side. Eu tive... — O quê? Um compromisso? É tão ridículo que ele poderia rir. Mas isso não é assunto para rir. Longe disso. — Eu precisei resolver umas coisas. Tina está aí? Não foi para a casa de Ellen nem nada?

— Ela está no quintal, lendo.

O ônibus está passando por uma área com obras, indo mais devagar, devagar até demais.

— Mãe, escute. Você...

— Não, você *me* escute. Você mandou aquele dinheiro?

Ele fecha os olhos.

— Mandou? Um simples sim ou não já vai bastar. Podemos falar sobre os detalhes depois.

Com os olhos ainda fechados, ele responde:

— Sim. Fui eu. Mas...

— De onde ele veio?

— É uma longa história, e agora isso não importa. O *dinheiro* não importa. Tem um cara...

— O que você quer dizer com *não importa*? Eram mais de *vinte mil dólares*!

Ele sufoca a vontade de responder "E você só descobriu isso agora?".

O ônibus continua se arrastando em meio às obras. Suor escorre pelo rosto de Peter. Ele vê a mancha de sangue no joelho, marrom em vez de vermelha, mas ainda berrante como um grito. *Culpado!*, grita ela. *Culpado, culpado!*

— Mãe, por favor, cala a boca e me escuta.

Há um silêncio chocado do outro lado da linha. Nenhuma vez desde seus dias de ataques de birra infantil ele mandou a mãe calar a boca.

— Tem um cara atrás de mim, e ele é perigoso. — Ele poderia contar a ela *o quanto*, mas quer que a mãe fique alerta, não histérica. — Não acho que ele vá aí em casa, mas pode ser que sim. Mande Tina entrar e tranque as portas. Só por alguns minutos, eu vou chegar logo. Outras pessoas também. Pessoas que podem ajudar.

Ao menos, é o que ele espera.

Deus, espero que sim.

38

Morris Bellamy entra na Sycamore Street. Está ciente de que suas perspectivas para o futuro estão ficando cada vez mais sombrias. Ele só tem algumas centenas de dólares roubados, um carro roubado e a necessidade de botar as mãos nos cadernos de Rothstein. Ah, tem outra coisa: um esconderijo para onde pode ir por pouco tempo e descobrir o que aconteceu com Jimmy Gold depois que a campanha do Duzzy-Doo o colocou no topo da pilha de bosta da propaganda com as mãos cheias daqueles Dólares de Ouro. Morris entende que é um objetivo maluco, então ele deve ser uma pessoa louca, mas é tudo que tem, e isso basta.

Ali está sua antiga casa, que agora é a casa do ladrão de cadernos. Com um carrinho vermelho na entrada da garagem.

— Louco não quer dizer merda nenhuma — diz Morris Bellamy. — Louco não quer dizer merda nenhuma. *Nada* quer dizer merda nenhuma.

Palavras sensatas.

39

— Bill — chama Jerome. — Odeio dizer isso, mas acho que nosso pássaro voou.

Hodges desperta dos pensamentos enquanto Jerome guia o Mercedes pela Government Square. Há muitas pessoas sentadas nos bancos, lendo jornais, conversando, tomando café e dando comida aos pombos, mas não tem nenhum adolescente, nem menino e nem menina.

— Também não estou vendo ele sentado nas mesas do café — relata Holly. — Será que entrou para tomar alguma coisa?

— No momento, uma bebida seria a última coisa na cabeça dele — afirma Hodges, e bate com o punho na coxa.

— Os ônibus para North Side e South Side passam por aqui a cada quinze minutos — diz Jerome. — Se eu estivesse no lugar dele, ficar sentado esperando uma pessoa chegar para me buscar seria tortura. Eu ia querer fazer alguma coisa.

É nessa hora que o celular de Hodges toca.

— Um ônibus passou e eu decidi não esperar — diz Peter, que parece muito mais calmo agora. — Vou estar em casa quando vocês chegarem lá. Acabei de falar com a minha mãe ao telefone. Ela e Tina estão bem.

Hodges não gosta de ouvir isso.

— Por que elas não estariam bem, Peter?

— Porque o cara de lábios vermelhos sabe onde moramos. Ele me disse que *também* já morou lá. Me esqueci de contar isso.

Hodges olha onde eles estão.

— Quanto tempo demora até a Sycamore Street, Jerome?

— Consigo chegar em vinte minutos. Talvez menos. Se eu soubesse que o garoto ia pegar um ônibus, teria ido pela via expressa.

— Sr. Hodges — chama Peter.

— Estou aqui.

— Seria burrice ele ir à minha casa. Se fizer isso, não vou mais ser incriminado.

O garoto tem razão.

— Você pediu a elas para trancarem as portas e ficarem dentro de casa?

— Sim.

— E deu uma descrição do homem para a sua mãe?

— Dei.

Hodges sabe que, se chamar a polícia, o sr. Lábios Vermelhos vai desaparecer como fumaça, deixando o futuro de Peter nas mãos da equipe de perícia criminal. E eles provavelmente conseguem chegar antes da polícia, de qualquer jeito.

— Diga a ele para ligar para o cara. — Holly se inclina na direção de Hodges e grita: — *Ligue e diga que mudou de ideia e vai dar os cadernos para ele!*

— Peter, você ouviu?

— Ouvi, mas não posso. Nem sei se ele tem celular. Ele me ligou do telefone fixo da livraria. E nós não tivemos tempo de trocar informações.

— Saco — diz Holly para ninguém em particular.

— Tudo bem. Ligue assim que chegar em casa e conferir que está tudo bem. Se eu não tiver notícias suas, vou ter que chamar a polícia.

— Tenho certeza de que elas est...

Mas era aí que eles entravam. Hodges desliga o celular e se inclina para a frente.

— Mete o pé, Jerome.

— Assim que eu puder. — Ele indica o trânsito, três faixas indo nas duas direções, cromo brilhando ao sol. — Quando passarmos pela rotatória, vamos voar.

Vinte minutos, pensa Hodges. *Vinte minutos no máximo. O que pode acontecer em vinte minutos?*

A resposta, ele sabe pela amarga experiência, é muita coisa. Vida e morte. Agora, ele só pode torcer para que esses vinte minutos não voltem para assombrá-lo.

40

Linda Saubers decidiu esperar por Peter no pequeno escritório do marido, porque o laptop dele está na escrivaninha e ela pode jogar paciência. Está perturbada demais para ler.

Depois de falar com o filho, ela fica mais nervosa do que nunca. Com medo também, mas não de um vilão sinistro se esgueirando pela Sycamore Street. Ela está com medo pelo filho, porque está claro que *ele* acredita no vilão sinistro. As coisas estão finalmente começando a fazer sentido. A palidez... a perda de peso... o bigode maluco que ele tentou deixar crescer... a volta da acne e os longos silêncios... tudo está fazendo sentido agora. Se ele não está tendo um colapso nervoso, está à beira de um.

Ela se levanta e olha para a filha pela janela. Tina está com sua melhor blusa, uma amarela com mangas esvoaçantes, mas não deveria usá-la enquanto fica sentada em um balanço velho e enferrujado, que devia ter sido removido anos atrás. Está com um livro aberto no colo, mas não parece estar lendo. Tina parece triste.

Que pesadelo, pensa Linda. *Primeiro, Tom se machuca tanto que vai ficar manco pelo resto da vida, e agora nosso filho está vendo monstros nas sombras. Aquele dinheiro não era uma bênção dos céus, era chuva ácida. Talvez ele só tenha que abrir o jogo. Contar a história toda sobre o dinheiro. Quando fizer isso, vai começar a se sentir melhor.*

Nesse meio-tempo, ela vai fazer o que ele pediu: chamar Tina para dentro de casa e trancar todas as portas. Mal não vai fazer.

Uma tábua estala atrás dela. Linda se vira, esperando ver o filho, mas não é Peter. É um homem pálido, de cabelo branco rareando e lábios vermelhos. É o homem que o filho descreveu, o vilão sinistro, e seu primeiro pensamento não é de terror, mas uma sensação poderosa de alívio. O filho não está sofrendo um colapso nervoso, afinal.

Mas ela vê a arma na mão do homem e o terror chega, intenso e quente.

— Você deve ser a mãe — diz o intruso. — Você e Peter são bem parecidos.

— Quem é você? — pergunta Linda Saubers. — O que está fazendo aqui?

O homem, na porta do escritório do marido e não na mente do filho, olha pela janela, e Linda precisa sufocar a vontade de gritar "Não olhe para ela!".

— Aquela é a sua filha? — pergunta Morris. — Ei, ela é bonita. Sempre gostei de meninas de amarelo.

— O que você quer?

— O que é meu por direito — responde Morris, e atira na cabeça dela. Sangue voa e espalha gotas vermelhas no vidro. O som é de chuva.

41

Tina ouve um estrondo alarmante dentro de casa e corre até a porta da cozinha. *É a panela de pressão*, pensa ela. *Mamãe esqueceu a maldita panela de pressão no fogo de novo.* Isso já aconteceu antes, quando a mãe estava fazendo geleia. É uma panela velha, do tipo que ocupa muito espaço no fogão, e Peter passou boa parte de uma tarde de sábado em uma escada, raspando gosma seca de morango do teto. Por sorte, a mãe estava aspirando a sala quando ela explodiu. Tina pede a Deus para que ela não estivesse na cozinha dessa vez também.

— Mãe! — Ela corre para dentro de casa. Não tem nada no fogão. — Má...

Um braço a agarra pela cintura com força. O ar escapa de seus pulmões de um jeito violento. Seus pés saem do chão, chutando. Ela sente pelos na bochecha. Sente cheiro de suor, azedo e quente.

— Não grite, senão vou ter que machucar você — diz o homem no ouvido dela, fazendo a pele de Tina se arrepiar. — Entendeu?

Tina assente, mas seu coração está disparado e o mundo está ficando preto.

— Não consigo... respirar — ofega ela, e o aperto diminui. Seus pés tocam o chão. Ela se vira e vê um homem de rosto pálido e lábios vermelhos. Tem um corte no queixo dele, parece bem feio. A pele ao redor está inchada e escura.

— Não grite — repete ele, e levanta um dedo. — *Não* faça isso.

Ele sorri, e se é para fazer com que ela se sinta melhor, não adianta. Os dentes dele são amarelos. Parecem mais presas do que dentes.

— O que você fez com a minha mãe?

— Ela está bem — afirma o homem de lábios vermelhos. — Onde está seu celular? Uma garotinha bonita como você deve ter um celular. São muitas amigas com quem conversar e trocar mensagens. Está no seu bolso?

— N-Não. Está lá em cima. No meu quarto.

— Vamos buscar — diz Morris. — Você vai fazer uma ligação.

42

O ponto de Peter fica na Elm Street, a dois quarteirões de casa, e o ônibus está quase lá. Ele está de pé, esperando para saltar, quando o celular vibra. O alívio ao ver o sorriso da irmã na tela é tão grande que seus joelhos ficam bambos e ele precisa se segurar em uma das barras de apoio do ônibus.

— Tina! Estarei em casa em...

— Tem um homem aqui! — Tina está chorando tanto que ele mal consegue entender. — Ele estava em casa! Ele...

Ela some, e ele reconhece a voz que substitui a dela. Queria não reconhecer.

— Oi, Peter — diz Lábios Vermelhos. — Você está vindo?

Ele não consegue responder. A língua está grudada no céu da boca. O ônibus para na esquina da Elm com Breckenridge Terrace, sua parada, mas Peter está paralisado.

— Não precisa responder e não precisa ir para casa, porque não vai ter ninguém aqui se você vier.

— Ele está mentindo! — grita Tina. — Mamãe está...

E então, ela dá um berro.

— Não machuca ela — pede Peter. Os poucos outros passageiros não desviam o olhar dos jornais e celulares porque ele não consegue falar mais alto do que um sussurro. — Não machuque minha irmã.

— Não vou machucar, se ela calar a boca. Ela tem que ficar quieta. Você também precisa ficar quieto e me ouvir. Mas, primeiro, precisa responder a duas perguntas. Você chamou a polícia?

— Não.

— Chamou *alguém*?

— Não. — Peter mente sem hesitar.

— Ótimo. Excelente. Agora vem a parte que você tem que ouvir. Você está ouvindo?

Uma senhora obesa com um saco de compras está subindo no ônibus, ofegante. Peter desce assim que ela sai da frente, andando de um jeito autômato, com o celular grudado no ouvido.

— Vou levar sua irmã para um lugar seguro. Um lugar onde vamos poder nos encontrar quando você estiver com os cadernos.

Peter começa a dizer que não precisa ser assim, que vai contar a Lábios Vermelhos onde os cadernos estão, mas percebe que fazer isso seria um grande erro. Quando Lábios Vermelhos souber que estão no porão do Rec, não vai ter motivo para manter Tina viva.

— Você está aí, Peter?

— E-Estou.

— É melhor estar mesmo. É melhor estar. Pegue os cadernos. Quando estiver com eles, e não antes, ligue para o celular da sua irmã de novo. Se ligar por qualquer outro motivo, vou machucá-la.

— Minha mãe está bem?

— Está ótima, só amarrada. Não se preocupe com ela nem se dê ao trabalho de passar em casa. Só pegue os cadernos e me ligue.

Com isso, Lábios Vermelhos desliga. Peter não tem tempo de dizer que ele *tem* que ir em casa porque vai precisar do carrinho de mão de Tina para transportar as caixas. Ele também precisa pegar as chaves do Rec no escritório do pai. Ele as colocou de volta no quadro de cortiça, mas precisa delas para entrar.

43

Morris enfia o celular rosa de Tina no bolso e puxa um fio do computador dela.

— Vire de costas. Mãos para trás.

— Você atirou nela? — Lágrimas escorrem pelas bochechas de Tina. — Foi esse o som que eu ouvi? Você atirou na minha mã...

Morris dá um tapa na menina, com força. Sangue voa do nariz de Tina e do canto da boca. Os olhos dela se arregalam de choque.

— Você tem que calar a boca e se virar. Com as mãos para trás.

Tina faz isso, chorando. Morris amarra os pulsos dela, apertando os nós com força.

— Ai! *Ai*, moço! Está apertado demais!

— Não reclame. — Ele se pergunta vagamente quantos tiros sobraram na arma do velho amigo. Dois vão bastar; um para o ladrão e um para a irmã do ladrão. — Ande. Lá para baixo. Saia pela porta da cozinha. Um, dois, três, quatro.

Ela o encara, olhos arregalados vermelhos e cheios de lágrimas.

— Você vai me estuprar?

— Não — responde Morris, depois acrescenta uma coisa que ainda é mais apavorante, porque ela não entende: — Não vou cometer esse erro de novo.

44

Linda volta a si olhando para o teto. Ela sabe onde está, no escritório de Tom, mas não o que aconteceu. O lado direito da cabeça está em chamas, e, quando ela leva uma mão ao rosto, ela volta cheia de sangue. A última coisa de que se lembra é Peggy Moran dizendo que Tina tinha passado mal na escola.

Vá até lá e leve ela pra casa, dissera Peggy. *Eu cuido das coisas por aqui.*

Não, ela se lembra de outra coisa. Algo sobre o dinheiro misterioso.

Eu ia conversar com Peter sobre isso, pensa ela. *Pedir respostas. Eu estava jogando paciência no computador de Tom para matar o tempo enquanto o esperava chegar em casa, e então...*

Então, tudo preto.

Agora, essa dor terrível na cabeça, como uma porta batendo sem parar. É muito pior do que as enxaquecas que tem às vezes. Pior do que o parto. Ela tenta levantar a cabeça e consegue, mas sua visão começa a ir e voltar com os batimentos, primeiro *sugando*, depois *florescendo*, cada oscilação acompanhada de uma dor terrível...

Ela olha para baixo e vê que seu vestido cinza parece agora um roxo lamacento. Ela pensa: *Ah, meu Deus, é muito sangue. Tive um derrame? Algum tipo de hemorragia cerebral?*

Claro que não, essas coisas só sangram por dentro, mas, seja lá o que for, ela precisa de ajuda. Precisa de uma ambulância, mas não consegue chegar ao telefone. Levanta o braço, treme e o deixa tombar de volta.

Ela ouve um gritinho de dor vindo de algum lugar por perto, depois um choro que reconheceria em qualquer lugar, mesmo morrendo (que ela desconfia que seja o caso). É Tina.

Ela se apoia em uma mão ensanguentada, o bastante para olhar pela janela. Vê um homem levando Tina pelos degraus dos fundos, até o quintal. As mãos de Tina estão amarradas às costas.

Linda esquece a dor, esquece que precisa de uma ambulância. Um homem invadiu sua casa e está sequestrando sua filha. Precisa impedi-lo. Precisa da polícia. Ela tenta se sentar na cadeira de rodinhas atrás da mesa, mas só consegue bater com a mão no assento. Ela ergue o tronco, e por um momento a dor é tão intensa que o mundo fica branco, mas ela se agarra à consciência e segura o braço da cadeira. Quando a visão clareia, ela vê o homem abrindo o portão dos fundos e empurrando Tina. Guiando-a, como um animal a caminho do abatedouro.

Traga ela de volta!, grita Linda. *Não machuque meu bebê!*

Mas só em pensamento. Quando tenta se levantar, a cadeira vira e ela não consegue mais segurar os braços. O mundo escurece. Ela ouve um som horrível e gorgolejante antes de desmaiar e mal tem tempo de pensar: *Será que sou eu?*

45

As coisas *não* voam depois da rotatória. Em vez de uma via livre, eles dão de cara com um engarrafamento enorme e duas placas laranja. Uma diz DESVIO. A outra diz HOMENS TRABALHANDO. Há uma fila de carros esperando enquanto os controladores deixam o tráfego vindo do Centro passar. Depois de três minutos sentados, cada um parecendo durar uma hora, Hodges manda Jerome pegar as ruas secundárias.

— Bem que eu queria, mas estamos presos aqui.

Ele faz sinal para trás com o polegar, onde uma fila de carros se formou quase até a rotatória.

Holly está inclinada sobre o iPad, digitando sem parar. Então ergue o rosto.

— Use a calçada — diz ela, depois volta para o tablet mágico.

— Tem caixas de correio, Hollyberry — observa Jerome. — E uma cerca à frente. Acho que não tem espaço.

Ela olha rapidamente de novo.

— Tem, sim. Pode ser que arranhe o carro um pouco, mas não vai ser a primeira vez. Vá logo.

— Quem paga a multa se eu for preso e acusado de estar dirigindo sendo negro? Você?

Holly revira os olhos. Jerome se vira para Hodges, que suspira e assente.

— Ela está certa. Tem espaço. Eu pago a porra da multa.

Jerome vira para a direita. O Mercedes raspa no para-choque do carro à frente e sobe na calçada. Aí vem a primeira caixa de correio. Jerome vira mais para a direita, agora totalmente fora da rua. Há um baque quando o lado do motorista derruba a caixa de correio do suporte, depois um chiado quando o lado do carona arrasta na cerca de metal. Uma mulher de short e camiseta está cortando a grama. Ela grita com eles quando a banheira alemã de Holly derruba uma placa dizendo NÃO ENTRE, NÃO BATA, NÃO ACEITAMOS VENDEDORES. Ela corre até a calçada, ainda gritando. Depois, apenas observa, protegendo os olhos do sol. Hodges vê os lábios da mulher se movendo.

— Ah, que ótimo — comenta Jerome. — Ela está anotando a placa.

— Só dirija — diz Holly. — Dirija, dirija, dirija. — E, sem pausa: — Lábios Vermelhos é Morris Bellamy. É esse o nome dele.

O controlador de tráfego está gritando com eles agora. Os operários, que estavam abrindo caminho até um cano de esgoto por baixo da rua, estão olhando. Alguns riem. Um deles pisca para Jerome e faz o gesto de uma garrafa sendo bebida. Mas logo eles ficam para trás. O Mercedes volta para a rua. Com o tráfego para o North Side engarrafado atrás, a rua à frente está abençoadamente vazia.

— Verifiquei os registros de impostos — explica Holly. — Na época que John Rothstein foi assassinado, em 1978, os impostos da Sycamore Street nº 23 estavam sendo pagos por Anita Elaine Bellamy. Fiz uma busca no Google e consegui mais de cinquenta resultados. Ela é uma acadêmica meio famosa, mas só um resultado importava. O filho dela foi julgado e condenado por estupro com agravante no mesmo ano. Bem aqui, na cidade. Ele foi condenado à prisão perpétua. Tem uma foto dele em um dos artigos. Olhe.

Ela entrega o iPad para Hodges.

Morris Bellamy foi fotografado descendo os degraus de um tribunal do qual Hodges se lembra bem, embora tenha sido substituído pela monstruosidade de concreto na Government Square quinze anos atrás. Bellamy é ladeado por um par de detetives. Hodges se lembra de um deles, Paul Emerson. Bom policial, há muito aposentado. Ele está de terno. O outro detetive também, mas colocou o paletó sobre as mãos de Bellamy para esconder as algemas. Bellamy também está de terno, o que quer dizer que a foto foi tirada durante o andamento do julgamento ou logo depois do veredito. É uma foto em preto e branco, o que só torna o contraste entre a pele pálida de Bellamy e a boca escura mais aparente. Ele quase parece estar usando batom.

— Só pode ser ele — afirma Holly. — Se você ligar para a prisão estadual, aposto seis mil dólares que foi solto.

— Acredito em você — diz Hodges. — Quanto tempo até a Sycamore Street, Jerome?

— Dez minutos.

— Previsão real ou otimista?

Com relutância, Jerome responde:

— Bem... talvez um pouco otimista.

— Faça o melhor que puder e tente não atropelar ning...

O celular de Hodges toca. É Peter. Ele parece ofegante.

— Você ligou para a polícia, sr. Hodges?

— Não. — Se bem que eles já devem estar com a placa do carro de Holly a essa altura, mas não vê motivo para contar isso a Peter. O garoto parece mais perturbado do que nunca. Quase surtado.

— Você não pode chamar. Por nada. Ele está com a minha irmã. Diz que, se eu não entregar os cadernos, vai matá-la. Preciso fazer isso.

— Peter, não...

Mas ele está falando sozinho. O garoto já desligou.

46

Morris empurra Tina pela trilha. Em determinado ponto, um galho rasga a blusa fina e arranha o braço dela, fazendo-a sangrar.

— Não me faça ir tão rápido, moço! Vou cair!

Morris dá um tapa na cabeça dela, acima do rabo de cavalo.

— Cale a boca, vagabunda. Agradeça por eu não estar fazendo você correr.

Ele segura os ombros dela quando atravessam o riacho, equilibrando-a para que não caia, e, quando chegam ao ponto em que a vegetação abre caminho para o terreno do Rec, ele a manda parar.

O campo de beisebol está vazio, mas alguns garotos ocupam o asfalto rachado da quadra de basquete. Estão sem camisa, com os ombros brilhando de suor. O dia está quente demais para jogar ao ar livre, e é por isso que Morris acha que são poucos os que estão ali.

Ele desamarra as mãos de Tina. Ela dá um suspiro de alívio e começa a massagear os pulsos, que estão com marcas vermelhas profundas.

— Vamos andar perto das árvores — diz ele. — A única hora em que aqueles garotos vão nos ver direito é quando chegarmos perto do prédio e sairmos da sombra. Se disserem oi ou se você conhecer algum deles, acene e sorria e continue andando. Entendeu?

— S-Sim.

— Se você berrar ou gritar pedindo socorro, vou colocar uma bala na sua cabeça. Entendeu?

— *Entendi*. Você atirou na minha mãe? Atirou, não foi?

— Claro que não, só atirei para o alto para acalmá-la. Ela está bem, e você também vai ficar se fizer o que eu mandar. Continue andando.

Eles andam na sombra, com a grama alta do campo direito batendo na calça de Morris e na calça jeans de Tina. Os garotos estão totalmente absortos no jogo e nem olham. Mas, se tivessem olhado, a blusa amarela de Tina se destacaria em meio ao verde como um alerta.

Quando chegam nos fundos do Rec, Morris a guia para além do Subaru do velho amigo, ficando de olho nos garotos o caminho inteiro. Quando a lateral de tijolos do prédio esconde os dois da quadra de basquete, ele amarra as mãos de Tina às costas de novo. Não faz sentido correr riscos com a Birch Street tão perto. Tem casas demais na Birch Street.

Ele vê Tina respirar fundo e segura o ombro dela.

— Não grite, querida. Se você abrir a boca, vou dar uma surra em você.

— Por favor, não me machuque — sussurra Tina. — Faço o que você quiser.

Morris assente, satisfeito. É uma resposta sábia.

— Está vendo aquela janelinha? A que está aberta? Deite-se, vire de barriga para baixo e desça.

Tina se agacha e espia as sombras. Em seguida, vira o rosto inchado e sujo de sangue para ele.

— É alto demais! Vou cair!

Exasperado, Morris chuta o ombro dela. Ela dá um grito. Ele se inclina e coloca o cano da automática na têmpora dela.

— Você disse que faria o que eu quisesse, e é isso que eu quero. Entre por essa janela agora, senão coloco uma bala no seu cérebro.

Morris se pergunta se está falando sério. Decide que sim. Garotinhas também não querem dizer merda nenhuma.

Chorando, Tina desce pela janela. Ela hesita com metade do corpo para dentro e metade para fora, olhando para Morris com olhos suplicantes. Ele se prepara para chutar a cara dela e ajudá-la. Ela solta e grita, apesar das instruções explícitas de Morris para não fazer isso.

— Meu tornozelo! Acho que quebrei o tornozelo!

Morris está pouco se fodendo para o tornozelo da garota. Ele dá uma olhada rápida ao redor para ter certeza de que ainda não está sendo observado e desliza pela janela para o porão do Rec da Birch Street, caindo na caixa fechada que usou como apoio na última vez. A irmã do ladrão deve ter caído nela errado e rolou para o chão. O pé está virado e já começando a inchar. Para Morris Bellamy, isso também não quer dizer merda nenhuma.

47

O sr. Hodges tem mil perguntas, mas Peter não tem tempo de responder nenhuma. Ele encerra a ligação e corre pela Sycamore Street até sua casa. Decidiu que pegar o carrinho de mão de Tina vai demorar muito. Que vai pensar em algum outro jeito de transportar os cadernos quando chegar ao Rec. Ele só precisa mesmo da chave do prédio.

Ele corre até o escritório do pai e para. A mãe está no chão ao lado da escrivaninha, os olhos azuis brilhando em meio a uma máscara de sangue. Tem mais sangue no laptop aberto do pai, na frente do vestido dela, espirrado na cadeira e na janela atrás dela. Música toca no computador, e, mesmo em meio à consternação, ele reconhece a melodia. Ela estava jogando paciência. Jogando paciência e esperando que o filho chegasse em casa, sem incomodar ninguém.

— *Mãe!* — Ele corre até ela, chorando.

— Minha cabeça — pede ela. — Olhe minha cabeça.

Ele se inclina, tira pedaços de cabelo empapados de sangue do caminho, tentando ser delicado, e vê uma abertura da têmpora até a parte de trás da cabeça. Em determinado ponto, no meio da abertura, ele vê uma área turva cinza-esbranquiçada. *É o crânio dela*, pensa Peter. *Isso é ruim, mas pelo menos não é o cérebro dela, por favor, Deus, que não seja o cérebro. O cérebro é mole, se fosse massa cinzenta, estaria escorrendo. É só o crânio.*

— Um homem veio — diz ela, falando com grande esforço. — Ele... levou... Tina. Eu a ouvi gritar. Você tem que... ah, meu Deus, minha cabeça está doendo *tanto*.

Peter hesita por um segundo infinito, oscilando entre a necessidade de ajudar a mãe e de proteger a irmã, de salvá-la. *Se ao menos fosse um pesadelo*, pensa ele. *Se ao menos eu pudesse acordar.*

A mamãe primeiro. A mamãe agora.

Ele pega o telefone na escrivaninha do pai.

— Fique quieta, mãe. Não diga nada e não se mexa.

Ela fecha os olhos com cansaço.

— Ele veio por causa do dinheiro? Aquele homem veio por causa do dinheiro que você encontrou?

— Não, por causa do que tinha junto — responde Peter, e digita os números que aprendeu na escola.

— Qual é a sua emergência? — pergunta uma mulher.

— Minha mãe levou um tiro — diz Peter. — Na Sycamore Street nº 23. Mande uma ambulância agora. Ela está sangrando muito.

— Qual é o seu nom...

Peter desliga.

— Mãe, preciso ir. Tenho que buscar Tina.

— Tome... cuidado. — As palavras estão arrastadas agora. Os olhos ainda estão fechados, e ele vê com horror que tem sangue até nos cílios da mãe. Isso é culpa dele, tudo culpa dele. — Não deixe... Tina... se mach...

Ela fica em silêncio, mas está respirando. *Ah, Deus, por favor, que ela continue respirando.*

O garoto pega a chave da porta da frente do Rec da Birch Street no quadro de cortiça do pai.

— Você vai ficar bem, mãe. A ambulância está a caminho. Alguns amigos vão chegar também.

Ele segue para a porta, mas uma ideia surge e ele se vira.

— Mãe?

— O quêêê...

— Papai ainda fuma?

Sem abrir os olhos, ela responde:

— Ele pensa... que eu... não sei.

Rapidamente, pois ele tem que sair antes de Hodges chegar e tentar impedi-lo de fazer o que tem que fazer, Peter começa a procurar nas gavetas da escrivaninha do pai.

Só por garantia, pensa ele.

Só por garantia.

48

O portão dos fundos está entreaberto. Peter não repara. Ele segue pela trilha. Quando se aproxima do riacho, passa por um pedaço de tecido amarelo fino pendurado em um galho no meio do caminho. Chega ao riacho e se vira para olhar, quase sem perceber, o ponto em que o baú está enterrado. O baú que causou todo esse horror.

Quando chega às pedras embaixo do barranco, Peter para de repente. Seus olhos se arregalam. Suas pernas ficam bambas. Ele cai sentado e fica olhando para a água espumosa e rasa que atravessou tantas vezes, muitas delas com a irmãzinha tagarelando sobre o que quer que a interessasse na época. A sra. Beasley. Bob Esponja. A amiga Ellen. A lancheira favorita.

As roupas favoritas.

A blusa amarela fina com as mangas esvoaçantes, por exemplo. Mamãe diz que ela não deveria usar tanto, porque tem que ser lavada a seco. Tina a estava usando hoje de manhã quando foi para a escola? Parece um século atrás, mas ele acha...

Ele acha que sim.

Vou levar sua irmã para um lugar seguro, dissera Lábios Vermelhos. *Um lugar onde vamos poder nos encontrar quando você estiver com os cadernos.*

É possível?

Claro que é. Se Lábios Vermelhos passou a infância na casa de Peter, deve ter passado muito tempo no Rec. Todas as crianças do bairro passavam o tempo lá, até fechar. E ele devia saber sobre a trilha, já que o baú estava enterrado a menos de vinte passos de onde se atravessava o riacho.

Mas ele não sabe sobre os cadernos, pensa Peter. *Ainda não.*

A não ser que os tenha encontrado depois da última ligação, claro. Nesse caso, já vai estar com eles. Vai ter ido embora. Isso não seria um problema, se ele tiver deixado Tina viva. E por que não deixaria? Que motivo teria para matá-la quando tiver o que quer?

Por vingança, pensa Peter friamente. *Para se vingar de mim. Sou o ladrão que pegou os cadernos, acertei-o com um decantador e fugi na livraria, eu mereço ser punido.*

Ele se levanta e cambaleia quando uma onda de vertigem o atinge. Quando ela passa, Peter atravessa o riacho e começa a correr de novo.

49

A porta da frente da Sycamore Street nº 23 está aberta. Hodges sai do Mercedes antes de Jerome ter parado completamente. Ele corre para dentro, com uma das mãos no bolso, segurando o Porrete Feliz. Pensa ouvir uma música que conhece bem pelas horas passadas jogando paciência no computador.

Ele segue o som e encontra uma mulher sentada, *caída*, ao lado de uma escrivaninha em um quartinho que foi transformado em escritório. Um lado do rosto dela está inchado e ensopado de sangue. Ela olha para ele e tenta fixar o olhar.

— Peter? — diz ela, e então: — Ele levou Tina.

Hodges se ajoelha e olha com cuidado por entre o cabelo da mulher. O que vê é ruim, mas não tão ruim quanto poderia ser; ela ganhou na loteria que realmente importa. A bala fez um corte de quinze centímetros no couro cabeludo, chegou a expor o crânio em um ponto, mas o ferimento não vai matá-la. Só que a mulher perdeu muito sangue, e está em choque e com uma concussão. Não é hora de interrogá-la, mas ele precisa fazer isso. Morris Bellamy está deixando uma trilha de violência, e Hodges ainda está do lado errado dessa trilha.

— Holly, chame uma ambulância.

— Peter... já chamou — diz Linda, e, como se a voz fraca a tivesse conjurado, eles ouvem uma sirene. Ainda distante, mas se aproximando rápido. — Antes... de sair.

— Sra. Saubers, Peter levou Tina? É isso que você está dizendo?

— Não. *Ele*. O homem.

— Ele tinha lábios vermelhos, sra. Saubers? — pergunta Holly. — O homem que levou Tina tinha lábios vermelhos?

— Lábios... de irlandês — diz ela. — Mas não era... ruivo. Ele era velho. Vou morrer?

— Não — afirma Hodges. — A ajuda está a caminho. Mas você tem que nos ajudar. Você sabe aonde Peter foi?

— Saiu... pelos fundos. Pelo portão. Eu vi.

Jerome olha pela janela e vê o portão entreaberto.

— O que tem lá?

— Uma trilha — diz ela com voz cansada. — As crianças usavam... para ir ao Rec. Antes de fechar. Ele pegou... acho que ele pegou a chave.

— Peter?

— É... — Os olhos dela se deslocam para um quadro de cortiça com muitas chaves penduradas. Um gancho está vazio. A fita embaixo diz REC BIRCH ST.

Hodges toma uma decisão.

— Jerome, você vem comigo. Holly, fique com a sra. Saubers. Pegue um pano frio e pressione no ferimento. — Ele inspira. — Mas, antes disso, ligue para a polícia. Chame meu velho parceiro. Huntley.

Ele espera uma discussão, mas Holly só assente e pega o telefone.

— Peter levou o isqueiro do pai também — diz Linda, que parece mais concentrada agora. — Não sei por quê. E a lata de Ronson's.

Jerome olha para Hodges em dúvida, e ele responde:
— É fluido de isqueiro.

50

Peter fica na sombra das árvores, como Morris e Tina fizeram, mas os garotos que estavam jogando basquete foram para casa jantar e deixaram a quadra deserta, exceto por alguns corvos catando pedaços de batatinhas chips caídas no chão. Ele vê um carro estacionado na área de carga e descarga. Escondido lá, na verdade, e a placa personalizada é o bastante para sumir com qualquer dúvida que Peter pudesse ter. Lábios Vermelhos está mesmo ali, e ele não pode ter levado Tina pela porta da frente. Ela fica virada para a rua, que deve estar bem movimentada nessa hora do dia. Além do mais, ele não tem a chave.

Peter passa pelo Subaru e, na esquina do prédio, se ajoelha e olha ao redor. Uma das janelas do porão está aberta. A grama e as ervas daninhas que estavam crescendo na frente foram pisadas. Ele ouve a voz de um homem. Eles estão lá embaixo mesmo. Os cadernos também. A única pergunta é se Lábios Vermelhos já os encontrou ou não.

O garoto recua e se recosta nos tijolos quentes de sol, pensando no que fazer em seguida. *Pense*, diz ele a si mesmo. *Você colocou Tina nisso e precisa tirá-la, então* pense, *caramba!*

Mas ele não consegue. Sua mente está cheia de ruído.

Em uma das poucas entrevistas que deu, o sempre irritadiço John Rothstein expressou a repulsa que tinha por perguntas do tipo "de onde você tira suas ideias". Ideias para histórias vinham do nada, declarou ele. Chegavam sem a influência poluidora do intelecto do autor. A ideia que ocorre a Peter agora também parece vir do nada. É ao mesmo tempo horrível e horrivelmente atraente. Não vai dar certo se Lábios Vermelhos já estiver com os cadernos, mas, se for esse o caso, *nada* vai dar certo.

Peter se levanta e contorna o grande quadrado de tijolos pelo outro lado, passando mais uma vez pelo carro verde com a placa reveladora. Ele surge pela lateral direita do prédio abandonado e observa o tráfego de pessoas indo para casa pela Birch Street. É como espiar por uma janela um mundo diferente, em que as coisas são normais. Ele faz um inventário rápido: celular, isqueiro, lata de fluido de isqueiro. A lata estava na gaveta de baixo, com o isqueiro do pai. Está pela metade, tomando como base o barulho quando ele a sacode, mas metade vai bastar.

Ele dobra a esquina, agora de frente para a Birch Street, tentando andar normalmente e torcendo para que ninguém (como o sr. Evans, o antigo treinador da liga infantil, por exemplo) o chame.

Ninguém chama. Dessa vez, ele sabe quais das chaves usar, e dessa vez ela gira com facilidade na fechadura. Ele abre a porta devagar, entra no saguão e fecha a porta. O lugar cheira a mofo e está muito quente. Para o bem de Tina, ele espera que esteja mais fresco no porão. *Ela deve estar morrendo de medo*, pensa Peter.

Se ainda estiver viva para sentir alguma coisa, uma voz cruel sussurra de volta. Lábios Vermelhos pode estar ao lado do corpo dela, falando sozinho. Ele é maluco, e é isso que pessoas malucas fazem.

À esquerda de Peter, um lance de escada leva ao segundo andar, que consiste de um espaço amplo do tamanho do prédio. O nome oficial era Salão Comunitário de North Ridge, mas as crianças têm um nome diferente para o cômodo, um nome do qual Lábios Vermelhos deve se lembrar.

Quando Peter se senta na escada para tirar os sapatos (não pode ser ouvido andando por lá), pensa novamente: *Eu a coloquei nisso e preciso tirá-la. Sozinho.*

Ele liga para o celular da irmã. Abaixo dele, abafado, mas inconfundível, ouve o toque de Tina do Snow Patrol.

Lábios Vermelhos atende na mesma hora.

— Oi, Peter. — Ele parece mais calmo agora. Sob controle. Isso pode ser bom ou ruim para o plano. Peter não sabe bem. — Você está com os cadernos?

— Estou. Minha irmã está bem?

— Está ótima. Onde você está?

— Isso até que é engraçado — diz Peter... e, quando pensa no assunto, vê que é mesmo. — Aposto que Jimmy Gold ia gostar.

— Não estou com paciência para suas besteiras. Vamos acabar logo com isso, certo? Onde você está?

— Você se lembra do Palácio dos Filmes de Sábado?

— Do que você...

Lábios Vermelhos para. Pensa.

— Você está falando do Salão Comunitário, onde passavam aqueles filmes bregas... — Ele para de novo quando a ficha cai. — Você está *aqui*?

— Estou. E você está no porão. Vi o carro lá fora. Você estava o tempo todo a menos de trinta metros dos cadernos. — *Mais perto do que isso*, pensa ele. — Venha buscar.

Ele encerra a ligação antes que Lábios Vermelhos possa tentar impor seus termos. Peter corre até a cozinha na ponta dos pés, com os sapatos nas mãos. Tem que sumir antes que Lábios Vermelhos suba a escada do porão. Se fizer isso, as coisas podem dar certo. Se não fizer, ele e a irmã provavelmente vão morrer.

Lá embaixo, mais alto do que o toque do celular, *bem mais* alto, ele ouve Tina gritar de dor.

Ela ainda está viva, pensa Peter. E então: *O filho da mãe a machucou*. Só que isso não é verdade.

Fui eu. É minha culpa. Minha, minha, minha.

51

Morris, sentado em uma caixa com UTENSÍLIOS DE COZINHA escrito na lateral, fecha o celular de Tina. Só há uma pergunta em jogo, na verdade, só uma que precisa ser respondida. O garoto está falando a verdade ou está mentindo?

Ele acha que Peter está falando a verdade. Os dois cresceram na Sycamore Street, afinal, e os dois assistiram filmes aos sábados lá em cima, sentados em cadeiras dobráveis e comendo pipoca vendida pela tropa de bandeirantes da região. É lógico pensar que os dois escolheriam aquele prédio abandonado tão próximo como esconderijo, perto tanto da casa onde os dois moraram quanto do baú. Mas o que o convence é a placa que Morris viu lá na frente, na primeira ida de reconhecimento: LIGUE PARA THOMAS SAUBERS IMÓVEIS. Se o pai de Peter está cuidando da venda do Rec, o garoto poderia facilmente ter conseguido a chave.

Ele pega Tina pelo braço e a arrasta até a fornalha, uma relíquia enorme e poeirenta encolhida no canto. Ela solta outro daqueles gritos irritantes quando tenta apoiar o peso no tornozelo inchado, que cede. Ele dá outro tapa nela.

— Cale a boca — ordena ele. — Pare de ser uma vaca chorona.

Não há fio de computador suficiente para prendê-la, mas tem um lustre na parede com vários metros de fio elétrico laranja ao redor. Morris não precisa da lâmpada, mas o fio é um presente divino. Ele achava que não podia ficar com mais raiva do ladrão, mas estava enganado. *Aposto que Jimmy Gold ia gostar*, disse o garoto, e que direito ele tinha de fazer referência ao trabalho de John Rothstein? O trabalho de Rothstein era *dele*.

— Vire-se.

Tina não se move rápido o bastante para Morris, que ainda está furioso com seu irmão. Ele segura os ombros dela e a vira. Tina não grita dessa vez, mas um gemido escapa dos lábios comprimidos. A amada blusa amarela agora está suja de poeira.

Ele enrola o fio elétrico laranja no fio de computador que prende os pulsos dela às costas, depois joga o lustre por cima dos canos da fornalha e estica o fio, fazendo a garota gemer de novo quando as mãos amarradas são puxadas para cima até as omoplatas.

Morris amarra o novo fio com um nó duplo, pensando: *Estavam aqui o tempo todo e ele acha isso* engraçado? *Se ele quer ver o que é engraçado, vou dar toda a graça que ele puder aguentar. Ele pode morrer de rir.*

Ele se inclina, as mãos nos joelhos, para olhar nos olhos da garota.

— Vou lá em cima buscar o que é meu, querida. E matar seu irmão pé no saco. Depois, volto aqui para matar você. — Ele beija a ponta do nariz dela. — Sua vida acabou. Quero que pense nisso enquanto eu estiver fora.

Então corre até a escada.

52

Peter está na despensa. Só uma fresta da porta está aberta, mas basta para ver Lábios Vermelhos passar correndo, a arma vermelha e preta em uma das mãos e o celular de Tina na outra. O garoto escuta o eco dos passos dele atravessando as salas vazias, e, assim que viram o *tum-tum-tum* de pés subindo a escada para o que já foi conhecido como Palácio dos Filmes de Sábado, ele corre para o porão. Larga os sapatos no caminho. Quer estar com as mãos livres, mas também quer que Lábios Vermelhos saiba exatamente para onde ele foi. Talvez até o atrapalhe na volta.

Tina arregala os olhos quando o vê.

— Peter! *Me tira daqui!*

Ele vai até ela e olha o emaranhado de nós — fio branco, fio laranja — que amarra as mãos da irmã às costas e também ao cano da fornalha. Os nós estão apertados, e ele sente uma onda de desespero. Solta um dos nós laranja e as mãos dela abaixam um pouco, tirando parte da pressão de seus ombros. Quando começa a trabalhar no segundo, o celular vibra. O lobo não encontrou nada lá em cima e está ligando. Em vez de atender, Peter corre até a caixa embaixo da janela. A caligrafia dele está na lateral: UTENSÍLIOS DE COZINHA. Ele vê marcas de pés em cima e sabe a quem pertencem.

— O que você está *fazendo*? — grita Tina. — Me solta!

Mas soltá-la é apenas parte do problema. Tirá-la dali é a outra parte, e Peter acha que não há tempo suficiente para fazer as duas coisas antes de Lábios Vermelhos voltar. Ele notou o tornozelo da irmã, agora tão inchado que quase não parece um tornozelo.

Lábios Vermelhos não está mais usando o celular de Tina. Ele grita do andar de cima. *Berra* do andar de cima.

— Onde você está, seu merdinha filho da puta?

Dois porquinhos no porão e o lobo mau lá em cima, pensa Peter. *E não temos nem uma casa de palha, muito menos uma de tijolos.*

Ele carrega a caixa que Lábios Vermelhos usou como apoio até o meio da sala e puxa as abas enquanto passos disparam pela cozinha acima, pisando com força o suficiente para fazer as placas do isolamento térmico, penduradas entre as vigas, oscilarem um pouco. O rosto de Tina é uma máscara de horror. Peter vira a caixa, e uma enxurrada de cadernos Moleskine cai no chão.

— Peter! O que você está fazendo? Ele está *vindo*!

Eu sei, pensa Peter, e abre a segunda caixa. Quando acrescenta o resto dos cadernos à pilha no chão do porão, os passos acima param. Ele viu os sapatos. Lábios Vermelhos abre a porta. Está sendo cauteloso agora. Tentando pensar direito.

— Peter, você está visitando sua irmã?

— Estou — responde Peter. — Estou com ela, e estou armado.

— Quer saber o que eu acho? — questiona o lobo. — Acho que você está mentindo.

Peter abre a tampa do fluido de isqueiro e o vira em cima dos cadernos, molhando a pilha de histórias, poemas e falações meio bêbadas que muitas vezes são interrompidas no meio. Também os dois romances que encerram a história de um americano fodido chamado Jimmy Gold, que passa pelos anos 1960 aos tropeços em busca de algum tipo de redenção. Em busca, nas palavras dele, de algum tipo de merda que queira dizer alguma merda. Peter se enrola para pegar o isqueiro, que escorrega de suas mãos. Vê a sombra do homem lá em cima agora. Também a sombra da arma.

Tina está com os olhos arregalados de pavor, amarrada e com o nariz e os lábios ensanguentados. *O filho da mãe bateu nela*, pensa Peter. *Por que ele fez isso? Ela é só uma criança.*

Mas ele sabe. A irmã era uma substituta parcialmente aceitável para a pessoa em quem Lábios Vermelhos *realmente* quer bater.

— É *melhor* você acreditar — diz Peter. — É uma quarenta e cinco, bem maior do que a sua. Estava na escrivaninha do meu pai. É melhor você ir embora. Seria a coisa sensata a se fazer.

Por favor, Deus, por favor.

Mas a voz de Peter oscila na última palavra, sobe ao tom incerto do garoto de treze anos que encontrou os cadernos. Lábios Vermelhos escuta, ri e começa a descer a escada. Ele pega o isqueiro de novo, com força dessa vez, e coloca o polegar no topo na hora em que Lábios Vermelhos aparece. Peter acende o isqueiro e percebe que não verificou se havia fluido nele, um descuido que poderia acabar com sua vida e com a da irmã nos próximos dez segundos. Mas uma chama amarela robusta surge no alto do objeto.

Ele segura o isqueiro trinta centímetros acima da pilha de cadernos.

— Você está certo — diz Peter. — Não tenho uma arma. Mas achei *isto* na escrivaninha dele.

53

Hodges e Jerome atravessam o campo de beisebol correndo. Jerome está à frente, mas Hodges não está muito atrás. Jerome para na beira da lamentável quadra de basquete e aponta para um Subaru verde estacionado perto da plataforma de carga e descarga. Hodges lê a placa personalizada, BOOKS4U, e assente.

Eles começaram a correr de novo quando escutam um grito furioso vindo de dentro do Rec:

— *Onde você está, seu merdinha filho da puta?*

Só pode ser Bellamy. O merdinha filho da puta só pode ser Peter Saubers. O garoto entrou com a chave do pai, o que quer dizer que a porta da frente está aberta. Hodges aponta para si mesmo e para o Rec. Jerome assente, mas diz em voz baixa:

— Você está desarmado.

— Verdade, mas minha força é a de dez homens, porque meu coração é puro.

— Hã?

— Fique aqui, Jerome. Estou falando sério.

— Tem certeza?

— Tenho. Você não tem uma faca, por acaso? Ou um canivete?

— Não. Desculpe.

— Tudo bem, então procure por aí. Encontre uma garrafa. Deve ter alguma, os adolescentes devem vir aqui tomar cerveja depois que escurece. Quebre a garrafa e corte os pneus. Se as coisas forem mal, ele não vai usar o carro de Halliday para escapar.

O rosto de Jerome diz que não gosta muito das possíveis implicações dessa ordem. Ele segura o braço de Hodges.

— Nada de ataques suicidas, Bill, está ouvindo? Você não precisa compensar nada.

— Eu sei.

A verdade é que ele não sabe. Quatro anos atrás, a mulher que ele amava morreu em uma explosão que foi planejada para ele. Não há um dia sequer em que não pense em Janelle, nem uma noite em que não fique na cama pensando: *Se eu tivesse sido um pouco mais rápido. Um pouco mais inteligente.*

Ele também não foi rápido nem inteligente o bastante dessa vez, e dizer para si mesmo que a situação se desenvolveu rápido demais não vai tirar aqueles garotos da confusão potencialmente letal em que estão. Ele só tem certeza de que nem Tina nem seu irmão podem morrer sob seus cuidados hoje. Hodges vai fazer o que for preciso para impedir que isso aconteça.

Ele dá um tapinha no rosto de Jerome.

— Confie em mim, garoto. Vou fazer a minha parte. E você, cuide daqueles pneus. E pode soltar alguns fios também.

Hodges começa a se afastar e olha para trás só uma vez, quando chega na lateral do prédio. Jerome o está observando, infeliz, mas dessa vez não o seguiu. E isso é bom. A única coisa pior do que Bellamy matar Peter e Tina seria se ele matasse Jerome.

Ele dobra a esquina e corre para a frente do prédio.

Aquela porta, assim como a da Sycamore Street nº 23, está aberta.

54

Lábios Vermelhos está olhando para a pilha de cadernos Moleskine como se hipnotizado. Por fim, ele levanta o rosto para Peter. E também a arma.

— Vá em frente — diz Peter. — Faça isso e veja o que vai acontecer com os cadernos quando eu soltar o isqueiro. Só consegui encharcar os de cima, mas agora o fluido já está escorrendo e se espalhando. E eles são velhos. Vão pegar fogo rápido. Talvez as outras merdas aqui embaixo também.

— Então é um impasse — comenta Lábios Vermelhos. — O único problema disso, Peter, e estou falando da sua perspectiva agora, é que minha arma vai durar mais do que seu isqueiro. O que você vai fazer quando o fluido acabar?

Ele está tentando parecer calmo e controlado, mas os olhos ficam indo do isqueiro para os cadernos. As capas dos Moleskines brilham de umidade, como pele de foca.

— Vou saber quando isso acontecer — diz Peter. — Assim que a chama começar a baixar e ficar azul em vez de amarela, eu o largo. E aí, *puf.*

— Você não vai fazer isso.

O lábio superior do lobo se contrai, expondo dentes amarelos. Suas presas.

— Por que não? São só palavras. Em comparação com a minha irmã, não querem dizer merda nenhuma.

— É mesmo? — Lábios Vermelhos aponta a arma para Tina. — Então apague o isqueiro ou vou matá-la na sua frente.

Mãos parecem apertar o coração de Peter dolorosamente quando a arma é apontada para a barriga da irmã, mas ele não fecha o isqueiro. Ele se inclina lentamente, aproximando o isqueiro dos cadernos.

— Há mais dois livros de Jimmy Gold aqui, sabia?

— Você está mentindo. — Lábios Vermelhos ainda está apontando a arma para Tina, mas os olhos foram atraídos, sem seu consentimento, ao que parece, para os Moleskines. — Tem só um. Sobre ele ir para o oeste.

— Dois — repete Peter. — *O corredor vai para o oeste* é bom, mas *O corredor levanta a bandeira* é a melhor coisa que ele já escreveu. E é longo. Um épico. Que pena que você nunca vai ler.

Um rubor está subindo pelas bochechas pálidas do homem.

— Como você ousa? Como ousa me *provocar*? Dei minha *vida* por esses livros! *Matei* por esses livros!

— Eu sei — diz Peter. — E, como sei que você é um fã, eis meu agradinho: no último livro, Jimmy encontra Andrea Stone de novo. Que tal?

Os olhos do lobo se arregalam.

— Andrea? Ele a encontra? Como? O que acontece?

Naquelas circunstâncias, a pergunta é mais do que bizarra, mas também é sincera. Honesta. Peter percebe que a Andrea fictícia, o primeiro amor de Jimmy, é real para aquele homem de um jeito que sua irmã não é. *Nenhum* ser humano é tão real para Lábios Vermelhos quanto Jimmy Gold, Andrea Stone, o sr. Meeker, Pierre Retonne (também conhecido como o Vendedor de Carros do Apocalipse) e todo o resto. Isso é um sinal de insanidade verdadeira, mas também deve tornar Peter maluco, porque ele entende como aquele lunático se sente. Perfeitamente. Ele ficou igualmente empolgado, até mesmo *assombrado*, quando Jimmy viu Andrea no Grant Park, durante as revoltas de Chicago em 1968. Lágrimas surgiram em seus olhos. Essas lágrimas, percebe Peter mesmo agora, *principalmente* agora, porque a vida deles está na balança, marcam o poder do faz de conta. Foi o que fez milhares chorarem quando Charles

Dickens morreu de derrame. É o motivo pelo qual, durante anos, um estranho colocou uma rosa no túmulo de Edgar Allan Poe todo dia 19 de janeiro, o aniversário do escritor. Também é o que faria Peter odiar aquele homem mesmo que ele não estivesse apontando uma arma para a barriga trêmula e vulnerável de sua irmã. Lábios Vermelhos tirou a vida de um grande escritor, e por quê? Porque Rothstein ousou seguir um personagem que foi em uma direção que Lábios Vermelhos não gostou? Sim, era isso. Aquele homem o matou por causa de uma crença própria: a de que a escrita era mais importante do que o escritor.

Lenta e deliberadamente, Peter balança a cabeça.

— Está tudo nos cadernos. *O corredor levanta a bandeira* ocupa dezesseis. Mas você teria que lê-los, porque nunca vai ouvir nada de mim. — Peter abre um sorriso. — Não gosto de dar spoilers.

— Os cadernos são meus, seu filho da mãe! *Meus!*

— Eles vão virar cinza se você não deixar minha irmã ir embora.

— Peter, eu não consigo nem *andar!* — choraminga Tina.

Ele não pode olhar para a irmã, só para Lábios Vermelhos. Só para o lobo.

— Qual é o seu nome? Acho que mereço saber.

Lábios Vermelhos dá de ombros, como se não se importasse mais.

— Morris Bellamy.

— Jogue a arma no chão, sr. Bellamy. Chute para debaixo da fornalha. Quando você fizer isso, vou fechar o isqueiro. Vou desamarrar minha irmã, e nós vamos embora. Vou dar tempo para você fugir com os cadernos. Só quero levar Tina para casa e chamar uma ambulância para minha mãe.

— E devo acreditar em você? — rosna Lábios Vermelhos.

Peter baixa mais o isqueiro.

— Acredite ou veja os cadernos queimarem. Decida logo. Não sei quando foi a última vez que meu pai encheu essa coisa.

Algo chama a atenção na visão periférica de Peter. Alguma coisa se mexendo na escada. Ele não ousa olhar. Se olhar, Lábios Vermelhos também vai olhar. *Eu quase o peguei*, pensa Peter.

Parece que pegou mesmo. Lábios Vermelhos começa a baixar a arma. Por um momento, ele parece ter cada ano da idade que tem, até mais. Em seguida, levanta a arma e aponta para Tina de novo.

— Eu não vou matá-la. — Ele fala no tom decisivo de um general que acabou de tomar uma decisão crucial no campo de batalha. — Não de cara. Vou atirar na perna. Você vai ouvir ela gritar. Se botar fogo nos cadernos depois disso, vou atirar na outra perna dela. Depois, na barriga. Ela vai morrer, mas vai ter tempo suficiente para odiar você, isso se já não ode...

Dois baques soam à esquerda de Morris. São os sapatos de Peter, caindo no pé da escada. Lábios Vermelhos, em uma reação automática, se vira naquela direção e atira. A arma é pequena, mas, no espaço fechado do porão, o barulho é alto. Peter toma um susto, e o isqueiro cai de sua mão. Com um som explosivo, os cadernos no alto da pilha começam a queimar.

— *Não!* — grita Morris, correndo para longe de Hodges na hora em que ele desce a escada, tão rápido que mal consegue manter o equilíbrio.

Morris está mirando em Peter. Ele levanta a arma para atirar, mas, antes que consiga, Tina se joga para a frente mesmo amarrada e o chuta na parte de trás da perna com o pé bom. A bala passa entre o pescoço e o ombro de Peter.

Enquanto isso, os cadernos seguem pegando fogo.

Hodges se aproxima de Morris antes que ele possa atirar de novo e segura a mão com a arma. O ex-detetive é mais pesado e está em melhor forma, mas Morris Bellamy tem a força da insanidade. Eles dançam como bêbados pelo porão, com Hodges segurando o pulso direito de Morris para que a pistola aponte para o teto, e Morris usa a mão esquerda para atacar o rosto de Hodges, tentando enfiar as unhas nos olhos dele.

Peter dá a volta nos cadernos, que estão ardendo agora, pois o fluido de isqueiro penetrou na pilha, e segura Morris por trás. Morris vira a cabeça, mostra os dentes e tenta mordê-lo. Os olhos estão se revirando.

— *A mão dele! Segure a mão dele!* — grita Hodges. Eles cambalearam para debaixo da escada. O rosto de Hodges está coberto de sangue e vários pontos da bochecha estão em carne viva. — Segure antes que ele me esfole vivo!

Peter segura a mão esquerda de Bellamy. Atrás deles, Tina está gritando. Hodges soca o rosto de Bellamy duas vezes: são golpes fortes e intensos. Isso parece surtir efeito; o rosto fica flácido, e os joelhos cedem. Tina ainda está gritando, e o porão está mais claro.

— *O teto, Peter! O teto está pegando fogo!* — grita a irmã.

Morris está de joelhos, com a cabeça pendendo, sangue escorrendo do queixo, dos lábios e do nariz quebrado. Hodges segura o pulso direito dele e gira. Há um estalo quando o pulso de Morris se quebra, e a pequena pistola cai no chão. Hodges tem um momento para pensar que acabou quando o filho da mãe levanta a mão livre e dá um soco nas bolas de Hodges, fazendo sua barriga se encher de dor líquida. Morris passa por baixo das pernas dele. O ex-detetive ofega, com as mãos apertadas na virilha latejante.

— *Peter, Peter, o teto!*

Peter pensa que Bellamy está indo atrás da arma, mas o homem a ignora completamente. O objetivo dele são os cadernos. Eles agora formam uma fogueira; as capas se encolhendo, as páginas ficando marrons e soltando fagulhas que botaram fogo em várias placas de isolamento. O fogo começa a se espalhar acima deles, soltando pedaços do teto em chamas. Um deles cai na cabeça de Tina, e Peter sente o aroma de cabelo queimado acompanhando o de papel e isolamento. Ela balança a cabeça com um grito de dor.

Ele corre até a irmã e chuta a pistola para o fundo do porão no caminho. Bate no cabelo fumegante e começa a tentar soltar os nós.

— *Não!* — grita Morris, mas não para Peter.

Ele está de joelhos em frente aos cadernos como um zelote religioso na frente de um altar em chamas. Estica a mão para as chamas e tenta empurrar uma pilha para o lado. Isso levanta uma nuvem nova de fagulhas, que saem espiralando para cima.

— *Não, não, não, não!*

Hodges quer ajudar Peter e a irmã, mas o máximo que consegue são uns passos trôpegos. A dor na virilha está se espalhando pelas pernas, afrouxando os músculos que ele se esforçou tanto para endurecer. Ainda assim, ele consegue começar a trabalhar em um dos nós no fio laranja. Mais uma vez, deseja ter uma faca, mas seria preciso um cutelo para cortar aquilo. Aquela merda é *grossa*.

Mais tiras de isolamento térmico em chamas caem ao redor deles. Hodges empurra uma para longe da garota, morrendo de medo de a blusa fina pegar fogo. O nó está se soltando, finalmente, mas ela está se mexendo...

— Para, Tina. — Suor escorre pelo rosto de Peter. O porão está ficando quente. — Você está apertando os nós novamente, precisa ficar parada.

Os gritos de Morris estão virando uivos de dor. Hodges não tem tempo de olhar para ele. O nó que está puxando fica frouxo de repente. Ele puxa Tina para longe da fornalha, ainda com as mãos amarradas às costas.

Não vai dar para sair pela escada; os primeiros degraus estão em chamas e os últimos estão começando a pegar fogo. As mesas, cadeiras, caixas de papelada guardada: tudo em chamas. Morris Bellamy também está em chamas. O paletó esporte e a camisa por baixo estão ardendo. Mas ele continua a remexer na fogueira, tentando pegar qualquer caderno que não esteja queimado. Os dedos estão ficando pretos. Embora a dor deva ser excruciante, ele não para. Hodges tem tempo de pensar no conto de fadas em que o lobo desceu pela chaminé e caiu em uma panela de água fervente. Sua filha, Allison, não gostava de ouvir essa. Ela dizia que dava muito med...

— Bill! Bill! Aqui!

Hodges vê Jerome em uma das janelas do porão. Hodges se lembra de ter dito *vocês dois não valem nada mesmo*, e agora fica feliz por isso. Jerome está deitado de bruços, com os braços esticados para dentro do porão.

— Levantem ela! Levantem ela! Rápido, antes que vocês cozinhem!

É Peter quem carrega Tina até a janela do porão, em meio às fagulhas que caem e às tiras ardentes de isolamento. Uma cai nas costas do garoto, e Hodges a espana. Peter a levanta. Jerome a segura por baixo dos braços e puxa, com o fio de computador que Morris usou para amarrar as mãos dela se arrastando atrás.

— Agora, você — diz Hodges, ofegante.

Peter balança a cabeça.

— Você primeiro. — Ele olha para Jerome. — Você puxa, eu empurro.

— Tudo bem — concede Jerome. — Levante os braços, Bill.

Não há tempo para discutir. Hodges levanta os braços e os sente serem segurados. Ele tem tempo de pensar: é a sensação de usar algemas. Mas logo está sendo levantado. É lento no começo, pois ele é bem mais pesado do que a garota, mas duas mãos se firmam na bunda dele e o empurram. Ele sobe até o ar puro, quente, mas bem mais frio do que o do porão, e vai parar ao lado de Tina Saubers. Jerome estica os braços pela janela de novo.

— Venha, garoto! Rápido!

Peter ergue os braços, e Jerome segura seus pulsos. O porão está se enchendo de fumaça, e Peter começa a tossir, quase a vomitar, enquanto usa os pés para se apoiar na parede. Ele desliza pela janela, se vira e olha para dentro do porão.

Um espantalho queimado está ajoelhado lá dentro, remexendo nos cadernos em chamas com braços pegando fogo. O rosto de Morris está derretendo. Ele grita e começa a abraçar os remanescentes ardentes do trabalho de Rothstein contra o peito queimado.

— Não olhe, garoto — pede Hodges, colocando a mão no ombro dele. — Não.

Mas Peter quer olhar. Precisa olhar.

Ele pensa: *Podia ser eu pegando fogo ali.*

Ele pensa: *Não. Porque eu sei a diferença. Sei o que realmente importa.*

Ele pensa: *Deus, por favor, se você estiver aí... faça com que isso seja verdade.*

55

Peter deixa Jerome carregar Tina até o campo de beisebol, depois pede:

— Me deixa carregar ela, por favor.

Jerome o observa: o rosto pálido e em choque, a orelha queimada, os buracos na camisa.

— Tem certeza?

— Tenho.

Tina já está esticando os braços. Ela está quieta desde que foi tirada do porão em chamas, mas, quando Peter a pega, ela abraça o pescoço dele, encosta o rosto no ombro do irmão e começa a chorar alto.

Holly vem correndo pela trilha.

— Graças a Deus! — diz ela. — Aí estão vocês! Onde está Bellamy?

— No porão — responde Hodges. — E, se ainda não estiver morto, com certeza deseja estar. Você está com o celular? Ligue para os bombeiros.

— Nossa mãe está bem? — pergunta Peter.

— Acho que ela vai ficar — diz Holly, tirando o celular do cinto. — A ambulância está levando ela para o Kiner Memorial. Ela estava alerta e conversando. Os paramédicos disseram que os sinais vitais estão bons.

— Graças a Deus. — Peter começa a chorar, e as lágrimas abrem caminho nas manchas de fuligem nas bochechas. — Se ela morresse, eu me mataria. Porque isso é tudo culpa minha.

— Não é — diz Hodges.

Peter olha para ele. Tina também está olhando, ainda abraçada ao pescoço do irmão.

— Você encontrou os cadernos e o dinheiro, não foi?

— Sim. Foi sem querer. Estavam enterrados em um baú perto do riacho.

— Qualquer pessoa teria feito o mesmo — afirma Jerome. — Não é verdade, Bill?

— É — responde Bill. — Pela família, a gente faz tudo o que pode. Assim como você foi atrás de Bellamy quando ele sequestrou Tina.

— Eu queria não ter encontrado aquele baú. — O que Peter não diz, nem nunca vai dizer, é o quanto dói o fato de os cadernos terem sido destruídos. Saber disso o queima como fogo. Ele entende como Morris se sentiu, e isso também o queima como fogo. — Eu queria que tivesse ficado enterrado.

— Não adianta chorar pelo leite derramado — diz Hodges. — Vamos. Preciso colocar gelo antes que o inchaço piore.

— Inchaço onde? — pergunta Holly. — Você parece bem pra mim.

Hodges coloca o braço nos ombros dela. Às vezes, Holly enrijece quando ele faz isso, mas não hoje, então ele também dá um beijo na bochecha dela. Isso faz Holly abrir um sorriso desconfiado.

— Ele acertou você onde mais dói?

— É. Agora vamos.

Eles andam devagar, em parte por causa de Hodges, em parte por causa de Peter. A irmã está pesando, mas ele não quer colocá-la no chão. Ele quer carregá-la até em casa.

DEPOIS

PIQUENIQUE

Na sexta antes do fim de semana do Dia do Trabalho, um Jeep Wrangler, já com alguns anos nas costas, mas muito amado pelo dono, entra no estacionamento perto dos campos da Liga Infantil do parque McGinnis e para ao lado de um Mercedes azul que também já tem alguns anos nas costas. Jerome Robinson desce a ladeira na direção de uma mesa de piquenique, onde já tem comida à vista. Ele carrega um saco de papel.

— E aí, Hollyberry!

Ela se vira.

— Quantas vezes pedi para você não me chamar assim? Cem? Mil? — Mas ela está sorrindo e, quando ele a abraça, ela retribui. Jerome não força a barra; dá um bom aperto e pergunta o que tem para o almoço.

— Tem salada de frango, salada de atum e salada de repolho. Eu também trouxe um sanduíche de rosbife. É seu, se quiser. Parei de comer carne vermelha. Altera meu ritmo circadiano.

— Pode apostar que não vou te deixar ficar tentada.

Eles se sentam. Holly serve chá gelado em copos de papel. Eles brindam o final do verão e começam a comer, conversam sobre filmes e programas de TV e evitam temporariamente o motivo de estarem ali: é uma despedida, pelo menos temporária.

— Pena que Bill não pôde vir — diz Jerome quando Holly entrega a ele um pedaço de torta de chocolate. — Lembra que nos reunimos aqui para fazer um piquenique depois da audiência dele? Para comemorar que aquele juiz decidiu não mandá-lo para a prisão?

— Eu lembro perfeitamente. Você queria vir de ônibus.

— É que o busão era de graça! — exclama Tyrone Feelgood. — Pego tudo de graça na vida, srta. Holly!

— Essa brincadeira já perdeu a graça, Jerome.

Ele suspira.

— Acho que perdeu mesmo.

— Bill recebeu uma ligação de Peter Saubers — disse Holly. — Foi por isso que ele não pôde vir. Ele disse que era para eu mandar um abraço e avisar que ele vai te encontrar antes de você voltar para a faculdade. Limpe o nariz. Tem uma mancha de chocolate.

Jerome resiste à vontade de dizer "Chocolate é minha cô favorita!".

— Peter está bem?

— Está. Ele tinha uma boa notícia que queria contar a Bill pessoalmente. Não aguento mais torta. Quer terminar? A menos que você não queira comer meu resto. Não me importo se não quiser, mas não estou resfriada nem nada.

— Eu usaria até sua escova de dentes — responde Jerome —, mas estou satisfeito.

— Que nojo! — exclama Holly. — Eu nunca usaria a escova de dentes de outra pessoa.

Ela recolhe os copos e pratos de papel e leva até uma lata de lixo próxima.

— Que horas você viaja amanhã?

— O sol nasce às 6h55. Espero estar na estrada no máximo às sete e meia.

Holly vai para Cincinnati de carro para visitar a mãe. Sozinha. Jerome mal acredita. Está feliz por ela, mas também com medo. E se alguma coisa der errado e ela surtar?

— Pare de se preocupar — pede ela, voltando a se sentar. — Vou ficar bem. Vou ficar nas rodovias, não vou dirigir à noite, e a previsão é de tempo limpo. Além do mais, tenho as trilhas sonoras dos meus filmes favoritos: *Estrada para perdição*, *Um sonho de liberdade* e *O poderoso chefão: Parte 2*. A melhor, na minha opinião, embora Thomas Newman seja, de modo geral, bem melhor do que Nino Rota. A música de Thomas Newman é *misteriosa*.

— John Williams, *A lista de Schindler* — retruca Jerome. — Nada supera.

— Jerome, não quero dizer que você não sabe do que está falando, mas... na verdade, você não sabe.

Ele ri, feliz.

— Estou com meu celular e meu iPad, os dois carregados. O Mercedes acabou de passar por uma revisão completa. E são menos de setecentos quilômetros.

— Legal. Ligue se precisar de alguma coisa. Para mim ou para Bill.

— Claro. Quando você vai voltar para a faculdade?

— Semana que vem.

— Acabou o trabalho nas docas?

— Acabei e estou feliz por isso. O trabalho físico pode até ser bom para o corpo, mas não acho que enobrece a alma.

Holly ainda tem dificuldade de olhar nos olhos até mesmo dos amigos mais próximos, mas faz um esforço para olhar nos de Jerome.

— Peter está bem, Tina está bem e a mãe deles está se recuperando. Isso tudo é ótimo, mas *Bill* está bem? Fale a verdade.

— Não sei o que você quer dizer. — Agora, é Jerome quem tem dificuldade de manter contato visual.

— Ele está magro demais, para começar. Está levando o esquema de exercícios e saladas longe demais. Mas não é com isso que estou realmente preocupada.

— Com o quê, então? — Mas Jerome sabe, e não está surpreso de *ela* saber, embora Bill pense que consegue esconder dela. Holly tem seus meios de descobrir.

Ela baixa a voz como se tivesse medo de ser ouvida, apesar de não haver ninguém a centenas de metros em nenhuma direção.

— Com que frequência ele o visita?

Jerome não precisa perguntar de quem ela está falando.

— Não sei.

— Mais de uma vez por mês?

— Acho que sim.

— Uma vez por semana?

— Acho que não tanto...

Mas quem é que sabe?

— *Por quê?* Ele é... — Os lábios de Holly começam a tremer. — Brady Hartsfield é quase um *vegetal!*

— Você não pode se culpar por isso, Holly. De jeito nenhum. Você bateu nele porque ele ia explodir milhares de adolescentes.

Ele tenta tocar na mão dela, mas Holly se afasta.

— Eu *não* me culpo! E faria de novo. De novo e de novo e de novo! Mas odeio pensar em Bill obcecado por ele. Sei o que é obsessão e *não é legal!*

Ela cruza os braços, um gesto antigo de conforto que ela tinha praticamente deixado de lado.

— Acho que não é exatamente obsessão. — Jerome fala com cautela, tateando o caminho. — Não acho que é por causa do passado.

— Então qual pode ser o motivo? Porque aquele monstro não tem futuro!

Bill não tem tanta certeza, pensa Jerome, mas jamais diria isso a ela. Holly está melhor, mas ainda é frágil. E, como ela mesma disse, sabe o que é obsessão. Além do mais, ele não faz ideia sobre o que o interesse contínuo de Bill por Brady significa. Ele só tem uma intuição. Um palpite.

— Deixa pra lá. — Dessa vez, quando Jerome segura a mão dela, Holly deixa, e eles conversam sobre outras coisas por um tempo. Em seguida, ele olha para o relógio. — Tenho que ir. Prometi pegar Barbara e Tina no rinque de patinação.

— Tina está apaixonada por você — diz Holly com a objetividade de sempre enquanto eles sobem a ladeira até o estacionamento.

— Se estiver, vai passar — afirma ele. — Estou indo para o leste, e em pouco tempo um garoto bonito vai aparecer na vida dela. E aí Tina vai escrever o nome dele na contracapa dos livros.

— Acho que sim — concorda Holly. — Normalmente é assim que acontece, não é? Só não quero que você tire sarro dela. Ela acharia que é maldade e ficaria triste.

— Não vou fazer isso.

Eles chegaram aos carros, e, mais uma vez, Holly se obriga a olhar diretamente no rosto dele.

— *Eu* não estou apaixonada por você, não do jeito que Tina está, mas te amo muito mesmo assim. Então, se cuide, Jerome. Alguns universitários fazem coisas idiotas. Não seja um deles.

Dessa vez, é ela quem o abraça.

— Ah, ei, eu quase esqueci! — diz Jerome. — Eu trouxe um presentinho para você. É uma camisa, mas acho que você não vai querer usá-la quando visitar sua mãe.

Ele entrega uma bolsa para ela. Ela pega uma camiseta vermelha e a desdobra. Escrito na frente, em preto, há:

ESSA MERDA NÃO QUER DIZER MERDA NENHUMA
Jimmy Gold

— Vendem na livraria do City College. Comprei GG, para o caso de você querer usar como camisola. — Ele observa o rosto dela enquanto Holly avalia as palavras na frente da camiseta. — Claro que você pode trocar por outra coisa se não tiver gostado.

— Gostei muito — diz ela, e abre um sorriso. É o sorriso que Hodges ama, o que a deixa bonita. — E *vou* usar quando visitar minha mãe. Só para irritá-la.

Jerome parece tão surpreso que ela ri.

— Você nunca tem vontade de irritar sua mãe?

— Às vezes. E, Holly... Eu também te amo. Você sabe disso, não sabe?

— Sei — responde ela, segurando a camiseta contra o peito. — E fico feliz. Essa merda quer dizer muita coisa.

BAÚ

Hodges anda pela trilha do terreno baldio, saindo da Birch Street, e encontra Peter sentado no barranco à margem do riacho com os joelhos contra o peito. Ali perto, uma árvore pequena se projeta acima da água, que agora não passa de um filete depois de um verão longo e quente. Embaixo dela, o buraco onde o baú estava enterrado foi escavado novamente. O baú está na diagonal ali perto. Parece velho, cansado e meio ameaçador, um viajante do tempo de um ano em que a discoteca ainda estava em alta. Há um tripé com uma câmera ali perto. Há também duas bolsas que parecem do tipo que profissionais carregam quando viajam.

— O famoso baú — diz Hodges, sentando-se ao lado de Peter.

O garoto assente.

— É. O famoso baú. O fotógrafo e o assistente foram almoçar, mas acho que vão voltar logo. Não pareceram animados com nenhum dos restaurantes da área. Eles são de Nova York. — Ele dá de ombros, como se isso explicasse tudo. — Primeiro, o cara queria que eu me sentasse no baú e ficasse com o queixo apoiado na mão fechada. Você sabe, como aquela estátua famosa. Eu fiz ele mudar de ideia, mas não foi fácil.

— Isso é para o jornal local?

Peter balança a cabeça e começa a sorrir.

— Essa é minha boa notícia, sr. Hodges. É para a *The New Yorker*. Eles querem um artigo sobre o que aconteceu. E não é um artigo pequeno. Querem para as páginas centrais da revista. Uma história grande, talvez a maior que já publicaram.

— Que ótimo!

— Vai ser, se eu não fizer merda.

Hodges o observa por um momento.

— Espere. *Você* vai escrever?

— Vou. Primeiro, eles queriam mandar um dos repórteres deles, George Packer, um dos melhores, para fazer uma entrevista e escrever a história. É uma história importante porque John Rothstein foi um dos astros da ficção deles de antigamente, junto com John Updike, Shirley Jackson... você sabe.

Hodges não sabe, mas assente.

— Era Rothstein que eles procuravam se quisessem histórias sobre adolescentes torturados, ou classe média sofredora. Parecido com John Cheever. Estou lendo Cheever agora. Você conhece o conto dele chamado "O nadador"?

Hodges balança a cabeça.

— Devia ler. É incrível. Enfim, eles querem a história dos cadernos. A coisa toda, do começo ao fim. Isso foi depois que passaram as fotocópias que fiz e alguns fragmentos por três ou quatro especialistas em caligrafia.

Hodges *sabe* sobre os fragmentos. Havia pedaços chamuscados suficientes no porão queimado para validar a alegação de Peter de que os cadernos queimados pertenceram a Rothstein. Os policiais que estavam procurando por Morris Bellamy confirmaram a história de Peter. Da qual Hodges nunca duvidou.

— Você disse não para Packer, imagino.

— Eu disse não para *todo mundo*. Se a história vai ser escrita, tem que ser por mim. Não só porque eu estava lá, mas porque ler John Rothstein mudou minha...

Ele hesita e balança a cabeça.

— Não. Eu ia dizer que o trabalho dele mudou minha vida, mas não é verdade. Acho que um adolescente não tem muita vida a ser mudada. Acabei de fazer dezoito anos. Acho que o que quero dizer é que o trabalho dele mudou meu *coração*.

Hodges sorri.

— Entendo.

— O editor encarregado da história disse que eu era novo demais. Pelo menos é melhor do que dizer que eu não tinha talento, né? Mas mandei amostras de texto. Isso ajudou. Além do mais, eu o enfrentei. Não foi tão difícil. Negociar com um editor de Nova York não pareceu nada de mais depois de enfrentar Bellamy. *Aquilo* foi difícil.

Peter dá de ombros.

— Vão editar como quiserem, claro. Já li bastante para saber como é o processo e não me importo. Mas, se quiserem publicar, vai ter que ser com meu nome.

— Você é durão, Peter.

Ele olha para o baú e, por um momento, parece bem mais velho do que seus dezoito anos.

— A vida é dura. Descobri isso depois que meu pai foi atropelado no City Center.

Nenhuma resposta parece adequada, então Hodges fica em silêncio.

— Você sabe o que mais o pessoal da *The New Yorker* quer, não sabe?

Hodges não passou quase trinta anos sendo detetive por nada.

— Um resumo dos dois últimos livros seria meu palpite. Jimmy Gold, a irmã e todos os amigos. Quem fez o que com quem, e como, e quando, e como acabou a história.

— É. E sou o único que sabe o que aconteceu. O que me leva à parte das desculpas.

Ele olha para Hodges solenemente.

— Peter, não é preciso se desculpar. Não há acusações legais contra você, e não tenho ressentimento nenhum. Holly e Jerome também não. Só estamos felizes de sua mãe e sua irmã estarem bem.

— Elas quase não ficaram bem. Se eu não tivesse ignorado você naquele dia no carro e te despistado na farmácia, aposto que Bellamy nunca teria ido até a minha casa. Tina ainda tem pesadelos.

— Ela culpa você?

— Na verdade... não.

— Então, pronto — diz Hodges. — Você estava com a faca no pescoço. Ou a arma, nesse caso. Halliday te deixou apavorado, e você não tinha como saber que ele estava morto quando foi à livraria naquele dia. Quanto a Bellamy, você nem sabia que ele ainda estava vivo, muito menos que tinha saído da prisão.

— Isso tudo é verdade, mas Halliday ter me ameaçado não foi o único motivo de eu não querer falar com você. Eu ainda achava que tinha uma chance de ficar com os cadernos, sabe? Foi *por isso* que não quis falar. Foi por isso que fugi. Eu queria ficar com eles. Não era um pensamento racional, mas estava lá, bem no fundo. Aqueles cadernos... bem... e tenho que dizer isso nesse artigo que vou escrever para a *The New Yorker*... eles me enfeitiçaram. Preciso pedir desculpas porque eu não era tão diferente assim de Morris Bellamy.

Hodges segura Peter pelos ombros e o encara nos olhos.

— Se isso fosse verdade, você não teria ido ao Rec preparado para queimá-los.

— Soltei o isqueiro por acidente — declara Peter, baixinho. — O tiro me assustou. Eu *acho* que teria queimado de qualquer jeito, se ele tivesse atirado em Tina, mas nunca vou ter certeza.

— *Eu* tenho — afirma Hodges. — E tenho certeza por nós dois.

— É?

— É. Quanto vão pagar pelo artigo?

— Quinze mil dólares.

Hodges assobia.

— Isso se for aprovado, mas eles vão aprovar, sim. O sr. Ricker está me ajudando, e o artigo está ficando muito bom. Já escrevi o rascunho da primeira metade. Ficção não é o meu forte, mas sou bom em coisas assim. Posso seguir carreira nessa linha um dia, eu acho.

— O que você vai fazer com o dinheiro? Guardar para a faculdade?

Ele balança a cabeça.

— Eu vou entrar na faculdade de um jeito ou de outro. Não estou preocupado com isso. O dinheiro é para Chapel Ridge. Tina vai estudar lá este ano. Você nem imagina como ela está empolgada.

— Isso é bom — diz Hodges. — Isso é muito bom.

Eles ficam em silêncio por um tempo, olhando para o baú. Ouvem o som de passos vindo da trilha e vozes masculinas. Os dois caras aparecem usando camisas xadrez quase idênticas e calças jeans ainda com marcas de dobra da loja. Hodges acha que eles pensam que é assim que todo mundo se veste no interior do país. Um está com uma câmera pendurada no pescoço; o outro está segurando um rebatedor.

— Como foi o almoço? — pergunta Peter quando eles atravessam o riacho pelas pedras.

— Bom — responde o cara com a câmera. — Fomos ao Denny's. Comemos um sanduíche. Só as batatas foram um sonho culinário. Venha, Peter. Vamos começar com algumas fotos suas ajoelhado junto ao baú. Também quero tirar algumas de você olhando lá dentro.

— Mas está vazio — protesta Peter.

O fotógrafo dá um tapinha na testa.

— As pessoas vão *imaginar*. Vão pensar: "Como deve ter sido quando ele abriu aquele baú pela primeira vez e viu todos aqueles tesouros literários?". Sabe?

Peter se levanta e limpa a parte de trás de uma calça jeans que está bem mais desbotada e com aparência natural.

— Quer ficar para as fotos, sr. Hodges? Nem todo garoto de dezoito anos tem um retrato de página inteira publicado na *The New Yorker* junto com um artigo que ele mesmo escreveu.

— Eu adoraria, mas tenho um compromisso.

— Tudo bem. Obrigado por vir e me ouvir.

— Você pode botar mais uma coisa na sua história?

— O quê?

— Que isso não começou quando você encontrou o baú. — Hodges olha para o objeto, preto e surrado, uma relíquia com detalhes arranhados e tampa mofada. — Começou com o homem que o colocou ali. E quando você sentir vontade de se culpar por como as coisas terminaram, talvez queira se lembrar do que Jimmy Gold vive dizendo. Essa merda não quer dizer merda nenhuma.

Peter ri e estica a mão.

— Você é um cara legal, sr. Hodges.

Hodges a aperta.

— Pode me chamar de Bill. Agora, vá sorrir para a câmera.

Ele para do outro lado do riacho e olha para trás. Seguindo as orientações do fotógrafo, Peter se ajoelha com uma das mãos apoiadas na tampa surrada do baú. É uma pose clássica de posse, lembrando a Hodges uma foto que viu de Ernest Hemingway ajoelhado ao lado de um leão que matou. Mas o rosto de Peter não tem a confiança complacente, sorridente e estúpida de Hemingway. O rosto de Peter diz: *Eu nunca fui dono disso.*

Não deixe de pensar assim, garoto, pensa Hodges, enquanto volta para o carro.

Não deixe de pensar assim.

CLAC

Ele disse a Peter que tinha um compromisso. Isso não é bem verdade. Poderia ter dito que precisava trabalhar em um caso, mas isso também não é bem verdade. Embora seja mais próximo dela.

Pouco antes de sair para o encontro com Peter, ele recebeu uma ligação de Becky Helmington, da Clínica de Traumatismo Cerebral. Ele paga uma pequena quantia mensal a ela para mantê-lo atualizado sobre Brady Hartsfield, a quem Hodges chama de "meu garoto". Ela também lhe conta sobre qualquer ocorrência estranha e todos os boatos na ala. A parte racional da mente de Hodges insiste que esses boatos não são verdadeiros e que certas ocorrências estranhas têm explicações lógicas, mas há mais na mente dele do que a parte racional, na superfície. Embaixo dela há um oceano subterrâneo (que existe dentro de todas as cabeças, ele acredita), onde criaturas estranhas habitam.

— Como está seu filho? — perguntou a Becky. — Espero que não tenha caído de nenhuma árvore ultimamente.

— Não, Robby está bem, cheio de energia. Já leu o jornal de hoje, sr. Hodges?

— Ainda nem o abri.

Nessa nova era, em que tudo está na ponta dos dedos na internet, há dias em que ele nem chega a abrir o jornal. Ele fica ali, ao lado da poltrona, como uma criança abandonada.

— Veja a parte de notícias locais, na página dois, e me ligue.

Cinco minutos depois, ele ligou.

— Caramba, Becky.

— Exatamente o que pensei. Ela era uma boa moça.
— Você vai estar no andar hoje?
— Não. Estou no norte do estado, na casa da minha irmã. Viemos passar o fim de semana. — Becky fez uma pausa. — Na verdade, estou pensando em pedir transferência para a UTI do hospital principal quando voltar. Tem uma vaga, e estou cansada do dr. Babineau. É verdade o que dizem, às vezes os neurologistas são mais malucos do que os pacientes. — Ela hesitou e então acrescentou: — Eu diria que também estou cansada de Hartsfield, mas não é bem isso. A verdade é que sinto um pouco de medo dele. Como sentia medo da casa mal-assombrada do bairro quando era garotinha.
— Sério?
— É. Eu sabia que não tinha fantasmas lá, mas, por outro lado, e se tivesse?

Hodges chega ao hospital pouco depois das duas da tarde, e, naquele dia pré-feriado, a Clínica de Traumatismo Cerebral está quase deserta. Ao menos durante o dia.

A enfermeira de plantão, Norma Wilmer, de acordo com o crachá, oferece um crachá de visitante a ele. Quando o prende na camisa, Hodges comenta, só para passar o tempo:
— Soube que houve uma tragédia na ala ontem.
— Não posso falar sobre isso — afirma a enfermeira Wilmer.
— Você estava de serviço?
— Não.

Ela volta a cuidar da papelada e dos monitores.

Não tem problema; ele pode descobrir tudo depois com Becky quando ela voltar e tiver tempo de conversar com suas fontes. Se ela for em frente com o plano de transferência (na mente de Hodges, esse é o maior sinal até o momento de que alguma coisa real pode estar acontecendo ali), ele vai encontrar outra pessoa que o ajude. Algumas das enfermeiras são fumantes inveteradas, apesar de tudo que sabem sobre o hábito, e estão sempre dispostas a ganhar uns trocados.

Hodges vai até o quarto 217, ciente de que seu coração está batendo com mais força e mais rápido do que o normal. Outro sinal de que ele começou a levar isso a sério. A notícia no jornal esta manhã o abalou mais do que imaginava.

Ele encontra Al da Biblioteca no corredor, empurrando o carrinho, e dá o cumprimento de sempre.

— E aí, rapaz? Como vai?

Al não responde a princípio. Nem parece vê-lo. As olheiras que parecem hematomas estão mais proeminentes do que nunca, e o cabelo, normalmente bem penteado, está desgrenhado. Além disso, o crachá está de cabeça para baixo. Hodges se pergunta de novo se Al está começando a perder uns parafusos.

— Tudo bem, Al?

— Tudo — responde Al, com voz vazia. — Nunca tão bem quanto o que não se vê, certo?

Hodges não sabe como responder a essa frase sem sentido, e Al segue seu caminho antes que ele possa pensar em alguma coisa para dizer. Hodges o observa, intrigado, e segue em frente.

Brady está sentado no lugar de sempre, perto da janela, usando a roupa de sempre: calça jeans e uma camisa xadrez. Alguém cortou o cabelo dele. Está ruim, todo malfeito. Hodges duvida que ele se importe. Brady não vai sair por aí tão cedo.

— Oi, Brady. Quanto tempo, como disse o capelão do navio para a madre superiora.

Brady só olha pela janela, e as perguntas de sempre dão as mãos e brincam de roda na cabeça de Hodges. Brady está vendo alguma coisa lá fora? Sabe que tem alguém no quarto com ele? Se sim, sabe que é Hodges? Está pensando alguma coisa? *Às vezes* ele pensa, o bastante para dizer algumas frases, pelo menos, e, no centro de fisioterapia, consegue se arrastar pelos vinte metros que os pacientes chamam de Avenida da Tortura, mas o que isso realmente quer dizer? Peixes nadam em um aquário, mas isso não quer dizer que pensam.

Hodges pensa: *Nunca tão bem quanto o que não se vê.*

O que quer que *isso* queira dizer.

Ele pega a foto de Brady com a mãe no porta-retratos prateado, os dois abraçados, sorrindo de dar inveja. Se aquele babaca já amou alguém, foi a mamãezinha querida. Hodges observa para ver se há alguma reação ao fato de o visitante pegar a foto de Deborah Ann. Parece não haver nenhuma.

— Ela parece gata, Brady. Ela era gata? Era uma mamãe gostosona?

Nenhuma resposta.

— Só pergunto porque, quando invadimos seu computador, encontramos umas fotos sensuais dela. Você sabe, de camisolinha, meias de náilon, sutiã e calcinha, esse tipo de coisa. Achei ela gata vestida daquele jeito. Os outros policiais também, quando mostrei as fotos para eles.

Embora ele conte a mentira com a ousadia de sempre, ainda não há reação. Nada.

— Você trepou com ela, Brady? Aposto que queria.

Houve um leve tremor de sobrancelha? Um leve movimento de lábio? Talvez, mas Hodges sabe que pode ser sua imaginação, porque ele *quer* que Brady o escute. Ninguém nos Estados Unidos merece mais sal esfregado nas feridas do que aquele filho da puta assassino.

— Talvez você tenha matado ela e *depois* trepado. Nessa hora, ninguém precisa ser educado, não é?

Nada.

Hodges se senta na cadeira do visitante e coloca a foto de volta na mesa, ao lado de um dos leitores digitais Zappit que Al distribui para os pacientes. Ele entrelaça os dedos e olha para Brady, que nunca devia ter acordado do coma, mas acordou.

Bem.

Mais ou menos.

— Você está fingindo, Brady?

Ele sempre faz essa pergunta, e nunca recebe resposta. Hoje, também não recebe.

— Uma enfermeira aqui do andar se matou ontem à noite. Em um dos banheiros. Você sabia? O nome dela está sendo mantido em sigilo por enquanto, mas o jornal diz que ela morreu de hemorragia. Estou supondo que isso queira dizer que ela cortou os pulsos, mas não tenho certeza. Se você soube, aposto que ficou feliz. Você sempre gostou de um bom suicídio, não é?

Ele espera. Nada.

Hodges se inclina para a frente, olha para o rosto vazio de Brady e fala com sinceridade.

— A questão aqui, o que eu não entendo, é como ela fez isso. Os espelhos nesses banheiros não são de vidro, são de metal polido. Acho que ela poderia ter usado o espelhinho de bolsa, ou alguma coisa assim, mas me parece bem pequeno para um servicinho desses. Meio como levar uma faca para um tiroteio. — Ele se recosta. — Ei, talvez ela *tivesse* uma faca. Um canivete suíço, quem sabe? Na bolsa. Você já teve um assim?

Nada.

Ou será que notou alguma coisa? Ele tem uma sensação bem forte de que, por trás daquele olhar vazio, Brady o está observando.

— Brady, algumas das enfermeiras acreditam que você consegue abrir e fechar a torneira do seu banheiro. Elas acham que você faz isso só para dar susto nelas. É verdade?

Nada. Mas aquela sensação de ser observado está ficando mais forte. Brady *gostava* de suicídio, essa é a questão. Dava até para dizer que suicídio era sua assinatura. Antes de Holly acertá-lo com o Porrete Feliz, Brady tentou fazer Hodges se matar. Não conseguiu... mas *conseguiu* convencer Olivia Trelawney, a mulher cujo Mercedes pertence a Holly agora, que planeja ir com ele até Cincinnati.

— Se você consegue, faça agora. Vamos. Se exiba um pouco. Mostre a que veio. E aí?

Nada.

Algumas das enfermeiras acreditam que ter levado vários golpes na cabeça na noite em que tentou explodir o Auditório Mingo provocou uma rearrumação no cérebro de Hartsfield. Que ter levado vários golpes deu a ele... poderes. O dr. Babineau diz que isso é ridículo, o equivalente hospitalar a uma lenda urbana. Hodges tem certeza de que ele está certo, mas aquela sensação de ser observado é inegável.

Assim como a sensação de que, em algum lugar lá dentro, Brady Hartsfield está rindo dele.

Ele pega o leitor digital azul. Na última visita à clínica, Al da Biblioteca disse que Brady gostava das demonstrações dos jogos. *Ele fica olhando durante horas*, dissera Al.

— Você gosta disso, é?

Nada.

— Não que consiga fazer muita coisa com ele, não é?

Nada. Nadica de nada.

Hodges coloca o leitor digital ao lado da foto e se levanta.

— Vamos ver o que consigo descobrir sobre a enfermeira, certo? O que eu não conseguir descobrir, minha assistente vai. Todos nós temos nossas fontes. Você está feliz por aquela enfermeira estar morta? Ela foi má com você? Beliscou seu nariz ou torceu seu pipizinho inútil, talvez porque você atropelou um amigo ou parente dela no City Center?

Nada.

Nada.

Nad...

Os olhos de Brady se viram. Ele olha para Hodges, que sente um pavor puro e irracional. Aqueles olhos estão mortos na superfície, mas ele vê uma coisa ao fundo que não parece humana. Faz com que pense naquele filme sobre a garotinha possuída por Pazuzu. Mas então os olhos se voltam para a janela, e Hodges se obriga a não ser idiota. O dr. Babineau diz que Brady não vai melhorar mais, o que já não foi muito. Ele é uma tábua rasa, e não tem nada escrito ali além dos sentimentos de Hodges por aquele homem, a criatura mais desprezível que ele já encontrou em todos os seus anos trabalhando na polícia.

Quero que ele esteja aqui para eu poder machucá-lo, pensa Hodges. *É só isso. No fim das contas, vou descobrir que o marido da enfermeira a abandonou, ou ela era viciada em drogas e ia ser despedida. Ou as duas coisas.*

— Tudo bem, Brady — diz ele. — Vou montar no porco e cair fora. Picar a mula. Mas tenho que dizer, de amigo para amigo, que esse seu corte de cabelo ficou uma *bosta*.

Nenhuma resposta.

— Até mais, rapaz. Tchau, animal.

Ele sai e fecha a porta com cuidado. Se Brady *estiver* consciente, batê-la pode dar a ele a satisfação de saber que deixou Hodges irritado.

O que, claro, ele deixou.

Quando Hodges sai, Brady levanta a cabeça. Ao lado da foto da mãe, o leitor digital ganha vida abruptamente. Peixes correm de um lado para outro enquanto uma música alegre e barulhenta toca. A tela muda para a demonstração de Angry Birds, depois para o Desfile de Moda da Barbie, depois para Guerreiro Galáctico. Então, fica escura de novo.

No banheiro, a água na pia jorra, depois para.

Brady olha para a foto dele com a mãe, sorrindo com as bochechas pressionadas. Fica olhando. E olhando.

A foto cai. *Clac.*

26 de julho de 2014

NOTA DO AUTOR

Um livro é escrito em uma sala vazia, um trabalho solitário, e é assim que se faz. Escrevi o primeiro rascunho deste na Flórida, olhando para as palmeiras. Reescrevi no Maine, olhando para os pinheiros e um belo lago, onde mergulhões se reúnem ao pôr do sol. Mas eu não estava sozinho em nenhum dos dois lugares; poucos escritores estão. Quando precisei de ajuda, a ajuda estava lá.

NAN GRAHAM editou este livro. SUSAN MOLDOW e ROZ LIPPEL também trabalham para a Scribner, e eu não conseguiria continuar sem elas. Essas mulheres são valiosíssimas.

CHUCK VERRILL foi o agente. Há trinta anos ele é a pessoa que eu procuro quando preciso de ajuda: é inteligente, engraçado e destemido. Não é do tipo que diz sim para tudo; quando alguma merda não está certa, ele nunca deixa de me dizer.

RUSS DORR faz a pesquisa, e foi ficando cada vez melhor nisso com a passagem dos anos. Como um bom instrumentista na sala de cirurgia, ele está pronto com o instrumento de que vou precisar antes mesmo de eu pedir. As contribuições dele para este livro estão em quase todas as páginas. Literalmente: Russ me deu o título quando eu não conseguia pensar em nenhum.

OWEN KING e KELLY BRAFFET, dois excelentes escritores, leram a primeira versão e a refinaram consideravelmente. Suas contribuições também estão em quase todas as páginas.

MARSHA DEFILIPPO e JULIE EUGLEY cuidam do meu escritório no Maine e me mantêm preso ao mundo real. BARBARA MACINTYRE cuida do escritório na Flórida e faz o mesmo. SHIRLEY SONDEREGGER é emérita.

TABITHA KING é minha melhor crítica e meu único e verdadeiro amor.

E você, LEITOR FIEL. Graças a Deus você ainda está aí depois de todos esses anos. Se você está se divertindo, eu também estou.

1ª EDIÇÃO [2016] 10 reimpressões

ESTA OBRA FOI COMPOSTA EM ADOBE GARAMOND PELA ABREU'S SYSTEM E IMPRESSA EM OFSETE PELA LIS GRÁFICA SOBRE PAPEL PÓLEN SOFT DA SUZANO S.A. PARA A EDITORA SCHWARCZ EM DEZEMBRO DE 2023

A marca FSC® é a garantia de que a madeira utilizada na fabricação do papel deste livro provém de florestas que foram gerenciadas de maneira ambientalmente correta, socialmente justa e economicamente viável, além de outras fontes de origem controlada.